한국 산문선

3

위험한 백성

조식 외

한국 산문선

이종묵 · 장유승 편역

3

위험한 백성
조식 외

민음사

책을 펴내며

조선 초에 정도전은 "해달별은 하늘의 글이고, 산천초목은 땅의 글이며, 시서예악은 사람의 글이다."라고 말했다. 해와 달과 별이 있어 하늘은 빛나고, 산천과 초목이 있어 대지는 화려한 것처럼, 시서와 예악의 인문(人文)이 있기에 사람은 천지 사이에서 빛나는 존재로 살아간다. 글은 사람에게 해와 달과 별이요 산천과 초목이다.

인문은 문화이자 문명이다. 글이 있어 문화가 빛나고, 글이 있어 문명이 이루어진다. 우리는 글로 인재를 뽑고, 글하는 선비가 나라를 이끈 문화의 나라, 문명의 터전이었다. 시대마다 그 시대의 인문이 글 속에서 찬연히 빛났다. 글로 자신의 위의를 지켰고, 세계에서 문명국의 대접을 받았다.

글로 빛나던 선인들의 인문 전통은 명맥이 끊긴 지 오래다. 자랑스럽게 읽던 명문은 한문의 쓰임새가 사라지면서 소통이 끊긴 죽은 글로 변했다. 오래도록 한문 산문은 동아시아 공통의 문장으로 행세했다. 말을 전혀 못해도 필담으로 얼마든지 깊은 대화가 오갈 수 있었다. 국경과 언어 장벽을 넘어선 소통이 이 한문을 끈으로 이루어졌다. 이제 그 전통이 단절되었다 하여 해와 달과 별처럼 빛나고, 산천과 초목인 양 인문 세계를 꾸미던 명문의 전통을 없던 일로 밀쳐 둘 수 있을까?

한문으로 쓰인 문장은 오늘날 독자에게는 암호문처럼 어렵다. 그러나 그 안에 담긴 인문 정신의 가치는 현대라도 보석처럼 빛난다. 그 같은 보석을 길 막힌 가시덤불 속에 그냥 묻어 둘 수만은 없다. 이에 막힌 길을 새로 내고 역할을 나눠, '글의 나라' 인문 왕국이 성취해 낸 우리 옛글의 찬연한 무늬를 세상에 알리려 한다.

삼국 시대로부터 20세기에 이르는 장구한 시간을 씨줄로 걸고, 각 시대를 빛냈던 문장가의 아름다운 글을 날줄로 엮었다. 각 시대의 명문장을 선택하여 쉬운 우리말로 옮기고 풀이 글을 덧붙였다. 이렇게 만나는 옛글은 더 이상 낡은 글이 아니다. 오히려 까맣게 잊고 있던 자신과 느닷없이 대면하는 느낌이 들 만큼 새롭다.

상우천고(尙友千古)라고 했다. 천고를 벗으로 삼는다는 말이다. 한 시대를 살면서 마음 나눌 벗 한 사람이 없어, 답답한 끝에 뱉은 말이다. 조선 후기 장혼은 "백근 나가는 묵직한 물건은 보통 사람이 감당하기 어렵겠지만, 다섯 수레의 책은 돌돌 말면 가슴속에 넣고 심장 안에 쌓아 둘 수 있으며, 이를 잘 쓰면 대자연의 이치를 깨달아 우주를 가득 채우리라."라고 했다. 글에서 멀어진 독자들과 다섯 수레에 실린 성찬을 조금씩 덜어 먹으며 상우천고의 위안과 통찰을 함께 누리고 싶다.

책 엮는 일을 2010년부터 시작해 꼬박 여덟 해 이상 시간이 걸렸다. 여섯 명의 옮긴이가 세 팀으로 나뉘어 신라에서 조선 말기까지 모두 아홉 권으로 담아냈다. 먼저 방대한 우리 고전 중에서 사유의 깊이와 너비가 드러나 지성사에서 논의되고 현대인에게 생각거리를 제공하는 글을 선정했다. 각종 문체를 망라하되 형식성이 강하거나 가독성이 떨어지는 글은 배제했으며 내용의 다양성을 확보하고자 했다. 부드러우면서도 분명하게 읽히도록 우리말로 옮기고, 작품의 이해를 돕는 간결한 해설을 붙였다. 더불어 권두의 해제로 각 시대 문장의 흐름을 조감해 볼 수 있도록 했다.

조선 초 서거정의 『동문선』 이후 전 시대를 망라한 이만한 규모의 산문 선집은 처음 기획되는 일이다. 글마다 한 시대의 풍경과 사유가 담기는 것을 작업의 과정 내내 느꼈다. 작업을 마치면서 빠뜨린 구슬의 탄식이 없을 수 없다. 그래도 일천 년을 훌쩍 넘긴 한문 산문의 역사를 이렇게 한 필의 비단으로 엮어 주욱 펼쳐 놓고 보니 감회가 없지 않다. 대방의 질정을 청한다.

2017년 11월

안대회, 이종묵, 정민, 이현일, 이홍식, 장유승 함께 씀

학문의 시대 지식인의 문장
명종과 선조 연간

16세기가 시작되는 1501년, 우리 지성사를 대표하는 퇴계(退溪) 이황(李滉)과 남명(南溟) 조식(曹植)이 나란히 태어났다. 그리고 35년 뒤 율곡(栗谷) 이이(李珥)가 태어났다. 세 사람이 활동한 16세기 중반부터 주자학의 시대가 본격적으로 시작되었다. 이들은 주자학을 깊이 연구하여 조선을 군자의 나라로 만들고자 했다.

이황은 『주자서절요(朱子書節要)』를 편찬하여 주자학의 보급에 힘쓰는 한편, 『성학십도(聖學十圖)』를 올려 주자학에 바탕한 제왕학을 제창했다. 이이가 편찬한 『성학집요(聖學輯要)』 역시 주자학의 핵심을 정리한 제왕학의 교과서였다. 이이는 『격몽요결(擊蒙要訣)』을 지어 주자학을 아동에게까지 전파하고자 했으며, 「동호문답(東湖問答)」을 올려 임금과 신하의 사명을 규정했다. 이러한 저술들의 서문을 통해 이 시기 학문의 쟁점을 살피고자 한다.

글을 지어 국정을 논하는 것은 선비의 가장 큰 임무다. 칼을 찬 유학자로 불리는 조식은 대비를 과부라 하고 임금을 고아라 하며 국정의 폐단을 강렬한 어조로 비판하여 산림처사의 매서운 절조를 보여 주었다. 「민암부(民巖賦)」에서는 백성이 물과 같아 때로는 임금이라는 배를 뒤집을 수 있다는 주장을 펼쳤다. 세상을 바라보는 이 시대 지식인의 시각을 대표하기에 이 책의 표제로 삼는다. 시사를 비판하는 글쓰기는 벼슬을 하든 그렇지 않든 지식인의 사명이었다. 이이와 김인후(金麟厚)는 학자 및 관리의 입장에서 백성의 삶에 주목하고 목민관의 자세를 논했다.

국난을 당하면 지식인의 붓은 칼을 대신한다. 임진왜란이라는 참혹한 현실을 마주하자 고경명(高敬命)은 조선의 「출사표(出師表)」라 할 만한 글을 지어 의병을 규합했다. 정탁(鄭琢)은 임금에게 글을 올려 이순신(李舜臣)을 위기에서 구하고자 했으며, 조헌(趙憲)은 국가 위기의 상황에서 무능함과 안일함에서 벗어나지 못하는 조정을 질타하는 글을 지었다. 이러한 글에서는 지식인이 현실의 문제를 어떻게 진단하고 해결하려 했는지 확인할 수 있다. 시조 「훈민가(訓民歌)」를 지어 백성의 교화에 힘을 쏟았던 정철(鄭澈)이 강원도 백성의 분쟁에 내린 판결문은 백성 교화의 수단으로 글을 활용했다는 점에서 이채롭다. 고상안(高尙顏)이 편찬한 『농가월령(農家月令)』의 서문은 백성의 삶을 잊지 않는 지식인의 의식을 보여 주며, 이득윤(李得胤)이 청주에 설립된 의료 기관에 부친 서문은 지역 사회에서 지식인의 역할이 무엇인지 돌아보게 한다.

한 시대의 사표(師表)가 될 만한 인물을 표창하는 글도 이 시기 학문과 문학의 역사에서 주목할 만하다. 이이는 김시습(金時習)의 전(傳)을 지어 그를 서인(西人) 그룹의 정신적 지주로 자리매김했으며, 기대승(奇大升)은 이황의 묘갈명(墓碣銘)을 지어 그 학자적 면모를 후세에 길이 전했다. 정몽주(鄭夢周)가 충신의 상징이 될 수 있었던 것도 유성룡(柳成龍)이 그의 문집에 붙인 발문 덕택이라 하겠다.

세상에 알려지지 않았지만 역사가 기억해야 할 인물의 전기도 이 시기부터 등장한다. 정인홍(鄭仁弘)과 이산해(李山海)의 전이 대표적이다. 임제(林悌)의 「원생몽유록(元生夢遊錄)」은 전기를 넘어 소설의 영역까지 나아간 작품으로, 생육신의 한 사람인 원호(元昊)를 주인공으로 등장시켜 사육신의 절조를 돌아보았다. 순탄하지 않은 시대에 올곧게 살아간 이들에 대한 기록이기에 두루 읽을 만하다.

이 시기부터 편지글의 중요성이 더욱 높아진다. 주희의 편지글이 지니는 중요성을 설파한 이황은 벗이나 제자들과 편지를 주고받으면서 학문을 논했다. 조식과는 지식인의 처세를 논했고, 기대승, 이이와는 인간의 심성과 출처를 주제로 토론을 벌였다. 특히 이이가 성혼(成渾)에게 보낸 편지에서는 맹자(孟子)와 장자(莊子), 정자(程子), 주희 등 중국 사상사의 거장뿐만 아니라 명나라의 나흠순(羅欽順), 조선의 서경덕(徐敬德), 이황 등 당대 학자들의 학문적 특징과 수준을 논했다. 학술의 역사를 조감하는 희귀한 글이라 꼼꼼히 읽을 만하다.

편지는 학문 토론의 장이었을 뿐만 아니라 후학과 자제를 훈도하는 수단이기도 했다. 이황이 부부 사이가 좋지 않은 제자에게 보낸 편지, 제 자식 살리겠다고 남의 자식을 해치지 말라고 손자에게 보낸 편지에는 진심 어린 충고가 담겨 있어 지금까지도 잔잔한 감동을 준다. 성혼이 죽음을 앞두고 아들과 손자에게 유언으로 남긴 글, 제자에게 올바른 공부 방법을 일러 주는 글에서는 대학자의 속내를 읽을 수 있다. 백광훈(白光勳)과 유성룡이 아들에게 보낸 편지에서도 자상한 아버지의 모습이 드러난다. 지금은 사라진 글쓰기이기에 더욱 눈길을 끈다.

이황과 이이는 시조 작가로 우리 문학사에 이름이 높으며 문학의 본질을 논했다는 점도 의미가 크다. 이황은 「도산십이곡」의 발문에서 한시와 상이한 우리말 노래의 가치를 드러냈고, 이이는 최립에게 준 글에서 문학이 인간의 심성에 바탕한다는 성리학적 문학관을 개진했다. 차천로(車天輅)가 시와 인생의 문제를 다룬 글, 이항복(李恒福)이 허균(許筠)의 문집에 붙인 서문 역시 우리 비평사에서 특별히 다룰 만한 자료다.

주거 공간에 대한 기록인 기(記)는 고려 말부터 조선 초기에 보편화되었다. 이 시기에는 단순히 건물의 연혁을 기록하는 본래의 기능을 넘어서서 사람이 어떻게 살아야 하는가의 문제를 논의의 대상으로 삼았다는 점이 특징이다. 이황은 도산(陶山)의 거처에 붙인 기문에서 서정적인 주변 경물 묘사에 곁들여 자신이 물러나 사는 이유를 세상에 천명했다. 건물의 명칭에 성리학적 이념을 담고 삶의 자세를 돌아보는 글이 많아진다는 점도 이 무렵의 특색이다. 정인홍의 부음정(孚飮亭), 이제신(李濟臣)의 귀우당(歸愚堂), 유성룡의 옥연 서당(玉淵書堂), 한백겸(韓百謙)의 구암(久庵), 윤광계(尹光啓)의 오의재(五宜齋) 등에 붙인 글이 그러하다.

자신의 소유가 아닌 벗의 거처에 붙인 글에서도 성리학적 이념의 흔적을 엿볼 수 있다. 이정(李楨)이 이암(頤庵)에, 기대승이 장춘정(藏春亭)에, 이호민(李好閔)이 한한정(閑閑亭)에 붙인 글에서는 벗의 절조와 운치를 칭송하는 한편 바람직한 삶의 태도를 논했다. 형식은 서문이지만 김덕겸(金德謙)이 청뢰헌(聽籟軒)에 붙인 글도 논지는 비슷하다. 홍섬(洪暹)은 경복궁과 창덕궁, 창경궁 등 당시 궁궐을 그린 그림에 붙이는 기문을 지었는데, 그림은 사라졌지만 이 글이 남아 있어 지금은 없는 건물의 존재를 상상할 수 있다. 임금을 권면하고 경계하는 것을 목적으로 삼은 글이라는 점에서 이 시대 글쓰기의 풍상이 보인다.

고려의 이규보와 이곡, 조선 초기의 강희맹 등이 설(說)이라는 양식을 통해 우화를 끌어들여 인간의 불합리한 처사를 풍자한 사례를 앞의 1권과 2권에서 보았다. 이 시기 설 양식을 채택한 글에도 주목할 만한 것이 많은데, 특히 사물을 관찰하여 얻은 깨달음을 인간의 문제로 연결하는 글쓰기가 돋보인다. 널리 알려져 있지 않지만 최연(崔演)은 동물의 생태를 관찰하여 자신을 성찰하는 계기로 삼는 전통을 이어 나갔다. 이제신(李濟臣)은 뜰에 심은 백일홍을, 한백겸은 나무 접붙이기를, 하수일(河受一)은 농사를, 오억령(吳億齡)은 옥 세공을, 윤광계는 여관을 소재로 삼되 비유를 활용하여 글을 지었다. 홍성민(洪聖民)은 자신의 유배 체험을 성찰의 계기로 삼았는데, 조선 초기 기준이 유배지에서 지은 글과 나란히 읽을 만하다. '망(忘)'이라는 한 글자를 고달픈 삶을 견디는 비결로 삼았다는 글도 주목을 요한다. 일부러 팔을 부러뜨린 백성의 안타까운 삶을 전하는 박전(朴全)의 글은 정약용(丁若鏞)이 남긴 「애절양(哀絶陽)」의 선성(先聲)이라 할 만하다. 설이라는 명칭을 표방하지는 않았지만 장현광(張顯光)이 노년을 주제로 삼은 글도 성찰의 글쓰기라는 점에서 주목된다.

16세기 후반 우리 문학사에서는 고문사(古文辭)에 대한 관심이 높아진다. 한유(韓愈)와 유종원(柳宗元), 소식(蘇軾) 등으로 대표되는 당송 고문(唐宋古文)에 대한 관심과 함께 명나라의 복고적 문풍에 영향을 받아 중국 고대의 문장을 구현하려는 일련의 흐름이 이 시기부터 나타난다. 윤근수(尹根壽), 최립(崔岦) 등이 바로 이러한 흐름과 관련하여 주목되는 문장가다. 특히 최립은 이 시기 최고의 산문 작가로 평가된다. 그가 지은 서(序)와 기(記)는 서사와 묘사, 의론이 어우러진 본격적인 문장가의 솜씨를 보여 준다. 최립과 어깨를 나란히 했던 이산해는 임진왜란 때 파천(播遷)을 주장하여 울진의 평해로 유배되었는데, 유배 경험이 그의 문장을 크게 발전시킨 것으로 평가된다. 그가 평해의 인물과 풍속을 평이한 문체로 담아낸 글은 최립의 억색한 글과 맞수라고 할 만하다. 시조 및 한시 작가 황진(黃眞)과 함께 조선 전기 여성 문학을 대표하는 허초희(許楚姬)의 「광한전 백옥루의 상량문(廣寒殿白玉樓上樑文)」은 중국 문인의 극찬을 받은 글로 이 시기 산문사에서 빠뜨릴 수 없다.

차례

이황

李滉

1501~1570년

본관은 진보(眞寶), 자는 경호(景浩), 호는 퇴계(退溪)·퇴도(退陶)·도수(陶叟)이다. 숙부 이우(李堣)에게 배워 과거를 보고 벼슬길에 올랐다. 사가독서(賜暇讀書)에 선발될 정도로 탁월한 글재주를 지녔다. 홍문관 교리를 역임하고 성균관 대사성에 올랐지만 자주 벼슬에서 물러나 학문에 전념하고자 했다. 안동(安東)의 토계(兎溪)를 퇴계(退溪)로 명명하고, 양진암(養眞庵)과 한서암(寒棲庵)을 지어 강학 활동을 폈다. 1560년에는 도산 서당(陶山書堂)을 짓고 수양과 독서에 전력했다. 죽음을 앞두고 비석에 벼슬을 적지 말고 '퇴도만은진성이공지묘(退陶晩隱眞城李公之墓)'라고 새기라는 유언을 남겼다.

이황은 주희의 저술을 집대성한 『주자대전(朱子大全)』을 본격적으로 연구해 조선 성리학의 수준을 크게 높였다. 문집으로 『퇴계집(退溪集)』이 전하며, 주자학의 요체가 담긴 편지글을 모은 『주자서절요(朱子書節要)』, 성리학의 체계를 도설(圖說)한 『성학십도(聖學十圖)』 등이 널리 알려져 있다. 그의 학문은 주희의 적통을 계승한 것으로 평가된다. 이익(李瀷)은 『이자수어(李子粹語)』를 편찬해 퇴계 학문의 요체를 정리하면서 성인(聖人)이라는 칭호를 붙였고, 정약용(丁若鏞)은 그의 서간을 뽑아 편찬한 『도산사숙록(陶山私淑錄)』을 강학의 자료로 삼았다.

군주의 마음공부　　　進聖學十圖箚

판중추부사 신(臣) 이황은 삼가 두 번 절하고 아룁니다. 신이 삼가 생각하니 도(道)는 형체가 없고 하늘은 말이 없습니다. 하도(河圖)와 낙서(洛書)가 나오고 성인이 이를 바탕으로 괘(卦)와 효(爻)를 그리자 비로소 천하에 도가 드러났습니다. 그렇지만 도는 드넓으니 어디에서부터 손을 대겠으며, 천만 가지 옛사람의 가르침 중에 어디에서부터 들어가야겠습니까.

군주의 학문에는 중대한 근본이 있고, 마음을 다스리는 방법에는 지극한 요점이 있습니다. 그림을 그리고 설명을 지어내 사람들에게 도에 들어가는 문과 덕을 쌓는 바탕을 보여 주었으니, 이 역시 후세의 현인들이 부득이하게 한 일입니다. 더구나 군주 한 사람의 마음은 만 가지 업무가 나오고 백 가지 책임이 모이는 곳입니다. 온갖 욕심이 너도나도 공격하고 사악한 것들이 번갈아 침입하니, 조금이라도 소홀하면 산이 무너지고 바다가 출렁이는 것처럼 방종해집니다. 이렇게 되면 누가 막을 수 있겠습니까.

옛날의 위대한 군주는 이 점을 걱정해 전전긍긍하며 날마다 두려워하고 조심하면서도 미진하다고 여겼습니다. 그래서 사부(師傅)의 관직을 두고 간언하는 직책을 마련했습니다. 앞에는 의(疑)를 두고 뒤에는 승

(丞)을 두었으며, 왼쪽에는 보(輔) 오른쪽에는 필(弼)을 두었습니다. 수레를 타면 여분(旅賁)이 경계하고, 조정에 서면 관사(官師)의 법이 있었으며, 책상에 기대면 훈송(訓誦)의 간언이, 침소에 들면 설어(褻御)의 경계가 있었습니다. 업무를 볼 때는 고사(瞽史)가 인도하고, 편히 쉴 때는 공사(工師)가 일러 주었습니다. 세숫대야, 밥그릇, 책상, 지팡이, 칼, 창문까지 눈 닿는 곳과 몸 가는 데라면 좌우명과 경계하는 말 없는 곳이 없었습니다. 이 마음을 유지하고 이 몸을 단속하는 방법이 이처럼 주도면밀했습니다. 그러므로 덕은 날로 새로워지고 업적은 날로 늘어나서 터럭만한 잘못도 없이 위대한 이름을 남긴 것입니다.

후세의 군주는 천명을 받고 왕위에 올랐으니 그 책임이 얼마나 중대합니까. 그런데 자신을 가다듬는 방법은 예전처럼 엄격한 것이 하나도 없습니다. 그리하여 편안한 마음으로 자기가 잘났다고 여기고, 신하와 백성 위에 오만방자하게 군림하니, 결국 혼란과 멸망에 이르는 것이 어찌 괴이한 일이겠습니까.

그러므로 이러한 때에 신하로서 임금을 바른길로 인도하고자 하는 사람은 마음을 다해 모든 노력을 기울였습니다. 장구령(張九齡)은 『금감록(金鑑錄)』을 올리고, 송경(宋璟)은 「무일도(無逸圖)」를 바쳤으며, 이덕유(李德裕)는 「단의육잠(丹扆六箴)」을, 진덕수(眞德秀)는 「빈풍칠월도(豳風七月圖)」를 올렸습니다. 임금을 사랑하고 나라를 걱정하는 간곡하고 깊은 정성, 선을 아뢰고 교훈을 올리는 간절하고 지극한 뜻을 군주가 깊이 유념하고 공경히 따르지 않아서야 되겠습니까.

신은 지극히 어리석고 누추한 사람으로, 여러 임금의 은혜를 저버린 채 병든 몸으로 시골에 누워 초목과 함께 썩어 없어지기로 다짐했습니다. 그런데 뜻밖에 헛된 명성이 잘못 알려져 강연하는 중요한 자리에 부르셨으니 놀랍고 황공하여 피할 길이 없습니다. 기왕 분에 넘치는 이 자리를 차지했으니 성상에게 학문을 권장하고 성상의 덕을 보좌하여 요순의 경지에 올려야 합니다. 감히 할 수 없다고 사양해서야 되겠습니까. 그렇지만 신은 학문이 형편없고 말솜씨가 서투른 데다 병까지 겹쳐서 경연에 입시하는 일이 드뭅니다. 겨울 이후로는 아예 그만두었으니 신의 죄는 만 번 죽어 마땅합니다. 근심스럽고 두려워 몸 둘 바를 모르겠습니다.

신이 삼가 생각해 보니 당초에 상소하여 학문에 대해 논의한 말은 성상의 마음을 감동시키기에 부족했습니다. 나중에 어전에 나아가 누차 아뢴 이야기도 성상의 생각을 계발하지 못했으므로, 미천한 신은 답답한 마음에 무어라 말해야 할지 모르겠습니다.

다만 옛날의 현인군자들이 군주의 학문을 밝히고 마음 다스리는 법을 터득하여, 그림을 그리고 설명해 도에 들어가는 문과 덕을 쌓는 바탕을 보여 준 것이 세상에 전하고 있어 해와 별처럼 또렷합니다. 그리하여 감히 이것을 성상께 바쳐 옛날의 군주들이 신하에게 외도록 하고 기물에 글을 새긴 뜻을 대신하고자 하니, 옛 군주의 권위를 빌려 후세의 군주에게 도움을 드리려는 것입니다. 그중 더욱 분명한 것 일곱 가지를 골랐습니다. 「심통성정도(心統性情圖)」는 정임은(程林隱, 정복심(程復心))의 「심학도(心學圖)」를 바탕으로 신이 그린 두 폭의 작은 그림을 덧붙인 것입니다. 그 밖에 세 가지는 신이 그림을 그렸지만 그 글과 그 뜻의 조목과 배치는 한결같이 옛 현인을 따른 것이지 신이 만들어 낸 것이 아닙니다. 모두 합쳐 「성학십도(聖學十圖)」라고 하고, 그림마다 신의 설명을 함부로 붙인 뒤 베껴 써서 바칩니다.

다만 신은 추위를 겁내고 병에 걸린 와중에 제힘으로 이것을 만드느라 눈이 어둡고 손이 떨려 글씨가 단정하지 못하고 줄과 글자도 고르지 않아 모두 법식에 맞지 않습니다. 만약 물리치지 않으신다면 이것을 경연(經筵)을 담당한 관원에게 내려 자세히 논의하고 착오를 수정하게 한 다음, 글씨 잘 쓰는 사람에게 다시 꼼꼼히 베끼도록 해서 정본(正本)으로 만들어야 합니다. 담당 관사에 맡겨 한 폭의 병풍으로 만들어 평소 계시는 곳에 펼쳐 두거나, 따로 작은 서첩(書帖)으로 만들어 늘 책상 위에 둔다면 볼 때마다 성찰하고 경계하게 될 것입니다. 이렇게 하신다면 충성을 다하고자 하는 신에게 더 다행한 일이 없을 것입니다. 그렇지만 미진한 뜻이 있으니, 신이 다시 아뢰겠습니다.

신이 예전에 들으니 맹자(孟子)는 "마음의 기능은 생각하는 것이니, 생각하면 터득하고 생각하지 않으면 터득하지 못한다."라 했습니다. 기자(箕子)는 무왕(武王)을 위하여 「홍범(洪範)」을 바치며 또 "생각하면 지혜롭고, 지혜로우면 성인이 된다."라고 했습니다. 마음은 사방 한 치의 작은 크기로 지극히 영험하고, 이치는 그림과 글에 드러나 있으니 지극히 명확합니다. 지극히 영험한 마음으로 지극히 명확한 이치를 구한다면 터득하지 못할 일이 없습니다. "생각하면 터득하고 지혜로우면 성인이 된다."라는 말을 어찌 오늘날 확인하지 못하겠습니까. 그렇지만 영험한 마음이라 해도 주관하지 않으면 일이 닥쳐도 생각하지 못하고, 명확한 이치라 해도 관조하지 않으면 날마다 눈으로 보면서도 보지 못합니다. 이야말로 그림을 바탕 삼아 생각을 다하는 일을 소홀히 할 수 없는 이유입니다.

또 들으니 공자(孔子)는 "공부만 하고 생각하지 않으면 얻는 것이 없고, 생각하기만 하고 공부하지 않으면 위태롭다." 했습니다. 공부한다는 것은 그 일을 익혀 정말로 실천함을 말합니다. 성인의 공부를 마음에서 찾지 않으면 어두워서 얻는 것이 없습니다. 그러므로 반드시 생각해서 미묘한 뜻을 깨달아야 합니다. 그 일을 익히지 않으면 위태롭고 불안합니다. 그러므로 반드시 공부하고 실천해야 합니다. 생각과 공부는 서로 깨달음을 주고 서로 도움을 줍니다. 삼가 바라건대 현명하신 성상께서는 이러한 이치를 깊이 통촉하고 먼저 뜻을 세우소서. "순(舜)은 어떠한 사람이고 나는 어떠한 사람인가. 노력하면 이렇게 되는 것이다."라고 생각하고, 분발하여 생각과 공부에 힘쓰소서.

경(敬)을 지키는 것은 생각과 공부를 겸하고 동(動)과 정(靜)을 관통하며 안과 밖을 합하여 드러난 것과 은미한 것을 하나로 만드는 길입니다. 경을 지키는 방법은 이 마음을 엄숙하고 고요한 가운데 두고, 이 이치를 깊이 공부하고 생각하는 것입니다. 남들이 보지 않고 듣지 않는 곳에서 더욱 엄숙히 경계하고 두려워하며, 은미한 곳과 혼자 있는 곳에서 더욱 정밀하게 성찰해야 합니다.

하나의 그림을 보면서 생각할 때는 다른 그림이 있는 줄도 모르는 것처럼 그 그림에만 집중해야 합니다. 한 가지 일을 익힐 때는 다른 일이 있는 줄도 모르는 것처럼 그 일에만 집중해야 합니다. 아침에도 저녁에도 항상 그렇게 하고, 오늘도 내일도 이어서 그렇게 해야 합니다. 때로는 맑고 시원한 밤에 깊이 생각하고 음미하며, 때로는 평소 남을 상대하면서 체험하고 배양해야 합니다. 처음에는 간혹 억지스럽고 모순되는 근심도 있고, 때로는 고생스럽고 자연스럽지 못한 병폐도 있겠지만, 이야말로 옛사람이 말한 크게 진보할 기회이며 좋은 소식의 단서입니다. 절대이 때문에 스스로 포기하지 말고, 더욱 자신을 믿고 힘써야 합니다.

계속해서 진심을 다하고 오랫동안 노력한다면 자연히 마음이 이치에 젖어 들어 자기도 모르게 융합하고 관통할 것이며, 습관과 일이 서로 익숙해져 점차 순조롭고 편안해질 것입니다. 처음에는 각기 한 가지에 집중하다가 그때 하나로 합해질 터이니, 실로 맹자가 말한 "깊이 나아가 스스로 터득한 경지"이며, "이러한 마음이 생겨나면 어찌 그만둘 수 있겠는가."라는 말의 증험입니다. 또 이어서 부지런히 자신의 재주를 다하면 안연(顔淵)처럼 마음이 인(仁)을 떠나지 않고 나라 다스리는 방법도 그 안에 있을 것이며, 증자(曾子; 증삼(曾參))처럼 충(忠)과 서(恕)가 하나로 관통하여 도를 전하는 책임을 스스로 맡게 될 것입니다. 일상생활에서 두려워하고 공경하여 만물을 낳고 기르는 중화(中和)의 공로를 이루며, 덕행이 인륜을 벗어나지 않아 하늘과 사람이 하나가 되는 묘리를 터득할 것입니다.

이러한 내용으로 그림을 그리고 설명을 덧붙여 겨우 열 폭의 종이에 늘어놓았습니다. 생각하고 익히며 평소 편안히 지낼 때 공부하소서. 도를 깨닫고 성인이 되는 요점과 근본을 바르게 하여 나라를 다스리는 근원이 모두 여기에 구비되어 있으니, 성상께서 유념하고 노력하여 처음부터 끝까지 반복하는 데 달려 있습니다. 사소하게 여겨 소홀히 하거나 번거롭게 여겨 팽개치지 않으신다면 종묘사직의 다행이며 신민의 다행일 것입니다.

신은 작은 정성이나마 다하고자 하는 마음을 이기지 못하여 근엄하신 성상을 번거롭게 해 드리며 대뜸 이 그림을 바쳤으니, 황공하여 숨을 쉴 수가 없습니다. 성상의 처분을 기다립니다.

해설

군주는 막대한 부와 권력을 가지는 만큼 온갖 유혹을 받는다. 조금만 나태하면 사치와 향락에 빠지기 쉽다. 그러므로 과거의 위대한 군주들은 이 점을 경계하여 군주의 잘못을 간언하는 관원을 항상 가까이하고, 게으름을 경계하는 글을 눈에 띄는 곳에 두었다. 후대로 내려오면서 이러한 전통은 점차 사라졌지만, 군주를 바른 길로 인도하고자 하는 신하들의 노력은 끊이지 않았다.

「성학십도」는 1568년(선조 1년) 이황이 선조에게 바친 열 장의 그림이다. 태극도(太極圖), 서명도(西銘圖), 소학도(小學圖), 대학도(大學圖), 백록동규도(白鹿洞規圖), 심통성정도(心統性情圖), 인설도(仁說圖), 심학도(心學圖), 경재잠도(敬齋箴圖), 숙흥야매잠도(夙興夜寐箴圖)로 구성되어 있다. 이 열 장의 그림은 모두 경전과 성리학자들의 저술에 바탕을 둔 것으로, 성리학의 핵심 개념들을 알기 쉽게 그림으로 설명한 것이다.

당시 선조의 나이는 17세에 불과했다. 이황은 새로 즉위한 어린 임금이 군주의 막중한 책임을 깨닫고 끊임없이 마음을 가다듬으며 정사에 임하도록 이 글을 열 장의 그림과 함께 올렸다. 그림을 가까이 두고 항상 생각하고 공부하라고 간곡히 당부했는데, 여기에서 공부는 곧 실천을 말한다. 끊임없이 생각하고 실천하는 것이 도덕과 능력을 겸비한 성군으로 나아가는 성학(聖學)의 핵심이라는 점을 강조한 것이다.

부부의 불화는 누구의 책임인가

與李平叔

공자는 말했소. "천지가 생긴 다음에 만물이 생겼고, 만물이 생긴 다음에 부부 관계가 생겼으며, 부부 관계가 생긴 다음에 부자 관계가 생겼고, 부자 관계가 생긴 다음에 군신 관계가 생겼으니, 군신 관계가 생긴 다음에야 예의와 의리를 실천할 곳이 생겼다."

자사(子思)는 "군자의 도는 부부 관계에서 시작되는데, 이것이 극도의 경지에 이르면 천지에 환히 드러난다."라 했소. 또 『시경(詩經)』에 "처자와 화목하니 거문고와 비파를 타는 것 같다." 했는데, 이 시를 읽고 공자가 "이렇게 되면 부모님도 편안해질 것이다."라고 했소. 부부의 윤리가 이처럼 중요하니, 금슬이 좋지 않다는 이유로 멀리하거나 박대해서야 되겠소?

『대학(大學)』에는 "근본이 어지러운데 말단이 다스려지는 일은 없다. 후대할 사람을 박대하면서 박대할 사람을 후대하는 일은 없다."라고 했소. 맹자의 설명에 따르면 "후대할 사람을 박대한다면 박대하지 않을 사람이 없다."라는 것이오. 남을 박대하는 사람이 어떻게 부모를 섬기고 형제와 친척, 마을 사람들을 대하겠으며, 어떻게 임금을 섬기고 백성을 부리는 근본을 마련하겠소?

공이 부인과 금슬이 좋지 않아 한탄한다고 들었소. 무슨 이유로 그런 불행한 일이 생겼는지는 모르겠지만, 내가 세상을 보니 같은 걱정을 하는 사람이 적지 않소. 부인들 중에는 성질이 포악해 교화하기 어려운 이도 있고, 외모가 추하고 지혜롭지 못한 이도 있소. 남편들 중에도 방종하여 행실을 잘못하는 이가 있고, 사악한 것을 좋아하고 상도를 거스르는 이도 있소. 그 변화가 여러 가지라서 이루 다 거론할 수 없을 정도요.

그렇지만 대의(大義)로 말하자면, 그중에 포악한 성질을 교화하기 어려워 스스로 소박당할 만한 죄를 저지른 부인을 제외하면 나머지는 모두 남편의 책임이오. 반성하고 후대하며 노력하고 잘 대처해 부부의 도리를 잃지 않았다면 부부의 중대한 인륜이 무너지지는 않았을 것이며, 그 자신도 박대받는 지경에 이르지는 않았을 것이오. 성질이 포악해 교화하기 어려운 부인으로 말하더라도, 만약 몹시 패악하여 윤리 강상의 죄를 지은 이가 아니라면 역시 상황에 따라 대처해야지 대뜸 쫓아내서는 안 될 것이오.

옛날에는 부인을 쫓아내더라도 다른 남자에게 시집갈 길이 열려 있었소. 이 때문에 칠거지악(七去之惡)을 저지르면 쉽게 대처할 수 있었소. 그렇지만 지금의 부인은 모두 죽을 때까지 한 남자만 섬기는데, 어찌 금슬이 좋지 않다는 이유로 길 가는 사람처럼 대하거나 원수처럼 여길 수 있겠소. 한 몸과도 같은 부부가 서로 반목하고, 한 이불을 덮고 자면서도 천 리 떨어진 것처럼 지내 인륜의 시작이 되는 단서를 없애고 만복의 근원을 끊어 버려서야 되겠소?

『대학』의 주석에서 주자는 "자기에게 잘못이 없거든 남의 잘못을 비난하라."라고 했소. 이 일은 나도 예전에 겪어 보았기 때문에 말하는 것이오. 나는 두 번 장가들었는데 한결같이 몹시 불행했소. 그렇지만 이러한 경우에도 마음으로 감히 박대하려 하지 않았으며 애써 잘 대처하려 한 지 수십 년이 되었소. 그 사이 극도로 마음이 뒤숭숭하고 어지러워

고민을 감당할 수 없는 지경에 이른 적도 있었소. 그렇지만 감정대로 행동하고 중대한 인륜을 무시해 홀어머니에게 근심을 끼칠 수 있겠소?

질운(郅惲)은 "아비도 아들에게 이래라저래라 할 수 없다."라고 했는데, 이것은 도를 어지럽히고 악에 빠지게 하는 말이라오. 이 말을 평계 삼아 공에게 충고하지 않아서는 안 될 것이오. 공은 반복하여 심사숙고하고, 경계 삼을 점이 있다면 고치시오. 이러한 문제를 끝내 고치지 못한다면 어찌 학문을 하겠으며 어찌 실천을 할 수 있겠소?

해설

이황이 제자 이함형(李咸亨, 1550~1586년)에게 보낸 편지다. 이함형은 이황이 만년에 가르친 제자로, 이황보다 쉰 살 가까이 어리다. 일흔을 바라보는 이황이 인생의 선배로서 손자뻘 제자에게 부부 관계에 대해 조언한 것이 이 글이다.

이황은 두 번 결혼했다. 그가 스스로 말했듯이 두 차례의 결혼 생활은 모두 불행했다. 이황은 스물한 살에 김해 허씨(金海許氏)와 혼인했다. 금슬은 나쁘지 않았으나 허씨는 결혼 6년 만에 두 아들만 남기고 세상을 떠나고 말았다. 이황은 스물일곱 살의 젊은 나이로 홀아비가 되고 말았다. 3년 뒤 그는 권질(權礩)의 딸을 새 부인으로 맞이했다. 권씨 부인의 집안은 여러 차례 정치적 소용돌이에 휩쓸려 풍비박산이 난 터였다. 이점은 이황에게도 영향을 미쳤다. 이황은 문과에 급제한 해 곧바로 신진 관원의 엘리트 코스인 예문관 검열에 임명되었지만, 처가 문제 때문에 관직을 내놓아야 했다. 이것만으로도 부부 관계가 순탄하기 어려웠을 터이다. 금슬이 좋지 못한 두 사람 사이에는 자녀도 없었다. 결혼 16년 만에 권씨가 세상을 떠나면서 이황의 불행한 결혼 생활은 막을 내렸다.

이황은 이러한 경험을 바탕으로 아내와 불화를 겪고 있던 이함형에게 당부한다. 칠거지악이라는 말이 있지만, 그것은 여성의 재혼이 자유로웠던 중국 고대에서나 가능한 일이다. 사대부 가문 여성의 재혼을 금지하는 조선에서는 극단적인 경우를 제외하면 결코 아내를 내쫓아서는 안 된다. 남성이 부부 관계에서 주도권을 갖고 있는 만큼, 부부간의 불화는 모두 남편의 책임이라는 것이 이황의 생각이었다.

이익의 『성호사설』에 따르면 이 편지의 겉봉에는 "길에서 비밀히 떼어 보라."라고 적혀 있었다고 한다. 제자를 아끼는 이황의 자상한 배려까지 확인할 수 있다. 원래 이황의 문집에 이 편지가 빠진 것도 그를 배려했기 때문이었다. 이황의 『어록(語錄)』에 "이 공의 부인이 선생의 부음을 듣고 3년 동안 상중에 고기반찬을 먹지 않는 소식(素食)을 행했다."라는 기록이 있다. 이익은 이함형이 이 편지를 읽고 깊이 깨달아 부인과 잘 지냈기 때문일 것이라 하였다.

내 자식 살리려고 남의 자식을 죽이겠는가

答安道孫

지금 들으니 젖 먹이는 여종이 서너 달 된 아이를 내버려 두고 한양으로 올라가야 한다고 하더구나. 이것은 아이를 죽이는 것이나 다름없다. 『근사록(近思錄)』에서 이러한 일을 두고 남의 자식을 죽여서 제 자식을 살리는 짓이니 절대 안 된다고 했는데, 이번 일은 정말 그 말과 같다. 어찌해야 하겠느냐?

한양 집에도 필시 젖 먹이는 여종이 있을 터. 대여섯 달 동안 함께 젖을 먹여 기르다가 팔구월 무렵 이곳의 여종을 올려 보낸다면, 여종의 아이도 죽을 먹고 살 수 있을 듯하다. 이렇게 하면 두 아이 모두 살 수 있으니, 아주 좋은 일이 아니겠느냐? 만약 그렇게 못 하고 기어이 한양으로 올라오게 하겠다면, 차라리 여종이 아이를 데리고 가서 두 아이에게 함께 젖을 먹이는 것이 좋겠다. 아이를 그냥 두고 가게 하는 것은 어진 사람으로서 차마 할 수 있는 일이 아니라 마음이 몹시 불편하다. 이 때문에 먼저 말해 주는 것이니 다시 생각해 보아라.

해설

한양에서 벼슬을 하고 있던 장손 이안도(李安道, 1541~1584년)에게 보낸 편지다. 이안도는 본가에 있던 여종을 한양으로 불렀다. 갓 태어난 아들의 유모로 삼으려는 것이었다. 이황은 반대했다.

『근사록』에서 정자(程子)는 이렇게 말했다. "유모 노릇 하는 여종을 구하는 이유는 대부분 부득이해서이다. 어미가 젖을 먹일 수 없으면 다른 사람을 부리기도 하지만, 이는 제 자식을 먹이려고 남의 자식을 죽이는 짓이니 도리가 아니다. 그래도 어쩔 수 없다면 유모 둘에게 세 아이를 먹이게 하는 것으로 충분할 것이다." 이황은 이 구절을 거론하며 젖 먹이는 여종을 반드시 한양으로 부르겠다면 여종의 아이를 함께 데려가게 하라고 절충안을 냈다.

이황은 아들과 조카, 손자에게 많은 편지를 보내 처세의 방도와 강학의 자세에 대해 간곡한 조언을 하곤 했다. 「서재에서 우연히 글을 지어 여러 사람과 손자 안도에게 보이다(齋中偶書示諸君及安道孫)」라는 시에서도 자상한 가르침이 보인다.

네 명의 병사가 김을 맬 때 한 병사가 더뎠는데	四兵耘草一兵遲
손이 민첩한 세 병사가 함께 자랑했지	捷手三兵共詫伊
민첩한 자는 뿌리를 남겨 번거롭게도 다시 뽑아야 하리니	捷者留根煩再拔
더딘 자가 애초에 다 뽑아 버리는 것만 못하구나	不如遲者盡初時

학문의 맛을 깨닫는 법

朱子書節要序

회암(晦菴) 주 선생(朱先生, 주희)은 성인에 버금가는 자질을 지니고 정명도(程明道)와 정이천(程伊川)의 학통을 계승해 높은 도덕과 큰 공업을 이루었다. 경전의 뜻을 드러내 천하 후세 사람을 가르쳤으니, 귀신에게 물어보아도 의심할 것 없고, 먼 훗날 성인이 나타나기를 기다려서도 의아할 것 없다.

선생이 돌아가신 후 왕 씨(王氏) 두 사람과 여 씨(余氏)는 선생이 평소 지은 시문을 전부 모아 하나의 책으로 만들고 『주자대전(朱子大全)』이라 이름했으니, 모두 상당한 분량이다. 그 가운데 벼슬아치, 제자, 친구와 주고받은 편지만 마흔여덟 권이나 된다. 그러나 이 책은 우리나라에 아주 드물게 전해졌으므로 얻어 본 선비도 몹시 적었다.

가정 계묘년(1543년), 우리 중종 대왕께서 교서관(校書館)에 명해 『주자대전』을 인쇄 반포하게 하셨다. 나도 그제야 이 책이 있다는 사실을 알고 구해 보았는데, 여전히 어떤 책인지는 몰랐다. 병이 들어 벼슬을 그만두면서 책을 수레에 싣고 퇴계로 돌아와서 날마다 문 닫고 조용히 앉아 읽어 보니, 점점 그 말에 맛이 있고 그 뜻이 무궁함을 깨달았다. 특히 편지의 경우 더욱 느낀 바가 많았다.

『주자대전』으로 말하자면 땅이 만물을 싣고 바다가 만물을 담듯이 없는 것이 없지만, 찾아보아도 그 요점을 얻기가 어렵다. 그러나 편지에서는 상대방 재주의 높고 낮음과 학문의 깊고 얕음에 따라, 증세를 살펴 약을 쓰고 재료에 따라 알맞게 담금질하는 것처럼 말했다. 억누르기도 치켜세우기도 하며, 인도하기도 구해 주기도 하고, 격려해 나아가게 하거나 물리쳐 경계하기도 했다.

은밀한 마음에는 티끌만 한 악도 용납하지 않았고, 의리(義理)를 궁구할 때는 터럭만 한 차이도 먼저 살폈으니, 그 법도가 원대하며 마음 씀이 엄격했다. 얇은 못을 밟는 것처럼 전전긍긍하며 잠시도 쉬지 않았고, 욕심을 막고 개과천선할 적에는 마치 미치지 못할 듯 두려워했다. 강건하고 독실하여 찬란히 빛나 날로 그 덕을 새롭게 했으니, 힘쓰고 힘쓰며 따르고 따르기를 마지않음이 내남의 차이가 없었다. 그러므로 그 사람에게 하신 말씀이 그를 감동시켜 일어나게 만들었다. 당시 문하에서 직접 배운 사람만 그런 것이 아니라, 먼 훗날 그 가르침을 듣는 자도 직접 가르침을 받는 것과 다름없다. 아아, 지극하도다.

그러나 그 분량이 너무 많아서 다 보기가 쉽지 않고, 함께 실려 있는 제자들의 질문에도 잘잘못이 있다. 나는 어리석음을 헤아리지 않고 그중 학문에 깊은 관계가 있으며 배워 쓰기에 절실한 것을 뽑아냈다. 편장에 구애받지 않고 오직 요점을 얻고자 했다. 그러고는 글씨 잘 쓰는 벗들과 자제들더러 권을 나누어 베껴 쓰게 하자, 모두 열네 권 일곱 책이 되었다. 원래 분량과 비교하면 거의 삼분의 이가 줄었으니 함부로 손댄 죄는 피할 수 없다.

그렇지만 예전에 학사(學士) 송렴(宋濂)의 문집을 보니, 노재(魯齋) 왕백(王伯) 선생이 자기가 뽑은 주자의 편지를 북산(北山) 하기(何基) 선생에게 보내 교정을 청했다고 했다. 옛사람도 이미 이런 일을 했던 것이다.

그 책의 선발과 교정은 정밀해 후세에 전할 만했을 것이다. 한데 당시 송학사조차 그 책을 얻어 보지 못했다고 탄식했거늘, 우리나라에서 수백 년 뒤에 태어난 내가 어떻게 구해 보기를 바라겠는가. 그러니 주자의 편지를 간략히 추려 공부할 자료로 삼지 않을 수 있겠는가.

어떤 사람이 말했다.

"성인의 경전과 현인의 해석은 모두 실질적인 학문이다. 또 지금 『집주』에 실려 있는 주자의 말씀을 집집마다 전하고 사람마다 외우니, 모두가 지극한 가르침이다. 그런데 그대 혼자 선생의 편지에 연연하니, 어찌 숭상하는 바가 넓지 못하고 그리 치우쳤는가?"

내가 말했다.

"그대의 말이 옳은 듯하지만 그렇지 않다. 사람이 학문을 할 적에는 반드시 단서를 열고 일으키는 곳이 있어야 이를 바탕으로 나아갈 수 있다. 또 천하의 영재가 적지 않아 성현의 글을 읽고 선생의 말 외기를 부지런히 하는데, 끝내 이 학문에 힘쓰는 자가 없는 까닭은 다름이 아니라 그 단서를 열고 마음을 움직이는 일이 없기 때문이다."

지금 이 서찰의 내용은 당시 사제 간에 성현의 요점을 강론하고 공부를 권장한 것이다. 범범하게 논하는 사람들과는 달라, 어느 것이나 생각을 일으키고 마음을 움직인다. 옛 성인의 가르침이 시서예악에 모두 남아 있지만, 정자와 주자가 『논어』야말로 학문에 가장 절실하다고 말한 뜻도 이와 같다.

아아, 『논어』 한 권만으로도 도에 들어가기 충분하다. 지금 사람들이 이 책을 그저 외기만 힘쓰고 도를 찾으려 들지 않는 것은 이익에 유혹되어 마음을 빼앗겼기 때문이다. 이 책은 『논어』의 뜻은 있으되, 유혹하여 빼앗는 폐해는 없다. 그러면 장차 배우는 자가 감동하고 일어나 진정한 지식과 참다운 실천에 종사하려면 이 책을 버리고 어찌하겠는가.

선생은 말했다. "학자에게 진보가 없는 이유는 들어갈 곳이 없어 그 맛을 즐길 줄 모르기 때문이다. 들어갈 곳이 없는 이유는 마음을 비우고 공손한 뜻으로 번거로움을 참으며 이해하려 하지 않기 때문이다." 지금 이 책을 읽는 자가 선생 말씀처럼 공손한 뜻으로 번거로움을 참으며 이해하려 애쓴다면 자연히 들어갈 곳을 알게 될 것이고, 들어갈 곳을 알면 입맛에 맞는 고기처럼 그 맛을 즐길 줄 알게 될 것이다. 그리고 선생이 말한 '원대한 법도'와 '엄격한 마음 씀'에도 힘쓸 수 있을 것이다. 이로 말미암아 옆으로 통달하고 곧장 올라가면 정명도와 정이천을 거슬러 올라가 공자와 맹자에 도달하는 것도 불가능하지 않다. 앞서 언급한 성인의 경전과 현인의 해석이 모두 내 학문이 될 것이니, 어찌 이 책 한 권만 유난히 숭상한다고 하겠는가.

나는 나이가 노년에 가깝고 병든 채 외딴 산에 살고 있다. 예전에 배울 때를 놓친 것이 슬프고, 성현이 남긴 뜻을 이해하기 어려워 개탄스럽다. 그러나 내가 초라하게나마 단서를 열 수 있었던 것은 실로 이 책 덕택이다. 그러므로 감히 남들의 손가락질을 두려워하며 숨기지 않고 즐거운 마음으로 동지들에게 알리는 한편, 무궁한 후세를 기다린다.

가정 무오년(1558년) 사월, 후학 진성(眞城) 이황이 삼가 서문을 쓰다.

해설

주자학은 고려 후기에 도입된 것으로 알려져 있지만, 주희의 방대한 저술을 검토해 주자학에 대한 심도 깊은 이해에 다다른 것은 조선 중기에 와서였다. 이것이 바로 이황이 조선 사상사에서 중대한 위상을 차지하는 이유이다.

이황은 44세에 처음 『주자대전』을 접했다. 그는 13년간 이 책을 연구한 끝에 주자학 이해의 관건이 주희의 편지글에 달려 있다고 판단했다. 주희는 자주 편지를 통해 학문적 토론을 벌이곤 했는데, 상대와 주제에 따라 자신의 학설을 다양한 방법으로 설명했으며, 조금씩 수정하기도 했다. 공자와 문인들의 대화를 정리한 『논어』가 공자의 이해에 필수적인 것처럼, 주희의 편지글은 주자학의 이해를 위해 반드시 검토해야만 하는 것이었다. 이 점을 깨달은 이황은 『주자대전』에 수록된 편지글의 3분의 1을 뽑아 『주자서절요』로 엮었다. 이황의 나이 56세 때의 일이었다.

『주자서절요』는 조선 주자학의 심화에 크게 기여했다. 성리학자의 필독서로 자리 잡아 여덟 차례에 걸쳐 간행을 거듭했고, 일본에까지 전해져 네 차례나 간행되었다. 이는 이황조차도 예상치 못한 호응이었다.

우리말 노래를 짓다   陶山十二曲跋

「도산십이곡(陶山十二曲)」은 도산 노인이 지은 것이다. 노인이 이 노래를 지은 이유는 무엇인가.

우리나라의 노래는 대부분 음란해 말할 것이 못 된다. 예컨대 「한림별곡(翰林別曲)」 따위는 문인의 입에서 나왔지만, 교만하고 방탕하고 점잖지 못하며 장난스러워 군자가 추구할 만한 것이 더욱 아니다. 근래에는 이별(李鼈)의 「육가(六歌)」가 세상에 유행하는데, 「한림별곡」보다 낫기는 해도 세상을 조롱하는 뜻이 있고 온유돈후(溫柔敦厚)한 내용이 부족해 애석하다.

노인은 평소 음악을 잘 알지 못했지만 그래도 세속의 음악은 듣기 싫어했다. 한가히 지내며 몸조리하는 여가에 성정에 감동한 바가 있으면 항상 시를 지었다. 그런데 지금의 시는 옛날의 시와는 달라서 읊을 수는 있어도 노래할 수는 없다. 노래하려면 반드시 속된 말로 엮어야 하니, 우리나라의 풍속과 가락이 그렇게 하지 않을 수 없기 때문이다.

그러므로 예전에 이별의 「육가」를 대략 본떠 「도산육곡」 두 가지를 지었으니, 하나는 내 뜻을 말한 것이고 하나는 학문을 말한 것이다. 아이들에게 이 노래를 아침저녁으로 연습하게 하고, 책상에 기대어 듣거나 마음대로 부르면서 춤추게 한다면 비루한 마음을 씻고 감동하여 이해할 수 있을 것이니, 노래하는 사람과 듣는 사람 모두 유익한 점이 없지 않을 것이다.

다만 나의 처신이 자못 세상과 맞지 않으니 이 같은 한가한 일이 혹시나 말썽을 일으키는 단서가 될지 모르고, 이 노래가 곡조에 맞는지 음절에 어울리는지도 확신할 수 없다. 일단 한 장에 적어서 상자에 넣어 놓고, 때때로 꺼내 음미하며 스스로 반성하고 훗날 보는 사람이 취사선택하기를 기다릴 뿐이다.

가정(嘉靖) 44년 을축(1565년) 삼월 열엿새, 도산 노인 쓰다.

해설

시조 「도산십이곡」을 짓게 된 경위를 설명한 이 글은 한국 문학사에서 상당히 중요한 의미를 지닌다. 훈민정음 창제 이전까지 한자는 우리의 유일한 표기 수단이었다. 이 때문에 시라고 하면 으레 한자로 지은 한시를 의미했다. 향가, 고려 가요 등 우리말 노래가 없지 않았지만 결코 주류는 아니었다. 문학 작품으로 정당한 평가를 받을 수 있었던 시는 오직 한시뿐이었다. 훈민정음 창제 이전은 물론 그 이후로도 이러한 풍조는 변하지 않았다.

이 글에서 이황은 우리말 노래를 지을 수밖에 없는 이유를 말한다. 시는 본디 노래 가사에서 나온 것으로, 중국 사람들은 한시를 노래처럼 부를 수 있다. 그러나 한시는 우리말로 지은 것이 아니기 때문에 우리의 가락에 맞지 않는다. 우리나라 사람들은 한시를 짓고 읊을 수는 있지만 노래로 부를 수는 없었다. 이 점은 상당한 제약이다. 자연스럽게 솟아나는 흥겨움을 표현할 수도 없고, 널리 전하는 데도 한계가 있다. 이로 인해 이황은 속되다는 비난을 받곤 하는 우리말 노래를 지었다.

속세의 구속을 벗어나 자연에서 살아가는 즐거움을 노래하면서도 이별의 「육가」처럼 세상을 조롱하는 뜻은 담지 않았고, 온건하면서도 깊은 뜻을 담은 '온유돈후'의 미학을 추구하여 「한림별곡」처럼 음란하고 방탕한 노래와는 차별화했다. 도학자의 삶과 깨달음이 담겨 있는 「도산십이곡」은 뒷날 율곡 이이의 「고산구곡가(高山九曲歌)」를 비롯한 시조의 창작에 지대한 영향을 미쳤다.

도산에 사는 이유 　　　陶山雜詠幷記

영지산(靈芝山) 한 줄기가 동쪽으로 뻗은 것이 도산(陶山)이다. 어떤 이는 "이 산이 두 번 뻗어 만들어졌으므로 도산이라 한다."라고 하고, 어떤 이는 "옛날 이 산속에 도자기를 만드는 곳이 있었으므로 도산이라 한다."라 한다.

그리 높거나 크지 않은 산이다. 터가 넓고 형세가 가파르며, 자리 잡은 데가 치우치지 않았다. 그러므로 사방의 산봉우리와 계곡이 모두 이 산을 빙 둘러싸며 손잡고 절하는 것 같다. 왼쪽에 있는 산을 동취병(東翠屛), 오른쪽에 있는 산을 서취병(西翠屛)이라 한다. 동취병은 청량산(淸凉山)에서 이 산 동쪽까지 뻗었는데, 여러 봉우리가 아득히 먼 곳에 바라보인다. 서취병은 영지산에서 이 산 서쪽까지 이르며, 우뚝한 봉우리가 높이 솟았다.

동취병과 서취병이 마주 바라보면서 남쪽으로 구불구불 휘감아 팔구 리쯤 내려가면, 동쪽에서 온 것은 서쪽으로 가고 서쪽에서 온 것은 동쪽으로 가 남쪽의 드넓은 벌판 너머에서 합세한다. 산 뒤에 있는 물을 퇴계(退溪)라 하고, 산 남쪽에 있는 물을 낙천(洛川)이라 한다. 퇴계는 산 북쪽을 돌아 동편에서 낙천으로 들어가고, 낙천은 동취병에서 나와 서편으로 흘러 산기슭 아래 올 즈음 넓고 깊어진다. 여기에서 몇 리를 거슬러 올라가면 물이 깊어 배가 다닐 만한데, 금 같은 모래가 맑게 빛나며 옥 같은 조약돌이 검푸르고 차다차다. 여기가 이른바 탁영담(濯纓潭)이다. 서쪽으로 서취병의 벼랑을 지나 그 아래의 물과 합류하여 남쪽으로 큰 벌판을 지나 부용봉(芙蓉峰) 아래로 흘러든다. 부용봉은 서취병이 동쪽으로 가서 만나는 곳이다.

처음 내가 시냇가에 자리를 잡았을 때 시내를 마주 보는 두어 칸 집을 지어 책을 보관하고 한가로이 지낼 곳으로 삼으려 했는데, 벌써 세 번이나 자리를 옮겼지만 번번이 비바람에 무너졌다. 시냇가는 유난히 쓸쓸해 회포를 펴기에도 알맞지 않았으므로 다시 옮기기로 작정하고 산 남쪽에 땅을 얻었다. 조그마한 골짜기가 있는 그곳은 앞으로는 강과 들이 내려다보이고 깊숙하고 아늑하면서도 널찍이 트였으며, 바위산에 나무가 무성하며 우물 맛이 달고 시원해 은거하기에 참으로 적당했다. 어떤 농부가 그곳에서 농사를 짓고 살았는데, 내가 값을 치르고 샀다. 법련(法蓮)이라는 승려가 집 짓는 일을 맡았으나 얼마 후 죽자 정일(淨一)이라는 승려가 계속했다. 정사년(1557년)부터 신유년(1561년)까지 다섯 해 만에 서당(書堂)과 정사(精舍) 두 채를 그럭저럭 완성해 살 수 있게 되었다.

서당은 모두 세 칸이다. 가운데 한 칸은 완락재(玩樂齋)라고 했다. 주자가 「명당실기(名堂室記)」에서 "즐기며 완상하니, 여기에서 평생 지내도 싫지 않겠다."라고 한 말에서 따왔다. 동쪽 한 칸은 암서헌(巖棲軒)이라 했다. 「운곡시(雲谷詩)」의 "오랫동안 자신을 갖지 못했으니 산속에 살며 작은 효험 바라노라" 하는 구절에서 따왔다. 모두 합쳐서 도산 서당이라는 현판을 달았다. 정사는 모두 여덟 칸이다. 시습재(時習齋), 지숙료(止宿寮), 관란헌(觀瀾軒)이라 하고, 모두 합쳐서 농운 정사(隴雲精舍)라는 현판을 달았다.

서당 동쪽 구석에 작고 네모난 못을 파서 연을 심고 정우당(淨友塘)이라 했다. 또 그 동쪽에 몽천(蒙泉)이라는 샘을 만들고, 샘 위의 산기슭을 파서 암서헌과 마주 보도록 평평하게 단을 쌓았다. 그리고 그 위에 매화, 대나무, 소나무, 국화를 심어 절우사(節友社)라고 이름 붙였다. 당 앞의 출입하는 곳에 사립문을 만들고 유정문(幽貞門)이라 했다. 문밖 오솔길로 시내를 따라 내려가면, 골짜기 입구에 양쪽 산기슭이 마주 보고 있다. 그 동쪽 기슭 옆에 바위를 부수고 터를 닦아 조그만 정자를 지을 만하다. 그렇지만 힘이 모자라서 짓지 못하고 자리만 남겨 두었다. 마치 산문(山門)과 같기에 곡구암(谷口巖)이라 이름 지었다.

여기에서 동쪽으로 몇 걸음 가면 산기슭이 끊어지면서 바로 탁영담이 나온다. 깎아 세운 듯 커다란 바위가 십여 길 남짓 여러 층으로 포개져 있는 곳이다. 그 위에 바위를 쌓아 대(臺)를 만들고 소나무를 얽어 햇빛을 가렸다. 위는 하늘, 아래는 물이라 새는 날고 고기는 뛰며 물에 비친 좌우 취병산의 그림자가 흔들거려 강산의 승경을 한눈에 다 볼 수 있다. 천연대(天淵臺)라고 했다. 그 서쪽 기슭에도 대를 쌓고 천광운영대(天光雲影臺)라고 했으니, 경치가 천연대에 못지않다. 반타석(盤陀石)은 탁영담 가운데 있다. 모양이 넓적해 배를 매 두고 술잔을 돌릴 만하다. 홍수가 지면 물속에 들어갔다가 물이 빠지고 물결이 맑아지면 비로소 나타난다.

나는 늘 고질병으로 고생하느라 산에 살더라도 마음껏 책을 읽지 못한다. 남몰래 걱정하며 몸조리하다가 때때로 몸이 가뿐하고 마음이 상쾌하여 세상을 둘러보면 감개가 뒤따른다. 그러면 책을 덮고 지팡이를 짚고 나가 관란헌에 가거나 정우당을 구경하고, 단에 올라 절우사를 찾으며, 밭을 돌며 약초를 심기도 하고, 숲을 헤치며 꽃을 따기도 한다. 바위에 앉아 샘에서 장난치거나 대에 올라 구름을 바라보거나 낚시터에서 고기를 구경하거나 배를 타고 갈매기와 놀기도 한다. 마음 가는 대로 이리저리 돌아다니면 눈에 띄는 경치마다 흥취가 생긴다.

실컷 흥취를 즐기다가 집으로 돌아오면 고요한 방 안에 책이 가득 쌓여 있다. 책상을 마주하고 조용히 앉아 마음을 잡고 이치를 궁구한다. 간간이 깨닫는 것이 있으면 흐뭇하여 밥 먹는 것도 잊어버린다. 깨닫지 못하는 내용이 있으면 벗에게 도움을 받고, 그래도 깨닫지 못하면 혼자서 분발해 보지만 억지로 깨달으려 하지는 않는다. 우선 한쪽에 밀쳐 두었다가 가끔 다시 꺼내 마음을 비우고 곰곰 생각하여 저절로 이해하기를 기다린다. 오늘도 그렇게 하고 내일도 그렇게 한다.

봄에 산새가 울고, 여름에 초목이 무성하며, 가을에 바람과 서리가 싸늘하고, 겨울에 눈과 달이 빛난다. 사계절 경치가 다르니 흥취도 끝이 없다. 너무 춥거나 덥거나 거센 바람이 불든지 큰비가 내리는 때가 아니면, 어느 날 어느 때나 나가지 않는 날이 없고, 나갈 때도 그렇게 하고 돌아올 때도 그렇게 한다. 한가히 지내면서 몸조리하는 쓸모없는 짓이라 옛사람의 경지를 들여다보지는 못했지만, 혼자서 마음속으로 얻는 즐거움이 작지 않으니, 말하지 않으려 해도 말하지 않고는 배길 수 없다.

그리하여 장소마다 칠언절구 한 수를 지었더니 모두 열여덟 수가 되었다. 또 몽천(蒙泉), 열정(洌井), 정초(庭草), 간류(澗柳), 채포(菜圃), 화체(花砌), 서록(西麓), 남반(南沜), 취미(翠微), 요랑(廖朗), 조기(釣磯), 월정(月艇), 학정(鶴汀), 구저(鷗渚), 어량(魚梁), 어촌(漁村), 연림(烟林), 설경(雪徑), 역천(櫟遷), 칠원(漆園), 강사(江寺), 관정(官亭), 장교(長郊), 원수(遠岫), 토성(土城), 교동(校洞) 등을 오언절구로 잡다하게 읊은 시 스물여섯 수가 있으니, 앞의 시에서 다하지 못한 뜻을 말한 것이다.

아, 나는 불행히도 구석진 곳에서 뒤늦게 태어나 촌스럽고 고루해 들은 것이 없다. 다만 산림의 즐거움은 일찍 알았다. 그러나 중년에 접어들어 함부로 벼슬길에 나아가 풍진 세상을 이리저리 떠돌아다니다가 돌아오지 못하고 죽을 뻔했다. 그 뒤 나이가 더 많아지고 병이 깊어지며 처세가 더욱 곤란해지자, 세상이 나를 버리지 않더라도 내가 세상을 버리지 않을 수 없었다. 그제야 굴레를 벗어나 전원으로 들어가니, 앞에 말한 산림의 즐거움이 저절로 내 앞에 나타났다. 그렇다면 내가 이제 고질병을 치료하고 깊은 시름을 풀면서 늘그막을 편히 보낼 곳을 여기 말고 또 어디 가서 찾겠는가.

그렇지만 옛날 산림을 즐긴 사람들을 보면 두 종류가 있다. 첫째는 현묘한 도를 사모해 고상한 행동을 일삼으며 즐기는 사람이다. 둘째는 도덕과 의리를 좋아하고 심성을 수양하며 즐기는 사람이다. 전자를 따르자니 제 몸을 깨끗이 하려다가 인륜을 어지럽히게 되고, 심하면 새나 짐승처럼 살면서도 잘못인 줄 모를까 두렵다. 후자를 따르자니 그가 즐기는 것은 찌꺼기에 불과하며, 남에게 전할 수 없는 묘한 이치는 구할수록 더욱 얻지 못하는데, 무슨 즐거움이 있겠는가. 하지만 차라리 후자를 따르면서 힘쓸지언정 전자를 따르면서 자신을 속이지는 말아야 할 것이다. 그리한다면 세속의 명리가 내 마음에 들어올 겨를이 있겠는가.

어떤 이가 말했다.

"옛날에 산을 사랑했던 사람들은 반드시 이름난 산에 살았는데, 그대가 청량산에 살지 않고 여기에 사는 이유는 무엇인가?"

나는 이렇게 말했다.

"청량산은 만 길 높이 솟아 까마득히 깊은 골짜기를 내려다보고 있네. 늙고 병든 사람이 편안히 살 곳이 못 돼. 또 산을 즐기고 물을 즐기려면 어느 하나가 없어도 안 되는데, 지금 낙천이 청량산을 지나기는 하지만 청량산에서는 보이지 않아. 나도 청량산에 살고 싶지만 그곳을 제쳐 놓고 이곳에 온 까닭은 산과 물이 다 있고 늙고 병든 사람에게 편하기 때문일세."

그 사람이 또 말했다.

"옛사람들은 마음에서 즐거움을 얻었으며, 다른 물건을 필요로 하지 않았네. 안연은 누추한 골목에 살았고 원헌(原憲)은 깨진 옹기로 창문을 만든 집에 살았지. 산수와 무슨 상관이 있었는가. 그러므로 다른 물건이 필요하다면 그것은 참다운 즐거움이 아닐세."

내가 또 말했다.

"그렇지 않아. 안연과 원헌이 그런 데 살았던 것은 형편이 그러했을 따름이며, 그래도 편안히 여겼다는 점이 중요하네. 그 사람들이 이런 곳을 만났다면 우리보다 더욱 즐거워했을 것이야. 그러므로 공자와 맹자도 산수를 자주 언급하며 깊은 뜻을 비유했네. 만약 그대의 말대로라면 '나는 증점(曾點)과 함께하겠다.'라는 감탄을 왜 하필 기수(沂水) 가에서 했겠으며, '평생을 보내겠다.'라는 소원을 유독 노봉(蘆峰) 꼭대기에서 읊조린 까닭이 무엇이겠는가. 반드시 이유가 있네."

그 사람이 수긍하며 물러갔다.

가정 신유년(1561년) 동짓날, 늙고 병든 시골 사람이 쓰다.

해설

칠언절구 18수와 오언절구 26수로 구성된 시 「도산잡영(陶山雜詠)」의 서문에 해당하는 글이다. 이황은 55세에 세 차례 사직소를 올리고 벼슬에서 물러났다. 이후 그는 도산 남쪽에 새로운 건물을 짓기 시작했다. 퇴계 인근에 이미 한서암(寒栖庵), 계상 서당(溪上書堂) 등의 건물이 있었지만 그에게 배우고자 찾아오는 사람들을 다 수용할 수가 없어 새로운 공간이 필요했던 것이다. 1557년부터 1561년까지 5년에 걸친 공사 끝에 건물 두 채가 완성되었다. 이황은 이 두 곳을 도산 서당과 농운 정사라 명명했다. 그리고 건물의 방과 문, 연못과 바위 등 곳마다 이름을 붙였다. 모두 경전과 주희의 글에서 따온 것이었다. 하나하나 이름을 붙인 뒤에는 시를 지었다. 이것이 「도산잡영」이다.

이황에게 도산은 하나의 완벽한 세계였다. 인간의 욕심이 지배하는 불완전한 속세와 달리, 자연은 하늘의 이치가 그대로 구현되는 공간이기 때문이다. 이황은 이곳에서 "도덕과 의리를 좋아하고 심성을 수양하며 즐기는" 삶을 추구했다. 바로 그가 「도산기(陶山記)」에서 언급한 '산림지락(山林之樂)'이다.

조식 曹植

1501~1572년

본관은 창녕(昌寧), 자는 건중(健中), 호는 남명(南冥)이다. 경상도 삼가현(三嘉縣, 지금의 합천군 삼가면)에서 태어났다. 관직 생활을 하는 부친을 따라 한동안 서울에 살다가 26세에 부친상을 당해 고향으로 돌아갔다. 20세에 사마시 초시(初試)와 문과 초시에 합격했지만 회시(會試)에 낙방해 급제하지 못하고, 결국 37세에 과거를 포기한다. 성리학자로서의 명성에 힘입어 참봉, 주부 등의 관직에 임명되었으나 나가지 않았다. 55세에 단성 현감(丹城縣監)에 임명되자 사직하는 상소를 올렸는데 이 상소에서 문정 왕후(文定王后)를 과부로, 명종을 고아로 비유해 파란을 일으켰다. 61세에 지리산 아래 덕천동(德川洞)으로 들어가 산천재(山天齋)를 짓고 강학에 몰두했다. 조식의 제자들은 한때 경상우도 일대를 중심으로 학파를 형성해서 경상좌도의 퇴계 학파와 쌍벽을 이루었으나, 정인홍(鄭仁弘)의 몰락과 함께 쇠퇴했다.

문집 『남명집(南冥集)』, 선현의 언행을 모은 『남명학기유편(南冥學記類編)』 등이 전한다.

위험한 백성   民巖賦

유월 무렵 염여퇴(灩澦堆)의 물결은 달리는 말처럼 세차니, 올라갈 수도 없고 내려갈 수도 없다. 아, 이보다 위험한 것은 없으니 배가 이로써 갈 수도 있고 뒤집힐 수도 있다. 백성은 물과 같다는 말은 옛날부터 있었다. 백성은 임금을 떠받들기도 하고 백성은 나라를 뒤집기도 한다.

　나는 알고 있다. 물은 눈으로 볼 수 있으므로 위험이 겉으로 드러나서 함부로 하기 어렵다. 눈으로 볼 수 없는 것은 마음으로, 위험이 안에 숨어 있어 소홀히 여기기 쉽다. 평지보다 걷기 쉬운 곳은 없지만 맨발로 다니면서 살피지 않으면 발을 다친다. 이부자리보다 편한 곳은 없지만 바늘을 조심하지 않으면 눈을 다친다. 화는 소홀히 여기는 데서 생기는 법, 바위처럼 위험한 존재가 계곡에만 있는 것은 아니다.

　마음속에 원한을 품어도 한 사람의 마음은 몹시 미세하고, 필부가 하늘에 호소해도 한 사람의 존재는 몹시 보잘것없다. 그렇지만 하늘이 분명하게 감응하는 이유는 다름이 아니라 하늘이 백성을 통해 보고 듣기 때문이다. 백성이 바라는 것은 반드시 하늘이 따르니, 마치 부모가 자식에게 해 주는 것과 같다. 한 사람의 마음과 한 사람의 존재는 미미하지만, 결국에는 밝으신 상제께서 보답하신다. 그 누가 우리 상제를 대적하겠는가. 하늘이 만든 험지인 백성은 실로 이기기 어렵다. 만고에 걸쳐 험지를 만들었거늘, 얼마나 많은 제왕들이 해이하게 여겼는가.

걸왕(桀王)과 주왕(紂王)은 탕왕(湯王)과 무왕(武王)에게 망한 것이 아니라 백성에게 믿음을 얻지 못해서 망했다. 한나라 유방(劉邦)은 일개 백성이었고 진(秦)나라 이세 황제(二世皇帝)는 대단한 임금이었다. 그러나 필부가 천자를 바꾸었으니, 이처럼 큰 권한은 어디에 있는 것인가. 우리 백성의 손에 달려 있다. 두려울 것 없는 존재야말로 몹시 두려운 것이다.

아, 촉산(蜀山)이 아무리 험하다지만 임금을 쫓아내고 나라를 뒤집을 수야 있겠는가. 그 위험이 생기는 근원을 따져 보면 임금 한 사람을 벗어나지 않는다. 임금 한 사람이 선하지 않은 것이 으뜸가는 위험이다. 크고 화려한 집은 위험의 시작이요, 여인의 참소가 성행하는 것은 위험의 계단이요, 끝없이 세금을 거두는 것은 위험을 쌓음이요, 절도 없는 사치는 위험을 세움이요, 탐관오리가 관직에 있는 것은 위험으로 가는 길이요, 형벌을 제멋대로 시행하는 것은 위험을 공고히 하는 짓이다. 비록 위험이 백성에게 달렸다지만 어찌 임금의 덕에서 말미암지 않겠는가. 물은 바다보다 험한 것이 없지만 큰 바람이 불지 않으면 고요하고, 백성의 마음보다 험한 것은 없지만 폭군만 없으면 다 같은 동포이다. 동포를 원수로 여기는데, 누가 그렇게 만들었는가.

우뚝한 남산에 바위가 첩첩 쌓였고, 험준한 태산을 노(魯)나라 사람들이 우러러본다. 험준하기는 마찬가지지만 편안하고 위험하기는 다르다. 내가 편안히 만들 수도 있고, 내가 위험하게 만들 수도 있으니, 백성이 위험하다 말하지 말라. 백성은 위험하지 않다.

해설

원제의 '민암(民巖)'은 『서경(書經)』「소고(召誥)」의 "위험한 백성을 돌아보고 두려워하라.(用顧畏于民嵒.)"에서 나온 말이다. 군주는 백성이 나라를 망하게 할 수 있는 무서운 존재라는 점을 기억하고 두려워해야 한다는 말이다. 『중종실록』에 따르면 1534년(중종 29년) 3월 8일 전시(殿試)에서 '민암부(民巖賦)'가 출제되었는데, 이 글은 이때 지은 것이 아닌가 한다.

조식은 여러 전고를 활용해 주제를 강조한다. "군주는 배와 같고 백성은 물과 같다. 물은 배를 띄울 수도 있으나 배를 뒤집을 수도 있다."라는 말은 『순자(荀子)』에 있다. 물은 눈으로 볼 수 있으니 누구나 두려워할 줄 알지만 더욱 두려운 것은 눈에 보이지 않는 법, 겉으로 드러나지 않는 백성의 불만과 원한이야말로 두려워해야 마땅하다.

『서경』「태서(泰誓)」에 "하늘은 우리 백성의 눈을 통해서 보고, 하늘은 우리 백성의 귀를 통해서 듣는다." 하였다. 백성의 뜻은 곧 하늘의 뜻이다. 백성이 군주에게 위협이 된다면 그것은 군주가 백성의 마음을 잃었기 때문이다. 백성의 마음을 얻고자 하는 군주는 덕을 쌓아야 한다. 백성의 마음을 얻은 군주에게 백성은 두려운 존재가 아니니, 책임은 오로지 군주에게 달려 있다는 뜻을 담았다.

자전은 과부이며
전하는 고아입니다

乙卯辭職疏

선무랑(宣務郎)으로 단성 현감에 새로 임명된 신 조식은 참으로 황공한 마음으로 머리를 조아리며 주상 전하께 상소합니다. 삼가 생각건대 선왕께서는 신이 형편없는 줄 모르시고 처음에 참봉(參奉)으로 임명하셨습니다. 전하께서 뒤이어 즉위하시어 두 번이나 주부(主簿)에 임명하시고 이제는 또 단성 현감에 임명하시니, 벌벌 떨리고 두려워 산을 짊어진 것만 같습니다. 그런데도 신은 아직까지 감히 대궐 가까운 곳으로 나아가 하늘의 태양 같은 전하의 은혜에 감사드리지 않고 있습니다. 여기에는 이유가 있습니다.

군주가 사람을 뽑아 쓰는 것은 장인이 나무를 골라 쓰는 것과 같습니다. 깊은 산 큰 못에 있는 나무를 빠짐없이 골라 써서 큰 집을 완성하는 것은 장인의 일이지 나무가 관여할 일이 아닙니다. 전하께서 사람을 뽑아 쓰는 것은 고을을 다스리는 일을 맡기기 위해서이니, 신은 걱정을 견딜 수 없어 감히 큰 은혜를 독차지하지 못하고 있습니다. 그리고 주저하며 나아가기 어려워하는 이유로 말하자면, 끝내 성상께 감히 아뢰지 않을 수 없습니다.

신이 나아가기 어려운 데는 두 가지 이유가 있습니다. 지금 신의 나이는 예순에 가까운데 학문이 허술합니다. 문장은 과거 시험에 합격하기도 부족하고, 행실은 물 뿌리고 비질하는 일도 맡기 부족합니다. 십여 년 동안 과거에 응시하다가 세 번 떨어지고서야 물러났으니, 애당초 과거에 응시하지 않은 사람도 아닙니다. 과거 응시를 달갑게 여기지 않는 사람이라도 거만한 보통 백성에 불과할 뿐, 큰일을 할 수 있는 완벽한 재주가 있는 것은 아닙니다. 더구나 사람의 선악은 과거 응시 여부에 달려 있는 것이 아닙니다. 미천한 신이 명성을 훔쳐 인사 담당자에게 잘못 알려지고, 그가 명성을 듣고서 전하께 잘못 아뢴 것입니다.

전하께서는 과연 신이 어떤 사람이라고 생각하십니까? 도를 지녔다고 생각하십니까? 문장에 능하다고 생각하십니까? 문장에 능한 자가 반드시 도를 지닌 것도 아니고, 도를 지닌 사람이 반드시 신과 같은 것도 아닙니다. 비단 전하께서 신을 모르실 뿐 아니라 재상도 모르고 있습니다. 그 사람을 모르고서 등용했다가 훗날 국가의 수치가 된다면, 어찌 미천한 신에게만 죄를 물을 수 있겠습니까? 헛된 명성을 바치고 몸을 팔기보다야 진짜 곡식을 바치고 관직을 사는 것이 낫지 않겠습니까? 신은 차라리 신의 몸을 저버릴지언정 차마 전하를 저버릴 수는 없습니다. 이것이 나아가기 어려운 첫 번째 이유입니다.

그리고 전하의 나랏일은 이미 글렀으며, 나라의 근본은 이미 망했습니다. 하늘의 뜻은 이미 떠났고 백성의 마음은 이미 흩어졌습니다. 비유하자면 큰 나무를 백 년 동안 벌레가 파먹어 진액이 다 말라 버렸는데 거센 비바람이 언제 닥칠지 모르는 지경에 이른 지 오래입니다. 조정에 있는 사람 중에 충성스럽고 뜻있는 신하와 밤낮으로 부지런한 선비가 없지 않으나, 이미 형세가 극에 달하여 지탱할 수 없고 사방을 둘러보아도 손쓸 도리가 없다는 것을 알고 있습니다. 낮은 관원들은 아래에서 시시덕거리며 주색을 즐기고, 높은 관원들은 위에서 데면데면하게 재물만 늘리고 있습니다. 물고기의 배가 썩고 있는 지경인데도 바로잡으려 하지 않습니다. 조정에 있는 신하는 용이 연못에 도사리듯 도와줄 당파를 끌어모으고, 지방에 있는 신하는 이리가 들판을 마음대로 누비듯 백성의 고혈을 짜내는데, 가죽이 없어지면 털이 붙을 곳이 없다는 것도 모르고 있습니다. 이 때문에 신은 오랫동안 생각하다가 길게 한숨 쉬며 낮이면 몇 번이나 하늘을 우러러 탄식하고 울먹이며, 밤마다 오랫동안 지붕을 올려다보았습니다.

자전(慈殿, 임금의 어머니)께서는 생각이 깊으시나 깊은 궁중의 한낱 과부에 불과하고, 전하께서는 어리시니 선왕께서 남기신 일개 고아일 뿐입니다. 온갖 천재지변을 어떻게 감당하겠으며 수많은 백성의 마음을 어떻게 수습하겠습니까. 냇물이 마르고 곡식이 비처럼 내리는 이변이 생겼으니 그 조짐이 무엇이겠습니까. 사람들의 노래가 슬프고 흰 상복을 입으니 어지러운 형상이 이미 나타났다 하겠습니다. 이러한 때는 주공(周公)과 소공(召公)의 재주를 겸비한 자가 정승 자리에 있더라도 어찌할 수 없을 것입니다. 더구나 일개 미천한 몸으로 초개와 같은 재주를 가진 자라면 어떻겠습니까. 위로는 위태로운 상황을 부지하는 데 만에 하나도 도움이 되지 않고, 아래로는 백성을 보살피는 데 터럭만큼도 도움이 되지 않습니다. 전하의 신하 노릇 하기가 어렵지 않겠습니까. 보잘것없는 이름을 팔아 전하의 벼슬을 차지하고, 녹봉을 먹으면서 맡은 일을 하지 않는 것은 신이 바라는 바가 아닙니다. 이것이 나아가기 어려운 두 번째 이유입니다.

또 신이 요즘 보아하니 변방에 일이 있어 관원들이 바쁩니다. 그렇지만 신은 놀라지 않았습니다. 이 일은 이십 년 전에 일어났어야 하는데 전하의 훌륭한 무예와 용맹에 힘입어 이제야 일어난 것이며, 하루아침에 갑자기 생긴 일이 아닙니다. 평소 조정에서 재물로 사람을 등용하므로 재물은 모였지만 백성은 흩어졌습니다. 끝내는 장수의 자리에 적임자가 없고 성에 군졸이 없어 외적이 무인지경 들어오듯 했으니 이것이 어찌 괴이한 일이겠습니까. 이번에도 이들은 대마도의 왜구와 몰래 결탁해 길잡이가 되어 만고에 끝이 없는 치욕을 끼쳤는데, 왕의 위엄이 떨치지 못하여 땅에 떨어졌습니다. 어찌하여 옛 신하를 대우하는 의리는 주(周)나라 법전보다 엄격하면서 도적을 총애하는 은혜는 도리어 망한 송나라와 같은 것입니까? 세종께서 남쪽을 정벌하고 성종께서 북쪽을 정벌한 일을 보십시오. 오늘날과 같은 일이 어디 있었습니까?

그렇지만 이와 같은 일들은 피부병에 지나지 않으니, 가슴과 배의 통증이 되기는 부족합니다. 가슴과 배에 통증이 생겨 걸리고 막히면 위아래가 통하지 않으니, 이것은 벼슬아치들이 목구멍이 마르고 입술이 타는데도 수레는 달아나고 사람은 도망치는 격입니다. 근왕병(勤王兵)을 불러들여 나랏일을 정돈하는 일은 구구한 정사와 형벌이 아니라 오로지 전하의 마음에 달려 있습니다. 마음속에서 각고의 노력을 기울여 온갖 잡념을 제거하는 계기는 나에게 달려 있을 따름인데, 전하께서 종사하시는 일이 무엇인지 모르겠습니다. 배우고 묻기를 좋아하십니까? 음악과 여색을 좋아하십니까? 활쏘기와 말타기를 좋아하십니까? 군자를 좋아하십니까? 소인을 좋아하십니까? 무엇을 좋아하는가에 나라의 존망이 달려 있습니다.

하루아침에 퍼뜩 깨달아 분발하여 학문에 힘쓰신다면 홀연 덕을 밝히고 백성을 새롭게 하는 도리를 터득할 것입니다. 덕을 밝히고 백성을 새롭게 하는 도리를 터득하면 온갖 선이 모두 갖추어져 모든 교화가 여기에서 나올 것입니다. 이로써 시행하기만 하면 나라를 공평히 할 수 있고 백성을 화합하게 할 수 있으며, 위태로운 상황을 안정시킬 수 있습니다. 요약하여 간직하면 거울이 맑아지고 저울이 공평해지며 사특한 생각이 없어질 것입니다.

부처가 말한 이른바 참된 선정이란 단지 이 마음을 보존하는 데 달려 있으니, 위로 하늘의 이치에 통하는 것은 유교와 불교가 마찬가지입니다. 다만 불교는 사람의 일을 시행할 때 발을 디딜 곳이 없으므로 우리 유교에서는 배우지 않는 것입니다. 전하께서 불교를 좋아하시니, 만약 그 마음을 옮겨서 학문을 하신다면 이는 우리 유가의 일이 됩니다. 어려서 집을 잃은 아이가 집을 찾아 부모 친척, 형제 친구를 만나 보는 것과 같지 않겠습니까.

더구나 정치는 사람에게 달려 있습니다. 사람을 뽑는 일은 몸소 하고, 몸을 수양하는 것은 도로써 해야 합니다. 전하께서 몸소 사람을 뽑는다면 조정에 있는 사람이 모두 사직을 지키는 신하일 것이니, 어리석고 미천한 신이 무슨 소용이 있겠습니까. 만약 눈으로 사람을 뽑는다면 침소 밖에 있는 사람이 전부 속이고 배신하는 무리일 것입니다. 소신처럼 고지식한 사람이 무슨 필요가 있겠습니까. 훗날 전하께서 왕도 정치의 교화를 이루신다면 신은 하인들 사이에서 채찍을 잡고 마음과 힘을 다해 신하의 직분을 다할 것입니다. 어찌 임금을 섬길 날이 없겠습니까.

삼가 바라건대 전하께서는 반드시 마음을 바로잡아 백성을 새롭게 하는 주안점으로 삼으시고, 자신을 수양하여 사람을 뽑는 근본으로 삼아 법도를 세우소서. 임금이 임금답지 않으면 나라가 나라답지 않으니, 삼가 살펴 주시기 바라옵니다. 신 조식은 지극히 두려운 마음을 견디지 못하여 삼가 죽음을 무릅쓰고 아뢰옵니다.

해설

1555년(명종 10년) 단성 현감에 임명된 조식이 올린 사직 상소이다. 이른바 '단성소(丹城疏)'로 알려진 이 상소는 명종의 심기를 건드렸다. 문정 왕후를 과부라고 하고 명종을 고아라고 한 내용 때문이었다.

문정 왕후는 명종의 어머니로서 12세로 즉위한 명종을 대신해 수렴청정을 하다가 명종이 20세가 되던 1553년 비로소 물러났다. 그러나 실질적인 권력은 여전히 문정 왕후에게 있었다. 조식은 '과부'에 불과한 문정 왕후가 정권을 장악하여, '고아' 명종이 힘을 쓰지 못하는 조정의 상황을 에둘러 비판했다. 명종은 "지금 조식의 상소를 보니, 비록 간절하고 강직한 듯하기는 하나 자전에 대해 공손하지 못한 말이 있다. 군신의 의리를 모르는 듯하여 매우 한심스럽다."라고 불만을 표시했다.

조식은 상진(尙震) 등 그의 주장을 지지하는 신하들에 힘입어 별다른 처벌을 받지 않고 사직을 허락받았다. 그 무렵 조정은 을사사화의 여파로 진통을 겪는 데다가 왜구의 침략이 거듭되어 대내외적으로 혼란한 상황이었다. 조식은 당시 정세를 심각한 위기로 판단하고 극단적인 표현으로 명종의 각성을 촉구한 것이다.

퇴계에게　　　　　　答退溪書

평소 당신을 존경하여 하늘의 북두성 바라보듯 했으나 오랫동안 만나지 못해 마치 책 속의 사람 같았습니다. 그런데 뜻밖에도 정성스러운 말씀이 담긴 편지를 보내 여러 가지로 깨우쳐 주시니, 예전부터 아침저녁으로 자주 만난 사람 같습니다. 어리석은 제가 무엇 때문에 주저하겠습니까.

　단지 헛된 명성을 지어내 세상을 속이고 성상을 그르친 것이 걱정입니다. 남의 물건을 훔친 자를 도둑이라 하는데, 하물며 하늘의 물건을 훔친 경우는 어떻겠습니까. 이 때문에 몸 둘 바를 모르고 날마다 하늘의 벌이 내리기를 기다리고 있었습니다. 과연 지난겨울부터 갑자기 허리와 등이 쑤시고 아프더니 달포가 지나서는 오른쪽 다리를 절게 되어 걸어 다니는 사람 축에도 끼지 못합니다. 평지를 걷고자 한들 뜻대로 되겠습니까. 그제야 사람들이 모두 제 단점을 알게 되었고, 저 역시 사람들에게 제 단점을 숨길 수 없게 되었습니다. 웃고 탄식할 일입니다.

　다만 공은 서각(犀角)을 태우는 것처럼 밝고 저는 동이를 뒤집어쓴 것처럼 캄캄하여 한탄하고 있는데, 편지로 가르침을 받을 길이 없었습니다. 게다가 눈병이 있어 침침한 눈으로 사물을 제대로 보지 못한 지 여러 해입니다. 공께서 발운산(撥雲散)과 같은 약으로 눈뜨게 해 주지 않으시겠습니까? 부디 살펴 주시기 바랍니다. 멀리서 지면을 빌려 말씀드리니 어찌 마음을 다 표현할 수 있겠습니까. 삼가 글 올립니다.

해설

1553년(명종 8년) 이황이 보낸 편지에 대한 답장이다. 당시 조식은 성수침(成守琛), 이희안(李希顔) 등과 함께 유일(遺逸)로 천거되었지만 홀로 벼슬에 나아가지 않았다. 이황은 조식의 처신이 출처(出處)의 도리에 맞지 않는다고 지적하며 출사를 권유했다. 그러자 조식은 이 편지를 보내 '나는 눈이 어두워 앞을 잘 보지 못하니 눈을 환하게 치료하는 발운산을 보내 달라'고 했다. 어떻게 처신할지 조언해 달라는 이야기였다. 이황은 편지로 이렇게 답했다.

발운산을 달라고 하신 분부에 대해서는 감히 따르고자 힘쓰지 않을 수 있겠습니까. 다만 저도 당귀(當歸)를 구하고 있는데 얻지 못하고 있는 형편이니, 어찌 공을 위해 발운산을 구해 드릴 수 있겠습니까.

이황이 말한 당귀를 글자 그대로 풀이하면 '마땅히 돌아가야 한다'는 뜻이다. 그 자신도 벼슬을 버리고 물러나 향리로 돌아가고 싶지만 그러지 못하고 있는 형편이니, 남의 처신을 논하기 어렵다는 말이다. 한 시대를 살면서도 학문과 출처가 서로 달랐던 동갑의 두 사람이 해학적으로 넌지시 속내를 전하는 모습을 확인할 수 있는 편지글이다.

최
연

崔
演

1503~1549년

본관은 강릉(江陵), 자는 연지(演之), 호는 간재(艮齋)이다. 1525년 문과에 급제하고 사가독서에 선발되었다. 문장력을 인정받아 항상 지제교(知製敎)를 겸임하며 국가의 주요 문서를 작성했고 『중종실록』 편찬에 참여했다. 비교적 순조로운 관직 생활을 보냈다. 형조 판서를 역임했으며 명나라에 사신으로 갔다가 돌아오는 길에 병으로 세상을 떠났다. 문집 『간재집(艮齋集)』이 전하며 시호는 문양(文襄)이다.

노비 기러기   雁奴說

기러기는 따뜻한 곳을 찾아 남북으로 다니느라 한곳에 머물러 살지 않는다. 수십 마리가 무리 지어 한가로이 날고 조용히 내려앉는데, 백사장에서 잠을 잘 때는 노비 기러기를 사방에 세워서, 잡으러 오는 사람이 있으면 알게 해 놓고 큰 놈은 가운데에 자리를 잡는다. 사람이 틈을 엿보고 조금이라도 다가오면 노비 기러기가 급히 알린다. 그러면 기러기들이 놀라서 멀리 날아가니, 그물을 던질 수도 없고 주살을 쏠 수도 없다. 노비 기러기가 주인을 지키는 공로는 비할 짝이 드물다.

불을 이용하여 기러기를 잡는 사람이 있다. 날이 어두워지기를 기다렸다가 항아리에 촛불을 꽁꽁 숨기고, 몽둥이 든 사람이 그 뒤를 따른다. 몰래 다가가서 거의 잡을 때가 되면 촛불을 살짝 든다. 노비 기러기는 깜짝 놀라 울고 큰 놈도 깨어난다. 곧바로 촛불을 숨기면 잠시 후에 조용해진다. 또 촛불을 들면 노비 기러기가 또 분주히 알린다. 이렇게 서너 번 하면, 자꾸 경고하는데 잡으려 드는 인간은 없으니, 큰 놈이 도리어 노비 기러기가 제대로 보초를 서지 않는다고 이리저리 쪼아 댄다. 사람이 다시 촛불을 들면 노비 기러기는 큰 놈에게 쪼일까 두려워 다시는 경고하지 않는다. 마침내 사람이 가까이 다가가 일망타진한다.

아, 노비 기러기는 몹시 충성스럽고, 사람의 계책은 교활하고, 큰 기러기는 심하게 현혹되었구나. 어찌 기러기만 그렇겠는가. 사람도 이런 경우가 있다. 고식적으로 눈앞의 안일을 추구하느라 외부의 침입을 걱정하지 않고, 간교한 자에게 속아 도리어 충성스럽고 어진 이를 믿지 않다가, 끝내 흉계에 빠지고서도 깨닫지 못한다. 크게는 나라를 잃고 작게는 집안을 망치니, 이 역시 현혹된 것이 아니겠는가. 슬프다. 위험에 처한 주인을 보고서도 구하지 않는 자는 노비 기러기를 보면 부끄러울 것이다. 이 동물이 비록 작지만 큰일을 비유할 수 있다. 그리하여 나는 노비 기러기 이야기를 짓는다.

해설

노비 기러기를 이용해 기러기를 잡는 방법은 『태평광기(太平廣記)』「남인 포안(南人捕雁)」에 실려 있다. 최연은 이 책을 읽고 깊은 인상을 받아 글을 지은 듯하다.

큰 기러기는 군주를 비유하며, 노비 기러기는 군주에게 간언해서 위험을 알리는 신하이다. 큰 기러기가 노비 기러기의 경보를 믿지 않다가 끝내 사람에게 잡히고 마는 것처럼, 신하의 간언을 받아들이지 않는 군주는 결국 간사한 자의 흉계에 빠진다. 간언을 듣지 않고 간사한 자의 흉계에 빠지는 군주도 문제이지만 위험에 빠진 군주를 외면하고 간언을 주저하는 신하야말로 문제라는 내용이다.

쥐 잡는 고양이　　　猫捕鼠說

내가 큰 집을 빌려 살았는데 그 집에는 영주(永州) 아무개의 집처럼 쥐가 많았다. 항상 대낮이면 무리 지어 눈을 부릅뜨고 마음대로 다녔다. 침상 위에서 수염을 건드리는가 하면, 문틈에서 머리를 내밀기도 했다. 담과 서까래에 구멍을 뚫으니 온전한 방이 없고, 상자를 구멍 내고 바구니를 물어뜯어 남아나는 옷이 없었다. 심지어 문짝을 움직이고 휘장을 흔들고 소반을 들썩이고 장독을 핥았다. 내 곡식을 먹고 내 책상을 갉으며 시렁과 책을 거의 다 파먹었다. 어찌나 재빠른지 눈 깜빡일 겨를도 없었다. 오르락내리락 들락날락하며 새벽부터 밤새도록 찍찍거리는데, 두드리고 소리쳐도 전혀 두려워하거나 꺼리지 않았다. 몰래 지팡이를 던져 놀라게 하면 잠시 숨었다가 다시 나타났다. 물을 붓자니 담장이 무너질까 걱정이고, 불을 붙이자니 나무가 탈까 걱정이고, 물건을 던지자니 그릇 깨질까 걱정, 잡으려 하면 구멍으로 숨었다. 부적도 안 듣고 칼도 소용 없었다.

　나는 쥐가 내 물건을 갉아 먹는 데 그치지 않고 내 몸까지 물어뜯을까 봐 두려웠다. 몹시 걱정한 나머지 이웃집 고양이를 빌려다가 아랫목에 두고 쥐를 잡게 했다. 그런데 고양이는 쥐를 보면 자세히 보고서도 못 본 척했다. 잡지 않는 정도가 아니라 친하게 지내기까지 해서, 여럿이 모여 더욱 기승을 부렸다. 나는 한숨을 쉬며 한탄했다.

"이 고양이는 사람에게 길러진 탓에 제 할 일을 게을리한다. 부지런히 악인을 찾아내지 않는 법관, 도적을 막지 않는 관원과 무엇이 다르겠는가."

한참 동안 분개하다 무안해져 나는 고양이를 버리려고 했다.

며칠 지나자 어떤 사람이 찾아와 자기 집에 고양이가 있는데 몹시 날쌔고 사나워 쥐를 잘 잡는다고 했다. 결국 그 고양이를 데려다 놓았다. 눈동자가 반짝이는 얼룩무늬 고양이였다. 이빨을 갈며 발톱을 세우고 밤낮으로 돌아다니다가 쥐구멍 앞에 서면 머리를 들고 냄새를 맡는다. 쥐 냄새가 나면 허리를 구부리고 웅크린 채 꼼짝도 않고서 귀를 세운다. 그러다 쥐구멍에서 쥐 수염이 흔들리는 모습이 언뜻 보이면 날쌔게 움직여 머리를 부수고 내장을 도륙 내며 눈을 찢고 꼬리를 자른다. 열흘도 지나지 않아 납작 엎드리게 된 쥐 떼는 재주를 부릴 길이 없게 되었다. 집안이 씻은 듯 조용해지고 쥐구멍에는 거미줄이 생겼다. 그동안 찍찍거리던 쥐들이 조용히 자취를 감추었으나, 그릇과 의복은 전혀 상하지 않았다.

쥐는 본디 음(陰)에 속하는 무리인지라 항상 사람을 겁낸다. 그동안 쥐가 기승을 부렸던 것이 무슨 깊은 계책과 원대한 식견, 대담한 용기에 강한 힘이 있어 사람을 능멸할 수 있기 때문이었겠는가. 그저 사람이 막을 방법을 몰랐기에 그렇게 교활하고 방종하게 굴었던 것이다.

아, 사람은 쥐보다 영험하지 않은 것이 아닌데 쥐를 잡지 못하고, 고양이는 사람보다 영험하지 않은데 쥐는 고양이를 두려워한다. 하늘이 사물을 낳을 적에는 이처럼 각기 직분을 주었던 것이다. 지금 둥근 머리와 네모난 발을 가진 사람으로서 명예를 훔치고 의리를 좀먹으며 이익 탐하고 남 해치는 것이 쥐보다 심한 자가 많다. 나라를 소유한 자로서 제거할 방법을 생각하지 않을 수 있겠는가. 쥐 잡는 고양이를 보니 마치 사악한 자를 제거하는 것과 비슷해 가만히 감회가 일기에 글을 짓는다.

해설

유종원(柳宗元)의 「영주 아무개의 쥐(永某氏之鼠)」라는 글이 있다. 영주에 사는 아무개는 쥐를 몹시 좋아했다. 개도 고양이도 기르지 않고, 창고의 곡식을 모조리 쥐에게 내주었다. 온 동네의 쥐가 그 집으로 모여들었다. 쥐는 사람 무서운 줄 모르고 마음껏 집 안을 누비고 다녔다.

몇 년 뒤 아무개는 다른 고을로 이사 가고 그 집에는 새 주인이 살게 되었다. 새 주인은 수많은 쥐를 보고 깜짝 놀라 고양이 대여섯 마리를 빌려 왔다. 또 사람을 사서 그물로 쥐를 잡았다. 순식간에 쥐 시체가 산처럼 쌓였다. 유종원은 이렇게 썼다. "저 쥐들은 영원히 화를 입지 않고 배불리 먹을 줄 알았구나." 이 이야기에서 쥐는 권력을 쥐고 악행을 자행하는 소인을 비유한다. 그들은 권력이 영원할 것이라 생각하지만, 결코 그렇지 않다. 권력을 잃으면 응분의 대가를 치르게 된다.

유종원이 쥐에 초점을 맞추었다면, 최연이 주목한 것은 고양이이다. 인간이 고양이를 이용해서 쥐를 잡듯 군주는 관원을 임명해서 국가를 좀먹고 백성을 해치는 소인을 솎아 낸다. 소인을 찾아내 없애지 않는 관원은 쥐를 잡지 못하는 고양이처럼 아무런 쓸모가 없다. 쥐 잘 잡는 고양이를 고르듯 적임자를 뽑는 군주의 임무가 중하다는 것이다.

洪
暹

홍
섬

1504~1585년

본관은 남양(南陽), 자는 퇴지(退之), 호는 인재(忍齋)이다. 영의정을 역임한 홍언필(洪彦弼)의 아들이다. 조광조(趙光祖)의 문인으로 1531년 문과에 급제했다. 권신 김안로(金安老)를 탄핵해서 흥양(興陽)에 유배되었다가 김안로가 죽은 뒤 풀려났다. 그 뒤 승승장구해 이조판서, 대제학을 역임했다. 한때 권신 남곤(南袞)을 탄핵한 일로 파직되었지만 나중에 영의정까지 올랐다. 문집 『인재집(忍齋集)』이 전하며 시호는 경헌(景憲)이다.

궁궐 그림을 그리다　漢陽宮闕圖記

우리 전하께서 즉위하신 지 십오 년이 되어 덕을 닦아 학문이 밝아지고 정치를 행하는 근본이 확립되었습니다. 그런데도 눈과 귀가 닿는 곳마다 깨우치고 경계하는 도구를 두었습니다. 팔월 정묘일, 경복궁의 취로정(翠露亭)에 행차하여 신하들을 인견하고 아울러 선비들을 시험하셨습니다. 그리고 특별히 판중추부사 신 정사룡(鄭士龍)과 신 홍섬에게 어전 앞으로 나오라 명하고 온화하게 말씀하셨습니다.

"내가 예전 을묘년(1555년, 명종 10년) 화공을 시켜 한양의 성곽과 궁궐의 모습을 그리게 하고 병풍으로 만들어 대내에 두었다. 홍섬은 기문을 짓고 정사룡은 시를 지어 올리도록 하라."

이어 그 병풍을 꺼내 옥좌 서쪽에 펼치게 하셨습니다. 신 홍섬은 명을 듣고 그저 황공할 따름이었습니다.

삼가 그 대략을 살펴보니, 구름을 뚫을 양 높이 솟고 짙은 눈썹을 그린 듯 푸르게 병풍 가운데에서 북쪽을 향한 것은 백악산(白岳山)이요, 백악산 남쪽으로 우뚝 솟은 전각이 높은 담장으로 둘러싸인 곳은 경복궁입니다. 푸른 기와에 붉은 서까래를 얹은 건물이 나란히 우뚝 솟았는데, 안쪽에 있는 것은 경전을 공부하고 정사를 듣는 편전(便殿)이니 그 이름은 사정전(思政殿)이며, 바깥쪽에 있는 것은 조회를 열고 손님을 맞는 정전(正殿)이니 그 이름은 근정전(勤政殿)입니다. 허공에 붉은 누각이 솟았는데 용을 아로새긴 주춧돌이 높이 받치고 있으며 연못에 둘러싸이고 나무가 에워싼 곳은 영대(靈臺)를 모방한 경회루(慶會樓)입니다. 동쪽에 있는 세자의 거처로 성상의 거처와 가깝고 강당이 남쪽으로 트였으며 침소에 문안드리러 가는 길이 가까운 건물은 주나라 문왕을 본받고자 하는 자선당(資善堂)입니다.

동쪽에 창덕궁이 있으니, 옛날의 이른바 이궁(離宮, 별궁)으로 한나라 장안(長安)에 건장궁(建章宮)이 있었던 것과 같습니다. 또 동쪽에 창경궁이 있으니, 선왕께서 대비를 봉양하시던 곳으로 한나라의 장신궁(長信宮)과 같습니다. 규모는 본궁에 비해 다소 줄였지만 작은 누각과 별전을 산등성이에 기대어 지었으니, 경치는 더욱 뛰어납니다. 모두 성상께서 여가에 감상하기에 적당합니다.

왼쪽에는 종묘, 오른쪽에는 사직단이 있고 앞에는 조정, 뒤에는 시장이 있으며 종과 북을 설치한 누각이 도성 한가운데 있습니다. 성가퀴가 만 개나 되는 금성탕지(金城湯池)를 쌓고 대궐로 통하는 큰 길을 닦았습니다. 여덟 개의 성문이 활짝 열려 있어 팔방의 사람들이 모여듭니다. 모화관에서는 황제의 조서를 맞이하고 제천정(濟川亭) 아래에서는 수군을 훈련합니다. 삼각산은 북쪽의 진산(鎭山)으로 우뚝 솟았고, 한강이 남쪽을 따라 흐르며 넘실거립니다. 주위를 둘러싸고 요지를 장악해 대궐을 지키고 있으니,『주례(周禮)』에서 "방위를 분별하여 바르게 한다."라는 말과 "국도(國都)를 건설하고 향읍(鄕邑)을 구획한다."라 한 말이 아니겠으며,『시경』의 "음지와 양지를 살핀다" 하는 말과 "빈(豳) 땅에 사니 참으로 넓구나" 하는 말이 아니겠습니까?

신이 생각해 보니 산수를 그린 그림은 예부터 있었지만 대궐을 그린 그림은 없었습니다. 그런데 병풍을 만든 이유는 무엇이겠습니까. 산수는 만고의 세월이 흘러도 바뀌지 않지만, 대궐은 사람에 따라 지어졌다 무너집니다. 바뀌지 않는 산수는 사람이 어찌할 수 없지만, 지어졌다 무너지는 궁궐에 대해서는 사람이 느끼는 바가 필시 많을 것입니다. 그러하나 눈으로 보면 생각이 뒤따르고, 생각이 떠오르면 걱정과 기쁨이 뒤따르는 법입니다. 세상의 군주가 험난한 산하와 화려한 대궐을 보며 마음속으로 '험난한 산하가 어떻게 나라를 지키겠으며, 화려한 대궐에서 어떻게 편안하게 지낼 수 있겠는가.'라고 생각한다면, 걱정할 만한 점을 알아서 태평성대를 이룩하는 근본이라고 하겠습니다. '산하가 험난하니 누가 침략할 수 있겠으며, 화려한 대궐을 누가 가져갈 수 있겠는가.'라고 생각한다면 기뻐할 줄만 알아서 멸망을 자초하는 길이라 하겠습니다.

지금 우리 전하께서는 평소 그림을 펼쳐 보시며 마음속으로 생각하실 것입니다. '나라가 다스려지고 어지러워지는 것은 무상한 법이니, 성패는 사람에게 달려 있다. 거대하고 화려한 궁궐을 어찌 항상 소유할 수 있겠는가. 선대 임금들께서 비바람에 시달리는 고초를 겪으며 부지런히 대궐 터를 살펴보신 일을 잊지 말아야 한다.' 성상께서는 보시는 것마다 모두 걱정스러워 흥망을 생각하며 늘 안일을 경계하실 것입니다. 성상께서 병풍을 만들겠다고 생각하신 것은 이 때문입니다. 이와 같다면 그림은 감상하는 물건이 아니라 성상의 안목을 기르고 성상의 덕을 닦는 도구입니다.

옛적 한나라 반고(班固)가 「양도부(兩都賦)」를 짓고 왕연수(王延壽)가 「노영광전부(魯靈光殿賦)」를 지었습니다. 모두 화려하고 거대한 궁궐과 높은 누대, 깊은 못을 자세히 묘사했을 뿐 서술을 바탕으로 경계하고 깨우칠 줄은 몰랐습니다. 그 문장은 비록 물길이 터지듯 힘차고 알록달록 아름답기야 하지만, 당시 군주의 다스림에 무슨 도움이 되었겠습니까.

지금 우리 전하께서는 연못과 누대, 전각이 드러내는 참모습을 보기에 부족하다 여기시고, 반드시 그림으로 옮겨 한 장의 종이에 담고자 하셨습니다. 이는 구중궁궐 깊숙한 곳을 벗어나지 않고도 먼 곳의 산수와 드넓은 대궐을 한눈에 명료하게 보고자 하셨기 때문입니다. 기뻐할 만한 일과 걱정스러운 일이 눈에 보이면 마음속으로 경계하고, 마음속으로 경계하면 정사에 실천하며, 정사에 실천하면 나라가 더욱 공고해질 것입니다. 신은 성상의 학문이 날로 높아지고 다스림의 근본이 날로 두터워지리라는 것을 알겠습니다.

이루어진 일을 보고서 무너질 일을 염려함은 나라를 소유한 군주가 먼저 힘써야 하는 일이요, 사건을 계기로 경계를 아룀은 임금을 사랑하는 신하의 똑같은 마음입니다. 이것이 신이 반고와 왕연수처럼 쓸데없는 말을 지어내지 않고 송경(宋璟)의 「무일도(無逸圖)」와 이덕유(李德裕)의 「단의잠(丹扆箴)」에 연연하는 이유입니다.

아, 앞으로 왕위를 계승하는 성스러운 자손이 이 병풍을 마주 보면 매번 오늘날 전하의 마음을 자기 마음으로 삼을 것입니다. 강토를 온전히 보존하는 길은 실로 경계하고 반성하는 데 달려 있다는 사실을 안다면, 이른바 왕자(王者)의 마을과 천부(天府)의 나라가 영원히 후손의 소유가 될 것입니다. 이 병풍이 나라의 흥망에 관계된다는 이야기가 참으로 옳지 않겠습니까. 신은 이에 글을 지어 기록합니다.

해설

1555년 명종은 경복궁을 중심으로 창덕궁, 창경궁, 종묘, 사직단, 종각 등 한양의 주요 건물을 모두 화폭에 담아 병풍으로 제작하게 했다. 경복궁의 부속 건물인 사정전, 근정전, 경회루, 자선당의 모습을 일일이 짚을 수 있을 만큼 정밀했던 것으로 보인다. 명종은 이 병풍을 대내에 두고 정사룡에게 시를, 홍섬에게 기문을 짓게 했다. 정사룡의 시는『호음잡고(湖陰雜稿)』권4에 실려 있으며, 이 글이 홍섬이 지은「한양궁궐도」기문이다.

홍섬은「한양궁궐도」의 자세한 모습을 묘사하기보다는 그림을 제작한 의도를 강조했다. 명종이 아름다운 강산과 화려한 궁궐이 결코 군주의 영원한 소유물이 될 수 없다는 점을 되새기고자 병풍을 만들었으며, 항상 곁에 두고 보고자 한다는 점을 칭송했다.

『견한잡록(遣閑雜錄)』에 따르면 명종은 1562년 성천도(成川圖), 영흥도(永興圖), 의주도(義州圖), 영변도(寧邊圖)를 병풍으로 제작하고 신하들에게 시와 기문을 짓게 했다. 이 밖에 평양도(平壤圖), 전주도(全州圖) 등이 있었는데, 모두 임진왜란으로 불타 버렸다고 한다.

김인후

金麟厚

1510~1560년

본관은 울산(蔚山), 자는 후지(厚之), 호는 하서(河西)이다. 어린 시절 김안국(金安國)에게『소학』을 배우고, 성균관에서는 이황과 함께 공부했다. 1540년 문과에 급제하고 사가독서에 선발되었다. 시강원 설서에 임명되어 세자로 있던 인종(仁宗)을 가르쳤으며, 기묘사화에 희생된 선비들을 신원하도록 건의하기도 했다. 인종이 승하하자 옥과 현감(玉果縣監)을 끝으로 관직에 나아가지 않고 성리학 연구에 몰두했다.

문집『하서전집(河西全集)』이 전한다. 중국 명시의 명구를 가려 뽑은『백련초해(百聯抄解)』는 조선 시대의 아동 한시 학습 교재로 널리 읽혔는데 그의 저술로 알려져 있다. 시호는 문정(文正)이다.

백성을 다스리는 법   上李太守書

모월 모일, 백성 고애자(孤哀子: 상을 당한 사람이 자신을 일컫는 말) 김인후는 참으로 황공한 마음으로 머리를 조아리며 두 번 절하고 성주(城主) 합하(閤下)께 삼가 아룁니다.

삼가 들으니 옛날 백성의 윗사람은 자기 위세가 높지 않은 것을 걱정하지 않고 백성과 가까이 지내지 못하는 것을 걱정했습니다. 백성이 마음으로 복종하지 않는 것을 걱정하지 않고, 자기 할 일을 다하지 못하는 것을 걱정했습니다. 백성의 성품이 악하게 변했으니 벌을 주어야 한다고 여기지 않고, 본성이 선하지 않은 사람은 없다고 항상 유념했습니다. 자신의 마음으로 남의 마음을 감동시키니 누구든 감동하지 않을 리 없고, 자신을 다스리는 방법으로 남을 다스리니 누구든 다스리지 못할 길이 없었습니다. 명령하면 반드시 시행되게 하고, 금지하면 반드시 중지하게 했으므로 백성이 두려워하면서 사랑하고, 공경하면서 믿었습니다. 날마다 착해져 죄를 멀리하면서도 스스로 알지 못하고, 심지어 명령하지 않아도 시행되고 금지하지 않아도 중지했습니다.

행여 잘난 체하며 자신을 높이고 미리 의심하며 현명하다고 여긴다면, 가까이 있는 사람은 아첨하고 속일 것이요, 멀리 있는 사람은 태만하고 의심할 것입니다. 아첨하고 속이면 기뻐하기 쉬우므로 그것이 잘못인 줄 모르며, 태만하고 의심하면 민심이 떠나기 쉬우므로 반드시 거역하는 지경에 이를 것입니다. 아랫사람은 죄를 짓는 경우가 많고, 윗사람은 심한 원망을 받을 것입니다. 자신을 높이면 형세는 날이 갈수록 외로워지고, 자신이 옳다 여기면 악이 날로 쌓이기 마련입니다.

삼가 생각건대 합하께서는 청렴하고 공평하며 간략하고 엄숙하며, 근면하고 검소하며 소박하고 강직하십니다. 형벌과 위엄을 숭상하지 않고 오로지 문치(文治)를 사용하고 계십니다. 이웃 고을의 정사를 살펴보아도 합하처럼 마음을 쓰는 경우가 없습니다. 그런데 한편으로는 관찰사가 잘못 듣고 한편으로는 간사한 자들이 호소하여 명성을 중시한다는 비난이 나왔습니다. 한때의 우스갯거리에 불과하지만 약간 마음에 걸리는 것이 없지 않고 또 벗에게도 깊이 신뢰를 받지 못하게 되었습니다. 이렇게 된 이유는 무엇이겠습니까. 지금이야말로 합하께서 마음으로 분발하고 참을성을 길러 부족한 점을 보충할 때입니다.

공자가 『주역』 건괘(蹇卦)의 상전(象傳)에 이르기를 "반성하여 덕을 닦는다." 하였고, 『역전(易傳)』에 이르기를 "군자가 어려운 일을 당하면 반드시 자신을 반성하여 '무슨 잘못 때문에 이렇게 되었는가.' 하고 생각한다. 잘하지 못한 점이 있으면 고치고, 마음에 부족한 점이 없으면 더욱 힘쓰니, 이것이 덕을 닦는 것이다." 하였습니다. 주공(周公)은 성왕(成王)에게 "소인이 너를 원망하고 너를 꾸짖으면 공경하는 마음으로 '이 허물은 나의 허물이다.'라 하고, 감히 노여움을 품지 마라." 하였고, 강왕(康王)은 군아(君牙)에게 "여름에 무덥고 비가 내리면 백성이 원망하며, 겨울에 몹시 추우면 백성이 또 원망하니, 어렵기 때문이다. 그들의 어려움을 생각하여 쉽게 해 주기를 도모하면 백성이 편안해진다."라고 명하였습니다. 합하께서는 유념하십시오.

상(商)나라의 유민(遺民)이 주(紂)의 악습에 물들었으니 어찌 증오할 만한 점이 없겠습니까. 그런데 강숙(康叔)을 위(衛)나라에 봉하면서 무왕은 "어린아이를 돌보듯 하라."라고 경계했습니다. 전국 시대에 인욕(人慾)이 횡행하여 인의(仁義)가 있다는 사실을 아무도 몰랐으니 풍속이 선량했다고 할 수는 없습니다. 그런데 맹자는 위나라 임금의 질문에 대답하면서 "반드시 인정(仁政)을 베풀고 형벌을 줄이는 것을 급선무로 삼아야 합니다."라고 했습니다. 애공(哀公)이 "흉년이 들었으니 비용이 부족하여 걱정입니다."라고 하자, 유약(有若)은 "어찌 철법(徹法, 소출의 10분의 1을 세금으로 내는 제도)을 시행하지 않으십니까."라 했습니다. 애공은 유약이 모르고서 함부로 대답했다고 의심했는데, 유약은 말했습니다. "백성이 풍족하면 임금이 누구와 함께 부족하겠으며, 백성이 부족하면 임금이 누구와 함께 풍족하겠습니까."

　이 몇 가지 이야기는 인지상정으로 보자면 우활하고 사정에 어둡다고들 여길 것입니다. 그렇지만 윗사람이 속임수를 쓰거나 고식적인 임금이 아니요, 아랫사람도 곡학아세하는 선비가 아닌데 반드시 이렇게 말했으니, 어찌 이유가 없었겠습니까?

　『대학』에서 「강고(康誥)」의 말을 인용하고 "정성스러운 마음으로 구하면 정확히 맞지는 않더라도 크게 틀리지는 않는다."라 풀이했습니다. 정자는 말했습니다.

　"어린아이는 자기 생각을 말할 수 없지만, 어머니의 마음은 지극한 정성에서 나왔으므로, 어린아이의 생각을 짐작하면 정확히 맞지는 않더라도 크게 틀리지는 않는다. 어찌 배운 다음에야 할 수 있는 일이겠는가. 백성으로 말하자면 말 못하는 어린아이와 같은데도 백성을 부리는 사람이 도리어 그들의 마음을 놓치는 경우가 없지 않다. 본디 자애하는 마음이 없어 살피지 못하기 때문이다."

지극히 옳은 말입니다. 또 그 설명을 부연한 자는 이렇게 말했습니다.

"임금 섬기기를 어버이 섬기듯 하고, 윗사람 섬기기를 형 섬기듯 하며, 동료와 지내기를 집안사람과 지내듯이 하고, 아전들 대우하기를 자기 노비 대우하듯 하며, 백성 사랑하기를 처자 사랑하듯 하고, 관청 일 처리하기를 집안일 처리하듯이 한 다음에야 나의 정성을 다할 수 있다. 만약 터럭만큼이라도 부족한 점이 있다면 모두 내 마음을 다하지 못한 소치이다."

내 마음을 다하지 않으면 남과 내가 구분되어 피차간의 거리가 멀어지니, 마치 손발이 마비되면 기맥이 통하지 않아 가렵거나 아파도 모두 절실하게 느껴지지 않는 것과 같습니다. 그렇다면 어떻게 수많은 변화에 대응하고 여러 사람의 마음을 하나로 모을 수 있겠습니까.

비록 그렇지만 이러한 병통이 생긴 이유는 치우치고 사사로워서일 따름입니다. 사사로우면 반드시 치우치고, 치우치면 반드시 사사로우며, 사사로우면 공정하지 않고, 치우치면 바르지 않습니다. 미미한 생각이 싹트면 그 사이는 터럭도 들어갈 수 없지만 일을 해치고 정사를 해치는 실마리는 실로 여기에 있습니다. 어째서이겠습니까.

마음이 일에 대응할 때 터럭만큼이라도 사사로우면 본래의 올바름을 잃어 한 몸의 주인 노릇을 할 수 없습니다. 몸이 외물을 접할 때 터럭만큼이라도 치우치면 반드시 당연한 법도를 잃고, 심지어 천하의 수치가 됩니다. 좋아하고 싫어하는 기준이 안에서 정해지고, 존속하고 멸망하는 계기가 밖에서 결정되는데 조심하지 않을 수 있겠습니까. 과연 이 마음을 항상 보존하여 반드시 거울처럼 깨끗하게 하고 저울처럼 공평하게 하여 터럭만큼의 치우침과 사사로움도 용납하지 않는다면, 사악한 자들이 그 틈을 타거나 그 기회를 이용할 수 없을 것이니, 일은 마땅하게 되고 백성은 중도에 맞을 것입니다.

합하께서는 시험 삼아 한가롭고 조용한 가운데 마음을 가라앉히고, 편안한 기운으로 성현의 말씀을 가져다가 주석을 모아 살펴보고 침잠하고 반복하여 그들의 마음 씀을 찾아보십시오. 어떻게 해야 백성을 어린아이처럼 돌보는 것인가. 어째서 형벌을 줄여야 하는가. 기근이 들었는데 어째서 세금을 줄여야 하는가. 어떻게 해야 백성을 다친 사람처럼 보는 것인가. 어떻게 해야 제사를 지내듯 백성을 부리는 것인가. 알면 반드시 좋아하게 될 것이요, 좋아하면 반드시 즐기게 될 것이니, 아첨하는 말을 좋아하지 않고 태만한 백성에게 성내지 않을 것입니다.

천천히 생각하고 신중히 처리하여, 시행될 수 없는 명령을 내리거나 중지할 수 없는 금령을 내리지 마십시오. 반드시 성현의 마음 씀을 자신의 마음 씀으로 삼는다면, 일상생활에 특별한 도리가 없더라도 응대할 때 조용하고 한가로워 반드시 당연한 법도를 다하게 될 것입니다. 자신을 반성하면 덕이 닦이고, 자신을 책망하면 원망이 저절로 풀어질 것입니다. 태만하던 자가 공경하고 의심하던 자가 믿으면 떠난 자가 돌아오고 거역하던 자가 순종할 것이니, 감응하는 묘리는 아무리 먼 곳이라도 통하지 않는 곳이 없을 것입니다. 그렇게 된다면 정사를 하는 데 무슨 어려움이 있겠습니까.

저는 몸소 도를 행하지 못하고 집안 다스리는 일도 실패하여 부모와 노비도 보존하지 못해 하루아침에 전부 흩어졌으니, 죄 지은 몸에 근심만 더 깊어집니다. 민심의 향배는 크고 작은 차이가 없다는 사실을 생각하니, 범에게 물린 사람이라야 정말 범이 무서운 줄 안다는 말이 거짓 아님을 더욱 잘 알겠습니다. 그리하여 감히 이와 같이 말씀드리는 것입니다. 삼가 바라건대 합하께서는 불쌍히 여기고 죄를 용서하소서.

해설

명종이 즉위한 지 오래지 않아 벼슬을 사직하고 순창(淳昌)에 은거하던 김인후가 군수 이언침(李彦忱, 1507~1547년)에게 보낸 글이다. 백성이 수령에게 올리는 글의 형식을 취해 어조는 공손하기 그지없으나, 수령으로서의 바른 마음가짐을 엄중히 당부했다.

백성은 본디 선하니 그들을 가까이하여 마음으로 복종하게 만들어야 한다. 백성을 가까이하는 방법은 자신의 위치가 높다고 여기지 말고, 자신의 생각이 옳다고 여기지 않는 것이다. 백성이 원망하면 자신을 반성하고, 백성이 어려우면 그들을 도와주어야 한다. 처자를 사랑하듯 진실한 마음으로 백성을 사랑하면 반드시 그들의 마음을 얻을 수 있다고 했다. 개인의 수양이 정치의 근본이라는 유학의 원론적인 가르침을 강조하는 글이다. 김인후는 말미에 추신을 덧붙여 『논어』와 『대학연의』를 읽으라고 권했다.

이 정 李 楨

1512~1571년

본관은 사천(泗川), 자는 강이(剛而), 호는 구암(龜巖)이다. 구암이라는 호는 그의 고향 사천 구암리에서 따온것이다. 1536년(중종 31년) 문과에 장원으로 급제해서 선산 부사, 청주 목사, 경주 부윤 등을 역임했다. 만년에 관직을 그만두고 고향으로 물러나 구암 정사(龜巖精舍)를 짓고 후진을 양성했다. 퇴계 이황과 절친한 사이였으며, 성리학에도 밝았다. 문집『구암집(龜巖集)』을 비롯해『성리유편(性理遺編)』,『경현록(景賢錄)』등의 저술을 남겼다.

턱이라는 이름의 집　　　　　頤庵記

옛날의 군자는 반드시 거처하는 집이 있었다. 집을 지을 때는 무릎을 넣을 정도면 충분했고, 감히 높고 큰 집을 지으려 하지 않았다. 어떤 이는 사(舍)라고 하고, 어떤 이는 와(窩)라고 하고, 어떤 이는 암(庵)이라 했으니, 식별할 수 있는 이름이 없어서는 안 되기 때문이다. 어떤 이는 자기 하는 일로 이름을 지었고, 어떤 이는 제 가진 것으로 이름을 붙였고, 어떤 이는 자기가 힘써야 하는 점으로 이름을 정했다. 비단 이름만 붙이고 마는 것이 아니라 실천하기 위해서였다. 증남풍(曾南豐, 증공(曾鞏))의 학사(學舍)와 소강절(邵康節, 소옹(邵雍))의 안락와(安樂窩) 그리고 주문공(朱文公, 주희)의 회암에서 이 점을 알 수 있다.

　호산(壺山) 송명중(宋明仲)은 약관도 되지 않은 나이에 부마(駙馬)로 선발되었으니 그 벼슬이 높다고 하겠으며 그 녹봉이 후하다고 하겠다. 크고 넓은 집을 지어 구름 위로 용마루가 높이 솟아 사치스러워 보이고 마음이 즐겁더라도 안 될 것이 없을 듯한데, 단지 동쪽 정원에 작은 집을 지어 쉴 곳으로 삼았다. 재목은 크고 좋은 것이 아니며 생김새도 아름답지 않았다. 여름이면 더위로 고생하고 손님이 오면 좁아서 불편했지만 명중은 편안히 여기며 이암(頤庵)이라 이름 짓고 내게 글을 지어 달라고 부탁했다.

이괘(頤卦)의 상전(象傳)에 "산 아래 우레가 있는 것이 이(頤)이니, 군자가 보고서 언어를 조심하고 음식을 절제한다." 했다. 위는 멈추고 아래는 움직이니 턱의 형상이요, 밖은 차고 안은 비었으니 입의 형상이다. 언어는 이곳을 통해 나오고 음식은 이곳을 통해 들어가므로 성인이 이곳을 조심하고 절제하라고 가르친 것이다. 그 뜻이 깊지 않은가.

　사람의 마음은 언어가 아니면 밖으로 퍼질 수 없으니, 언어는 사람에게 중요하다고 하겠다. 그렇지만 조심하지 않으면 조급하고 허황하여 덕을 기르는 방도가 전혀 아니니, 조심해야 하지 않겠는가. 사람의 몸은 음식이 아니면 기운이 생기지 않으니, 음식은 사람에게 중요하다고 하겠다. 그렇지만 절제하지 않으면 사치하고 방종하여 역시 몸을 기르는 방도가 아니니, 절제해야 하지 않겠는가. 이것이 성인이 사람들에게 남긴 가르침이며 명중이 가져다가 이름으로 삼은 이유일 것이다. 그렇지만 성인이 세상에 남긴 가르침과 사람을 가르치는 방도가 한두 가지가 아닌데 명중이 굳이 이 점으로 이름을 지은 이유는 무엇인가.

　내가 생각해 보니 명중의 학문은 깊다 하겠고 명중의 재주는 뛰어나다 하겠다. 이러한 학문과 재주를 세상에 펼치고 사업에 적용한다면 필시 볼만할 것이다. 그러나 나라에 법이 있어 명중의 관직은 업무를 맡지 않으니, 학문을 쓸 곳이 없고 재주를 펼 곳이 없다. 그렇다면 명중의 몸으로 실천하기 쉽고 명중의 힘으로 노력할 수 있는 것으로 음식과 언어보다 중요한 것이 있겠는가. 이것이 바로 명중이 이괘의 뜻을 취하여 이름을 짓고 스스로 힘쓰는 이유가 아니겠는가. 언어를 조심하면 조급하고 허황한 병통이 없을 것이니 마음이 고요하다는 것을 알 수 있고, 음식을 절제하면 사치하고 방종한 우환이 없을 것이니 몸이 편안하다는 것을 알 수 있다. 마음이 고요하고 몸이 편안하면 호연지기(浩然之氣)가 저절로 생기고 얼굴에 환한 빛이 드러날 것이니, 군자가 도를 배운 성과가 이루어진다. 이것이야말로 덕을 기르고 몸을 기르는 행위를 실천하여 집에 이름 붙인 뜻을 저버리지 않는 것이 아니겠는가. 명중은 비록 이괘의 뜻을 취하여 이름으로 삼았지만, 그의 성취가 과연 언어를 조심하고 음식을 절제하는 정도에 그치겠는가.

『중용(中庸)』에 "성(誠)은 자신을 완성하는 데 그치는 것이 아니라 남을 완성해 준다."라고 했다. 그렇다면 '자신을 완성한다'라고 한 말은 이와 같이만 하면 된다는 것이요, 남을 완성해 줄 수 있는지의 여부는 굳이 따질 필요가 없다는 것이다. 아, 사람의 마음은 조금만 배운 것이 있으면 반드시 세상에 시행하려 하고, 조금만 재주가 있으면 사업에 시험하려 한다. 지금 명중은 학문도 있고 재주도 있으나 이런 마음은 없고, 그저 덕을 기르고 몸을 기르는 방도에 힘쓰고자 하니, 남보다 훨씬 뛰어난 사람이 아니겠는가.

예전에 들으니 소강절의 시에 "산에 사는 늙은이가 쓸모없다 말하지 마라. 자기 한 몸은 편하게 지낼 수 있네"라 했다. 소강절은 조정에서 벼슬하지 않으려 했고, 명중은 세상에 쓰이지 못하니, 두 사람의 상황은 다르지만 자기 한 몸을 편하게 하기는 마찬가지이다. 소강절 이후로 나는 명중에게서 이 점을 보았다. 그렇다면 이 집은 증남풍의 학사, 소강절의 안락와, 주문공의 회암과 함께 후세에 아름답게 전해질 것이 틀림없다.

해설

이암의 주인이었던 송인(宋寅, 1517~1584년)은 부마였다. 그는 중종의 셋째 딸 정순 옹주(貞順翁主)와 혼인하여 여성위(礪城尉)가 되었다. 조선 시대 부마의 일생은 화려하고 안락했지만 관직을 맡는 것은 금지되어 있었다. 왕실과 가까운 관계로 정치적 사건에 휘말릴 가능성이 높았기에 운신의 폭도 좁았다. 이 때문에 할 수 있는 일이 많지 않았다. 문학과 예술 방면에서 높은 성취를 거두기도 했지만, 답답하고 불우한 신세를 한탄한 나머지 자포자기하고 향락에 빠지기도 했다. 송인은 전자에 해당하는 인물이다. 시문과 서예에 뛰어났고, 당대의 유명 문인들과 두루 교유를 맺다가 조용히 일생을 마쳤다.

송인은 『주역』 이괘의 뜻을 취해 자기 집에 이암이라는 이름을 붙였다. 이괘는 턱과 연결된 입의 형상이다. 입은 말이 나오고 음식이 들어가는 곳이다. 말은 조심해야 하고 음식은 절제해야 한다. 부마로서 정치적 사건에 휘말리지 않도록 말을 조심하고 사치와 향락을 경계하겠다는 의지를 이름에 담았다. 이정은 송인의 태도를 높이 평가하며, 이암의 이름이 옛 군자들의 집과 더불어 후대에 전해지기를 기원했다.

이정

박전 朴全

1514~1558년

본관은 무안(務安), 자는 면부(勉夫), 호는 송파(松坡)이다. 1546년(명종 1년) 문과에 급제해 전적, 감찰 등을 거쳐 호조 정랑을 역임했다. 문집『송파일고(松坡逸稿)』가 전한다. 문집에 수록된「구병가(九病歌)」,「팔애시(八哀詩)」,「감흥(感興)」 그리고「충효책(忠孝策)」과「절비자설(折臂者說)」 등의 시문이 높은 평가를 받았다.

제 팔을 부러뜨린 사람

折臂者說

백성의 부역 가운데 병역이 가장 고달프다. 나라의 법에 따르면 고칠 수 없는 병을 앓는 자는 병역을 면제해 주니, 병사로 쓸 수 없기 때문이다. 남쪽 고을에 어떤 남자가 있었는데, 백성을 징병할 때가 되자 스스로 팔을 부러뜨려 병사로 쓸 수 없다는 점을 내보였다. 내가 불쌍히 여겨 물었다.

"부모가 주신 몸을 감히 상하지 않게 하는 것이 최고의 효이다. 지금 너는 군적(軍籍)에 편입되는 것을 면하려고 부모가 주신 몸을 상하게 했으니, 어버이에게 불효이고 인지상정과 먼 행동이 아니겠느냐?"

남자가 한참 동안 오열하다가 대답했다.

"사람이 차마 할 수 없는 일 중에 제 몸을 스스로 상하게 하는 것보다 심한 일이 없지만, 제 몸을 돌아볼 겨를이 없었습니다. 부모가 주신 몸을 상하게 하는 것보다 큰 불효가 없지만, 부모가 주신 몸을 아까워할 겨를이 없었습니다. 이 역시 불행에서 말미암은 일입니다.

지금 한 지방의 절도사가 된 자들은 대부분 탐욕스럽고 포악한 사람입니다. 병사를 아끼고 기르는 일이라고는 생각지 않고, 권력자를 잘 섬기는 것만 능사로 압니다. 이 때문에 부역을 자주 일으켜 갖가지 명목으로 거두어들이며, 엄하고 혹독한 형벌을 시행해 이리 승냥이처럼 사나운 짓을 자행합니다. 병사들은 그 고달픔을 견디지 못하여 곤장을 맞고 죽은 자가 몇이나 되는지 모르고, 목 매어 죽은 자가 몇이나 되는지 알 수 없습니다. 산속으로 도망쳐 승려가 된 자가 또 몇이나 되는지도 못 헤아립니다. 도망한 사람이 나오면 체포하는 자가 새벽부터 출발하고 결원을 보충하라는 명령이 화급해서, 그 사람의 부모를 징병하고 일족을 징병하고 이웃을 징병합니다.

그렇지만 부모와 일족, 이웃인들 어찌 병역이 없겠습니까. 부모에게 아들 하나가 있으면 아들 하나를 징병하고, 아들 일곱이 있으면 아들 일곱을 징병합니다. 친척 한 집이 있으면 한 집에서 징병하고, 열 집이 있으면 열 집에서 징병합니다. 이웃이 있으면 서쪽 집에서 징병하고 동쪽 집에서 징병합니다. 그리하여 부모와 처자가 흩어지고 일족이 생업을 잃으며 이웃이 서로 보전하지 못하여, 열 집 가운데 아홉 집이 비고 집에서 기르는 개와 닭조차 편안히 있지 못하는 것은 모두 이 때문입니다.

저희 집에는 늙으신 어머니가 한 분 있고 형제가 넷입니다. 첫째 형은 병사가 된 지 사 년 만에 고달픔을 견디지 못해 도망했고, 둘째 형은 병사가 된 지 삼 년 만에 고달픔을 견디지 못해 군대에서 스스로 목을 매어 죽었습니다. 셋째 형은 병사가 된 지 이 년 만에 곤장을 맞고 집에서 죽은 지 이제 며칠밖에 지나지 않았습니다. 지금 제가 또 병사가 된다면 첫째 형처럼 도망할지, 둘째 형처럼 죽을지 모르겠습니다. 죽지 않으면 귀양 가는 결과는 면할 수 없습니다. 늙으신 어머니가 계신데 아들이 넷이나 있으면서 봉양하지 못하니, 제가 충성하기를 원하지 않고 효도하기를 원하는 것은 이 때문입니다. 그러므로 저는 잠시 팔을 상하게 하는 것은 참을 수 있지만 오랫동안 어머니와 헤어지는 것은 참을 수 없고, 몸을 상하게 하는 작은 불효는 저지를 수 있지만 어머니를 봉양하지 못하는 큰 불효를 저지를 수는 없습니다.

가령 제가 병사가 된다면 이 손이 있다 한들 왕상(王祥)처럼 얼음을 깨고 잉어를 낚아 어머니를 봉양할 수 있겠습니까. 이 팔이 있어 보았자 자로(子路)처럼 쌀을 짊어지고 와서 어머니를 봉양할 수 있겠습니까. 그러므로 저는 병사 노릇 하다가 죽거나 귀양 가는 일을 면하고, 몸을 상하게 하여 효도하려는 것입니다. 다행히 한 손이 온전하니 땔나무를 지고 맛있는 음식을 올려 어머니가 여생을 마칠 때까지 봉양할 수 있을 것입니다. 사지 멀쩡한 사람이 병사 노릇 하다가 죽거나 귀양 가서 부모 처자가 흩어지게 만드는 것과 비교하면 어느 쪽이 낫습니까. 아, 병사 노릇 하는 고달픔이 제 몸을 제가 상하게 하는 것보다 심한 줄 누가 알겠습니까?"

나는 말한다.

"아, 손가락 하나가 남들과 다르면 아프거나 방해가 되는 것도 아니지만 사람들은 싫어하여, 손가락을 펴 주는 사람이 있으면 진(秦)나라와 초(楚)나라라도 멀다 않고 달려가는 법이다. 지금 온전한 몸을 가진 사람이 제 몸을 스스로 상하게 하고, 백성이 차라리 제 몸을 상하게 할지언정 병사가 되기를 바라지 않으니, 병사의 고달픔을 알 만하다. 만약 전쟁이 일어나거든 백성이 윗사람을 어버이처럼 가깝게 여기고 어른을 위해 죽겠다는 마음을 먹도록 할 수 있겠는가? 마치 몸이 팔을 부리고 팔이 손가락을 부리듯 백성을 부릴 수 있겠는가? 그러므로 나는 이 남자의 말을 서술하여 병사 노릇의 고달픔을 드러내 정치하는 사람에게 보인다."

해설

"몸과 머리카락, 피부는 부모에게서 받았으니 감히 훼손하지 않는 것이 효의 시작이다.(身體髮膚, 受之父母, 不敢毀傷, 孝之始也.)"『효경(孝經)』의 말이다. 자기 몸을 훼손하는 행위는 큰 불효로 여겨졌다. 그러나 이 글에 등장하는 백성은 효도를 위해 스스로 팔을 부러뜨렸다. 징병을 피하기 위해서이다. 이미 군대로 끌려간 세 형은 죽거나 도망쳤다. 자기가 군대에 끌려가면 역시 죽거나 도망치게 될 것이다. 그렇게 되면 늙은 어머니를 모실 사람이 없다. 결국 백성은 큰 불효를 피하기 위해 작은 불효를 택한다. 일부러 팔을 부러뜨려 징병을 기피한 것이다.

맹자는 손가락 하나만 남들과 달라도 답답해하는 것이 사람의 마음이라고 했다. 하물며 팔 하나를 쓰지 못하는 사람의 마음이 어떠하겠는가. 과중한 병역 부담이 백성으로 하여금 제 몸을 훼손하게 만든 실상은 여러 문인들의 시문에 전한다. 당나라 시인 백거이(白居易)의 시 「신풍절비옹(新豊折臂翁)」 또한 젊은 시절 징병을 피하기 위해 팔을 부러뜨렸던 노인의 목소리를 빌려 과중한 부역으로 고통받는 백성의 삶을 전하는 작품이다. 조선 후기 다산(茶山) 정약용(丁若鏞)의 「애절양(哀絶陽)」도 관가에서 어린 아들을 군적에 편입하자 자신의 성기를 잘라 버린 남자의 실화를 바탕으로 한 시다.

정탁

鄭琢

1526~1605년

본관은 청주(淸州), 자는 자정(子精), 호는 약포(藥圃)이다. 경북 예천에서 태어나 퇴계 이황의 문하에서 공부했다. 1558년(명종 13년) 문과에 급제해 이조 판서, 병조 판서, 우찬성을 역임했다. 임진왜란이 일어나자 선조를 따라 의주로 피란했다가 광해군의 분조(分朝)에 동참했다. 이순신(李舜臣)이 왕명을 어기고 싸우지 않았다는 죄목으로 압송되었을 때 상소를 올려 구원했다. 왜란이 끝난 뒤 좌의정을 지내고 관직에서 물러났다. 문집으로 『약포집(藥圃集)』이 전하며, 시호는 정간(貞簡)이다.

이순신을 위하여　李舜臣獄事議

제 의견은 이렇습니다. 이순신의 옥사는 지극히 중대한 사건이니 함부로 논의하기 어려운 것이 분명하며, 그 처리도 긴밀한 관계가 있습니다. 왜구가 재침략했을 때 적시에 막지 못했으므로 그사이 실정에 대해서는 논의할 만한 것이 있을 수도 있습니다. 그렇지만 조정의 명령이 적시에 전해졌는지, 바닷바람이 순풍이었는지 역풍이었는지는 모두 알 수 없습니다. 그의 진술서를 보면 저절로 하나씩 드러나겠지만, 행동으로 드러난 그의 은밀한 속마음에는 의심할 단서가 없지 않습니다. 원균(元均)과 처리한 일도 그중 하나이고, 그 밖에 잘못한 일도 한두 가지는 아닌 듯합니다.

그러나 예로부터 장수 중에 덕이 온전한 사람은 대체로 드물었습니다. 게다가 예로부터 나라에 일이 많을 때는 한 가지 재주라도 있다면 형벌을 받은 죄인이나 개 잡는 천한 백정이라도 모두 거두어 썼습니다. 설령 잘못한 일이 있더라도 옹호하고 살려서 재주를 다하게 했으니, 여기에는 깊은 뜻이 있습니다.

지금 이순신 같은 인물은 많이 얻기 쉽지 않습니다. 이순신은 오랫동안 수군(水軍)의 장수를 지냈기에 변방의 사정을 잘 알고, 예전에 강한 적을 물리쳤기에 제법 명성이 있습니다. 왜구가 수군을 가장 두려워하는 이유는 바로 이것입니다. 왜구는 이순신을 없애려는 마음을 하루도 잊은 적이 없습니다. 그런데 몇 냥 황금도 쓰지 않고서 가만히 앉아 하루아침에 우리나라에서 갑자기 그를 죽이는 것을 보게 된다면 왜구에게 다행한 일이 될 것입니다. 이순신은 죄를 지어 이미 의금부에 갇혀 있고 죄목도 몹시 무겁습니다. 만약 이 때문에 끝내 죽음을 면하지 못한다면 왜구가 듣고서 필시 술자리를 벌이고 축하할 것입니다. 그리고 남쪽 변방의 허다한 장사들까지 모두 흩어질 것이니, 이것이 몹시 걱정입니다. 이순신 한 사람이 죽는 것이야 아까울 것이 없지만, 나랏일에 크게 관계되는 바가 없지 않습니다.

신이 살펴보니 『주례』의 팔의(八議)에 공로를 참작하고 능력을 참작하여 형벌을 면하게 해 주는 제도가 있습니다. 『대명률(大明律)』에도 이러한 조항이 있어 십악대죄(十惡大罪)를 저지른 신하도 간혹 이 조항으로 사면을 받으니, 이는 예나 지금이나 공통된 의리입니다.

이순신은 앞서 능력으로 큰 공로를 세워 조정에서 통제사의 칭호를 내려 주기까지 했으니, 그의 공로와 능력은 파악할 수 있을 듯합니다. 지금 이순신을 감옥에 가두어 법률이 지엄하다는 사실을 보여 주었으므로, 다시 그의 공로와 능력을 파악해 특별히 사형을 감면해 주고, 공을 세워 보답하게 한다면 조정의 처리하는 방도가 마땅함을 잃지 않을 듯합니다. 신의 망령된 소견을 감히 이렇게 번거롭게 아뢰니 황공하기 그지없습니다. 삼가 성상의 재가를 바랍니다.

해설

1597년 1월, 조선 조정은 왜장 가토 기요마사(加藤淸正)가 바다를 건너 조선으로 오고 있다는 첩보를 입수하고 삼도수군통제사 이순신에게 맞아

싸우라는 명령을 내린다. 그러나 이순신은 움직이지 않았다. 왜군의 계략이라고 판단했기 때문이다. 선조는 이순신이 왕명을 거역했다며 잡아 오라고 명한다. 이순신이 잡혀 오자 선조는 조정의 원로들에게 자문을 구했다.

> 이순신은 조정을 기망하여 임금을 무시하는 죄를 저질렀고, 적을 놓아주고 토벌하지 않아 나라를 저버리는 죄를 저질렀다. 심지어 남의 공을 빼앗고 모함했으며, 거리낌 없이 모든 일을 제멋대로 하는 죄를 저질렀다. 이처럼 허다한 죄를 저지른 자는 법이 용서하지 않으니, 법률을 적용하여 처형해야 마땅하다. 신하로서 임금을 기망한 자는 반드시 용서 없이 처형해야 한다. 이제 끝까지 심문하여 실정을 캐낼 것인데, 어떻게 처리할지 대신들에게 물으라.(『선조실록』 30년 3월 13일)

이처럼 중요한 사안을 두고 국왕이 원로 관원들에게 자문을 구하면 관원들은 각자의 의견을 서면으로 제출한다. 이를 헌의(獻議)라고 한다. 당시 72세였던 정탁은 이순신의 구명을 위해 헌의를 제출했다.

정탁은 먼저 이순신에게 잘못이 있을 수도 있음을 인정했다. 대신 그의 능력을 부각했다. 급박한 전시 상황에서 이순신과 같은 인재를 처형한다면 누구보다 왜구가 가장 기뻐할 것이라고 짚었다. 주장을 뒷받침하는 데에는 법전을 인용했다. 공로를 세우거나 능력이 있는 자를 사면한다는 내용은 『주례』와 같은 경전에서 찾아볼 수 있으며, 조선의 형사 법전으로 삼았던 명나라의 『대명률』에도 나오는 조항이라는 것이다. 게다가 이미 이순신을 감옥에 가두어 법률의 지엄함을 보였으니, 전장에서 공을 세워 속죄하게 하는 방안이 바람직하다고 논했다. 군주의 심기를 거스르지 않으려 애쓰면서 합리적으로 설득하는 솜씨가 돋보이는 글이다.

奇大升

기대승

1527~1572년

본관은 행주(幸州), 자는 명언(明彦), 호는 고봉(高峯)이다. 전남 광주에서 태어나 1558년 문과에 급제했다. 이때 한양에서 퇴계 이황을 만나 인연을 맺고 편지를 주고받기 시작했다. 1559년부터 1566년까지 8년에 걸쳐 사단칠정에 대해 토론한 일이 유명하다. 이조 정랑, 대사성, 대사간, 공조 참의를 역임했다.

문집 『고봉집(高峯集)』 외에 『논사록(論思錄)』, 『주자문록(朱子文錄)』, 『양선생사칠이기왕복서(兩先生四七理氣往復書)』 등 성리학 저술을 다수 남겼다. 시호는 문헌(文憲)이다.

퇴계의 생애 退溪先生墓碣銘

태어나서는 몹시 어리석었고

자라서는 병이 많았다

중년에 어찌 학문을 좋아했는데

만년에 어찌 벼슬을 차지했는가

학문은 구할수록 멀어지고

벼슬은 사양할수록 옭아매노니

나아가 실천하면 넘어지고

물러나 숨으면 올곧아지는 법

나라의 은혜에 몹시 부끄럽고

성인의 말씀이 참으로 두려워

높이 솟은 산

흐르는 물 사이에서

선비 차림으로 거닐며

뭇사람의 헐뜯음 벗어났네

내 님은 먼 곳에 계시니

나의 패옥 누가 보아 주리

나는 옛사람 생각하노니

실로 내 마음 알아주었지

어찌 알리오 후세 사람이

지금 내 마음을 모르리라고

근심 속에 즐거움 있고

즐거움 속에 근심 있어

조화를 따라 사라지니

다시 무엇을 바라리오

융경(隆慶) 4년(1570년) 봄, 퇴계 선생은 일흔 살의 나이로 다시 전문(箋文)을 올려서 벼슬에서 물러나기를 청했으나 허락받지 못했다. 가을에 또 벼슬에서 물러나기를 청했으나 허락받지 못했다. 십이월 신축일 선생은 세상을 떠났다. 부고가 전해지자 성상께서 애도하며 영의정에 추증하고 정승의 예법으로 장사 지내라고 명하셨다. 멀고 가까운 곳의 사람들이 전해 듣고 너나없이 탄식하고 애석해하며 조문하고 통곡했다. 이듬해 삼월 임오일, 집 동쪽 건지산(搴芝山)에 장사 지냈다.

선생의 성은 이씨, 이름은 황(滉), 자는 경호(景浩)이다. 퇴계(退溪)에 집터를 정했으므로 퇴계를 호로 삼았다. 훗날 도산(陶山)에 서당을 짓고 도수(陶叟)라는 호를 썼다. 선조는 진보현(眞寶縣) 사람이다. 육대조 석(碩)은 고을 아전 출신으로 사마시에 합격하고 밀직사에 추증되었다. 그의 아들 자수(子脩)는 판전의시사를 지내고 홍건적을 토벌한 공로로 송안군(松安君)에 봉해졌는데, 안동 주촌(周村)으로 이사했다.

고조의 이름은 운후(云侯)이며 군기시 부정을 지내고 사복시 정에 추증되었다. 부인은 숙인 권씨이다. 증조의 이름은 정(禎)이며 선산 도호부사를 지내고 호조 참판에 추증되었다. 부인은 정부인 김씨이다. 조부의 이름은 계양(繼陽)이며 성균관 진사를 지내고 이조 판서에 추증되었다. 예안(禮安)으로 이사하여 온계리(溫溪里)에 살았다. 부인은 정부인 김씨이다. 부친의 이름은 식(埴)이며 성균관 진사로 누차 추증되어 숭정대부 의정부 좌찬성이 되었다. 부인 의성 김씨와 춘천 박씨는 모두 정경부인에 추증되었다.

선생은 태어난 지 한 해도 되지 않아 부친을 잃었기에 어린 시절 숙부 송재 공(松齋公, 이우)에게 배웠다. 자라서는 부지런히 책을 읽고 뜻을 가다듬어 더욱 각고의 노력을 기울였다. 가정 무자년(1528년) 진사시에 합격하고 갑오년(1534년) 문과에 급제해 승문원 부정자가 되었다가 박사로 옮기고 성균관 전적, 호조 좌랑으로 승진했다.

정유년(1537년) 겨울 모친상을 당하고 상복을 벗자 홍문관 수찬에 임명되었다. 사간원 정언, 사헌부 지평, 형조 좌랑, 홍문관 부교리 겸 세자 시강원 문학, 의정부 검상을 거치고 의정부 사인, 사헌부 장령, 성균관 사예 겸 시강원 필선, 사간원 사간, 성균관 사성으로 옮겼다. 휴가를 청해 성묘했다.

이듬해 갑진년(1544년) 봄, 홍문관 교리로 부름을 받고 좌필선에 임명되고 홍문관 응교, 전한으로 옮겼다가 병으로 사직했다. 사옹원 정이 되었다가 다시 전한에 임명되었다. 이기(李芑)가 삭탈관직하라고 청했다가 얼마 뒤 삭탈관직하지 말도록 청하여 사복시 정에 임명되었다.

병오년(1546년) 봄, 휴가를 얻어 장인의 장례를 치르고 병으로 체직되었다. 정미년(1547년) 가을, 응교로 부름을 받아 서울로 갔으나 병으로 사직했다. 무신년(1548년) 일월, 단양 군수가 되었다가 풍기 군수로 바뀌었다. 기유년(1549년) 겨울, 병으로 사직하고 곧바로 고향으로 돌아갔다가 탄핵을 받아 두 품계를 빼앗겼다.

임자년(1552년) 여름, 교리에 임명되어 부름을 받고 조정으로 돌아왔다. 사헌부 집의에 임명되고 다시 부응교에 임명되었다. 승진하여 성균관 대사성에 올랐으나 병으로 사직했다. 다시 대사성이 되고 형조 참의, 병조 참의가 되었으나 모두 병으로 사직해 첨지중추부사가 되었다.

을묘년(1555년) 봄, 휴가 중에 해직되자 배를 빌려 동쪽으로 돌아갔다. 첨지중추부사에 임명되고 홍문관 부제학에 임명되어 연이어 부름을 받았으나 모두 병으로 사직했다. 무오년(1558년) 가을, 사직하고 부름을 거두어 달라고 청했으나 성상이 비답을 내려 허락하지 않아, 도성에 들어가 사은하고 대사성에 임명되었다. 얼마 후 공조 참판에 임명되자 누차 사직했으나 허락받지 못했다. 이듬해 봄 휴가를 청해 고향으로 돌아갔다. 세 번 글을 올려 사직을 청하여 동지중추부사에 임명되었다.

을축년(1565년) 여름, 글을 올려 간곡히 아뢰어 사직하고 집에서 지냈다. 겨울에 특별한 부름을 받고 다시 동지중추부사에 임명되었다. 병인년(1566년) 일월, 병을 무릅쓰고 길에 올라 상소하고 사직을 청했는데, 길에서 공조 판서에 임명되고 또 대제학을 겸했다. 마침내 새로 임명된 관직을 강력히 사직하고 집으로 돌아와 벌이 내리기를 기다리자 체직되어 지중추부사에 임명되었다.

정묘년(1567년) 봄, 조사(詔使)가 오게 되어 부름을 받고 유월에 도성으로 들어왔다. 마침 명종(明宗)이 승하하고 지금 임금(선조)이 즉위해 예조 판서에 임명되었다. 사직했으나 허락받지 못해 병으로 사직하고 동쪽으로 돌아갔다. 시월, 부름을 받고 지중추부사에 임명되었다. 곧이어 임금이 교서(敎書)를 내려서 오라고 재촉했으나 상소를 올려 힘껏 사직했다.

무진년(1568년) 일월, 의정부 우찬성에 임명되자 또 상소를 올려 관직을 받기 어려운 의리를 자세히 아뢰었다. 그런데 또 임금이 교서를 내려서 오라고 재촉하자 글을 올려 간절히 사직하니, 체직되어 판중추부사가 되었다. 칠월, 대궐에 가서 사은하고 사직하며 상소를 올려 여섯 가지 조항을 아뢰고, 또 「성학십도」를 바쳤다. 대제학, 이조 판서, 우찬성에 임명되었지만 모두 강력히 사직하여 나아가지 않았다.

기사년(1569년) 삼월, 차자(箚子)를 올려 고향으로 돌아가겠다고 청했다. 차자를 네 번 올리고도 그만두지 않자, 성상은 붙잡을 수 없다는 것을 알고서 불러다 타이르고 역마(驛馬)를 태워 호송해 보내게 했다. 이달에 선생이 집에 도착해 글을 올려 사은하고, 이어서 벼슬을 그만두겠다고 청했다.

처음 선생이 위독해졌을 때 아들 준(寯)에게 이렇게 당부했다.

"내가 죽으면 예조에서 필시 전례대로 예장(禮葬)을 청할 것이다. 너는 유언이라 하면서 상소를 올려 굳게 사양해라. 또 비석을 세우지 말고 단지 작은 돌 앞면에 '퇴도만은진성이공지묘(退陶晚隱眞城李公之墓)'라고 쓴 뒤, 『주자가례(朱子家禮)』에서 말한 것처럼 뒷면에 계보와 행실을 간략히 서술해라."

또 말씀하셨다.

"이 일을 만일 남에게 부탁하면 기고봉(奇高峯, 기대승) 같은 친구는 필시 사실이 아닌 일을 과장해서 세상 사람들의 비웃음을 살 것이다. 그러므로 항상 내 묘지명을 스스로 짓고자 하여 먼저 명문(銘文)을 지었지만 미루다가 마치지 못했구나. 초고 안에 보관해 두었으니 찾아서 써라."

준이 당부하는 말씀을 들은 뒤 두 번 상소를 올려 예장을 사양했으나 허락받지 못하자 마침내 감히 더 사양하지 못했다. 묘지의 비석에는 유언에 따라 그 명문을 새겼다.

아, 선생의 훌륭한 덕과 위대한 업적이 우리나라의 으뜸이라는 사실은 지금 사람들도 알고 있다. 후세의 학자들이 선생의 저술을 본다면 필시 감동하고 묵묵히 뜻이 맞는 점이 있을 것이다. 특히 명문의 내용은 그 은미한 뜻을 떠올리기에 충분하다.

우활하고 어리석은 나는 선생에게 장려받아 성취를 이루었으니 그 은혜가 부모보다 천지보다 크다. 선생이 돌아가시니 산이 무너지고 대들보가 꺾인 것처럼 의지할 곳이 없다. 유언으로 남긴 말씀을 감히 어길 수는 없으나 비석에 이 글을 새겨 후세에 알리는 이유는 그 자취를 사라지게 할 수 없기 때문이다. 감히 그 대략을 기록하고 말을 덧붙인다.

선생은 어려서부터 단정했으며, 자라서는 더욱 너그러웠다. 중년 이후로는 외물에 마음을 두지 않고 오로지 공부에 힘써 미묘한 것을 밝히고 축적한 것을 드러내니 사람들이 헤아릴 수 없었다. 그러나 선생은 아무것도 모르는 사람처럼 겸허하고 공손했다. 날마다 새로워지고 위로 나아가기를 그치지 않았다. 출처와 거취는 때를 살피고 의리를 헤아려 마음에 편안한 바를 추구하고 끝내 뜻을 굽히지 않았다. 저술은 자세하고 풍부하며 찬란하고 위대하여 한결같이 순수한 정도(正道)에서 나왔다. 공자, 맹자, 정자, 주자의 말씀에 비춰 보면 합치되지 않는 것이 드무니, 천지에 세워도 어그러지지 않고 귀신에게 물어도 의심 없다고 하겠다. 아, 지극하도다.

선생은 두 번 혼인했다. 먼저 혼인한 아무 고을 허씨는 진사 허찬(許瓚)의 딸이다. 두 아들을 낳았다. 나중에 혼인한 안동 권씨는 봉사 권질의 딸이다. 모두 정경부인에 추증되었다. 아들 준은 봉화 현감을 지냈고 채(寀)는 일찍 세상을 떠났다. 손자 셋이 있는데 신유년(1561년) 생원시에 합격한 안도(安道), 순도(純道), 영도(詠道)이다. 딸은 둘인데 장녀는 선비 박려(朴欐)에게 시집갔다. 측실에게 아들 하나가 있으니 적(寂)이다.

해설

일반적으로 묘지명은 먼저 선조의 계보를 열거하고, 인물의 출생부터 사망까지의 행적을 서술한다. 이 밖에 인물의 성품을 보여 주는 주요한 일화 및 자손들에 대한 기록이 이어진다. 묘지명의 백미는 명(銘)으로, 운문의 형식으로 짓는 인물의 생애에 대한 총평이다.

퇴계 이황은 생전에 자신의 명을 미리 지어 두었다. 이렇게 생전에 자신의 묘지명을 스스로 짓는 경우는 드물지 않다. 자찬 묘지명은 이황을 위시한 사림에게서 종종 발견되는데, 성리학적 가치를 추구하는 이상적 삶에 대한 지향이 농후하다. 이황은 명은 지었으나 본문에 해당하는 묘지(墓誌)를 미처 완성하지 못하고 세상을 떠났다.

이황은 국가가 종일품 이상의 관직을 역임한 관원에게 베푸는 예장을 거부하고, 비석도 세우지 말라는 유언을 남겼다. 거창한 비석 대신 작은 돌에 '퇴도만은진성이공지묘' 열 자만 쓰고, 뒷면에 자신이 써 둔 명과 함께 간략한 계보와 행적만 새기라고 일렀다.

그러나 그의 유언은 결국 이루어지지 않았다. 이황이 세상을 떠난 뒤 아들 이준이 두 차례나 상소해서 예장을 사양했지만 허락을 얻지 못했고, 묘지를 완성하는 일은 과장되게 쓸 것이 분명하다고 말했던 기대승에게 맡겨졌다. 어쩌면 그는 기대승이 묘지를 써 주기를 바라고 이런 말을 남겼는지도 모르겠다.

기대승은 이황의 유지에 따라 생전의 명을 앞에 붙인 다음, 절제된 어조로 묘지를 서술했다. "선생의 훌륭한 덕과 위대한 업적이 우리나라의 으뜸"이며, "천지에 세워도 어그러지지 않고 귀신에게 물어도 의심없다."라는 찬사는 숨길 수 없는 존경심의 발로라고 하겠다.

언제나 봄

藏春亭記

천지의 조화가 잠시도 멈추지 않고 끊임없이 움직이며 만물을 감돌고 고금에 흐르는 데는 반드시 이유가 있다. 일 년으로 말하면 봄에서 여름이 되고 여름에서 가을이 되고 가을에서 겨울이, 겨울에서 다시 봄이 된다. 계절이 흐르고 추위와 더위가 바뀌며 만물을 피어나게 하고 시들게 한다. 마치 다그치는 것 같지만 멈추지 않는 데도 반드시 이유가 있다. 이 이치를 군자는 음미하여 마음을 다 쓰고, 소인은 모른 채 부림을 받는다. 모르는 데 만족하지 못하여 음미하려 하고, 부려지는 것을 꺼려 마음을 다 쓰려 한다면 훌륭하지 않겠는가.

전 훈련원 첨정 유중한(柳仲翰) 군이 죽포(竹浦) 어귀에 정자를 세웠다. 바위에 기대 물가를 굽어보며, 높은 산과 이어지고 무성한 숲이 어리비친다. 그 사이에 아름다운 꽃을 심고 장춘정(藏春亭)이라는 현판을 걸었다. 또 정자의 서쪽 땅에 작은 집을 짓고 매귤당(梅橘堂)이라는 편액을 걸었다. 모두 난간을 두르고 단청을 칠하니 영롱한 빛이 감돌며 조용하고 시원하여 마치 별세계 같았다. 여기에 여러 명승지에서 지은 시를 새겨 문미(門楣)에 걸고, 아울러 내 글을 걸어 자랑하려고 했다. 내가 유중한 군에게 물었다.

"일 년 중에 봄은 석 달뿐인데, 지금 봄을 간직한다는 뜻의 장춘(藏春)

이라고 하였으니, 이유가 있는가?"

유중한 군이 말했다.

"그렇습니다. 사시(四時)와 팔절(八節), 이십사절기와 칠십이후(候, 24절기를 각각 셋으로 나눈 시간 단위)는 일 년을 주기로 돌아오며 이 세상 밖에 숨어 있는데 사람들은 헤아리지 못합니다. 그저 눈으로 보고 귀로 듣기만 할 따름입니다. 봄바람이 불어 얼음이 녹고 벌레가 나오면 작은 양(陽)의 기운이 전부 땅 위로 나옵니다. 그러다가 복숭아꽃이 피고 꾀꼬리가 울면 양의 기운이 가득하여 온갖 꽃이 피고 숲이 땅을 덮으며 고운 모습을 드러냅니다. 산은 무성하고 아름다우며 물은 깨끗하고 멀리 흐르며, 태양은 빛을 더하고 하늘은 더욱 넓어지니, 이야말로 한창인 때입니다. 옛사람이 근심을 잊고 감상한 데는 참으로 이유가 있습니다.

그렇지만 개구리가 울고 축융(祝融, 불의 신)이 계절을 다스리면 봄이 여름으로 바뀌니, 봄을 간직할 수 없는 것은 사실입니다. 그렇지만 나의 정자는 그렇지 않습니다. 기이한 화초를 무려 수십 종이나 모았고, 종마다 열 개씩 심었습니다. 뿌리가 엉키고 잎이 맞닿으며, 잎이 나란히 돋고 가지가 교차한답니다. 붉은 꽃이 지면 흰 꽃이 남아 있고, 옥빛 꽃이 지면 누런 꽃이 피니, 비록 계절이 바뀌어도 꽃은 시들지 않아요. 게다가 겨울에도 푸른 나무가 있어 처마 사이로 푸르게 솟아 눈 속에서도 종종 꽃을 피우며, 향기를 풍기는 매화가 햇빛을 받으며 봄기운을 누설합니다. 이 때문에 정자에 들어온 사람은 항상 그 사이에서 봄기운을 느낍니다. 이것이 나의 정자를 장춘정이라고 이름 지은 까닭입니다.

옛날 조경순(刁景純)이 장춘오(藏春塢)를 만들자 소동파(蘇東坡, 소식)가 시를 읊었습니다. '세월을 조화의 변화 밖에 버리니, 봄은 선생의 지팡이와 신발 사이에 있다.(年抛造化陶甄外, 春在先生杖屨中)' 이 말이 여기에 가깝지 않습니까? 저는 옛사람에게서 증거를 찾았는데, 선생은 어떻게 생각합니까?"

내가 말했다.

"그대의 말이 좋기는 하지만 미진한 점이 있구나. 천지의 조화에 따른 변화는 형체를 가진 존재라면 피할 수 없다. 봄은 사월이 지나면 사라지니, 어찌 그대의 정자에 간직할 수 있겠는가. 예컨대 사람이 나이가 들면 얼굴에 주름이 없고 머리가 빠지지 않고 근력이 약해지지 않았더라도 젊음은 이미 사라진 지 오래이다. 그런데 억지로 젊은이로 남아 있고자 한다면 잘못이 아니겠는가. 장자(莊子)는 '골짜기에 배를 간직하고, 못에 산을 간직하고는 잘 간직했다고 여기지만, 힘센 사람이 짊어지고 가버리면 어리석은 자는 알 수 없다.'라고 하였다. 그대가 봄을 간직한다는 것도 이와 비슷하지 않은가.

봄은 조화의 자취이다. 조화는 마음이 없어 모든 것을 만물에게 맡기고 사사로운 짓을 하지 않는다. 봄조차 간직할 수 없는데, 하물며 높은 공명과 부귀, 풍요한 재물과 곡식, 비단처럼 없어지기 쉽고 사람들이 다투는 것은 어떻겠는가. 화려하게 쌓아 놓은 것이 며칠 되지도 않아 먼지로 변하여 바람에 날아가기란 잠깐이니, 붙잡아 두기에 부족하다. 과거에 노심초사하며 급급히 도모하면서 차지하기에 힘썼던 것이 하루아침에 이 지경에 이른다면 슬프지 않겠는가. 그러니 간직해서 무엇 하겠는가?"

"그렇다면 어떻게 해야 하겠습니까?"

"회암 선생이 사계절을 끌어와 사람 본성의 네 가지 덕을 말씀한 적이 있다. 그분 말씀에 '봄은 봄이 생기는 때이고, 여름은 봄이 자라는 때이고, 가을은 봄이 완성되는 때이고, 겨울은 봄을 간직하는 때이다.'라고 하였다. 하늘의 성정(性情)은 원(元), 형(亨), 이(利), 정(貞)이 있어 낳고 자라고 거두고 숨기는 차이가 있다. 그렇지만 봄에 생긴 기운은 통하지 않는 때가 없다. 사람의 성정도 인(仁), 의(義), 예(禮), 지(智)가 있고, 측은지심(惻隱之心), 수오지심(羞惡之心), 사양지심(辭讓之心), 시비지심(是非之心)이 각기 다르다. 그렇지만 측은지심이 모든 마음을 관통한다. 만약 하늘이 나에게 준 것을 가지고 거꾸로 찾아본다면, 간직할 수 없는 봄이 내게 없었던 적이 없음을 알게 될 것이다. 이 점을 음미하여 마음을 다 쓰면 되지 않겠는가?"

유중한 군이 그렇다고 하였다. 이 이야기를 정리하여 장춘정의 기문으로 삼는다.

해설

장춘정의 주인은 유충정(柳忠貞)이다. 유충정은 무과에 급제해서 미관말직을 전전하다가 마침내 관직을 버리고 고향 나주로 돌아갔다. 영산강이 바라보이는 죽포에 집을 짓고 장춘정이라 이름했다. 주위에 기이한 화초를 심어 철따라 온갖 꽃이 만개하고, 심지어 겨울에도 소나무와 매화가 있어 언제나 봄을 간직할 수 있다는 이유에서였다. 장춘정이라는 이름은 소식의 글을 통해 널리 알려진 송(宋)나라 조경순의 장춘오에서 따온 것이기도 하다.

그러나 기대승은 말한다. 봄은 간직할 수 없다. 봄만 그런 것이 아니다. 세상 사람들이 늘 누리려고 드는 부귀영화도 마찬가지다. 간직할 수 있는 것은 내 마음의 봄뿐이다. 내 마음의 봄은 곧 하늘이 사람에게 부여한 인(仁)의 본성이다. 이 본성을 보존하는 한, 사람은 항상 봄처럼 온화하며 생동하는 존재로 살아갈 수 있다.

高敬命
고경명
1533~1592년

본관은 장흥(長興), 자는 이순(而順), 호는 제봉(霽峰)이다. 전남 광주에서 태어나 1558년 문과에 장원 급제하고 사가독서를 했다. 홍문관 교리로 재직하던 중 인순 왕후(仁順王后)의 외숙 이량(李樑)을 탄핵하면서 이 사실을 미리 알려 주었다는 이유로 울산 군수로 좌천되었다가 곧 파직되었다. 19년 동안 고향에 은거하다가 1581년 영암 군수에 임명되어 다시 관직에 나아가고, 서장관으로 중국에 다녀왔다. 이후 서산 군수, 한산 군수, 순창 군수, 동래 부사를 역임한 뒤 파직되어 다시 고향으로 돌아갔다. 임진왜란이 일어나자 의병장으로 활약하다가 금산에서 전사했다. 문집『제봉집(霽峰集)』이 전한다.

조선의 출사표

檄諸道書

만력(萬曆) 20년(1592년) 유월, 전라도 의병장 절충장군 행 의흥위부호군 지제교 고경명은 삼가 여러 도의 수령과 백성, 군사들에게 고하노라.

얼마 전 나라의 운수가 중도에 막혀 섬나라 오랑캐가 멀리서 으르렁 거렸다. 처음에는 역적 완안량(完顔亮)을 본받아 맹약을 어기더니, 끝내는 구오(勾吳)처럼 침략을 자행했다. 우리가 경계하지 않은 틈을 타서 빈틈을 노리고 멀리서 달려와, 하늘을 속일 수 있다고 여기며 제멋대로 곧장 올라오고 있다. 장수의 권한을 가진 자는 갈림길에서 방황하고, 수령의 책임을 맡은 자는 숲으로 도망쳐 숨었다. 외적에게 임금과 어버이를 버려두는 일을 차마 할 수 있겠는가? 임금께서 사직을 걱정하시는데 그대들은 편안한가? 어째서 백 년 동안 길러 낸 백성 중에 의기 있는 남자가 한 사람도 없단 말인가.

외로운 군사가 깊이 들어갔으나 여진(女眞)은 본디 병법을 모르고, 중항열(中行說)에게 채찍질을 하지 못했으니 한(漢)나라는 원래 계책이 없다. 하늘이 만든 험지인 장강(長江)을 갑자기 잃었고, 오랑캐 기병이 이미 도성에 육박했다. 남조(南朝)에 사람이 없다는 비난이 참으로 통탄스럽고, 북군(北軍)이 날아서 강을 건넜다는 말이 불행히도 지금 상황과 비슷하다.

우리 성상께서는 태왕(太王)이 빈(邠) 땅을 떠나던 마음으로 명황(明皇)이 촉(蜀) 땅으로 행차한 것처럼 파천하셨다. 이는 종묘사직을 위한 최선의 계책에서 나온 것이니, 잠시 방악(方岳)의 수고를 꺼리지 않으심이다. 공락(鞏洛)의 먼지에 놀라니 용안에 깊은 근심이 자주 나타났고, 높은 산의 위태로운 구름다리를 건너 어가는 먼 길을 떠났다. 하늘이 이성(李晟)을 낸 것처럼 원로에게 의지하여 세상이 맑아지고, 육지(陸贄)가 조서(詔書)를 지었듯 조정에서 애통해하는 윤음을 내렸다. 혈기가 있고 생명이 있는 사람이라면 누군들 분개하며 죽으려 하지 않겠는가.

그러나 계책이 좋지 않아 국운이 기울었으니 어찌할까. 봉천(奉天)으로 떠난 어가는 돌아오지 않았는데 상주(相州)의 군사는 이미 무너졌다. 지금 벌이나 전갈처럼 추악한 무리가 준동하고, 고래 같은 외적을 주벌하는 일이 여전히 지체되고 있다. 성곽에서 쉬며 처마의 제비처럼 빙빙 돌고, 경기를 점거하고서 우리 속 원숭이처럼 날뛰고 있다. 비록 곧 명나라 군사가 소탕할 계획이지만 흉도가 달아나는 것을 막기 어렵다.

나 고경명은 일편단심으로 만년의 절개를 지키는 백발의 쓸모없는 선비이다. 한밤중에 닭 울음소리를 들으니 어려움 많은 시대를 참을 수 없어, 중류에서 노를 두드리며 홀로 충성을 다하기로 맹세했다. 그저 개와 말이 주인을 그리워하는 정성이 있을 뿐, 모기와 등에의 힘으로 산을 짊어질 수 없다는 점을 헤아리지 않았다. 이에 의병을 규합하여 곧장 한양으로 향하고자 소매를 떨치고 단에 올라 눈물을 흘리며 대중에게 맹세하노라.

곰과 표범을 때려잡는 장사들이 우레와 바람처럼 움직이고, 수레와 성벽을 뛰어넘는 무리가 구름과 비처럼 모였다. 핍박한 뒤에야 호응한 것이 아니고 억지로 나아가게 한 것이 아니다. 충성과 의리를 지키려는 신하의 마음은 모두 지극한 본성에서 나왔으니, 존망이 달린 위급한 때에 감히 미천한 몸을 아끼겠는가. 군대를 의병이라 이름했으니 애당초 관직과는 관계가 없고, 군사는 명분으로 강해지니 강약은 논할 것 없다. 높고 낮은 사람이 의논하지 않고도 입을 모으고, 멀고 가까운 곳에서 소문을 듣고 함께 일어난다.

아, 우리 여러 고을의 수령과 각 도의 백성이여! 충성스러우니 어찌 임금을 잊었겠는가. 의리상 나라를 위해 죽어야 마땅하다. 병기를 들고 싸우거나, 양식을 제공하여 돕거나, 말달려 앞장서 적진으로 달려가거나, 쟁기 놓고 밭에서 벌떡 일어서거나, 역량이 미치는 대로 의리를 따르라. 임금의 어려움을 막을 수 있다면 그대들과 함께 일어나리라.

저 행궁을 바라보니 멀리 서쪽 땅에 있구나. 묘당의 계책이 곧 정해질 것이니, 왕업이 어찌 외진 땅에서 안주하겠는가. 패배에 잘 대처하면 망하지 않으니 오(吳)나라 땅에 복성(福星)이 비추었고, 근심거리가 생겼기에 백성은 한나라를 더욱 그리워하며 노래했다. 호걸이 시대를 바로잡을 것이니 신정(新亭)에서처럼 마주 보며 눈물 흘리지 말라. 노인들은 간절히 기대하며 옛 수도에 어가가 돌아오기를 기다리리라. 기운을 내어 앞장설 것이라 생각하니, 이 때문에 마음을 터놓고 충고하노라.

해설

1591년, 서인(西人)의 영수 정철(鄭澈)은 광해군을 왕세자로 책봉할 것을 선조에게 건의했다가 유배 가는 신세가 되고 말았다. 고경명은 정철의 추천을 받아 관직에 올랐다는 이유로 동래 부사에서 파직되어 고향으로 돌아갔다. 이듬해 임진왜란이 일어나자 고경명은 담양에서 의병을 일으켰다. 그리고 각 도에 격문을 돌려 봉기를 촉구했다. 그의 나이 이미 60세였다.

격문에 호응한 이들이 고경명의 휘하로 몰려들었다. 고경명이 거느린 의병은 6000여 명으로, 어느 부대보다도 큰 규모였다. 1592년 담양에 모인 의병들은 고경명을 대장으로 추대했다. 고경명은 금산 전투에서 전사했지만, 의병들은 각지로 흩어져 투쟁을 계속했다.

이 글을 읽은 조선 시대 문인들은 제갈량의 「출사표(出師表)」에 비견하며 극찬했다. 이덕형(李德馨)은 어가를 모시고 평안도로 가는 도중 이 글을 읽고서 자기도 모르게 젓가락을 던지고 자리에서 일어났다고 했으며, 역시 의병장으로 활약한 안방준(安邦俊)은 "최치원(崔致遠)의 「격황소문(檄黃巢文)」 이후 이 한 편뿐"이라고 극찬했다. 조선 중기 한문 사대가의 한 사람인 이정귀(李廷龜)는 "문장이 천하에 뛰어날 뿐 아니라 말뜻이 열렬하고 간절하여 읽는 사람의 머리카락을 서게 만든다."라 평했다.

성혼
成渾

1535~1598년

본관은 창녕, 자는 호원(浩原), 호는 우계(牛溪)이다. 서울에서 태어나 10세에 파주 우계로 이사했다. 17세에 생원진사시에 합격하고 백인걸(白仁傑)에게 수학했다. 20세에 율곡 이이를 만나 교분을 맺었다. 유일(遺逸)로 천거되어 여러 차례 관직에 임명되었으나 나아가지 않았다. 종종 경연에 나아가 학문을 강하고 봉사(封事)를 올려 시사를 논했다.

문집 『우계집(牛溪集)』이 전한다. 율곡 이이와 이기(理氣)를 논한 문집에 실린 편지는 후대의 유학자들에 의해 자주 언급되었다.

아들과 손자들에게 남기는 유언   示子文濬及三孫兒

나는 타고난 기질이 허약하여 평생 병에 시달리며 곧 죽을 것이라고 여겼다. 이 때문에 힘써 공부해서 자립하지 못하고, 부모님이 주신 몸을 갖가지로 욕되게 했다. 이제 죽을 때가 다 되었으니 노쇠하여 어쩔 수가 없다. 이 점을 생각하면 원통한 마음을 견디기 어렵다. 그래서 내 속내를 적어 너희들에게 보여 주는 것이다.

문준(文濬)은 온순하고 욕심이 적으며 또 의리를 아니, 얻기 어려운 아름다운 자질이라고 하겠다. 그렇지만 허약한 기질이 나와 비슷하여 각고의 노력으로 공부해서 학문을 성취할 수 없으니, 의서(醫書)를 읽고 양생의 도를 깨우치는 것이 마땅하다. 마음과 기운을 온전히 기르며 먹고 자기를 편안히 하여 오래 살아 부모의 마음에 부응해야 한다.

또 세속의 일에 어두운 데다 총명이 부족하여, 인정과 형세를 살피고 노비를 부리며 집안일을 볼 적에 재빨리 일을 깨닫지 못하니, 도리어 속세의 약삭빠른 사람만 못하다. 이 때문에 가난하게 사느라 걱정하고, 날마다 굶주림과 추위에 시달리느라 집안을 계승하고 처자를 부양하지 못한다. 지금 시대가 몹시 어지러워 사족들이 유랑하니, 그저 노비를 은혜로 어루만지고 함께 부지런히 농사를 지으며 근본적인 생업에 힘쓰도록 해라. 이 밖에 아이들이 밤낮으로 부지런히 독서하도록 가르쳐 우리

선친이 집안에 전수한 학문이 땅에 떨어지지 않고 문헌과 시서가 후대에 끊이지 않도록 한다면, 나는 죽더라도 지하에서 눈을 감을 수 있을 것이다.

세 손자는 잘 기르면 성취를 기대할 수 있을 터, 너희들은 천 배 만 배 힘써 공부하여 성명(性命)의 정밀한 이치를 남김없이 깨우쳐, 자신을 위해 실제에 힘쓰고, 마음을 다잡고 탐구하는 공부에 전념하도록 해라.

한룡(漢龍)이는 어릴 적에 갖가지 물건을 많이 쌓아 두어 집안사람들이 욕심 많다고 놀렸다. 이런 소리를 들어서야 되겠느냐. 네가 자란 뒤에 이 글을 보면 몹시 부끄러워할 것이니, 염치를 가다듬고 의리와 이익을 분별하며 몸가짐을 깨끗이 하여 네 부모를 욕되게 하지 말아야 한다.

을미년(1595년) 이월, 연안(延安) 바닷가 각산(角山)의 민가에서 쓰다.

해설

성혼이 세상을 떠나기 3년 전, 아들 성문준(成文濬, 1559~1626년)과 손자 성력(成櫟), 성익(成杙), 성직(成檖)에게 남긴 유언이다. 당시 성혼은 극심해진 고질병으로 고생하고 있었다. 살날이 얼마 남지 않았다는 것을 직감하고 아들과 손자들에게 마지막으로 하고 싶은 말을 적었다.

지난 일생을 돌아보니 몸이 약한 탓에 공부에 힘쓰지 못한 것이 가장 아쉽다고 했다. 그렇지만 정작 아들에게는 자기를 닮아 몸이 약하므로 공부보다는 건강에 힘쓰라고 당부했다. 오래 사는 것이 부모의 마음에 부응하는 것이라고 했으니, 아버지의 마음은 예나 지금이나 다르지 않은 모양이다.

『관자(管子)』에 "아들을 잘 알기로는 아버지만 한 사람이 없다.(知子莫若父.)"라고 하였다. 성혼은 아들의 장단점을 잘 알고 있었다. 착하기는 하지만 똑똑하지 않아 걱정이라며 노비와 재산 관리에 주의하라고 당부했다. 임진왜란이 한창이던 당시 사족들조차 살 곳을 잃고 유랑하는 처지로 전락하는 일이 많았기 때문이다. 손자들에게는 공부에 전념하라고 당부했다. 독서하는 선비가 끊이지 않아 대대로 사족의 신분을 유지하는 것이 무엇보다 큰 바람이었다. 끝에 욕심부리지 말라고 당부한 한룡은 장손 성력의 어릴 적 이름으로 보인다.

스승은 필요 없다 　　　　書示邊生

옛날의 이른바 학문이란 비단 독서만을 말하는 것이 아니었다. 이른바 스승과 벗도 남을 즉시 성현으로 환골탈태하게 만드는 사람이 아니다. 독서 말고도 긴요한 공부가 있으니, 움직일 때나 가만히 있을 때나 잠시도 멈추지 말아야 한다. 스승과 벗은 나와 별개의 형체를 가졌으니, 남이 배불리 먹는다고 나까지 따라서 배가 부르겠는가. 스승과 벗은 길을 가리켜 주고 인도하며, 터득한 바를 밝혀 주고 증명하는 사람에 불과하다.

지금 선비들은 독서를 좋아하지 않으니 참으로 태만하다. 독서를 좋아하는 자도 빨리 성취하려는 마음에 가벼운 생각으로 쉽게 읽을 뿐, 배우고 때때로 익히는 공부를 하는 사람이 있다는 말을 듣지 못했다. 스승과 벗 사이에서도 단지 은혜를 입고 덕을 보려고 할 뿐, 자신이 힘써야 할 일은 손대려고 하지 않는다. 이 때문에 자질이 뛰어난 영재 중에 학문에 뜻을 둔 자가 있어도 처음부터 쓸데없는 것만 바라느라 학문을 시작하지 못한다. 헛된 마음만 품지 참된 재미가 없어서 어느덧 포기하고 마니, 어찌 한 사람인들 성취할 수가 있겠는가. 더구나 지금 세상에는 참된 스승과 벗이 드물어 따를 만한 사람이 없으니, 선비 된 자는 문을 닫고 혼자 공부해도 좋고 경전을 연구하여 스스로 터득해도 좋다.

그대가 멀리서 찾아왔으니 나는 몹시 부끄럽다. 나는 늙어서 잘못 죄를 짓는 바람에 두려운 마음으로 숨어 살면서 감히 바깥 사람을 만나지 못한 지 오래이다. 게다가 요즘에는 병까지 얻어 몸속의 우환이 날로 위중해지고 있다. 비단 예전에 들었던 것을 잊어버리고 정신이 혼미하여 행동이 어긋나는 정도에 그치지 않는다.

그대가 이곳에 와서 머무르는 것은 잘못이다. 초가집이 불타서 먹고 잘 곳이 없는 것이 첫째요, 아침저녁 채소와 소금만 먹느라 병이 생기는 것이 둘째요, 산사(山寺)에서 초가집을 짓느라 몇 안 되는 승려가 대접을 할 수 없는 것이 셋째이다. 크게는 유익한 점이 없으며, 나그네가 묵을 적에 이 세 가지 어려움이 있으니, 그대는 속히 돌아가 집안에서 묻고 배워야지 젊은 시절을 헛되이 보내지 말라.

해설

성혼은 임진왜란 때 어가가 파주를 지나가는데도 나와서 맞이하지 않았다는 이유로 선조에게 미움을 받았다. 게다가 전쟁이 한창이던 1594년 왜군과의 화친을 청한 이정암(李廷馣)을 옹호해서 거듭 선조의 진노를 샀다. 이로 인해 성혼은 벼슬을 그만두고 고향으로 돌아가 다시 조정에 나오지 않았으며 죽을 때까지 임금의 뜻을 거스른 죄인으로 자처했다.

성혼이 파주에 은거한 지 4년 만인 1598년 봄, 전라도 장성에서 25세의 청년 변경윤(邊慶胤)이 찾아와 배움을 청했다. 하지만 성혼은 거절하며 이렇게 말한다. 사람들은 좋은 스승과 벗을 찾지만 그들은 어디까지나 남일 따름, 홀로 책을 읽고 실천에 힘쓰는 것이 참된 공부라고. 그렇게 제자가 되겠다는 사람을 돌려보낸 성혼은 이해 6월 6일 세상을 떠났다.

격언을 써 주지 못하는 까닭

書姜而進帖

강이진(姜而進)이 종이를 가져와 내게 격언을 써 달라고 하였다. 나는 글씨를 잘 쓰지 못하여 들어줄 수가 없지만 한 가지 해 줄 이야기가 있다.

요즘 사람들은 모두 새로운 이야기 듣기를 좋아하고, 전에 들은 것은 진부한 말로 여긴다. 이 때문에 듣지 못한 이야기라면 귀를 기울이는데, 이는 도움이 되지 않는 듯하다. 새로운 이야기가 귀에 들어올 때는 새로운 느낌이 들지만, 하룻밤만 지나면 진부한 말이 된다. 새로운 이야기를 얼마나 많이 들어야 새로운 것 좋아하는 마음을 만족시킬 수 있겠는가.

옛사람 중에는 평생 동안 실천할 만한 한마디 말을 듣고자 한 사람도 있고, 이미 들은 이야기를 제대로 실천하지 못했으면 새로운 이야기 듣기를 두려워한 사람도 있다. 성인께서는 이 사람들을 인정하며 격려했고, 후세 사람들은 우러러보며 본받는다. 옛날에 잘 배운 사람이 이와 같았고, 공자 문하에서 실천에 힘쓴 것이 이와 같았다.

그대는 요즘 많은 책을 읽었으니, 죽을 때까지 써도 다 쓸 수 없을 것이다. 만약 학문에 뜻이 있다면 여기에서부터 시작하면 충분하다. 많은 것을 찾을 필요가 있겠는가. 내가 감히 옛 격언을 써 주지 못하는 이유는 바로 이것이다. 이 뜻을 계진(季珍, 조광현(趙光玹)) 형님에게 물어본다면 어떻게 생각할지 모르겠구나.

해설

제자 강면(姜㤼, 1567년~?)에게 준 글이다. 강면은 세종조의 명신 강회백(姜淮伯)의 7대손이다. 『율곡전서(栗谷全書)』 「문인록(門人錄)」에도 실려 있으니, 성혼과 이이의 문하를 오가며 공부한 듯하다. 강면은 스승의 곁을 떠나며 한마디 격언을 써 달라고 청했다. 무언가 새로운 이야기를 기대했던 모양이다. 하지만 성혼은 의욕이 넘치는 젊은 제자에게 진리는 평범한 곳에 있다고 다독였다.

이 글은 1621년 처음 간행된 『우계집』에는 실리지 않았다가 훗날 성혼의 현손(玄孫) 성지선(成至善, 1636~1693년)이 발굴하여 1681년 속집(續集)을 간행할 때 추가했다. 속집의 간행을 담당한 이는 성혼의 외증손 윤증(尹拯, 1629~1714년)이었다. 성지선에게 이 글을 받아 읽어 본 윤증은 "배우는 사람이 받아들이기에 절실한 내용"이라고 평했다.

정인홍

鄭仁弘

1535~1623년

본관은 서산(瑞山), 자는 덕원(德遠), 호는 내암(來庵)이다. 합천에서 태어나 동향의 남명 조식에게 수학했다. 1558년 생원시에 합격하고 1573년 천거로 관직에 진출했다. 동서 분당이 일어나자 동인의 편에서 이이와 정철을 공격했고, 기축옥사로 동인이 다시 남인과 북인으로 갈라지자 북인의 영수가 되었다. 고향에 은거하던 중 임진왜란이 일어나자 의병을 일으켰다. 선조 말년에 광해군을 지지한 결과, 광해군 즉위 후 승승장구하여 영의정까지 올랐다. 인목 대비 폐위에 적극 가담해 서인의 공분을 사고, 스승 조식의 문집을 간행하면서 이황을 비판한 일로 남인의 공적이 되었다. 인조반정이 일어나 처형되었다.

조선 왕조가 막을 내릴 때까지 신원받지 못해 남은 저술이 많지 않다. 20세기에 후손들이 남은 시문을 수습하여 문집 『내암집(來庵集)』을 편찬했다.

술을 마시는 법　　　　　孚飮亭記

『주역』에서 효사(爻辭) 하나를 뽑아 내 한 몸을 둘 곳으로 삼았다. 술이지만 술이 아니고 마시지만 마시지 않는다는 뜻이다.

하늘에 바라는 것이 없고 사람에게 구하는 것이 없으니, 하는 일이 줄어들어 마음이 저절로 한가롭고 편안한 것이 마시는 자리이다. 한가롭고 조용히 지내며 나를 알아주지 않아도 원망하지 않고, 거친 밥 먹고 물 마시며 고량진미를 바라지 않는 것이 마시는 맛이다.

옛사람의 책을 읽고 옛사람의 말과 행동을 기억하며 벗이 찾아오면 함께 공부하는 것이 마시는 밑천이다. 푸른 하늘에 밝은 해가 떠 있는 가운데 밤과 낮, 추위와 더위가 바뀌는 것이 마시는 때이다.

산과 구름, 물과 달이 흐리고 개며 변화하는 것이 마시는 안주이다. 겨울 소나무와 외로운 대나무, 하늘을 나는 솔개와 물에서 뛰는 고기가 마시는 이웃이다. 이처럼 마시는 것은 애당초 누룩으로 빚은 술에 의지하여 몽롱한 상태로 도피하는 것에 비할 바가 아니다.

해설

부음정은 1580년 정인홍이 경남 합천군에 지은 정자이다. 위치를 조금 옮기기는 했지만 지금도 남아 있다. 정인홍은 이곳을 강학의 중심지로 삼았다.

부음정이라는 이름은 『주역』 미제괘(未濟卦) 상구(上九)의 효사에서 따왔다. "믿는 바가 있어 술을 마시면 허물이 없지만, 머리를 적시면 믿는 바가 있더라도 실수할 것이다.(有孚于飲酒, 無咎, 濡其首, 有孚, 失是.)" 믿는 바가 있어 술을 마신다는 말은 자신을 믿고 천명을 기다리며 지금의 처지를 즐겁게 여긴다는 뜻이다. 머리를 적신다는 말은 술에 흠뻑 취하듯 방종하게 즐긴다는 뜻이다. 즐겁게 술을 마시되 지나치면 안 되는 것처럼, 어려운 상황이 닥치더라도 방도가 없다고 모든 것을 포기하고 방탕하게 살 것이 아니라 스스로를 믿고 천명을 따라야 한다는 말이다.

합천의 부음정은 정인홍의 생활 터전이자 강학 공간이었다. 정인홍의 제자 정경운(鄭慶雲)의 『고대일록(孤臺日錄)』에 따르면, 1602년 정인홍이 관직을 그만두고 내려오자 인근의 선비 수백 명이 부음정에 모였다고 한다. 정인홍은 합천을 위시한 경상우도 선비들의 존경과 지지를 받았으며, 이에 힘입어 중앙 정계에 진출했다. 그는 대북(大北) 정권의 영수로서 광해군 시대의 정국을 주도했다. 그러나 타협을 모르는 그의 강경한 태도는 여타 정치 세력들과 큰 마찰을 빚었고, 결국 인조반정 직후 처형당하고 말았다.

윤감의 때늦은 공부　　　　　　　　尹堪傳

　윤감(尹堪)은 자가 수지(守之)이다. 대대로 전라도 남원에 살았는데 집안
이 넉넉하여 거느린 노비들의 집이 줄지어 큰 마을을 이루었다. 제주말
서너 필에 매 대여섯 마리를 기르고, 옷은 꼭 화려한 비단으로 지어 입
었으며, 음식은 늘 산해진미를 상에 가득 차려 먹었다. 관아의 기생을 첩
삼고 항상 기생집에서 지냈는데, 시중드는 노비가 끊임없이 드나들었다.
고을 사람들은 부자로 알았고, 식자들은 방탕한 자라고 손가락질했다.

　정축년(1577년) 가을, 나이 마흔 살이 되던 해 나는 봉성(鳳城) 현감
이 된 지 겨우 한 달 남짓이었다. 남원의 진사 변사정(邊士貞)이 나의 친
척인데 나를 죽사(竹寺)로 초대했다. 죽사는 윤감의 집에서 몇 리쯤 떨어
져 있다. 변사정과 윤감은 예부터 친한 사이라 함께 왔고, 남원에 사는
선비 김응경(金應慶)과 정이길(鄭以吉) 등이 먼저 절에 와서 독서하고 있
었다. 내가 찾아가 그들과 함께 술을 마시며 담소하는데, 한 사람이 자
리에 앉아 눈을 크게 뜨고 보면서 한마디도 없었다. 이름을 물으니 바로
윤감이었다.

　하루 묵고 헤어지려 했지만 윤감이 변사정을 세심정(洗心亭)으로 초대
했다. 세심정은 윤감의 족숙부가 지내던 옛 별장이다. 변사정이 같이 가
자고 하기에 나도 따라갔다. 윤감이 마련한 술자리는 산해진미를 모두

차려 냈고 술도 귀한 것이었다. 한바탕 취하고 헤어졌다. 며칠 뒤 윤감이 나를 찾아와 초가에서 함께 묵었다. 내가 그에게 물었다.

"공은 어릴 적에 공부를 하지 않았습니까?"

"어릴 적에 아버지가 돌아가시고 사치스럽게 지냈습니다. 자라서도 책을 들고 남을 찾아가 배우려 하지 않아 이렇게 된 겁니다. 일생을 헛되이 보내게 생겼으니 슬퍼하고 한탄해도 어쩔 수 없습니다."

"책을 들고 가서 배우기를 청하기는 이미 늦었지만, 얼마 전에 김응경과 정이길을 만났는데 모두 글 뜻을 풀이할 줄 아는 사람이었습니다. 만약 함께 어울려 공부한다면 의문이 생겨도 물어볼 데가 있을 것입니다. 이렇게 오래 한다면 마음의 눈이 저절로 뜨일 테니, 이것이 옛말에 '노년의 공부는 촛불을 켜는 것과 같다.'라는 것입니다."

윤감은 기뻐하며 배우기로 결심하고, 이윽고 김응경, 정이길 두 사람과 벗이 되어 매일 어울려 지냈다. 내가 또 말했다.

"의복과 음식이 사치스럽기를 바라는 것은 배우는 사람의 병통입니다."

그러자 윤감은 두려워하며 오로지 검약을 숭상했다.

무인년(1578년) 겨울, 나는 봉성 현감에서 영양(永陽) 현감으로 옮겼고, 기묘년(1579년) 겨울에는 벼슬을 버리고 고향으로 돌아갔다. 윤감은 김응경, 정이길 들과 함께 와서 절에서 묵으면서 오가며 학문을 물었다. 몹시 부지런하여 밤낮으로 조금도 쉬지 않고 겨울 석 달을 보내더니, 갑자기 문리를 깨우치고 지식이 대폭 진보하여 더는 지난날의 어리석은 사람이 아니었다. 경전과 예서를 강론하여 훗날 딸을 시집보내면서 한결같이 예법에 따랐으니, 한 가지 일도 속습에 가까운 것이 없었다. 여색을 좋아하고 말 타고 사냥하던 버릇도 일절 버리고, 그저 매 한 마리만 노비들에게 기르게 남겨 늙은 어머니를 봉양하는 데 사용했다. 과거에는 이웃 사람이 말을 듣지 않으면 곧장 채찍을 휘두르며 위협했는데, 이제는 결코 이런 일이 없었다. 전에는 집을 가득 채웠던 바둑 두고 술 마시는 마을의 잡객들을 모두 사양하고 만나지 않았다. 그를 알던 사람들은 괴이하게도 여기고 공경하기도 했다. 어리석은 백성조차도 모두 딴사람이 되었다고 하였으며, 온 집안의 노비들은 주인이 좋은 쪽으로 바뀌었다고 기뻐했다.

사십 년 동안 굳어진 몸으로는 견디지 못할 것 같았지만, 손을 모으고 단정히 앉아 밤낮 게을리하지 않았다. 절에 있을 때 찾아가 함께 며칠 밤을 지낸 적이 있었는데, 내가 옛사람이 난처하게 여긴 몇 가지 일을 시험 삼아 물어보았다. 그는 잠시 생각하더니 자기 견해를 이야기했는데, 모두 법도를 크게 벗어나지 않았다. 그의 기질이 이처럼 도에 가까웠다. 그 뒤 갑자기 황달에 걸려 오랫동안 앓다가 결국 일어나지 못했으니 몹시 애석하다. "아침에 도를 들으면 저녁에 죽어도 좋다."라 했는데, 이 사람이야말로 바른 도를 듣고 죽었다고 하겠다. 무슨 유감이 있겠는가.

그러나 천리마가 먼 길을 나섰다가 갑자기 죽고, 기러기가 하늘로 날아올랐다가 갑자기 떨어지면 탄식하며 애석해하지 않는 사람이 없다. 더구나 호걸다운 선비가 겨우 반평생을 보내고 늦게야 발걸음을 돌려 원대한 경지에 이르기를 기약했는데, 하늘이 수명을 늘려 주지 않아 갑자기 불행히 죽는 바람에 선행을 하여 복 받을 기회를 얻지 못했으니 누군들 통탄하고 애도하지 않겠는가.

윤감은 거문고의 줄을 바꾸어 걸고, 수레바퀴를 바꾸어 다시 길에 나선 것처럼 확고하게 학문을 향한 정성이 있고 속습을 벗어나는 용기가 있었으니, 외딴 시골에 사는 만학도의 모범이 되기에 충분하다. 어찌 참으로 호걸다운 선비가 아니겠는가. 이 사람에게는 전(傳)이 없을 수 없다.

해설

전라도 남원의 부호 윤감의 일생을 서술한 글이다. 1577년 구례 현감으로 부임한 정인홍은 친척 변사정의 소개로 윤감을 처음 만났다. 윤감은 젊은 시절 공부하지 않은 것을 후회하고 있었다. 정인홍은 그에게 충고했다. 선생을 찾아 배우기는 늦었지만 좋은 선비들이 가까이 있으니 어울려 공부하라는 것이었다. 윤감은 정인홍의 조언을 충실히 따랐다.

어느덧 윤감은 예전의 그가 아니었다. 방탕하고 사치하던 버릇을 버리고 예법을 따랐다. 주위 사람들도 변화를 알아보기 시작했다. 이웃과 노비들은 주인이 딴사람이 되었다며 기뻐했다. 심지어 정인홍의 수준 높은 질문에도 크게 틀리지 않고 답할 정도였다. 그렇지만 아쉽게도 병에 걸려 죽고 말았다.

정인홍의 말대로 윤감은 시골 만학도의 모범이 되기는 충분하지만, 대단한 학문이나 업적이 있는 인물은 아니었다. 그럼에도 정인홍이 그를 입전(立傳)한 의도는 학문이 사람을 바꿀 수 있다는 사실을 증명하기 위해서였을 것이다.

이제신

李濟臣

1536~1583년

본관은 전의(全義), 자는 몽응(夢應), 호는 청강(淸江)
이다. 무인 집안에서 태어나 조광조의 제자 조욱(趙
昱)에게 수학하고 남명 조식과도 사제의 연을 맺었다.
1558년 생원시에 합격하고 1564년 문과에 급제하여
예문관 검열, 사헌부 감찰, 병조 좌랑 등 요직을 역임
하고 1569년 서장관으로 명나라에 다녀왔다. 이후 청
주, 울산, 진주 등의 지방관으로 부임했다. 1580년 강
계 부사를 거쳐 1582년 함경북도 병마절도사에 임명
되었다. 이듬해 이탕개의 난이 일어나 경원성(慶源城)
이 함락되자, 경원 부사의 처형을 미룬 죄로 의주 인산
진(麟山鎭)에 유배되어 세상을 떠났다.

시와 글씨로 인정을 받았으며, 윤근수(尹根壽)와 함께
명대 고문사파 문학의 수용에 앞장섰다. 저서로 문집
『청강집(淸江集)』과 『청강소설(淸江小說)』이 있다. 『청강
소설』은 조선 중기 사회사를 증언하는 중요한 사료로,
조선 후기 문인들에 의해 자주 인용되었다.

철쭉을 통한 공부　倭躑躅說

집에 철쭉이 있는데 일본에서 온 것으로 모두 네 그루이다. 어떤 이가 일러 주었다.

"사물은 제가 살던 땅을 떠나면 추위와 더위가 달라지는 법이니, 반드시 초겨울이 되면 멍석으로 싸 두었다가 내년 한식에 풀어 주어야 합니다."

그 말대로 나는 조심스레 싸서 덮어 두었다. 올해 봄, 우리 집에 일이 생겼는데 멍석이 부족하여 하나를 일찍 풀었다. 늦봄이 되자 세 그루는 동시에 활짝 피었지만, 일찍 풀어 준 것은 늦봄 서리가 내리는 바람에 덩달아 피지 못하고 차례로 피었다. 활짝 핀 철쭉은 반달을 넘기지 못하는데, 이것만은 삼월부터 사월 윤사월을 거쳐 단오까지 계속 피어 있었으니 어찌 그리도 오래갔는가. 고운 잎과 푸른 가지가 더욱 화려하여 와서 구경하는 사람 모두 기이하게 보면서도 의아해했다. 내가 말했다.

"멍석을 일찍 풀었기에 서리를 맞았고, 서리를 맞아서 차례로 피었으며, 차례로 피었으므로 오래가는 것이네. 멍석을 일찍 풀지 않았다면 상하지 않았을 것이며, 상하지 않았다면 어떻게 오래가겠는가. 다행히 땅에 뿌리를 붙이고 있어 참된 본성은 없어지지 않았으니, 차가운 서리와 바람을 맞더라도 심하게 병들지 않고 오래 버틸 수 있었던 것이지. 사물의 흥망성쇠는 알 수 없는 법이야. 자네는 어찌 생각하는가?"

의아해하던 사람이 기뻐하며 말했다.

"자네는 이 나무에서 사물의 이치를 깨달았군."

해설

이제신은 귀한 왜철쭉 네 그루를 구해 심었다. 따뜻한 나라에서 가져온 것이니 겨울이 오거든 멍석으로 싸서 얼지 않게 하라고 들었는데, 갑자기 멍석을 쓸데가 생기는 바람에 한 그루의 것을 풀어서 썼다.

봄이 오자 멍석을 일찍 푼 한 그루는 한기를 쐰 탓인지 꽃이 한꺼번에 피지 않고 한 송이 두 송이 차례로 피었다. 덕택에 다른 세 그루의 꽃이 다 지도록 계속 피어 있었다. 추위가 철쭉을 강하게 만드는 것처럼, 시련을 감내한 사람만이 성장할 수 있다는 의미를 전하는 글이다.

이제신은 원예에 대한 관심이 각별하여 이 글 외에도 꽃을 소재로 세 편을 더 지었다. 대궐의 후원에서 구해 온 서향화(瑞香花, 천리향), 벗에게 받은 여춘화(麗春花, 양귀비꽃), 밀랍으로 만든 조화 납모란(蠟牧丹)에 대한 것이다. 그는 꽃 한 송이에서조차 세상의 이치를 읽고자 했다. 이것이 사물을 보고 이치를 살피는 관물찰리(觀物察理)이다.

어리석음으로
돌아오는 집

歸愚堂記

내가 성균관에 있을 때 남방(南坊) 회현리(會賢里)의 부서진 집을 얻어 작은 암자 두 칸을 짓고 대충 서당이라고 하였다. 친구 길재(吉哉, 황사겸 (黃士謙))가 상량문을 지어 주었다. 지금은 진주 목사를 그만두고 이곳에서 살면서 귀우당이라고 이름 지었다. 어떤 이가 그 뜻을 묻자 이렇게 말했다.

"이름은 옛사람의 시구에서 따온 것이지만 내 입장에서 말하자면 실제의 자취라고 하겠지."

어떤 이가 물었다.

"그대가 어리석은 줄은 나도 알고 있네. 집에는 약간의 쌀도 없으면서 삼품 관원의 녹봉을 버리고, 절인 반찬조차 부족한데 산해진미를 포기하고, 다섯 마리 말과 덮개 있는 수레를 가볍게 여기고 나귀조차 빌리지 못하는 신세가 되었으며, 촉석루의 경치가 보기 싫다고 머리가 부딪히는 작은 집에 살고 있네. 사람들은 모두 답답해하지만 그대는 편안하고, 사람들은 모두 혀를 차는데 그대는 아무렇지도 않게 여겨. 처자들 우는 소리도 마음에 두지 않으니, 이것이 실상이 아닌가."

내가 말했다.

"그렇지 않아. 나는 이제 태어난 지 사십사 년이 되었으며 조정에 선지 십육 년이 지났네. 이는 빠지고 머리는 희어졌으나 어리석은 성품은 바뀌지 않았고, 허다한 일을 겪으면서도 어리석은 기운은 사라지지 않았네. 관직에 있을 적에는 어려운 일 쉬운 일 가리지 않고 그저 일을 마치려고 했으며, 자주 고을 수령이 되어서는 제 자신을 탄핵하고 돌아왔네. 나는 내가 어리석은 줄 알고 있지만 사람들은 그 어리석음을 용납하지 못했기 때문이지.

그러다가 늙어서는 어리석음이 무르익어 마치 성인이 집대성한 것처럼 더할 것이 없었다네. 조정과 재야에서는 모두들 나의 어리석음을 괴이하게 여겼지만, 성상께서만은 어리석지만 충성스럽다고 용서하셨네. 아, 부모가 못난 자식을 사랑할 적에는 실로 불쌍히 여겨 어리석음을 지켜 주는 법.

관직이라는 것은 업무를 맡았다는 이름이고, 관청은 업무를 보는 곳이야. 총명하고 지혜로운 사람이 아니면 거처해서는 안 돼. 그러므로 주인은 이름이 관원 명부에 남아 있지만 집에서 지내는 일이 많고, 높은 반열에 올랐으나 항상 선비와 같았지. 밝은 시대에 쫓겨나 돌아갈 곳이 없네.

달팽이도 집이 있고 뱁새도 둥지가 있으니, 오직 이 두 칸 집에서 그럭저럭 보낼 수 있네. 사방이 도서로 둘러싸여 옛일을 연구하고, 남쪽 모퉁이에서 마음껏 꽃과 대나무에 흥취를 담을 수 있네. 아침저녁의 아름다운 흥취는 저 남산에 있으니, 한유(韓愈)의 「추회(秋懷)」를 낭랑하게 읊어 "길이 편안한 줄 알고 어리석음으로 돌아오고, 긴 두레박줄을 얻어 옛일을 찾네." 이것이 어리석은 사람의 실제 자취라네."

어떤 이가 말했다.

"그렇구나. 여기에는 절로 도가 있는데 나는 미치지 못하겠구나."

마침내 기문을 짓고 이어서 명을 쓴다.

어리석은 사람은 이 집 아니면 갈 데 없고,

이 집은 어리석은 사람 아니면 살 사람 없지.

이 집은 너비가 한 길이니,

어리석음을 풀어놓으면 온 나라에 가득가득.

작은 것을 쌓아 큰 것을 이루는 방법이 무엇이랴?

사방의 벽에는 천 권의 책.

만력 7년(1579년) 구월, 귀우 주인이 쓰다.

해설

귀우당은 서울 남방 회현리(지금의 중구 회현동)에 있던 이제신의 집이다. 원래는 성균관 유생 시절의 공부방이었다. 1579년 진주 목사에서 물러난 이제신은 서울로 돌아와 이곳을 다시 찾았다. 그는 이 집에 귀우당이라는 이름을 붙였다. 당나라 문인 한유의 「추회」에서 따온 것이다.

진주 목사 시절, 이제신은 토호들과 심각한 갈등을 빚었다. 본디 진주 토호들은 세력이 강성하여 부임한 수령이 눈치를 볼 정도였지만, 강경한 원칙주의자였던 이제신은 토호들의 농간을 방관하지 않았다. 이제신이 엄단에 나서자 토호들은 그를 쫓아내기 위해 병부(兵符)를 훔쳤다. 이제신이 꼼짝 못 하고 타협에 나설 것이라 생각했던 것이다. 그러나 이제신은 사실대로 조정에 보고하고 처분을 기다렸다. 조정에서는 병부를 훔친 토호들을 엄벌에 처하고 이제신에게는 아무런 책임을 묻지 않았다. 그러나 더 이상 토호들과 줄다리기를 벌이고 싶지 않았던 이제신은 스스로 관직을 그만두고 서울로 돌아왔다.

이제신은 복잡한 세상사를 잊고 바보처럼 살고 싶은 마음으로 집에 귀우당이라는 이름을 붙였다. 역설적이지만 어리석음(愚)은 선비가 지향하는 가치이기도 하다. 노자가 "몹시 지혜로운 사람은 마치 어리석은 사람 같다.(大智若愚)"라고 했듯이, 어리석은 사람처럼 행동하는 것은 가장 높은 수준의 지혜로 여겨졌다. 이제신은 귀우당에 수많은 도서를 구비하고 갖가지 화초를 심었다. 책을 읽고 화초를 기르며 인간과 자연의 이치를 탐구한 이제신은 결코 어리석은 사람이 아니었다.

이 이

李珥

1536~1584년

본관은 덕수(德水), 자는 숙헌(叔獻), 호는 율곡(栗谷)·석담(石潭)이다. 이원수(李元秀)와 신사임당(申師任堂)의 삼남으로 강릉에서 태어났다. 16세에 모친을 잃고 한동안 방랑하며 불교에 심취했지만 곧 성리학에 전념했다. 1564년 생원시, 진사시, 문과의 모든 단계에서 장원하여 구도장원(九度壯元)이라 불렸다. 이조 좌랑, 사간원 정언 등을 역임하고 1568년 서장관으로 명나라에 다녀왔다. 이후 사가독서를 하며 자신의 정치 철학을 밝힌 『동호문답(東湖問答)』을 저술했다. 동서 분당의 조짐이 나타나자 양측을 중재하고자 애썼지만 결국 실패하자 은퇴를 결심하고 파주 율곡(栗谷)으로 돌아가 한동안 관직에 나가지 않았다. 1580년 대사간에 임명되어 다시 조정으로 나아가 대제학, 이조 판서, 병조 판서를 역임했다.

문집 『율곡전서』를 비롯하여 초학자를 위한 『격몽요결(擊蒙要訣)』, 제왕학을 집대성한 『성학집요(聖學輯要)』, 시선집 『정언묘선(精言妙選)』 등 수많은 저술을 남겼다. 성리학자로서의 위상에 가려졌지만 유능한 문장가이자 실무 관료의 면모도 겸비했다. 그는 "도학이 근본이고 문학은 말단(道本文末)"이라는 성리학적 문학관을 전제로, 꾸밈없는 자연스러운 문장(不文之文)을 추구했다. 올바른 성정의 발로를 중시하는 그의 문학관은 『정언묘선』에서 잘 드러난다.

김시습의 일생 　　　　　金時習傳

김시습의 자는 열경(悅卿)이며 본관은 강릉(江陵)이다. 신라 알지왕(閼智王)의 후예 왕자 김주원(金周元)이 강릉을 영지로 삼은 뒤로 자손이 그곳에 본적을 두게 되었다. 그의 후손 김연(金淵)과 김태현(金台鉉)이 모두 고려의 시중(侍中)을 지냈다. 김태현의 후손 김구주(金久住)는 안주 목사(安州牧使)를 지냈고, 그의 아들 김겸간(金謙侃)은 오위 부장(五衛部將)에 그쳤다. 김겸간의 아들 김일성(金日省)은 음직으로 벼슬하여 충순위(忠順衛)를 지냈다. 김일성은 울진 장씨와 혼인하여 선덕(宣德) 10년(1435년) 한양에서 김시습을 낳았다.

남다른 자질을 타고나서 태어난 지 팔 개월이 되자 저절로 글을 알았다. 최치운(崔致雲)이 보고 기이하게 여겨 '시습'이라는 이름을 지어 주었다. 말은 더뎠지만 머리가 깨어 글을 보면 입으로 읽지는 못해도 뜻은 다 깨달았다. 세 살이 되자 시를 지을 수 있었고, 다섯 살이 되자 『중용』과 『대학』을 이해하여 사람들이 신동이라 불렀다. 허조(許稠) 등 이름난 사람이 많이 찾아왔다.

장헌 대왕(莊憲大王, 세종)이 소문을 듣고서 승정원으로 불러들여 시를 짓게 하니, 과연 빠르고도 훌륭했다. 하교하기를 "내가 직접 만나고 싶지만 사람들이 놀랄까 걱정이니, 그의 집에서 조용히 가르치게 하라. 학문을 이루면 장차 크게 쓰겠다." 하고, 비단을 주어 집으로 돌려보냈다. 그러자 온 나라에 명성이 알려져 '오세'라고만 하고 이름을 부르지 않았다. 김시습은 임금의 칭찬을 받은 뒤로 더욱 원대한 학업에 힘썼다.

경태(景泰, 1450~1457년) 연간, 영릉(英陵, 세종)과 현릉(顯陵, 문종)이 차례로 승하하고 노산군(魯山君, 단종)이 삼 년 만에 양위했다. 이때 김시습의 나이 스물한 살로 한창 삼각산에서 독서하고 있었는데, 한양에서 온 사람에게 그 소식을 들었다. 김시습은 문을 닫고 사흘 동안 나오지 않다가 큰 소리로 통곡하고 책을 모두 불태웠다. 발광하여 뒷간에 빠지고는 달아나 불가에 의탁했다. 승명은 설잠(雪岑)이라 하고, 호를 여러 번 바꾸어 청한자(淸寒子), 동봉(東峯), 벽산청은(碧山淸隱), 췌세옹(贅世翁), 매월당(梅月堂)이라 하였다.

김시습은 못생기고 키가 작았으나 호방하고 영특하며 소탈하여 위엄이 없었다. 강직하여 남의 잘못을 용납하지 않았고, 시속을 아파하고 분개하여 불평하고 답답해했다. 자기는 세상과 어울릴 수 없다고 생각하고 마침내 속세를 벗어났다. 나라 안 산천에 발 닿지 않은 곳이 드물었으며, 승경을 만나면 그곳에서 살았다. 옛 수도에 오르면 반드시 머물며 며칠 동안 그치지 않고 슬피 노래했다.

총명이 남달라 사서(四書)와 육경(六經)은 어릴 적 스승에게 배웠지만 제자백가는 가르쳐 주기를 기다리지 않고도 모두 섭렵하여 한번 기억하면 끝내 잊지 않았다. 그러므로 평소 독서한 적도 없고 책 상자를 가지고 다니지 않았으나 고금의 서적을 남김없이 통달하여 누가 질문하면 의심 없이 대답했다.

답답하고 강개한 마음을 풀 길이 없어 세상의 바람, 달, 구름, 비, 산수, 집, 옷, 음식, 꽃, 과일, 새, 짐승, 인사의 옳고 그름과 잘잘못, 부귀와 빈천, 생사와 질병, 희로애락, 심지어 성명(性命)과 이기(理氣), 음양(陰陽)과 유명(幽明)에 이르기까지 형체가 있건 없건 지적하여 말할 수 있는 것은 모두 문장에 담았다. 그러므로 그가 글을 지으면 물이 넘치고 바람이 불며 산이 감추고 바다가 담으며 귀신이 외치고 응답하듯 계속해서 나와 사람들이 그 끝을 알 수 없었다. 성률(聲律)과 격조(格調)에는 그다지 마음을 쓰지 않았으나 뛰어난 작품은 높고 원대하여 보통 사람의 생각을 한참 벗어났으니, 글을 꾸미는 자가 넘볼 수 있는 수준이 아니었다.

이치를 연구하고 수양하는 공부는 부족했지만 재주와 지혜가 탁월하여 대략 이해하니, 어떠한 논의를 하더라도 대부분 유가의 핵심을 벗어나지 않았다. 불교와 도교에 있어서도 대체적인 의미를 파악하고 병통의 근원을 깊이 연구했다. 불교의 글을 짓기 좋아하여 은미한 뜻을 막힘없이 드러내었다. 불교에 조예가 깊은 늙고 이름난 승려도 감히 그와 맞설 수 없었으니, 그 타고난 자질이 뛰어나다는 점은 이로써 증명할 수 있다.

스스로 명성이 너무 일찍 알려졌다고 여기고 하루아침에 속세를 떠나 유가의 마음을 지니고 불가의 행동을 했기에 세상 사람들이 괴이하게 여겼다. 그러므로 일부러 미친 짓을 하여 실상을 감추었다. 배우려고 찾아오는 선비가 있으면 나무와 돌을 던지고, 때로는 활을 당겨 쏘려고 하며 그 사람의 정성을 시험했다. 그러므로 문하에 있는 사람이 드물었다. 또 산에 밭을 개간하는 것을 좋아하여 부귀한 집안의 자제일지라도 반드시 몹시 힘든 농사일을 시키니, 시종일관 배우는 자가 더욱 드물었다.

산을 다니면서 나무껍질을 벗기고 시 쓰기를 좋아했지만 한참 동안 읊조리다가 통곡하고는 깎아 내었다. 간혹 종이에 쓰더라도 남에게 보이지 않고 물이나 불에 던졌다. 어느 때는 농부가 김매고 밭 가는 형상으로 나무를 조각하여 책상 옆에 줄지어 놓고는 하루 종일 자세히 보다가 통곡하고 불태우기도 했다. 때로 심은 벼가 무성히 자라 이삭이 여물면 술 취한 김에 낫을 휘둘러 모조리 땅에 떨어뜨리고는 대성통곡했다.

행동이 종잡을 수 없었기에 세상 사람들의 비웃음을 받았다. 산에 있다가 사람을 만나면 도성의 소식을 물어보고, 자기를 욕하는 사람이 있다고 들으면 반드시 기쁜 표정을 지었고, 만약 "거짓으로 미친 척하고 있지만 품은 생각이 있다."라고 하면 눈썹을 찌푸리며 기뻐하지 않았다. 인망을 얻지 못하는 사람이 높은 관직에 임명되었다는 소식을 들으면 반드시 통곡하며 "이 백성이 무슨 죄가 있기에 이 사람이 이 관직을 맡는가." 하였다.

당시 이름난 재상 김수온(金守溫)과 서거정(徐居正)은 김시습을 국사(國士)라고 칭찬했다. 서거정이 조정으로 가면서 사람들을 비키라고 하는데, 김시습이 남루한 옷에 새끼줄 허리띠를 차고 폐양자(蔽陽子)〔미천한 사람이 쓰는 흰 대나무로 만든 삿갓을 폐양자라고 한다.〕를 쓴 채로 거리에서 마주쳤다. 행차의 앞으로 가서 머리를 들고 소리쳤다.

"강중(剛中)〔서거정의 자〕은 잘 지내는가?"

서거정이 웃으며 대답하고는 수레를 멈추고 이야기를 나누자 저자 사람들이 놀란 눈으로 쳐다보았다. 어떤 조정 관원이 김시습에게 모욕을 받고는 참지 못하고 서거정을 찾아가 죄를 다스려 달라고 하였다. 서거정은 고개를 저으며 말했다.

"그만두게. 미친 사람에게 무엇을 따지겠는가. 지금 이 사람에게 벌을 주면 먼 훗날 필시 그대의 이름에 누를 끼칠 것이네."

김수온이 지성균관사(知成均館事)로 있을 때 '맹자가 양 혜왕(梁惠王)을 만나다'라는 문제를 내어 성균관 유생들을 시험했다. 어떤 성균관 유생이 삼각산으로 김시습을 찾아가 말했다.

"괴애(乖崖)(김수온의 별호)는 장난을 좋아합니다. '맹자가 양 혜왕을 만나다'가 어찌 시험 문제로 적당하겠습니까?"

김시습이 웃으며 말했다.

"이 사람이 아니면 이런 문제를 낼 수 없다."

그러고는 붓을 들어 글을 짓고 말했다.

"생원은 자기가 지은 척하고 이 사람을 속여 보게."

성균관 유생이 그 말대로 하자 김수온은 다 읽기도 전에 대뜸 물었다.

"열경은 한양 어느 절에 있는가?"

성균관 유생은 숨기지 못했다. 김시습이 이렇게 알려져 있었던 것이다. 그 글의 논지는 대략 양 혜왕이 왕을 참칭했으므로 맹자는 그를 만나면 안 된다는 것이었다. 지금 그 글은 없어졌다.

김수온이 죽었을 때 앉은 채로 죽었다고 하는 사람이 있었는데, 김시습이 말했다.

"괴애는 욕심이 많으니 어찌 그런 일이 있겠는가. 설령 있다 하더라도 앉아서 죽는 것은 예의가 아니다. 나는 증자가 깔개를 바꾸고서 죽고 자로가 갓끈을 묶고 죽었다는 이야기만 들었을 뿐 그 밖의 것은 모른다."

김수온이 부처를 좋아했기에 이렇게 말한 것이다.

성화(成化) 17년(1481년), 김시습은 나이 마흔일곱 살에 홀연 머리를 기르고 글을 지어 조부와 부친에게 제사를 지냈다. 그 글은 대략 다음과 같다.

"순임금이 다섯 가지 가르침을 펼쳤는데 부자유친(父子有親)이 으뜸이며, 삼천 가지 죄 가운데 불효가 가장 큽니다. 하늘과 땅 사이에 사는 사람이라면 누가 길러 준 은혜를 저버릴 수 있겠습니까. 어리석은 제가 대를 이어야 하는데 이단에 빠졌다가 늘그막에야 후회하게 되었습니다. 그리하여 예법을 살피고 경전을 찾아 조상을 추모하는 성대한 의식을 마련하고, 청빈한 생계를 참작하여 간략하고도 정결하면서도 정성을 다해 제사를 지냅니다. 한 무제(漢武帝)는 일흔 살이 되어서야 비로소 전 승상(田丞相)의 말을 듣고 깨달았고, 원덕공(元德公)은 백 살이 되어서야 비로소 허노재(許魯齋)의 풍도에 감화되었습니다."

마침내 안씨의 딸을 부인으로 맞이했다. 많은 사람들이 벼슬하라고 권했으나 김시습은 끝내 뜻을 굽히지 않고 예전처럼 제멋대로 살았다. 달밤이면 「이소(離騷)」 읊기를 좋아하고, 다 읊으면 반드시 통곡했다.

간혹 송사가 벌어진 관청에 들어가 잘못된 것을 옳다고 궤변을 늘어놓아 반드시 이기고는, 판결이 나오면 큰소리로 웃으며 찢어 버렸다. 저 잣거리의 아이들을 부추겨 마음껏 놀다가 술에 취해 거리에 쓰러지는 일도 많았다. 하루는 영의정 정창손(鄭昌孫)이 거리를 지나는 모습을 보고 큰 소리로 외쳤다.

"저놈은 그만두어야 한다."

정창손은 못 들은 체했으나 사람들은 위험하게 여겼다. 알고 지내던 자들도 절교했으나 오직 종친(宗親) 수천부정(秀川副正) 이정은(李貞恩), 남효온(南孝溫), 안응세(安應世), 홍유손(洪裕孫) 등 몇 사람은 시종일관 변치 않았다. 남효온이 김시습에게 물었다.

"내 소견은 어떠한가?"

김시습이 말했다.

"창문으로 하늘을 보는 격이다."〔소견이 좁다는 말이다.〕

"동봉의 소견은 어떠한가?"

"넓은 뜰에서 하늘을 우러러보는 것이다."〔견해는 높지만 행동이 따르지 못한다는 말이다.〕

오래지 않아 부인이 죽자 다시 산으로 돌아가 두타(頭陀)[불교에서는 머리를 눈썹만큼 깎은 사람을 두타라 한다.]의 모습을 하였다. 강릉, 양양 등지로 놀러 다니기를 좋아하고 설악산(雪嶽山), 한계산(寒溪山), 청평산(淸平山) 등지에 자주 머물렀다.

유자한(柳自漢)이 양양 군수로 부임하여 그를 예우하며 다시 가업을 이어 행세하라고 권했다. 김시습은 편지를 보내 사양했다.

"긴 보습을 만들어서 복령을 캘 것입니다. 온 숲에 서리가 내리면 중유(仲由)의 따뜻한 도포를 짓고, 온 산에 눈이 쌓이면 왕공(王恭)의 학창의(鶴氅衣)를 가다듬을 것입니다. 낙심하여 속세에 사느니 마음껏 여생을 보내는 것이 낫지 않겠습니까. 천년 뒤에는 내 뜻을 알아주는 사람이 있기를 바랍니다."

홍치(弘治) 6년(1493년) 홍산(鴻山) 무량사(無量寺)에서 병들어 누워 세상을 떠나니 나이 쉰아홉 살이었다. 화장하지 말라는 유언에 따라 무량사 옆에 임시로 매장했다가 삼 년 뒤 장사 지내려고 매장한 곳을 파 보니, 얼굴이 살아 있는 것 같았다. 승려들이 놀라고 감탄하며 부처가 아닌가 했다. 마침내 불교의 의식대로 다비(茶毗)[불가에서 화장을 일컫는 말이다.]하고, 뼛가루를 담아 부도(浮圖)[작은 탑의 이름이다.]를 만들었다. 그는 살아 있을 때 손수 젊은 모습과 늙은 모습을 그리고, 무량사에 자찬(自贊)을 남겼다. 자찬의 말미는 다음과 같다.

"네 모습 지극히 못났고 네 말은 너무 어리석으니, 너를 구렁텅이에 두는 것이 마땅하다."

지은 시문은 흩어져 열에 하나도 남아 있지 않다. 이자(李耔), 박상(朴祥), 윤춘년(尹春年)이 앞서거니 뒤서거니 수집 간행하여 세상에 전한다.

신이 삼가 아룁니다. 사람은 천지에 가득 찬 기운을 받고 태어나는데 그 기운이 맑고 탁하고 두껍고 얄팍하기가 달라서 태어나면서부터 아는 사람이 있고 배워야 아는 사람이 있다고 하였습니다. 이것은 의리에 대해 하는 말입니다. 김시습 같은 사람은 문장을 타고났으니, 문장 역시 태어나면서부터 아는 사람이 있는 것입니다. 거짓으로 미친 척하며 속세를 피했으니, 그 은미한 뜻은 훌륭합니다. 그런데 기어이 밝은 유교의 가르침을 버리고 방탕하게 산 이유는 무엇입니까. 비록 빛을 감추고 그림자를 숨겨 후세 사람들이 김시습을 모르게 하더라도 무엇이 안타깝겠습니까.

상상해 보니 그 사람은 재주가 그릇 밖으로 넘쳐 스스로 가누지 못했습니다. 가볍고 맑은 기운은 가득 타고났지만 두껍고 무거운 기운이 부족했기 때문이 아니겠습니까. 비록 그렇지만 절의를 표방하고 인륜을 부지했으니, 그 뜻을 헤아려 보면 해와 달과 빛을 다툴 만합니다. 그의 소문을 들으면 나약한 사람도 심지가 굳어졌으니, 먼 훗날의 스승이라고 해도 좋을 것입니다. 애석합니다. 김시습은 영민한 자질을 타고났으니, 학문과 실천의 공부로 절차탁마했다면 그 성취를 헤아릴 수 있겠습니까.

아, 그는 위험한 말과 준엄한 논의로 금기를 저촉하며 조금도 꺼리지 않고 고관대작을 꾸짖었습니다. 그러나 당시에 잘못이라고 거론한 사람이 있었다는 이야기를 듣지 못했습니다. 우리 선왕의 성대한 덕과 재상의 큰 도량을, 선비들에게 말을 공손히 하게 만드는 말세의 사람과 비교한다면 누가 낫겠습니까. 아, 훌륭합니다.

해설

1582년(선조 15년) 선조의 명으로 지은 김시습의 전기이다. 알려진 대로 김시습은 세조의 왕위 찬탈에 충격을 받고 기행을 일삼은 인물이다. 시문에 뛰어났다는 점은 누구나 인정하지 않을 수 없었지만, 그 행적은 선불리 평가하기 어려웠다. 세조 이후 즉위한 왕들은 모두 세조의 후손이었기에, 단종을 위해 절개를 지킨 이들을 긍정적으로 보기 어려웠기 때문이다.

실제로 선조는 1576년 남효온이 지은 「육신전(六臣傳)」을 읽고서 사육신(死六臣)을 충신으로 칭송했다며 책을 불태우라고 명했다. 왕권의 정통성에 대한 도전으로 받아들였기 때문이다. 이러한 상황에서 김시습의 행적에 대한 평가는 조심스러울 수밖에 없었다. 그나마 김시습은 사육신과 달리 세조에게 직접 저항하지 않았다는 점에서 온건한 평가를 받을 여지가 있었다. 이이는 이 점을 파고들었다.

이이는 '절의를 표방하고 인륜을 부지했다'는 점을 분명히 했다. '먼 훗날의 스승(百世之師)'이라는 찬사도 덧붙였다. 그렇다고 세조의 정변을 부정적으로 보는 것은 결코 아니었다. 이이는 김시습을 칭송하는 한편 그를 용납한 세조와 당시 재상들 또한 높였다.

새로운 군주의 등장 그리고 여전히 옛 군주에게 절의를 지키는 신하의 존재는 상충되는 것처럼 보이지만 유교 윤리적 관점에서는 그렇지 않다. 그들은 각자의 입장에서 유교 이념에 충실했을 뿐이다. 이러한 논리로 김시습의 절의를 부각하고자 한 이이의 전략은 성공했다. 이이가 이글을 지은 이듬해, 선조는 김시습의 문집 『매월당집』의 간행을 명했다.

숨을수록 드러난다　　　上退溪先生

어떻게 지내십니까. 봄추위가 아직도 매서운데 행여 몸조리 잘못하실까 걱정이 그치지 않습니다. 제가 함부로 말씀드리기에는 너무나 황송하지만, 예전에 뿌리치지 않으셨기에 감히 입을 여는 것입니다.

성상께서 주의를 기울이시고 사림이 기대하고 있으니, 동산(東山)에서 나오는 일은 끝내 피할 수 없을 것입니다. 어떻게 대처하실지 모르겠습니다. 저는 예전에 합하께서 지나치게 겸손하시니, 학문이 충분하지 못하여 업무를 볼 수 없다는 생각에 깊이 숨어 나오지 않는 것이라 여겼습니다. 이것이야말로 "능력과 분수를 헤아려 남에게 알려지기를 바라지 않고 안주한다."라는 정자(程子)의 말과 같습니다.

다만 사림의 뜻은 나라를 다스리고 예악을 제정하는 일을 갑작스레 합하에게 바라는 것이 아닙니다. 지금 나랏일은 하나도 믿을 것이 없으니, 형세로 본다면 어찌할 방법이 없는 것 같습니다. 다만 주상께서 나이가 젊고 자질이 뛰어나며 게을리 않고 학문을 하시니, 만약 배양하고 인도하여 덕을 이룬다면 태평성대의 기틀이 여기에 달려 있지 않겠습니까.

합하는 나라를 다스리는 재주가 부족하다고 여기시지만, 성현의 책을 연구하여 그 의미를 밝히고 그 요지를 찾아내어 온고지신(溫故知新)하기로는 사방을 둘러보아도 합하보다 나은 사람이 없는 듯합니다. 티끌 하나 함부로 자기가 차지하지 않고, 티끌 하나 함부로 남에게 주지 않으며, 형편없는 음식도 싫어하지 않고, 많은 녹봉도 달가워하지 않는 태도는 사방을 둘러보아도 합하와 비견할 사람이 없는 듯합니다. 그 지혜가 이와 같고 그 행실이 이와 같은데도 겸손하게 자신을 낮추어 아무것도 모르는 사람처럼 행동하시니, 이것이 성상께서 주의를 기울이고 사림이 기대하는 이유입니다.

백리해(白里奚)는 벼슬과 녹봉을 마음에 두지 않았기에 소 먹이는 일을 하자 소가 살쪘습니다. 그래서 목공(穆公)이 그의 미천한 신분을 잊고 정치를 맡겼습니다. 합하께서 더욱 깊이 숨을수록 세상 사람들의 기대는 더욱 높아질 것이니, 형세상 이 정도에 그치지 않을 것입니다. 합하께서 만약 나라를 다스리는 것은 내가 할 수 없는 일이라고 여기신다면, 주상이 더욱 학문에 노력을 기울이도록 곁에서 경전의 의미를 해석하고 그 요지를 드러내어, 주상이 선생을 곁에 두고자 하시는 정성을 저버리지 않는 것이 어떻습니까? 국가의 명맥이 여기에 달려 있지 않겠습니까.

수많은 백성이 물 새는 배에 타고 있으니, 그 운명은 임금 한 사람에게 달려 있습니다. 한 사람이 덕을 완성하려면 반드시 합하가 올라오셔야 합니다. 기회를 놓치면 안 되니 애석합니다. 화타와 의완(醫緩)은 몹시 뛰어난 의원입니다. 그렇지만 만약 반드시 두 사람이 있어야 병을 치료할 수 있다면 천하 사람 중에 병으로 죽지 않는 사람이 드물 것입니다. 지금 합하께서 병에 걸려 약을 구하려는데, 세상의 의원들이 모두 "나는 화타나 의완이 아니니 약을 줄 수 없다."라고 한다면 합하의 마음은 어떻겠습니까. 합하의 일이 이와 무엇이 다르겠습니까.

일전의 상소에서 말씀하신 '산새'니 '이단'이니 하는 말은 누구 입에서 나온 것입니까. 말한 사람이 반드시 의도가 있어서 그런 것도 아니고, 전한 사람이 반드시 다 믿는 것도 아닌데 상소에 언급하기까지 했으니 미안하지 않으십니까. 학자는 성현의 경지에 이르지 못하더라도 진퇴와 출처는 성현을 모범으로 삼아야 합니다. 만약 "나는 성현이 아니니 성현이 한 일을 본받지 못하겠다."라고 하면서 나아가야 하는데 나아가지 않고 물러나야 하는데 물러나지 않는다면, 성현을 배운 사람이라고 할 수 있겠습니까. 합하께서 아무리 자신을 헐뜯고 꾸짖더라도 끝내 성현을 배우는 사람이라고 하지 않을 수 없습니다. 기왕 나아가야 한다면, 밖에서 들려오는 말은 그대로 내버려 두어야지, 그것을 큰 혐의로 여겨 나아가지 않아서는 안 됩니다.

이뿐만이 아닙니다. 가만히 주상의 뜻을 보건대 반드시 불러들이고자 하니, 오지 않으면 멈추지 않으실 터입니다. 만약 근래에 없던 예우를 만들어 합하에게 적용하여 기필코 오게 하려고 드신다면, 겸손한 마음으로 더욱 감당할 수 없을 것이니, 반드시 지금보다 심한 낭패를 당할 것입니다. 부디 이렇게 되기 전에 따뜻한 날씨를 틈타 올라오시어 성상의 정성에 부응하고 국가의 근간을 배양하며 사림의 바람을 위로하신다면 천만다행이겠습니다.

저는 경박한 버릇이 벼슬하면서 더욱 심해졌으니, 이렇게 계속 간다면 사람 노릇을 할 수 없을 듯합니다. 한밤중에 생각하면 온몸에 소름이 돋습니다. 합하의 빛나는 모습을 가까이하여 고질병을 치료하기를 바라지만, 길이 멀어 합하를 향하여 자신을 경계할 뿐입니다.

해설

1568년(선조 1년), 32세의 젊은 관원 이이가 67세의 노학자 이황에게 보낸 편지다. 당시 이황은 치사(致仕)를 청하는 상소를 올리고 고향에 은둔하고 있었다. 출사와 낙향을 거듭하는 그를 두고 사람들은 산새와 같아 길들일 수 없다고 비난하기도 하고, 심지어 이단이라고 의심하기까지 했다. 이황은 모든 비난을 묵묵히 감내하며 은둔할 마음을 굳혔다. 당시 선조는 17세의 젊은 나이인 데다 즉위한 지 얼마 되지 않아 이황의 도움을 간절히 바라고 있었다. 그러나 이황은 선조의 거듭된 부름에도 나가지 않았다.

이때 이이가 출사를 강력히 권하는 편지를 썼다. 국왕과 사림이 이황의 출사를 바라는 이유는 나라를 다스릴 책임을 맡기기 위해서가 아니다. 젊은 국왕의 학문을 도우라는 것이다. 국가와 백성의 운명은 국왕한 사람에게 달려 있으니, 지금이야말로 선비가 나설 때라고 설득한다. 이황이 제기할 법한 반론, 즉 나라를 다스릴 재주가 없다거나 출사를 바라지 않는 자들이 있다는 반론을 먼저 제기하고 논파하여 논의의 주도권을 놓치지 않는다. 만약 나오지 않는다면 사림의 기대는 더욱 높아지고 국왕은 더욱 융숭한 예우로 부를 것이니, 그때는 더욱 감당할 수 없을 것이라며 은근히 압박하는 솜씨도 엿보인다.

이이는 도본문말(道本文末)이라는 성리학적 문학론을 견지하며 문학은 어디까지나 도학을 전달하는 수단이라는 점을 분명히 했다. 이 때문에 그의 글에서는 수식을 찾아보기 어렵다. 늘 온건하고 논리적이다. 이 글 역시 동의하지 않을 수 없는 빈틈없는 논리를 갖추고 있다. 무엇보다 진심을 담은 간곡한 글이기에 설득력이 뛰어나다.

결국 이황은 이이의 권유를 받아들여 서울로 돌아갔다. 선조는 그를 대제학에 임명하여 예우를 다했다. 이해 8월, 이황은 6조목의 상소를 올렸다. 정책의 기본 방침을 제시한 이황의 통치 철학이었다. 이것이 「무진 육조소(戊辰六條疏)」이다. 그리고 같은 해 12월, 이황은 이 책의 서두에서 보았듯 평생 축적한 학문의 결정체 「성학십도」를 올렸다.

학문의 수준 答成浩原

사람의 소견에는 세 단계가 있습니다. 성현의 글을 읽고 그 뜻을 깨닫는 것이 첫 번째 단계입니다. 성현의 글을 읽어 그 의미를 깨달은 뒤, 깊이 생각하고 자세히 살펴 그 뜻에 든 이치를 환하게 깨달아 마음속으로 성현의 말씀이 과연 거짓이 아니라는 사실을 분명히 아는 것이 두 번째 단계입니다.

다만 이 두 번째 단계에도 등급이 있습니다. 한 가지만 깨달은 자가 있고 전체를 깨달은 자가 있으며, 전체를 깨달은 자 중에도 그 깨달음에 깊고 얕은 차이가 납니다. 어쨌든 입으로만 읽고 눈으로만 보는 사람에 비할 바가 아니고, 마음에 깨달은 바가 있으므로 모두 두 번째 단계에 속합니다.

성현의 글 뜻에 내포된 이치를 깨달아 마음속으로 분명히 이해한 뒤 행동에 힘써서 아는 것을 끝까지 실천하면, 그 경지에 직접 도달하고 그 일을 직접 경험할 것이니, 비단 눈으로 보는 수준에 그치지 않을 것입니다. 이렇게 해야 참으로 안다고 할 수 있습니다. 가장 낮은 수준은 남의 말을 듣고 따르는 것이고, 중간 수준은 멀리서 바라보는 것, 가장 높은 수준은 그 경지에 올라 직접 보는 것입니다.

여기 높은 산이 있어 정상의 경치가 말할 수 없이 기묘하다고 합시

이이

다. 한 사람은 그 산이 있는 줄도 모르면서 그저 남의 말만 듣고서 믿습니다. 그러므로 누군가가 정상에 물이 있다고 하면 물이 있다고 생각하고, 정상에 바위가 있다고 하면 역시 바위가 있다고 생각합니다. 자기가 보지 못하고 남의 말만 따르므로 또 누군가가 물도 없고 바위도 없다고 하면 그 말이 진실인지 거짓인지 가릴 수 없습니다.

사람들의 말이 같지 않고 나의 견해가 정해지지 않았으면, 어쩔 수 없이 사람을 골라 그의 말을 따라야 합니다. 믿을 만한 사람이라면 그의 말도 믿음직할 것입니다. 성현의 말씀은 반드시 믿음직하므로 어기지 말고 따라야 합니다. 다만 그 말을 따르면서 그 뜻이 어디에 있는지 모르므로 믿음직한 사람의 말을 누군가가 잘못 전하더라도 따르지 않을 수 없습니다.

오늘날 학자들의 도에 대한 소견이 이와 같습니다. 단지 성현의 말을 따를 뿐 그 뜻을 모릅니다. 그러므로 그 본뜻을 잃은 자도 있고, 잘못된 기록을 보고서 견강부회하여 따르는 자도 있습니다. 자기가 보지 못했으므로 형세상 그렇게 될 수밖에 없는 것입니다.

한 사람은 남이 가리켜 준 덕택에 그 산이 어디에 있는지 알고서 고개를 들어 바라보니 산 위의 승경이 눈에 가득 들어옵니다. 자기가 직접 바라보았다면 다른 사람이 잘못 전한 말에 어찌 동요하겠습니까. 그리하여 그 승경을 좋아하며 반드시 직접 그곳에 가려고 정상에 오르려 하는 자가 있습니다. 또 그 승경을 보고 좋아하며 남들이 말로 이러쿵저러쿵하는 모습을 굽어보면서 자기도 모르게 박장대소하지만, 이것으로 충분하다고 정상에 오르려 하지 않는 자도 있으니, 바라보는 자들도 차이가 있습니다.

동쪽에서 동쪽 면을 보는 자가 있고, 서쪽에서 서쪽 면을 보는 자가 있고, 동서에 구애되지 않고 전체를 보는 자도 있으니, 비록 치우치고 온전한 차이는 있지만 모두 스스로 보는 자입니다. 자기가 보지 못하고 남의 말만 따르는 자는 비록 전체를 이야기하더라도 자기 말이 아니므로, 앵무새가 사람의 말을 전하는 것과 같습니다. 그렇다면 한쪽 면이라도 본 사람의 마음을 굴복시킬 수 있겠습니까.

또 어떤 사람은 승경을 바라보고서 좋아해 마지않으며 옷을 걷어붙이고 큰 걸음으로 부지런히 산에 오릅니다. 그렇지만 짐은 무겁고 길은 먼데다 역량에 한계가 있으니 정상에 도달하는 자는 드뭅니다. 일단 정상에 오르면 승경은 모두 내 것이 되니, 바라보기만 하는 사람에 비할 바 아닙니다. 그러나 정상에 오른 사람도 차이가 있습니다. 동쪽에서 바라보고서 동쪽으로 오른 자가 있고, 서쪽에서 바라보고서 서쪽으로 오른 자가 있으며, 전체를 바라보고서 가지 않은 곳이 없는 자가 있습니다. 한쪽으로만 오른 자는 비록 끝까지 오르더라도 산에 오른 최고의 효과를 얻지 못합니다.

대체로 이렇게 세 단계가 있지만 그 사이의 곡절은 이루 헤아릴 수 없습니다. 어떤 사람은 산이 있는 곳을 먼저 압니다. 비록 바라보지는 못했지만, 멈추지 않고 산을 올라 하루아침에 정상에 도달하여 발로 밟고 눈으로 보아 자기 것으로 삼으니, 증자와 같은 사람입니다. 또 산이 어디에 있는지 애초에 모르는 사람이 있습니다. 우연히 산길을 가다가 산에 오르기는 하지만, 원래 산이 어디에 있는지 몰랐고 또 정상도 바라보지 못하여 끝내 정상에 오르지 못한 사람도 있으니, 사마온공(司馬溫公)과 같은 사람입니다. 이와 같은 사람을 어찌 다 거론할 수 있겠습니까. 이렇게 비유하면, 지금의 학자는 대부분 남의 말을 따르는 사람입니다. 비록 아무 병폐 없는 말을 할 수 있지만 본떠서 묘사하는 것에 불과합니다.

본떠서 묘사하는 사람 중에 병폐 없이 말하는 사람조차 많지 않으니, 더욱 한탄스럽습니다.

공자의 제자, 정자와 주자의 문하 중에 근기(根氣)가 온전치 못하고 깊지 않은 자는 모두 한쪽만 바라본 자입니다. 증점(曾點)은 전체를 바라보고 좋아했지만 산에 오르려 하지 않았으므로 끝내 광자(狂者)에 그치고 말았습니다. 증점의 학문은 인욕(人慾)이 다한 곳에 천리(天理)가 흘러 가는 곳마다 충만하여 흠결이 없는 모습을 보았으니, 그 가슴속의 즐거움이 어떠했겠습니까. 한쪽만 바라본 제자들이 말단적인 일에 연연하는 모습을 보고서 어찌 박장대소하지 않았겠습니까. 비록 그렇지만 좋아하기만 했을 뿐 고개를 숙이고 산에 오르는 노력을 하지 않았으니, 그 소극적인 행동은 도리어 부지런히 노력한 제자들보다 못합니다. 그렇다면 본 것이 어찌 자기 것이 될 수 있겠습니까. 안자, 증자, 자사(子思), 맹자, 주자, 장자(張子), 정자, 주자는 바라보는 데 그치지 않고 직접 그곳에 간 사람입니다.

주자는 나이 예순 살에 비로소 "나는 올해에야 비로소 의심이 없어졌다."라고 하였습니다. 이분은 직접 본 사람입니다. 맹자가 이른바 "스스로 터득했다."라고 한 것도 이러한 경지를 가리킵니다. 그중에 안자와 정명도(程明道)는 쉽게 성취를 거두었으니, 비유하자면 그 사람이 사는 곳이 원래 정상과 멀지 않으므로 고개를 들고 발을 옮기면 힘들이지 않고 도착하는 것과 마찬가지입니다.

성인으로 말하자면 원래 정상에 있는 사람입니다. 비록 원래 정상에 있더라도 그 무궁한 승경은 두루 살펴보지 않으면 안 됩니다. 그러므로 공자처럼 태어나면서부터 알고 편안히 실천한 사람도 예악명물(禮樂名物)과 제기도수(制器度數)에 관해서는 반드시 남에게 물은 뒤에야 알 수 있었습니다. 백이(伯夷)와 유하혜(柳下惠) 같은 사람으로 말하자면 비록 정상까지 오르기는 했지만 각기 한쪽에 있었기에 전체를 제 것으로 삼지 못한 사람입니다.

이단으로 말하자면 이른바 정상이라는 곳이 이 산이 아니라 다른 산입니다. 정상에는 경악스러운 물건이 있고 가시덤불이 길을 막고 있는데, 미혹된 자는 그리로 가니 슬프지 않습니까. 이 산을 바라보지 못하고 남의 말만 믿는 사람은 누군가 평소 믿는 사람이 다른 산을 이 산이라고 하면, 반드시 옷을 걷고 덤불을 넘어서라도 갈 것입니다. 더욱 슬프지 않겠습니까. 바라본 자라면 어찌 이런 걱정이 있겠습니까. 다만 한쪽만 바라본 사람은 소견이 온전하지 않으므로, 이단에 미혹되지는 않아도 발언이 간혹 잘못되어 남을 그르칠 수 있으니, 덤불을 넘어가는 사람을 돕는 결과가 되지 않는다고 장담할 수 없습니다. 이러한 점은 더욱 눈을 부릅뜨고 기세를 올려 끝까지 말하여 분명히 밝혀야 합니다.

요즘 정암(整菴, 나흠순(羅欽順)), 퇴계, 화담(花潭, 서경덕) 세 선생의 말씀을 보니, 정암이 가장 높고 퇴계가 다음이며 화담은 그다음입니다. 그중에 정암과 화담은 스스로 터득한 것이 많고, 퇴계는 본뜬 것이 많습니다.〔한결같이 주자의 말을 따랐습니다.〕 정암은 전체를 바라보았지만 미진한 부분이 조금 있는 사람입니다. 또 주자를 깊이 믿고 그 뜻을 분명히 살피지 않았습니다. 그러나 기질이 영특하고 탁월했으므로, 간혹 말이 잘못되어 이(理)와 기(氣)를 하나로 보게 되는 병통이 조금 있어도 실제로 이와 기를 하나로 본 것은 아닙니다. 소견에 미진한 부분이 있으므로 말이 간혹 틀렸던 것입니다.

퇴계는 주자를 깊이 믿고 그 뜻을 깊이 탐구했습니다. 기질이 자세하고 치밀하며 노력도 많이 했습니다. 주자의 뜻과 맞지 않는다고 할 수 없고, 전체를 보지 못했다고 할 수는 없지만, 환하게 관통했다고 하기에는 부족한 점이 있습니다. 그러므로 소견이 분명하지 않고 말에 작은 착오가 있습니다. 이와 기가 서로 발한다는 설과 이가 발하여 기가 따른다는 설은 도리어 알고 보았던 탓입니다.

화담은 남보다 총명하지만 중후함이 부족합니다. 책을 읽고 이치를 궁구하면서 문자에 구애되지 않아 자기 생각을 많이 썼습니다. 남보다 총명하므로 보기 어렵지 않고, 중후함이 부족하므로 작은 것을 터득하고서 충분하다고 여깁니다. 이와 기가 서로 떨어지지 않는 오묘한 부분을 분명히 눈으로 보았으니, 책을 읽고 본뜨는 다른 사람들에 비할 바아닙니다. 그러므로 매우 즐거워하며 한결같고 맑은 기운은 어느 곳에나 있다고 하면서 수많은 성인들이 전하지 못한 묘리를 터득했다고 여겼습니다. 그렇지만 위로 올라가면 이통기국(理通氣局)의 경지와 계선성성(繼善成性)의 이치는 없는 곳이 없고, 한결같고 맑은 기운은 없는 곳이 많다는 것을 몰랐습니다.

이는 변화하지 않지만 기는 변화하며, 원기(元氣)는 멈추지 않고 생겨나 앞의 것이 가면 뒤의 것이 옵니다. 이미 떠난 기운은 간 곳이 없는데 화담은 하나의 기운이 계속 있다고 보아 앞의 것은 가지 않고 뒤의 것은 오지 않는다고 하였으니 이것은 화담이 기를 이로 알았기 때문에 생긴 문제입니다. 비록 그렇지만 치우치건 온전하건 화담이 스스로 터득한 견해이지요.

지금의 학자들은 입만 열면 이는 형체가 없고 기는 형체가 있으며, 이와 기는 결코 하나가 아니라고 하는데, 이는 자기가 하는 말이 아니라 남의 말을 전하는 것입니다. 어찌 화담의 입을 대적하고 화담의 마음을 복종시키겠습니까. 퇴계가 논파한 말은 그 병통을 깊이 지적했으니, 후세 학자들의 잘못된 견해를 바로잡을 수 있습니다. 퇴계는 본뜬 것이 많으므로 그의 말이 구애되고 신중하며, 화담은 스스로 터득한 것이 많으므로 그의 말은 즐겁고 호방합니다. 신중하므로 잘못이 적고, 호방하므로 잘못이 많습니다. 차라리 퇴계를 본뜰지언정 화담처럼 스스로 터득하기를 본받을 필요는 없습니다.

이러한 논의는 제 견해가 조금 나아지고 이치를 밝히는 데 익숙해져야 정론으로 삼아 학자들에게 보일 수 있습니다. 지금 형에게 느낀 바 있어 감히 조금도 숨기지 않고 한마디 말로 논파했으니, 너무 일찍 꺼낸 말이라고 하겠습니다. 보신 뒤에는 돌려주시기를 간절히 바랍니다. 다른 사람에게는 보이고 싶지 않으니, 훗날 제 잘잘못을 다시 보기 위해서입니다.

해설

1572년, 이이가 관직을 그만두고 파주 율곡에 은거하면서 성혼과 주고받은 편지 가운데 한 편이다. 이이와 성혼은 편지를 통해 이기(理氣)와 사단칠정, 인심도심(人心道心)을 비롯한 성리학의 주요 개념들에 대한 의견을 주고받았다. 이 글은 선배들의 학문적 수준을 논하며 누구를 모범으로 삼아야 하는지 견해를 피력한 것이다.

이이는 사람의 소견을 세 단계로 분류했다. 첫째는 성현의 글을 읽고 뜻을 깨닫는 단계, 둘째는 성현의 글 뜻에 내포된 이치를 깨닫는 단계, 셋째는 그 이치를 실천하는 단계이다. 세 번째 단계야말로 참된 앎이라고 할 수 있다.

각 단계의 차이는 산을 오르는 사람에 비유하여 설명된다. 첫 번째 단계는 산이 어디에 있는지도 모르는 사람이 남의 이야기만 듣고 그 경치를 상상하는 것과 같다. 직접 가 본 적이 없으니 경치를 제대로 안다고 할 수 없다. 지금의 학자들은 대체로 이 단계에 머물러 있다는 것이 이이의 주장이다.

두 번째 단계는 남이 가리켜 준 덕택에 제 눈으로 산을 바라보는 자와 같다. 한쪽 면만 보는 자도 있고 전체를 보는 자도 있어 그 수준은 각기 다르지만, 제 나름의 소견이 있다는 점에 있어서는 남의 말만 듣고 믿는 사람에 비할 바 아니다.

세 번째 단계는 바라보는 데 만족하지 않고 직접 산에 오르는 자와 같다. 중도에 포기하는 자도 있고, 정상에 도달하는 자도 있으며, 정상에 오르더라도 한쪽 면으로만 올라온 자가 있고 전체를 누비며 올라온 자가 있다. 공자를 비롯한 옛 성현들이 여기에 해당한다.

이처럼 사람의 소견에는 세 단계가 있고, 각 단계의 층차 역시 다양하다. 이이는 이러한 전제를 바탕으로 나흠순, 이황, 서경덕의 수준을 논했다. 나흠순은 미진한 점이 있기는 하지만 산 전체를 바라본 자와 같고, 이황은 남이 가리켜 준 덕택에 산을 본 자와 같고, 서경덕은 제 눈으로 직접 산을 본 자이다. 하지만 이황이 믿고 따른 것은 주자의 말이었으니, 이로 인해 잘못 본 것이 적었다. 따라서 학자들은 주자의 말을 믿고 따른 이황을 본받아야지 제 소견만 믿은 서경덕을 본받아서는 안 된다는 것이다.

이이는 이황을 존경했지만, 그의 학설에 전적으로 동의하지는 않았다. 이 글은 이황의 학문적 수준을 다소 비판적인 관점에서 바라보았기에 훗날 이황을 종주로 삼는 영남 문인들에게 비판을 받았다.

일상의 학문　　　　　擊蒙要訣序

사람이 이 세상에 태어나 학문을 하지 않으면 사람 노릇을 할 수가 없다. 이른바 학문이라는 것은 이상하고 특별한 무언가가 아니다. 단지 아비는 자애로워야 하고, 아들은 효도해야 하고, 신하는 충성해야 하고, 부부는 구별이 있어야 하고, 형제는 우애가 있어야 하고, 젊은이는 어른을 공경해야 하고, 벗은 신의가 있어야 한다는 것이다. 모두 일상생활에서 일에 따라 각자 해야 할 일을 하는 것뿐이다. 현묘한 이치에 마음을 빼앗기고 특별한 효과를 바라는 것이 아니다.

　다만 배우지 않은 사람은 마음이 꽉 막히고 식견이 어둡다. 그러므로 반드시 책을 읽고 이치를 연구하여 가야 할 길을 밝힌 뒤에야 올바른 길로 나아가 중도를 지킬 수 있다. 지금 사람들은 학문이 일상생활에 있다는 것을 몰라서, 고원하고 실천하기 어려운 것이라고 제멋대로 생각한다. 그러므로 다른 사람에게 맡기고 자기는 안주하여 자포자기하니, 슬픈 일 아닌가.

　내가 해주 남쪽에 거처를 정하자 한두 학생이 찾아와 학문을 물었다. 나는 스승 노릇 할 수 없음이 부끄럽고, 또 처음 배우는 학생이 방향을 모르고 굳은 뜻이 없을까 걱정했다. 범범하게 배우기를 청하면 피차간에 도움이 안 되고 도리어 남의 비난만 받으므로, 책자 하나에 마음을

이이

세우고 몸가짐을 가다듬으며 어버이를 모시고 남을 대하는 방도를 대략 서술해 『격몽요결』이라 하였다. 학생들이 이 책을 보고서 마음을 씻고 똑바로 서서 그날부터 공부를 시작하기를 바라서이다. 그리고 나도 오랫동안 인순고식(因循姑息)을 근심했으니, 스스로 일깨우려 한다.

정축년(1577년) 십이월, 덕수(德水) 이이가 쓰다.

해설

1577년(선조 10년) 이이가 관직에서 물러나 해주에서 학생들을 가르칠 때 편찬한 『격몽요결』의 서문이다. 『격몽요결』은 총 10편이며, 각 편은 학문의 과정에 따라 순서대로 배치되어 있다. 먼저 학문을 하겠다는 뜻을 세우고(立志), 잘못된 습관을 버린 뒤(革舊習), 몸가짐을 가다듬는다(持身). 그 뒤 본격적으로 책을 읽어 공부하고(讀書), 공부한 내용으로 어버이를 섬기고(事親), 상례를 치르며(喪制), 제사를 지낸다(祭禮). 이후 공부한 내용을 가정(居家), 향촌(接人), 사회 전반(處世)에서 실천한다.

실천의 대상이 개인과 가족으로부터 사회와 국가로 점차 확장되고 있는데, 이것이 일상생활에서 주자학을 실천하는 방법이었다. 특히 과거를 준비하여 관직에 진출하는 것을 선비의 책무로 규정했다는 점에서, 단순히 개인의 공부와 수양을 위한 책이 아니라 주자학적 이념에 바탕을 둔 이상 국가를 추구하는 교과서의 성격이 두드러진다. 아울러 형이상학적인 주자학을 구체적으로 실천하는 방안을 제시했다는 점에도 의의가 있다. 그 결과 『격몽요결』은 조선 시대 초학자의 필독서로 자리 잡았다.

명목 없는 세금을 없애는 방법

送趙汝式說

조여식(趙汝式)이 통진 현감이 되어 내게 글을 청했다. 나는 고을을 다스리는 데 두 가지 방법이 있다고 생각한다. 이익을 내고 폐해를 제거하여 백성을 풍족하게 하고 가르침을 베푸는 것이 상책이며, 오래된 폐단을 줄이고 억지로 일을 벌이지 않는 것이 그다음이다. 앞의 방법대로 하면 지나치게 번거로워져 백성이 원망하고, 뒤의 방법대로 하면 지나치게 허술하여 아전이 게을러진다. 일을 벌이면서도 번거롭지 않게 하고, 일을 벌이지 않으면서도 허술함 없이 해야 큰 고을의 원님 노릇을 할 수 있다.

조여식은 책을 읽고 이치를 연구하여 마음을 보존하고 남을 사랑한다. 지금 이 고을의 현감 자리는 낮은 관직에 비할 바 아니니, 반드시 사람들을 구제해야 한다. 백성을 다스리는 요점은 그들이 마음을 전하게 하는 것에 불과하고, 아전을 다스리는 법은 자신을 바로잡아 남을 바로잡는 것에 불과하다. 정자의 말씀이 지극하니, 내가 또 무엇을 덧붙이겠는가.

다만 시험해 보고자 했으나 하지 못한 일 한 가지가 있으니 말해 보겠다. 옛날에 고을을 다스리는 자는 백성에게 거둔 세금을 녹봉으로 삼았다. 녹봉에 일정한 제도가 있어 충분히 먹고 나머지는 나누어 친구들을 도와주었으니, 녹봉의 많고 적음에 따라 조절했다. 지금은 그렇지 않아 고을을 다스리는 자는 일정한 녹봉을 받지 못한다. 고을에서 나오는 쌀 한 말 이상은 모두 나라의 물건인데, 아무리 백이처럼 청렴한 사람이 수령이 되더라도 나라의 물건을 사용하지 않으면 입에 풀칠할 수 없다. 이것은 나라의 법이 미비하기 때문이다. 그리하여 군자는 법을 지키기 어려워지고, 탐욕스러운 자는 너무 심하게 정도를 넘어선다. 나라의 세금 이외에 명목 없는 세금이 백성을 견디지 못하게 하는 것은 당연한 형세이다.

다행히 고을에 의창(義倉)이 있어 봄에는 곡식을 나누어 주고 겨울에는 거두어들인다. 항상 십분의 일을 남겨서 손실을 보충하는 모곡(耗穀)으로 삼는데, 이 모곡을 고을 수령의 비용으로 쓰는 것이 이미 관례가 되었다. 내 생각에 명목 없는 세금은 모두 없애고, 일년의 모곡을 셋으로 나누어 삼분의 일은 관아에 사는 가솔들에게 주고, 삼분의 일은 손님과 친구를 접대하는 비용으로 쓰고, 항상 삼분의 일을 남겨 여유분으로 삼아야 한다. 이 법을 시행할 수 있을지 모르겠다. 조여식은 고을에 가거든 시험 삼아 이 방법을 생각해 보고, 만약 시행할 수 없다면 다시 알려 주는 것이 좋겠다.

해설

조여식은 임진왜란 때 금산 전투에서 700명의 의병과 함께 순절한 조헌(趙憲)이다. 조헌이 1575년 통진 현감으로 부임할 때 이이가 이 글을 써 주며 한 가지 실험을 부탁한다.

수령은 국가에서 녹봉을 지급받는 것이 원칙이다. 그러나 실제로는 지급되지 않는 경우가 많아 부득이 고을의 곡식을 가져다 썼다. 고을의 곡식은 곧 나라의 곡식이니, 엄밀히 따지면 국고 횡령에 다름없다. 게다가 수령이 축낸 곡식을 보충하기 위해 갖가지 명목의 세금을 만들어 거두는 폐단이 심각했다. 그렇지만 관례로 굳어진 데다 다른 방법이 없었기에 아무도 손을 대지 못하고 있었다.

이이는 조헌에게 모곡을 활용하자고 제안한다. 춘궁기에 백성에게 빌려준 곡식을 추수가 끝난 뒤 돌려받는데, 이때 빌려준 곡식의 10분의 1을 더 받는다. 이를 모곡이라 한다. 빌려주고 돌려받는 과정에서 불가피하게 발생하는 손실을 보충하기 위한 것인데, 손실이 없거나 적으면 고스란히 남는 곡식이다. 이 모곡을 수령의 생활비와 접대비 그리고 예비비로 삼으면 국고를 횡령하지 않아도 되고, 백성에게 추가로 부담을 지우는 일도 없다는 판단이었다. 이상을 추구하면서도 현실을 도외시하지 않았던 이이의 절충적 면모를 확인할 수 있는 글이다.

소리를 내는 것은 무엇인가

천지 사이에서 만물이 소리를 내는 것은 누가 그렇게 만든 것인가? 숲에 있는 풀과 나무는 움직이지 않으면 본래 소리가 나지 않으나 바람이 움직이면 소리를 낸다. 그렇다면 풀과 나무가 소리를 내게 만드는 것은 바람이다. 단단한 쇠와 돌은 때리지 않으면 본래 소리가 나지 않으나 물건으로 때리면 소리를 낸다. 그렇다면 쇠와 돌이 소리를 내게 만드는 것은 물건이다. 크고 작은 소리를 내는 만물은 반드시 소리를 내게 만드는 것이 있다.

이 세상에 태어난 사람은 속에 오장을 갖추고 밖에 갖가지 형체가 있으나 본래는 소리가 나지 않는다. 기운이 속에 쌓여 밖으로 드러난 뒤에야 소리가 난다. 그렇다면 사람이 소리를 내게 만드는 것은 기운이다.

소리는 한 가지가 아니니, 쓸모없는 소리가 있고 쓸모 있는 소리가 있다. 재채기 소리와 코 고는 소리는 쓸모없는 소리고, 탄식하고 담소하는 소리는 쓸모 있는 소리다. 쓸모 있는 소리 중에도 좋은 소리와 싫은 소리가 있다. 사람이 듣고서 좋아하면 좋은 소리고, 싫어하면 싫은 소리다. 좋은 소리 중에도 참된 소리가 있고 헛된 소리가 있다. 입에서 나와 글로 쓰이지 않으면 헛된 소리이고, 입에서 나와 글로 쓰이면 참된 소리이다. 참된 소리 중에도 바른 소리가 있고 삿된 소리가 있다. 바른 것 같지만 삿된 소리도 있고, 삿된 것 같지만 바른 소리도 있다. 사람이 소리를 내서 남에게 듣기 좋고, 남에게 듣기 좋아 글로 쓰이고, 글로 쓰여서 바르다면 소리를 잘 냈다고 하겠다. 소리를 잘 내기가 참으로 어렵구나.

휴양(休壤, 통진)의 최입지(崔立之, 최립)는 소리를 잘 내는 사람에 가깝다. 글재주가 비록 완성되지 않았으나 뜻이 바르기를 기약한다. 게을리 않고 노력하니, 바르게 되는 데 무슨 어려움이 있겠는가. 내가 듣기로 소리를 내는 만물은 본체가 크면 소리도 크고, 본체가 작으면 소리도 작다고 한다. 입지의 소리는 크니, 그 본체가 크다는 것을 알 수 있다. 사람의 본체는 마음이니, 입지의 마음은 크다고 하겠다.

내가 또 들으니 크게 부딪치면 큰 소리가 나고, 작게 부딪치면 작은 소리가 난다고 한다. 그러므로 큰 바람이 풀과 나무를 움직이면 마치 천지를 흔드는 것 같지만, 작은 바람이 불면 한 번 흔들리고 말 뿐이다. 쇠와 돌이 부딪치는 소리도 이와 같다. 사람의 소리는 기운이 크면 소리가 크게 나오고, 기운이 작으면 소리가 작게 나오니, 입지의 기운은 크다고 하겠다.

아, 풀과 나무의 소리는 바람이 만든 것이다. 바람은 누가 불게 만든 것인가. 쇠와 돌이 물건에 부딪치는 것은 또 누가 그렇게 만든 것인가. 사람이 소리를 내는 것은 기운이 그렇게 만든 것이다. 기운은 누가 만든 것인가. 기운은 마음이 그렇게 만든 것이다. 마음은 누가 만든 것인가. 마음은 천지가 만든 것이다. 천지는 누가 만든 것인가? 천지는 무극(無極)과 태극(太極)이 만든 것이다. 무극과 태극은 누가 만든 것인가? 입지가 안다면 나를 위해 설명해 달라.

해설

1554년(명종 9년) 간이(簡易) 최립(崔岦, 1539~1612년)에게 준 글이다. 당시 최립은 16세의 소년에 불과했지만, 이미 생원시와 진사시에 모두 급제하여 명성을 떨치고 있었다. 이이는 최립의 소문을 듣고 한번 만나기를 바라고 있었는데, 뜻밖에 최립이 먼저 이이를 찾아왔다. 이이가 보니 최립은 볼품없는 소년이었다. 어떻게 이런 아이가 온 나라에 명성을 떨치고 있는지 의심스러울 정도였다. 그러나 최립이 지은 시문을 읽어 본 이이는 의심을 깨끗이 거두었다. 두 사람은 친구가 되었다.

이 글은 이이가 최립을 만난 지 얼마 되지 않았을 때 지어 준 것이다. 주제어는 '소리'이다. 만물이 소리를 내는 것은 다른 존재가 소리를 내도록 만들기 때문이다. 사람의 소리는 기운에서 나오고, 기운은 마음에서 나오며, 마음은 천지자연에서 나온다. 천지자연의 바른 이치를 터득해야 아름답고 올바른 글을 쓸 수 있으리라는 뜻을 새겼다. 그가 바람직한 문학으로 제시한 좋은 소리 선명(善鳴)은 조선 초기 김수온, 서거정 등이 제시한 바 있는데, 이를 더욱 정치한 문학 개념으로 삼은 것이라 하겠다.

세 가지 벗 　　　　　送尹子固朝天序

선비에게는 세 가지 벗이 있다. 글 짓는 곳에서 함께 즐기는 자는 문우(文友)요, 관원들 사이에서 서로 끌어 주는 자는 환우(宦友)이며, 성리학을 함께 공부하는 자는 도우(道友)이다. 벗이라는 이름은 같지만 벗이된 까닭은 다르다.

문우와 환우는 반드시 책상을 나란히 하고 옷자락을 맞대며 손잡고 술 마시는 것을 친하다고 여긴다. 반드시 흠결을 감추고 재능을 드러내는 것을 고맙다고 여기고, 반드시 약조를 맺어 하늘과 땅을 두고 맹세하는 것을 믿음직하다고 여긴다. 이 세 가지가 없으면 마음에 부족한 점이 있어 만나도 데면데면 결국 길 가는 사람과 같아진다.

도우로 말하자면 그렇지 않다. 얼굴을 본다 해서 친하다고 여기지도 않고, 부지런히 칭찬한다 해서 고맙다고 여기지도 않으며, 약속을 지킨다 해서 믿음직하다고 여기지도 않는다. 뜻을 같이하는 것을 친하게 여기고, 선행을 요구하는 것을 고맙다고 여기며, 도를 지키는 것을 믿음직하다고 여긴다. 뜻이 같다면 천 년 전의 사람도 벗으로 삼을 수 있거늘, 같은 시대에 태어난 사람은 어떻겠는가. 선행을 요구한다면 성현의 경지에 함께 오를 수 있거늘, 다른 은혜를 바라겠는가. 도를 지킨다면 혼탁한 세파가 더럽힐 수 없거늘, 어찌 처음의 뜻을 저버리겠는가. 이를 통해 계속해서 만난다고 해서 친하다고 여기기에 부족하고, 입에 침이 마르도록 칭찬한다고 해서 고맙다고 여기기에 부족하며, 목숨을 건 맹세라도 신의로 삼기 부족하다는 점을 알 수 있다.

나와 자고(子固, 윤근수의 자)는 알고 지낸 지 여러 해가 되었다. 벗이 된 까닭은 이 세 가지 중에 반드시 한 가지에 해당할 것이다. 이상하게도 만나는 일은 몹시 드문데 만나면 속마음을 환히 들여다볼 수 있고, 서로 권면하는 말은 세속에서 하는 말이 아니다. 그리고 만난 뒤에는 반드시 마음이 충만하여 믿을 곳이 있는 듯하니, 사귀는 도가 문우나 환우와는 다르다. 지금 부사(副使)로 중국에 가면서 글을 달라고 하는데, 글을 주지 않을 수 있겠는가.

내가 듣기로 연(燕), 조(趙) 땅에는 예로부터 강개한 심정으로 슬픈 노래를 부르는 선비가 많다고 한다. 지금 명나라가 수도로 삼아 이백 년 동안 흥성한 예악과 성대한 교화를 베푼바, 필시 강개한 심정으로 슬픈 노래를 부르던 뜻이 좋은 방향으로 변하여 도에 이른 자가 있을 것이다. 자고가 가거든 만나게 될 것이니, 자고처럼 현명한 사람이라면 그의 학문이 올바른지 그렇지 않은지 구분할 수 있을 것이다. 현명한 중국 선비라면 누가 감히 자고를 오랑캐로 보겠는가. 나 같은 사람으로 말하자면 학문은 나아지지 않고 뜻은 갈수록 낮아져 자고의 기대를 저버릴까 두렵다. 그렇지만 자고가 중국을 구경하고 무언가 얻어서 돌아와 내가 외우(畏友)의 도움을 받도록 해 주기 바란다. 자고는 힘쓸지어다.

해설

벗에는 세 가지 종류가 있다. 글로 맺어진 문우, 관직으로 맺어진 환우, 그리고 도로 맺어진 도우이다. 도우는 자주 만나서 친한 것도 아니고, 칭찬해 준다고 고맙게 여기는 것도 아니고, 약속을 지킨다고 믿음직하다 여기는 보통 벗의 관계와는 다르다. 이이는 자신과 윤근수의 관계야말로 뜻을 같이하고 서로 선행을 요구하며 도를 지키는 도우라고 하면서, 중국에 가거든 도우로 삼을 만한 사람을 찾아보라고 했다. 그런 사람이라면 국적과 종족을 따지지 않을 것이니, 벗이 될 수 있다는 것이다.

이 글과 같은 우정에 관한 담론은 16세기 붕당 정치의 형성과 더불어 본격적으로 나타난다. 당파의 분화와 이해관계가 선비의 교유를 제약하면서 벗이라는 존재에 회의를 품고 우정의 본질을 고민하게 되었기 때문이다. 이러한 우정론은 조선 후기까지 활발히 전개되는데, 이 글은 선구적인 위상을 지닌다고 하겠다.

정철

鄭澈

1536~1593년

본관은 연일(延日), 자는 계함(季涵), 호는 송강(松江)이다. 을사사화에 연루된 부친을 따라 어린 시절 유배지를 전전했다. 김인후, 기대승에게 수학하고, 1562년 문과에 장원으로 급제했다. 이이와 함께 사가독서를 하고 요직을 두루 역임했다. 서인의 영수로, 1589년 정여립(鄭汝立)의 역모가 일어나자 동인의 숙청에 앞장섰다. 1591년 광해군의 책봉을 건의했다가 강계에 유배되었으나 이듬해 임진왜란이 일어나자 사면을 받고 피란길에 오른 선조를 따라 의주로 갔다. 1593년 중국에 다녀온 뒤 관직에서 물러나 강화도에서 세상을 떠났다.

문집 『송강집(松江集)』이 전한다. 가사 「관동별곡(關東別曲)」, 「사미인곡(思美人曲)」, 「속미인곡(續美人曲)」, 시조 「장진주사(將進酒辭)」, 「훈민가(訓民歌)」 등 수많은 국문 문학 작품을 남겼다. 시호는 문청(文淸)이다.

나는 술을 끊겠다 　　　　　　戒酒文

내가 술을 좋아하는 이유는 네 가지이다. 첫째는 마음이 편치 않아서, 둘째는 흥이 나서, 셋째는 손님을 대접하느라이고, 넷째는 남이 권하는 술을 거절하기 어려워서이다. 마음이 편치 않으면 순리대로 풀어야 하고, 흥이 나면 시를 읊조리면 되며, 손님은 성실과 신의로 대접해야 마땅하다. 남이 억지로 권하더라도 내 의지가 굳으면 남의 말에 흔들리지 않는다. 그렇다면 네 가지 이유는 다 무시해도 된다. 그러나 한 가지 무시할 수 없는 점이 있어 시종일관 술에 빠져 일생을 그르쳤으니 왜인가.

나는 관직에서 물러나 살면서 다섯 번 임명장을 받았다. 올봄에 와서 어쩔 수 없이 임금의 부름에 응하여 병든 몸을 이끌고 나아가 상소를 올려 물러나기를 청했다. 산수에 마음을 두었으니, 문을 닫고 자취를 숨기며 언행을 조심해야 할 것이다. 그러나 행동이 뜬금없고 말을 잘못하는 등 온갖 문제는 모두 술에서 나온다. 취했을 때는 과감히 행동하고, 술이 깨도 여전히 몽롱하여 깨닫지 못한다. 누군가가 말해 주면 처음에는 믿지 않다가 나중에 실상을 알게 되면 부끄러워 죽고 싶다. 오늘도 이렇게 하고 내일도 이렇게 하니 후회가 산처럼 쌓이고 잘못을 만회할 날이 없다. 친한 사람은 슬퍼하고 먼 사람은 침을 뱉는다. 하늘의 명을 업신여기고 사람의 윤리를 게을리하니, 선비들에게 심하게 버림받고 있다.

이달 초하루, 가묘(家廟)에 하직하고 도성문을 나와 강을 건너려 하니 전송하는 자가 배에 가득했다. 서울을 돌아보고 지난날을 생각하자, 흡사 도둑이 칼날 속에서 몸을 빼냈다가 백주대낮에 사람을 만나게 되면 놀라고 다급하여 몸 둘 바를 모르듯, 내가 그와 같아 큰 죄를 지은 것처럼 하루 종일 주저했다. 그러다가 그곳을 떠나 다시 강가로 오니, 선친의 기일이 임박했기에 눈물을 삼키고 오열했다. 슬퍼하던 중에 선한 단서가 싹터 마침내 개탄하며 스스로 반성했다.

'사냥을 좋아하는 마음이 어떻게 정명도(程明道)에게 왔기에 십 년 뒤에 싹터 움직였을까. 여색을 좋아하는 마음이 어떻게 담암(澹菴, 호전(胡銓))에게 왔기에 참기 뒤에도 연연했을까. 마음은 잡기 어렵고 의지는 무너지기 쉽다. 마음과 의지는 누가 주관하는가. 주인옹이여, 항상 깨어 있는가. 이 말대로 하지 않는다면 내가 무슨 낯으로 다시 강물을 보겠는가.'

만력 5년(1577년) 정축 사월 이렛날, 서호 정사(西湖亭舍)에서 쓰다.

해설

1577년, 동인과 서인의 대립이 격화되자 정철은 관직을 버리고 창평(昌平, 전남 담양)으로 내려갔다. 선친의 기일을 맞이하여 잠시 서울로 돌아온 그는 문득 술을 끊기로 결심했다.

술을 마시는 데는 여러 가지 이유가 있다. 정철은 마음이 편치 않아서, 흥이 일어나서, 손님을 대접해야 해서, 권하는 술을 거절하기 어려워서라고 네 가지를 들었지만 모두 핑계임을 알고 있다. 술을 마시면 말과 행동을 잘못하기 십상이다. 술을 마시면 잘못을 저지르고, 술이 깨면 후회한다. 더 이상 이런 짓을 되풀이하고 싶지 않다. 정철은 한강 앞에서 술을 끊겠다고 맹세했다.

하지만 금주를 결심한 적이 없다면 술꾼이 아니다. 정철은 술을 끊지 못했다. 이후로도 술을 마시고 실수를 저질러 탄핵을 받은 사실이 실록에 자주 보인다. 선조까지도 그가 술꾼이라는 사실을 알고 있었다. 무엇보다 "한 잔 먹세그려, 또 한 잔 먹세그려"라며 술을 권하는 「장진주사(將進酒辭)」가 그의 대표작이다. 「장진주사」는 술 마시기 좋아하는 사람들에게 좋은 핑계가 되었다. 자신의 주벽(酒癖)이 후세 사람들을 그르칠 줄 알았다면, 술을 끊겠다는 다짐을 반드시 지키지 않았을까.

싸우는 형제에게　江原監司時議送題辭

너희들은 노비 한 명과 밭 여덟 마지기를 두고 다투다가 형제가 송사를 벌이게 되었다. 형제라는 아름다운 이름을 바꾸어 원고라는 나쁜 이름으로 부르며, 사또가 있고 뭇사람이 보는 곳에서 팔을 걷고 성난 눈으로 원수를 때릴 것처럼 행동한다. 아, 태평성대에 어찌 이런 일이 있을 수 있는가.

너희 두 사람이 한 어머니에게서 태어났다고 하였으니, 비유하자면 하나의 뿌리에서 나온 두 개의 가지이며 한 몸에 사지가 있는 것과 같다. 어렸을 적 너희 두 사람은 함께 어머니의 젖을 먹고 함께 어머니의 무릎에 있었을 것이다. 어머니가 왼손으로 형의 머리를 쓰다듬고, 어머니가 오른손으로 아우의 머리를 쓰다듬으며 "너희들은 각자 자라서 내게 효도하고 나를 제사 지내며 내 뜻을 어기지 마라."라고 하였을 것이다.

그런데 오늘에 이르러 백발로 송사를 벌이며 원수로 여기니, 만약 너희 어머니에게 지각이 있다면 어머니의 혼령은 눈물을 삼키며 어둡고 비 내리는 밤 울면서 갈 곳을 모를 것이다. 너희들이 제사로 맞이하고자 하더라도 고개를 저으며 멀리 가 버릴 것이니, 너희들은 차마 이런 짓을 할 수 있느냐.

형의 나이는 여든하나이고 아우의 나이는 예순하나이다. 가령 아우가 형을 이겨 밭과 노비를 얻는다고 하자. 나이가 예순하나면 남은 날이 많지 않으니, 밭을 얼마나 갈아먹겠으며 노비를 얼마나 부리겠는가. 더구나 여든 먹은 형이 이로 인해 마음을 상해 하루아침에 죽는다면, 네가 죽이지는 않았지만 형이 너 때문에 죽었으니 네가 죽인 것이나 다름없다. 네 형이 슬프고 원통한 마음을 품고 구천으로 간다면 네가 인간 세상에 있으면서 홀로 그 밭을 갈아먹고 그 노비를 부리며 마음이 편안하겠느냐? 그래도 편안하다며 끝내 물러날 줄 모른다면 사람이 벌을 내릴 뿐만 아니라 반드시 하늘의 재앙이 내릴 것이다. 너는 하늘의 재앙을 달게 받으면서까지 늙은 형과 송사를 벌이겠느냐?

옛날 보명(普明) 형제가 밭을 다투었는데 태수 소경(蘇瓊)이 거듭 타이르자 보명 형제가 감동하고 깨달아 머리를 조아리고 물러났으니, 지금도 여전히 미담으로 여긴다. 보명은 특별히 아는 것이 없는 백성이다. 그런데도 태수의 말을 듣고 하루아침에 감동하고 깨달았다. 너희들이 비록 아는 것이 없다 하지만 똑같은 백성으로, 한 조각 하늘의 이치를 지니고 있다. 그런데 끝내 감사와 수령이 지성으로 타이르는 말에 감동하여 깨닫지 못하는가?

사헌부에서 왕명을 받들어 보낸 공문에 "형제가 때리고 욕하며 송사를 벌이면 적발하여 죄를 다스리라." 하였다. 너희들이 만약 끝내 잘못을 고치지 않는다면 가장 먼저 너희들을 검거하여 일벌백계하는 것이 마땅하지 않겠는가.

물러나 너희 집에 있다가 한밤중에 혼자 일어나 모자와 형제의 정이 하늘의 이치에서 나와 끊을 수 없다는 점을 깊이 생각해라. 그러고도 조금도 깨닫지 못하고 계속해서 이처럼 인륜에 어긋나고 이치를 거스르는 짓을 하며, 내일도 송사하는 곳으로 와서 형제 두 글자는 두 번 다시 언급하지 않고 시종일관 '원고'라고 부르겠는가. 나도 모든 일을 국법에 따라 처리하고 조금도 용서하지 않을 것이니 각자 잘 알도록 해라."

〔평해(平海)의 이순필(李順弼) 등이 머리를 조아리며 물러났다.〕

해설

1580년 강원도 관찰사로 부임하여 작성한 판결문이다. 평해에 사는 이순필 형제는 노비 한 명과 밭 여덟 마지기의 소유권을 두고 송사를 벌였다. 당시 형은 81세, 아우는 61세였다.

조선 시대에 분쟁이 발생하면 법보다는 윤리가 우선이다. 존속에 대한 소송은 원칙적으로 금지되었으며, 형제나 숙질 사이에도 정당한 이유 없이 송사하면 처벌받을 수 있었다. 지금으로서는 비합리적이지만, 당시에는 사회 질서 유지에 법보다 윤리가 더 큰 역할을 했던 것이다.

정철은 형제를 타이른다. 너희들은 같은 어머니에게서 태어나고 자란 형제이다. 돌아가신 어머니가 오늘날 형제끼리 다투는 광경을 본다면 뭐라고 하겠는가. 그리고 옳고 그름을 떠나 아우는 형을 공경해야 한다. 만약 늙은 형이 송사에 져서 울분으로 죽는다면 아우의 입장은 어떻게 되겠는가. 과거 을보명(乙普明) 형제가 태수 소경의 중재로 송사를 중지한 것처럼 아름다운 결말을 맺기 바란다. 만약 그렇게 하지 않는다면 송사를 벌이는 형제를 처벌하는 국법에 따라 너희들을 처벌할 것이다. 정철이 이렇게 한편으로는 달래고 한편으로는 위협하자 결국 형제는 송사를 중지하고 물러났다.

洪聖民

홍성민

1536~1594년

본관은 남양, 자는 시가(時可), 호는 졸옹(拙翁)이다. 1564년 문과에 급제하여 사가독서를 했다. 두 차례 명나라에 사신으로 다녀와 경상도 관찰사, 이조 판서를 역임했다. 1591년 정철의 일당으로 몰려 부령(富寧)에 유배되었다가 이듬해 임진왜란이 일어나자 사면을 받았다. 이후 대제학을 역임했다. 문집 『졸옹집(拙翁集)』이 전한다. 시호는 문정(文貞)이다.

돌싸움 이야기　　　　　　　　石戰說

작년에 내가 경상도 관찰사로 예하 고을을 순시하다가 경주에 도착했다. 그때는 정월 초열흘에서 보름 무렵이었는데, 밤에 골목에서 떠드는 소리가 났다. 마치 싸우는 것 같았고 새벽이 되도록 그치지 않았다. 물어보니 이렇게 말했다.

고을에 돌싸움하는 풍속이 있는데 오래된 것이다. 이 고을 사람들은 정월이면 좌우로 편을 갈라 승부를 겨루는데, 손에 돌을 들고 던지며 싸운다. 비나 눈이 퍼붓듯 사납게 번갈아 돌을 던지며 승부를 겨루다가 정월이 지나서야 그만둔다. 이기면 한 해 운수가 길한 조짐이고, 지면 흉한 조짐이다. 힘껏 싸우며 그만둘 줄 모르는 것은 한 해의 길흉이 마음을 움직이기 때문이다.

한창 싸울 적에는 손에 돌을 들고 던지며 기세를 부리고 용기를 자랑한다. 숨을 몰아쉬고 땀을 흘리며 미친 사람처럼 이리 뛰고 저리 뛰면서 반드시 남보다 먼저 던지려 하고 싸움에 뒤처질까 걱정한다. 아들이 아비에게 돌을 던지고, 아우가 형에게 돌을 던지며, 친척끼리 이웃끼리 돌을 던진다. 나와 남, 아군과 적군이 갈라지니 기어이 남을 누르고 내가 이기려 한다. 그리하여 머리에 피가 흐르고 살갗이 찢어져서 머리와 발을 싸매고 기가 죽어 구렁에 쭈그린 채 감히 숨도 쉬지 못하게 만든다.

그제야 마음이 시원하여 의기양양하게 말한다.

"내가 이기고 저 사람은 달아났다. 나는 올해 운수가 길할 것이니 걱정도 없고 질병도 없을 것이다."

아비에게 돌을 던진 아들은 이렇게 말한다.

"감히 우리 아버지에게 돌을 던진 것이 아니라 돌싸움을 한 것이다."

형에게 돌을 던진 아우는 이렇게 말한다.

"감히 우리 형에게 돌을 던진 것이 아니라 돌싸움을 한 것이다."

친척에게 돌을 던진 자는 이렇게 말한다.

"감히 우리 친척에게 돌을 던진 것이 아니라 돌싸움을 한 것이다."

이웃에게 돌을 던진 자는 이렇게 말한다.

"감히 우리 이웃에게 돌을 던진 것이 아니라 돌싸움을 한 것이다."

아비와 형도 이렇게 말한다.

"저자가 감히 내게 돌을 던진 것이 아니라 돌싸움을 한 것이다. 나도 예전에 내 아버지와 내 형에게 돌을 던졌다."

이웃과 친척도 이렇게 말한다.

"저자가 감히 내게 돌을 던진 것이 아니라 돌싸움을 한 것이다. 나도 예전에 내 이웃과 친척에게 돌을 던졌다."

이렇게 말하는 이유는 습관이 되고 오래 전해 와서 당연하게 여기기 때문이다. 윤리를 무시하고 교화를 손상하면서도 괴이한 줄 모른다.

아, 한 해의 운수는 긴요한 것이 아니다. 길흉이 있다는 이야기도 믿을 것이 못 된다. 그런데도 이익과 손해를 따지는 생각이 속에서 싹트고 잘못된 습속이 마음을 병들게 하는 것이다. 아비에게 돌을 던지고 형에게 돌을 던지고 친척에게 돌을 던지고 이웃에게 돌을 던지며 원수로 여기느라, 자기가 아들이고 아우이고 친척이고 이웃이라는 생각을 할 겨를이 없다. 정월이 지나 돌싸움이 끝나면 그동안 돌을 던지던 사람이 아비와 아들이 되고 형과 아우가 되고 친척이 되고 이웃이 된다. 윤리를 지키며 화기애애하게 지내느라 저자가 지난날 내게 돌을 던지고 내가 저자에게 돌을 던졌다고 생각할 겨를이 없다.

돌싸움을 하게 된 데는 유래가 있다. 경주는 바다에 가까워 섬나라 오랑캐가 쳐들어오므로 돌싸움으로 만일을 대비한 것이다. 그런데 이것이 잘못 전해져 길흉에 관한 이야기가 생기고, 오랜 세월을 거치면서 윤리를 손상하는 지경이 된 줄도 모르는 것이다. 이익과 손해에 관한 이야기가 한번 마음을 움직이면 부자와 형제, 친척과 이웃이 원수가 되고, 이익과 손해를 따지는 생각이 속에서 사라지면 그동안 원수로 여기던 자가 도로 부자 형제 친척 이웃이 된다. 이익과 손해가 마음을 얽매고 습속이 사람을 그르치는 정도가 심하다.

아, 이익과 손해를 따지는 생각이 없다면 부자와 형제와 친척과 이웃의 윤리가 어긋나지 않을 것이다. 여기에는 풍속을 경계하고 교화를 도울 만한 점이 있으므로 감히 글을 짓는다.

해설

저자가 경상도 관찰사로 부임한 이듬해인 1581년 정월 보름 무렵에 경주에서 석전, 곧 돌싸움을 구경하고 지은 글이다. 돌싸움은 삼국 시대부터 전해 오는 우리나라의 세시 풍속이다. 주로 단오와 대보름에 했는데, 다치고 죽는 사람이 속출하여 금지한 적도 있지만 근대까지 면면히 이어졌다.

돌싸움은 왜구의 침입을 대비하려 한 데서 유래한 풍속이라 한다. 실제로 1555년 을묘왜변이 일어나자 김해의 돌싸움꾼 백 명을 뽑아 보냈다는 기록이 실록에 전한다. 그러나 길흉을 점치는 수단으로 바뀌고 윤리를 저해한다는 점에서 이 글에서는 돌싸움을 부정적으로 보았다. 돌싸움 풍속의 실상을 알려 주는 귀한 자료이다.

잊을 망(忘), 한 글자의 비결

忘說

몇 해 전 북경에 가게 되었을 적의 일이다. 마침 병에 걸려서 가기 어려우리라는 생각에 걱정이 얼굴에 드러났다. 한 손님이 나를 찾아와 말했다.

"그대는 걱정하지 말게. 내가 한마디 하여 그대가 무사히 다녀오게 해주겠네. 얼마 전 임당(林塘) 정유길(鄭惟吉)이 북경에 갔는데, 늙고 병들었기에 가는 길에 죽지 않는 비결을 생각하다가 홀연 잊을 망(忘) 자를 깨달았다지. 마치 불교에서 걱정하지 않는 데 힘쓰는 것처럼 생각이 떠오르면 곧 잊어버렸지. 그래서 만 리 길을 다녀오면서도 병에 걸리지 않았으니, 그대는 본받도록 하게."

나는 그 말대로 했다. 외국에서 풍파를 겪을 때마다 이 글자를 기억하고 마음이 흔들릴 때마다 받아들여 삭히고 밀쳐서 버렸다. 마음에 얽매인 것이 없자 마음이 평화로워지고 병이 나았다. 덕택에 만 리 길을 무사히 다녀왔다. 이 년 뒤 다시 북경에 가게 되었는데 또 이렇게 했다.

중국에 가는 것은 영광이고, 오가는 기간이 몇 달밖에 걸리지 않는데도 걱정이 된다. 지금 이곳 북쪽 변방은 북경보다 훨씬 멀고 풍속은 요동보다 백 배나 나쁘다. 가기도 어렵고 머물기도 어렵고 돌아올 기약도 없으며, 죽는 사람이 아홉이면 사는 사람은 하나이다. 그러니 걱정과 고민이 싹트는 것은 인지상정이다. 학문에 힘써서 이치에 따라 순순히 받아들이는 사람이 아니라면 애타는 생각이 저절로 머릿속을 오갈 것이다. 늙고 병든 몸으로 기력이 다해 죽지 않을 사람이 몇이나 되겠는가.

어렵고 괴로운 와중에도 죽기가 싫어 또 임당의 비결대로 했다. 영고성쇠를 잊고, 삶과 죽음을 잊고, 뜻밖의 불행을 감히 따지지 않고, 어려운 일을 괴롭게 여기지 않았다. 마음이 흔들리려 하면 너그럽고 편안하게 가슴속에 티끌만큼도 남지 않게 하여 본성을 해치지 못하게 했다. 아침에도 잊고 저녁에도 잊고 밤에도 잊고 앉아도 잊고 누워도 잊었다. 한 걸음을 뗄 때마다 한 걸음에 해당하는 공부를 하여 오랫동안 노력이 쌓이자 저절로 평온한 경지에 도달했다. 추위와 괴로움이 병을 만들지 못하고 밖에서 오는 삿된 기운이 액운을 만들지 못하니, 잊기에 힘쓰고 성찰하여 잊은 효과가 크다.

문왕(文王)은 유리(羑里)의 감옥에 갇혔으나 거문고를 타며 노래했고, 정자(程子)는 부릉(涪陵)에 유배되었으나 모발이 이전보다 좋아졌다. 성현은 천명을 알고 즐거워하니 어찌 잊기를 기약하겠는가. 이치를 위주로 삼으니 저절로 잊을 필요가 없는 것이다. 그러나 성현보다 한 등급이라도 아래 사람이라면 잊기에 힘쓰지 않을 수 없다. 그러므로 호걸다운 선비도 우환을 당하면 시를 지어 근심을 풀고 술을 마셔 걱정을 잊었다. 그들이 터득한 바가 얕아 즐거워하며 근심을 잊는 경지에 도달하지 못했기 때문이다.

당개(唐介)는 송(宋)나라의 강직하고 단정한 군자이다. 그런데 파도가 치고 석양이 지는 가운데 술을 사서 어부의 노래를 듣자, 걱정이 없을 수 없어 술을 마시고 걱정을 잊고자 했다. 시비와 영욕을 모두 잊고 시인의 불평한 마음 또한 술을 마셔서 잊은 것이다. 유배되어 몹시 불평한 마음을 잊을 수 있었던 것도 술을 마셔서이다. 그렇다면 잊는다는 한 글자의 유래는 오래된 것이니, 정유길이 스스로 터득하여 노력한 것은 아니다.

다만 시도 짓지 않고 술도 마시지 않으면서 마음에서 잊는 것은 세상사에 노련하며 자잘한 일에서 벗어난 호걸이 아니면 불가능하다. 우환을 만나더라도 잊으려고 노력하면 답답한 마음이 풀어지고 좁은 마음이 너그러워진다. 이것은 돈오법(頓悟法)에 가까운데, 공부가 얕은 것이 문제이다. 평소 학문에 힘쓰고 사색하여 이해해야 한다. 부귀한 처지에 놓이면 부귀한 처지에 맞추어 행동하고, 빈천한 처지에 놓이면 빈천한 처지에 맞추어 행동하여 어떠한 처지에서도 만족한다면야 어찌 꼭 이 한 글자에 의지해야 근심을 잊을 수 있겠는가.

다만 갑작스러운 우환은 예측하지 못하는 것이고, 내 학문의 힘으로는 하루아침에 도달할 수 없는 경지이다. 그래서 이 글자로 가슴속을 넓혀 살아났으니 무슨 해가 되겠는가. 두 차례 북경에 다녀오고 북쪽 변방에 유배되었지만 나는 지금까지 살아 있다. 손님의 이야기가 내게 큰 도움이 되었기에 감히 글을 짓는다.

해설

정유길은 1567년 53세의 나이로 중국에 사신으로 다녀왔다. 먼 길을 오가느라 고생하면서 모든 것을 잊는 것이 제일이라는 사실을 깨달았다. 홍성민은 그를 본받아 힘든 일을 겪을 때마다 모든 것을 잊기로 했다. 그는 두 차례 중국에 다녀오면서 이를 되새겼고, 유배지에서도 그렇게 했다.

힘든 일을 앞두면 온갖 생각이 떠오르는 것이 당연하다. 그러나 생각하면 더욱 괴로울 뿐이다. 잊는 것이 제일이다. 옛사람도 역경에 처할 때마다 모든 것을 잊었다. 그렇지만 아무나 가능한 경지는 아니다. 시와 술에 의지하지 않고 모든 것을 잊기 위해서는 평소 학문에 힘쓰며 사색하지 않으면 안 된다.

"부귀한 처지에 놓이면 부귀한 처지에 맞추어 행동하고, 빈천한 처지에 놓이면 빈천한 처지에 맞추어 행동하고, 오랑캐의 땅에서는 오랑캐에 맞추어 행동하고, 환난을 당하면 환난에 맞추어 행동한다."라는 말이 『중용』에 있다. 이것이 역경에 대처하는 가장 높은 경지이다. 만약 이러한 경지에 도달하지 못했다면, 잊는 것도 역경을 견디는 한 가지 방법이 되리라는 것이다.

말을 소로 바꾸다　　　　　　　　馬換牛說

신묘년(1591년) 가을, 북쪽으로 유배 가게 되었다. 말이 없었기에 가산을 털어 여섯 마리를 사서 내 몸을 싣고 입을 것 먹을 것을 싣고서 삼천 리 떨어진 변방 땅까지 갔으니, 그곳은 바로 부령부(富寧府)였다. 짐을 풀어 놓자 주머니에 남은 것이 없어 아이종이 불만스러운 얼굴이었다. 그곳에 사는 사람이 말했다.

"내가 당신에게 먹을 것을 얻을 방도를 알려 주겠소. 변방에는 말이 천하고 소가 귀하니, 소 한 마리를 몇 달 동안 남에게 빌려주면 곡식 몇 섬을 얻을 수 있소. 그러니 데려온 말을 팔아 소를 사면 입에 풀칠할 수 있을 것이오."

내가 말했다.

"아니오. 내 걸음을 대신하고 내 짐을 싣고서 험한 고갯길을 넘어, 내가 길가에 쓰러지지 않고 연명할 수 있게 해 준 것이 이 말들이오. 말이 나를 주인으로 여기고 있는데 내가 이제 와서 데리고 있지 못하고 하루 아침에 남에게 팔아 버린다면, 말은 내게 도움을 주었는데 나는 말을 저버리는 것이오. 말이 비록 미물이지만 내가 차마 저버릴 수 있겠소."

어떤 이가 달래며 이렇게 말했다.

"당신의 신의는 고루하구려. 천지 사이에 있는 만물은 각기 주인이 있지만, 바꾸기도 하고 주기도 하니 그 주인은 일정하지 않소. 말은 남의 말이었는데 당신이 샀고, 당신의 말인데 남에게 파는 것이오. 소는 남의 소인데 남이 당신에게 파는 것이니, 말은 남에게 가고 소는 당신에게 오는 것이오. 저쪽으로 가면 저쪽이 주인이고, 이쪽으로 오면 이쪽이 주인이오. 있는 것을 없는 것으로 바꾸어 어려운 처지를 넘기는 법, 어찌 일정한 주인이 있겠소. 그러므로 옛날 군자는 사람에게 신의를 지켰지 애써 동물에게 신의를 지키지는 않았소. 동물에게 신의를 지키다 굶어 죽느니, 차라리 동물을 바꾸어 살아가는 것이 낫지 않겠소. 당신은 우활한 사람이오. 신의를 어디다 쓰겠소?"

나는 그제야 퍼뜩 깨달았지만 서글피 한탄했다. 소와 말은 천지 사이에 있는 공공의 물건이니, 반드시 내가 주인인 것도 아니고 반드시 남이 주인인 것도 아니다. 저 사람이 주인이면 저 사람의 소유이고, 내가 주인이면 나의 소유이다. 주인을 찾기만 한다면야 이 사람 저 사람 가릴 필요가 있겠는가. 이 말이 아니었다면 저 소와 바꾸지 못했을 것이고, 이 소가 아니었다면 이 곡식을 얻을 수 없었을 것이다. 이 곡식을 얻지 못했다면 죽었을 것인데, 소와 말을 바꾸어 잠시나마 죽지 않을 수 있었던 것이다. 무슨 해가 되겠는가. 그 사람의 말이 맞다.

그렇지만 한탄스러운 점이 있다. 나는 젊었을 적 학문에 뜻을 두어 오로지 독서를 일삼았다. 그러다가 늙어서는 태평성대에 죄를 짓고 불모지로 유배되었다. 가산을 털어 말을 사고, 말을 소와 바꾸고, 소를 사람에게 빌려주어 마치 장사꾼처럼 매매했다. 먹을 것이 내게 큰 누를 끼쳤구나. 말은 나를 주인으로 삼았는데 내가 데리고 있지 못했고, 소는 나를 주인으로 삼았는데 내가 지키지 못하여 이 동물들이 편안히 제자리에 있지 못하게 만들었다. 내가 이들을 몹시 그르쳤구나. 이 입 때문에 이 몸에 누를 끼치고 이 동물들을 그르쳤으며 끝내 보잘것없는 사람이 되고 말았다. 나는 처음에는 부끄럽다가 중간에는 마음이 풀렸으나 결국은 서글퍼져 혀를 차며 이 글을 지었다.

해설

1591년 홍성민은 함경도 부령으로 유배 길을 떠나면서 말 여섯 마리를 데리고 갔다. 유배지에 도착하니 가진 것이 없어 굶을 처지에 놓인 데서 이야기가 시작된다.

누군가가 말을 팔아 소를 사서 남에게 빌려주고 삯을 받으라 했다. 홍성민은 망설였다. 먼 길을 동행하며 함께 고생한 말을 차마 팔아 버릴 수가 없었기 때문이다. 누군가가 그를 고지식하다며 탓했다. 천지 만물은 원래 정해진 주인이 없는 법이니, 말 몇 필에 연연할 필요는 없다는 것이다. 무엇보다 중요한 것은 사람의 목숨이 아니겠는가. 홍성민은 그 말에 수긍할 수밖에 없었다. 그래도 제 한 목숨 살리자고 동물에게 누를 끼쳤다는 생각이 떠나지 않아 마음이 불편했다. 나보다 약한 존재에 대한 성찰이 돋보이는 글이다.

소금을 바꾸어 곡식을 사다

貿鹽販粟說

부령에 유배 온 지 몇 달 만에 돈이 다 떨어져 먹을 것이 없었다. 주민에게 의논했더니 이렇게 일러 주었다.

"바닷가는 곡식이 비싸고 소금이 싼데, 오랑캐 땅은 곡식이 많고 소금이 부족합니다. 바닷가에서 소금을 사서 오랑캐에게 팔고 곡식을 산다면 그 값이 원래 곡식의 몇 배나 될 것이니, 입에 풀칠할 수 있을 것입니다. 걱정하지 마십시오."

처음에 이 말을 듣고서 이것은 장사꾼이 하는 일이니 나는 차마 할수 없다고 한참 동안 주저했다. 배에서 소리가 나고 아이종이 성을 내었다. 잠시나마 죽지 않기 위해 그 방법대로 하려니 얼굴이 붉어지고 마음이 편치 않았다. 그리하여 아이종을 시켜 몇 말 곡식을 가지고 구십 리떨어진 바닷가에 가서 소금을 사 오게 하니, 소금이 열 말 정도 생겼다. 이 소금을 말에 싣고 백이십 리 떨어진 북관(北關)으로 가서 곡식을 사오라 하자, 곡식이 스무 말 정도 생겼다. 길을 오가며 사고팔 때마다 반달이 걸리므로 내 말이 지치고 내 아이종도 지쳤지만 내 배는 굶주리지 않았다.

먹을 것이 모자랐을 때는 온 집안사람들이 성을 내고 사람다운 모습을 볼 수가 없었다. 곡식을 가지고 갈 적에는 이렇게 당부했다.

"먹을 것이 다 떨어졌으니 너는 이틀 안으로 소금을 사 오너라."

소금을 싣고 갈 적에는 이렇게 신신당부했다.

"굶주린 지 이미 오래다. 너는 빨리 곡식을 사 와라."

아이종이 떠난 뒤로는 손가락을 꼽아 날을 계산하며 돌아오기를 기다렸다. 아이종이 곡식을 사 오자 집안사람 모두 곡식을 둘러싸고 보면서 얘기들 했다.

"이 곡식을 얻었으니 우리는 조금이나마 연명할 수 있겠다."

불을 때서 밥을 짓고 숟가락으로 떠서 입에 넣으니 알알이 모두 맛이 있었다. 굶주린 배를 채우고 뼈만 남은 몸에 살이 붙자 화기애애하게 기뻐하며 머리를 맞대고 축하했다.

"이렇게 장사를 하지 않았다면 우리는 구덩이에 뒹구는 신세가 되었을 것이다. 이제는 변방의 굶주린 귀신이 되지 않을 것이다."

처음에는 장사를 하는 것이 부끄러웠고, 중간에는 장사를 하느라 마음을 쓰고, 끝내는 먹을 것을 얻어 다행으로 여겼다. 얻으면 살고 얻지 못하면 죽는다는 생각에 밤낮으로 약간의 쌀이나마 얻기를 바라며 오직 장사를 잘하지 못할까 걱정했다. 마음에 담은 것은 오직 이 일뿐이었다. 목숨을 건지기에 급급하여 수치를 아는 본심을 죄다 잃어버리고, 시간이 지나자 습관이 되어 마침내 딴사람이 되고 말았다. 때때로 웃으며 고개를 끄덕이다가도 다 웃고 나면 불쌍하고 안타까웠다.

천지 사이에 사는 백성은 오직 사농상고(士農商賈) 넷뿐이다. 나는 젊었을 적 성현의 책을 읽으며 오직 도를 추구했다. 옛일이 아니면 감히 하지 않았으니, 이것이 사(士)이다. 늙어서는 먹고사는 일이 빌미가 되어 오로지 먹을 것을 추구했다. 장사가 아니면 할 일이 없었으니 이것이 상(商)이고 고(賈)이다. 이 몸이 경험하지 못한 것은 농(農)뿐이다. 농부는 땅을 지키며 김매기를 일삼아 실컷 먹고 배를 두드리며 즐겁게 생업에 종사하는 자이다. 백발의 늙은이가 태평성대에 죄를 짓고 변방에 유배되어 갇히는 신세가 되었으니, 한 걸음도 나갈 수가 없다. 비록 농부가 되고자 한들 될 수 있겠는가.

옛날의 선비는 경전과 역사책을 인용하며 도덕과 이치를 이야기했다. 성인의 무리를 배운다는 생각으로 임금을 성군으로 만들고 백성에게 은택을 베풀어 차츰 삼대(三代) 이전의 세상으로 만들고자 했다. 장사꾼에게 침을 뱉고 농부를 멸시하며, 감히 입에 올리지도 않고 천지 차이로 여겼다. 지금은 장사를 하면서도 달게 여기고, 농부로 말하자면 감히 바랄 수도 없다. 사람이 이 세상을 살면서 푸른 하늘에 오르는 것도, 구덩이에 떨어지는 것도 잠깐 사이에 벌어지는 일이다. 몸이 굴복하면 마음도 굴복하는 법, 이 몸으로 장사를 일삼으니 내가 부끄럽고 내가 우습고 내가 불쌍하고 내가 안타까웠다.

내가 생각하며 바라는 점은 이것이다. 성상의 도량이 하늘과 같으니, 만약 개미처럼 미천한 내가 시골의 농부가 되는 것을 허락해 주신다면, 손에 쟁기를 들고 밭 갈기를 일삼아 위로는 제사를 지내고 다음으로 조세를 바치며 아래로 연명할 수 있을 것이다. 그렇다면 미천한 내가 살 곳을 얻어 태평성대에 성상의 덕을 칭송하는 사람이 될 것이다.

아, 소공(召公)이 농사를 강조한 것은 치세(治世)에 공을 이룬 뒤의 일이었다. 나는 유배되어 있으면서 이런 생각을 했으니, 이 또한 몹시 어리석은 짓이다. 그리하여 혀를 차며 이 글을 짓는다.

해설

천하의 백성은 사농상고 넷뿐이라 했다. 상(商)은 돌아다니며 물건을 파는 행상, 고(賈)는 한자리에서 물건을 파는 좌판을 말한다. 물건을 만드는 공인(工人)은 언급하지 않았지만, 공인이 만든 물건 역시 판매를 위한 것이라는 점에서 상인의 범주에 포함한 듯하다.

사농상고 가운데 가장 천한 것이 상인이다. 외딴 유배지에서 먹고살 길이 없었던 홍성민은 부득이 소금과 곡식을 매매하는 상인 노릇을 했다. 제법 이문을 남겨 양식 걱정은 하지 않게 되었어도 부끄러운 마음은 여전했다. 다시 선비가 되는 것은 바랄 수 없으니, 유배에서 풀려나면 농민으로 살고 싶다고 했다. 이 글은 농업을 중시하고 상업을 천시하는 전통적인 관념을 벗어나지 못했지만, 변방 지역에서 상업을 통해 생계를 도모하는 과정을 보여 주는 사료가 된다.

백광훈

白光勳

1537~1582년

본관은 해미(海美), 자는 창경(彰卿), 호는 옥봉(玉峯)이다. 전남 장흥에서 태어나 젊어서 이후백(李後白), 양응정(楊應鼎), 노수신 등에게 수학했다. 1564년 진사시에 합격했으나 이후 과거를 그만두고 시에 전념했다. 1572년 명나라 사신을 접대하는 제술관(製述官)으로 선발되어 시로 인정을 받았다. 이후 참봉직을 전전하다가 세상을 떠났다.

조선 중기 당시(唐詩)의 유행을 선도하여 이달(李達), 최경창(崔慶昌)과 함께 삼당시인(三唐詩人)으로 일컬어졌다. 이산해, 최립 등과 함께 팔문장(八文章)으로 불리기도 한다. 문집 『옥봉집(玉峯集)』이 전한다.

과거를 준비하는 아들에게

寄亨南書

너와 헤어진 지 며칠이 지났다. 나를 그리워하는 너의 마음도 나처럼 괴로울 것이다. 네 어머니가 이월을 무사히 넘겼는지 알 수 없어서 더욱 걱정이 되는구나. 네 아내는 무사히 해산했느냐? 산후조리가 더욱 어려울 텐데, 잠시도 마음이 놓이지 않는다.

지금 과거에 급제하는 사람들을 보니, 한가로이 대충 하는 사람이 바랄 수 있는 수준이 전혀 아니다. 네가 만약 과거에 생각이 없을 수 없다면, 그저 휘장을 내리고 반딧불을 모아 밤낮으로 부지런히 공부해야 할 뿐이다.

그렇지만 지친 노비와 수척한 말이 천 리 길을 공연히 오가는 모습을 보니, 애당초 글자를 모르고 편안히 사는 것이 나았을지도 모르겠다. 더구나 삼 년 동안 고생하며 머물렀지만 결국 하나도 이룬 것이 없으니 하늘도 매정하다. 너희는 이 점을 경계하여 부디 일찌감치 공부를 시작해라. 늙은 뒤에 후회하면 무슨 소용 있겠느냐.

붓과 먹은 지금 얻은 것이 없어서 만약 얻거든 나중에 보내겠다. 이만 줄인다.

해설

1579년 아들 백형남(白亨南)에게 보낸 편지이다. 당시 백광훈은 43세로 참봉직을 전전하고 있었으며, 백형남은 18세로 서울에서 과거를 준비하고 있었다.

백광훈은 진사시에 합격한 뒤 과거 공부를 그만뒀지만 문과 급제에 대한 열망을 버리지 못했던 듯하다. 그는 아들이 자신의 못다 이룬 꿈을 이루어 주기를 기대했다. 기왕 과거에 뜻을 두었다면 밤낮으로 부지런히 하는 것 말고는 방법이 없으므로 문과 급제에 실패한 아비를 거울삼아 늙어서 후회가 없도록 공부하라고 당부했다. 하지만 차라리 글자를 모르고 사는 게 나았을 것이라는 한탄에서 갈등과 회의가 엿보인다. 백광훈이 아들에게 보낸 편지는 여러 편이 전하는데, 합격을 바라는 마음과 은둔을 바라는 마음이 공존한다.

윤근수

尹根壽

1537~1616년

본관은 해평(海平), 자는 자고(子固), 호는 월정(月汀)이다. 영의정을 역임한 윤두수(尹斗壽)의 아우이다. 1558년 문과에 급제하고 사가독서를 거쳐 대제학을 역임했다. 네 차례 명나라에 사신으로 다녀왔고, 임진왜란이 일어나자 십여 차례 명나라를 오가며 외교 활동에 주력했다.

명나라 복고파 문학의 수용에 앞장서 조선 문단에 고문사(古文辭)를 창도했다는 평가를 받았다. 이로 인해 한국 산문사에서 중요한 위상을 차지한다. 종계변무(宗系辨誣)에 성공한 공로로 해평 부원군(海平府院君)에 봉해졌다. 시호는 문정(文貞)이다. 문집 『월정집(月汀集)』이 전한다.

함께 근무하는
동료들에게

金吾契會序

우리나라의 육조(六曹) 등 여러 아문에는 예전부터 모두 각각의 낭관 계축(契軸, 계 모임을 기념하는 내용을 적은 두루마리)이 있었다. 그러나 당상관(堂上官)은 들어가지 않았다. 지금 이 제명록(題名錄)은 계축이 아닌 책으로 만들었고, 당상관과 낭관이 한 책에 나란히 이름을 적었다. 난리가 끝난 뒤에 당상관과 낭관의 마음을 하나로 합치려는 뜻에서 나온 것이다. 훗날 헤어진 뒤 그리워하며 볼 수 있는 것도 계축 하나뿐이다.

평상시라면 비단 바탕에 위쪽에는 그림을 그리고 아래쪽에는 성명과 관직을 썼을 것이다. 그렇지만 지금은 전쟁으로 피폐한 터라 갑자기 이렇게 만들기 어렵다. 만약 만들기 어렵다고 아무것도 하지 않는다면 황하가 맑아지기를 기다리는 격이 아니겠는가. 그래서 이 책을 만든 것이니, 그 사정 또한 서글프다.

이번 전쟁은 임진년(1592년)에 시작되어 칠 년 동안 계속되다가 명나라의 구원에 힘입어 작년 말에야 겨우 평정되었다. 우리는 같은 시대에 살면서 전쟁이 그치는 날을 직접 보게 되었으니, 이 또한 불행 중 다행이다. 이렇게 구사일생을 겪은 뒤 모두 한 관청에 직무 때문에 모였으니, 더욱 다행스러운 일이 아니겠는가.

의금부의 직무로 말하자면 양한(兩漢)의 중위(中尉)와 집금오(執金吾),

당나라와 송나라의 금오 장군(金吾將軍), 지금 명나라의 금의위(錦衣衛), 고려의 순군(巡軍)과 같다. 명나라의 금의위는 무관직이지만 우리나라의 경우 동지의금부사(同知義禁府事) 이상은 모두 문관 재신(宰臣)이 겸임하고, 경력(經歷)과 도사(都事)는 대부분 과거 공부에 뜻을 둔 사람들이다. 여기에서 과거에 급제하여 관직에 올라 대궐에 들어가 출세한 사람이 즐비하니, 내가 날마다 그대 낭관들에게 바라는 것이 바로 이것이다.

죄를 논의할 때는 매가 먹이를 잡으려고 날개를 펴는 것처럼 매섭게 다스릴 것이 아니라, 원한을 씻어 주고 살릴 방도를 찾으려는 마음을 가져야 하니, 이 또한 오늘날 우리들이 힘써야 할 일이다. 그대들은 내가 외람되게도 선배의 자리를 차지하고 있다는 이유로 책머리에 놓을 한마디 말을 청했다. 나는 원래 글을 잘 쓰는 사람이 아닌데도 감히 이렇게 썼다. 사양해도 허락해 주지 않아 어쩔 수 없이 한 일이지만 부끄러워 얼굴에 땀이 흐를 뿐이다.

해설

조선 시대에는 친목과 결속을 위한 계 모임이 성행했다. 이 가운데 같은 관청에 근무하는 이들이 조직한 계 모임을 동관 계회(同官契會)라고 한다. 동관 계회는 위상이 높고 권한이 강한 관청일수록 활발했다. 관원을 규찰하는 사헌부(司憲府), 간언을 담당하는 사간원(司諫院) 그리고 이 글에서 언급한 의금부 등이 대표적인 예다.

계원들은 정기적으로 모임을 갖고 연회를 벌였다. 그 현장을 묘사한 그림이 계회도이다. 계회도는 상단에 계회의 현장을 묘사한 그림을 배치하고, 하단에 참석한 관원들의 명단을 열거한다. 계회도의 제작에는 상당한 비용이 소요된다. 그러나 윤근수가 이 글을 지을 당시는 임진왜란 직후로 모든 물자가 부족한 상황이었다. 부득이 간략한 책자로 대신하느라 비록 형식은 달라졌지만 계원들의 앞날을 기원하고 직무를 다할 것을 다짐하는 내용은 변하지 않았다.

이산해

李山海

1539~1609년

본관은 한산(韓山), 자는 여수(汝受), 호는 아계(鵝溪)이다. 토정 이지함의 조카이다. 1561년 문과에 급제하여 사가독서를 하고 대제학을 역임했다. 종계변무에 성공한 공로로 아성 부원군(鵝城府院君)에 봉해졌다. 임진왜란이 일어나자 파천을 주도했다는 이유로 평해(平海)에 유배되었다가 이듬해 풀려났다. 북인의 영수로 영의정을 역임했다.

팔문장의 한 사람으로 일컬어졌으며 문집 『아계유고(鵝溪遺稿)』가 전한다. 시호는 문충(文忠)이다.

구름보다 자유로운 마음

雲住寺記

옛날 도연명(陶淵明)은 「귀거래사(歸去來辭)」에서 구름에게는 마음이 없다고 하였다. 그러나 나는 그렇지 않다고 생각한다. 숲은 새에게 바라는 것이 없지만 숲이 울창하면 새가 온다. 숲은 마음이 없지만 새는 마음이 있는 것이다. 물은 고기에게 바라는 것이 없지만 물이 깊으면 고기가 좋아한다. 물은 마음이 없지만 고기는 마음이 있는 것이다. 산은 구름에게 바라는 것이 없지만 산이 높으면 구름이 머문다. 산은 마음이 없지만 구름은 마음이 있는 것이다.

구름이라는 것은 기운이다. 자연히 일어나고 자연히 흩어진다. 새와 고기처럼 해를 피하여 편한 곳으로 오는 것이 아니다. 그렇지만 구름이 머무는 자리는 반드시 산이요, 구름이 오르내리는 곳도 반드시 산이다. 나갔다가 되돌아오고, 떠났다가 다시 머무는 것이 마치 돌아보고 연연하며 잊지 못하는 것 같다. 이것이 내 소견이 도연명과 다른 까닭이다.

아, 얽매임 없는 사물로 구름보다 더한 것이 없는데도 마음이 없을 수는 없다. 더구나 사람처럼 얽매이는 존재는 어떻겠는가. 형체는 밖에 있는 것이고 마음은 안에 있는 것이다. 형체는 얽매임이 있더라도 마음은 얽매임이 없을 수 있다. 마음에 얽매임이 없다면 맑아서 비추지 못하는 것이 없고, 고요하여 통하지 않는 것이 없을 것이다. 시원스레 형체를 벗어나 세상을 모두 담고, 아득하고 오묘한 경지에 이르러 자연과 한 몸이 되며, 혼돈을 이웃 삼고 조물주를 벗으로 삼을 것이다. 만물을 잊을 뿐만 아니라 천지를 잊고, 천지를 잊을 뿐만 아니라 내가 나를 잊을 것이다. 구름은 출입이 있지만 이 마음은 출입이 없고, 구름은 떠나고 머무름이 있지만 이 마음에게는 없다. 무엇을 돌아보고 무엇을 연연하겠는가.

나는 운주사(雲住寺) 아래에 살면서 구름이 항상 암자 동쪽 기슭에 머무는 모습을 보았으므로 느낀 바가 있어 이 글을 짓는다. 비록 그렇지만 이것은 속세 사람과 이야기할 수 없다. 이 이야기를 할 수 있는 사람은 누구인가? 암자의 승려 신묵(信黙)이다.

모월 모일에 시촌거사(柿村居士)가 쓰다.

해설

1600년(선조 33년) 탄핵을 받고 관직에서 쫓겨나 신창(新昌, 아산) 시전촌(柿田村)에 은거할 때 지었다. 그는 이곳에서 지내는 동안 시촌거사라는 호를 썼고, 이곳에서 쓴 글을 모아 『시전록(柿田錄)』으로 엮었다. 이 글은 시전촌 남쪽 도고산(道古山)에 위치한 구름이 머무는 절 운주사에 대한 기록이다.

도연명은 「귀거래사」에서 전원의 한가한 풍경을 읊으며 "구름은 무심히 산봉우리에서 나오고, 새는 날다가 지쳐 돌아올 줄 아네(雲無心以出岫, 鳥倦飛而知還)"라고 하였다. 정처 없이 흘러가는 구름을 두고 무심하다고 표현한 것이다. 그러나 이산해는 구름에게 마음이 없지 않다고 보았다. 새가 울창한 숲을 찾아 깃드는 것처럼 구름은 높은 산을 찾아 머문다. 구름은 산에서 피어나고 산에서 머물다가 산에서 흩어진다. 구름은 산에 얽매여 있다.

구름이 산에 얽매인다면, 인간은 세상에 얽매인 존재이다. 그렇지만 육체와 달리 마음은 얽매임을 벗어날 수 있다. 마음은 구름보다 자유롭다. 자유로운 마음을 가진 인간 역시 자유로운 존재라는 내용이다.

가만히 있어야 할 때   正明村記

정명촌은 월송정(越松亭) 북쪽 십오 리에 있다. 기이하고 험준한 봉우리도 없고, 넓은 평원과 들판도 없다. 지세는 낮고 좁으며, 토질도 척박하여 벼, 삼, 콩, 조, 보리를 심기에 알맞지 않다. 나의 늙은 친구 황청지(黃淸之) 군이 이곳에 산다. 내가 물었다.

"자네는 평해 사람이네. 평해가 볼품없는 바닷가 고을이라지만 고을 서쪽에 숨겨진 승경이 많다는 것은 자네도 알고 있을 것이네. 그런데 어째서 산수가 아름답고 땅이 넓고 비옥한 곳을 골라 살지 않고 이곳을 배회하며 미련을 버리지 못하는가?"

"나는 성품이 본디 우활하고 편벽된 사람이네. 아름다운 산수는 사람들이 모두 좋아하지만 나는 좋은 줄 모르겠고, 고대광실은 모두가 즐거워하지만 나는 즐거운 줄 모르겠더라. 고량진미는 모두가 좋아하지만 나는 좋아하지 않고, 비단옷과 여우 가죽옷은 모두가 바라지만 나는 바라지 않아. 나의 기호가 남들과 달라 그런 것 아니겠나. 그저 처한 상황에 따라 마음을 편히 가지려 할 뿐이네. 그래서 이곳을 버리고 저곳으로 가거나, 예전 살던 곳을 떠나 새로운 곳으로 가려 하지 않는 것이지.

더구나 나는 이곳에서 태어나 이곳에서 자라 이곳에서 늙었네. 개울이 맑지 않아도 내가 어릴 적 낚시하던 곳이고, 산이 기이하지 않아도 내가 어릴 적 놀던 곳이야. 집이 좁아도 무릎을 넣을 수 있고, 밭이 척박해도 갈아먹을 수 있네. 채소 뿌리와 나물국이 내 입에 맞고, 해진 옷과 짧은 갈옷이 내 몸에 편하니, 남에게 바랄 것 없이 나는 만족하네. 여기에서 여생을 마치면 충분하니, 달리 또 어딜 가겠는가?"

내가 듣고서 탄식했다.

"좋은 말이야. 자신을 위한 공부를 알고 분수에 만족하며 천명을 따르는 사람이라 하겠네. 옛글에 이르기를 '부귀한 처지에 놓이면 부귀한 처지에 맞게 행동하고, 빈천한 처지에 놓이면 빈천한 처지에 맞게 행동하고, 오랑캐 땅에 살면 오랑캐에 맞게 행동하고, 환난에 처하면 환난에 맞게 행동한다.' 하였으니, 이는 자기 처지에 따라 행동하라는 말이네. 그렇지만 반드시 함양하고 보존하는 힘이 있어야 오랑캐 땅이나 환난에 처해서도 처지를 편안히 여기고 어디를 가더라도 만족할 수 있네. 지금 자네가 이렇게 하고 있으니, 필시 평소 노력하여 마음에 터득한 바가 있을 테지. 자네는 그 이야기를 마저 해 주게."

황 군이 말했다.

"아, 나는 보통 사람과 다를 것이 없으니 무엇을 숨기겠는가. 나는 천명을 즐거워하거나 운명을 아는 자가 아니고, 위기지학에 종사하는 사람도 아니라네. 나는 그저 움직일 때와 가만히 있을 때를 대충 알 뿐이네. 누구나 아는 일상생활을 가지고 말해 보겠네.

무더운 여름날 좁은 방 안에 있더라도 눈을 감고 가만히 앉아 있으면 땀이 안 나지. 추운 겨울날 얼어붙은 땅에 있더라도 목을 움츠리고 발을 싸매고 있으면 살이 트지 않아. 만약 참지 못하고 미친 듯이 달리며 반드시 시원한 정자와 따뜻한 방을 찾아 들어가려고 한다면, 정자와 방은 얻기도 쉽지 않고 내 몸은 이미 병들었을 것이네. 또 비유하자면 빗자루로 먼지를 쓰는 것과 같아 쓸면 쓸수록 먼지가 더욱 생기니, 차라리 쓸지 않고 먼지가 저절로 가라앉게 하는 것이 낫다네. 비유하자면 우물 치는 것과 같아 휘저으면 물이 더욱 탁해지니, 차라리 휘젓지 않으면 물이 저절로 맑아져. 이는 모두 가만히 있는 힘으로 움직임을 이기는 것이네.

이로 미루어 보면 천하의 일도 이와 같지 않은 경우가 드물다네. 만약 이 이치를 깨닫지 못하고 제게 편하고 이로운 것만 찾기에 급급하면, 내 마음의 욕망은 끝이 없으니 외물을 좇아 함부로 움직이느라 못 하는 짓이 없을 것이네. 그래서야 되겠는가. 이것이 내가 처지에 따라 마음을 편히 가지며 무익한 일 때문에 함부로 움직이지 않으려는 까닭이네."

내가 일어나 옷깃을 여미고 말했다.

"자네의 말이 참으로 나를 깨우치는구려. 자네가 아니었다면 깨닫지 못했을 뻔했어. 아, 나는 움직일 줄만 알고 가만히 있을 줄 모르는 사람이네. 공부가 충분하지 않은데 일찍 벼슬했으니 함부로 움직인 것이고, 재주가 뛰어나지 않은데 나랏일을 도모했으니 함부로 움직인 것이네. 말은 허술하고 힘이 없어 위로는 성상을 인도하지 못하고, 아래로는 조정에서 신임을 받지도 못했으니, 함부로 움직인 것이 아니겠는가. 말이 치밀하지 못하고 경솔하여 남과 이야기하면 몹시 거슬리고, 일을 맡으면 온갖 문제가 생기니, 함부로 움직인 것이 아니겠는가. 지금부터 생각을 바꾸어 정신을 수렴하고 조용히 수양할 것이네. 미친 듯이 내달리며 길을 잃고 헤매는 결과를 면한다면 모두 자네 덕택이야."

나는 그의 말에 감복했다. 행여 오래 지나면 잊을까 걱정되므로 묻고 답한 이야기를 글로 기록하여 때때로 보면서 반성하고자 한다. 황 군의 이름은 응청(應淸)이다. 임자년(1552년)에 진사가 되었고 효행으로 정려(旌閭)를 받았으며, 누차 관직에 임명되었지만 모두 나아가지 않았다.

해설

황응청(黃應淸, 1524~1605년)이 살던 평해 정명촌에 대한 기록이다. 황응청은 본관이 평해, 자가 청지(淸之), 호는 대해(大海)이다. 1552년(명종 7년) 진사시에 합격했지만 과거 공부를 그만두고 고향에 은거했다. 몇 차례 참봉직에 임명되었으나 나가지 않았다. 1578년(선조 11년) 효행으로 정려를 받았으며 문집 『대해집(大海集)』이 전한다.

　임진왜란 직후 평해로 유배 간 이산해는 황응청을 만난다. 이산해는 묻는다. 아름답고 비옥한 땅을 버리고, 좁고 척박한 정명촌에 사는 이유가 무엇이냐고. 황응청은 말한다. 이곳은 내가 나고 자란 곳이다. 여기에서 농사짓고 조용히 살면 그뿐, 아무것도 바라지 않는다. 이산해는 처지에 만족할 줄 아는 그가 부러웠다. 가만 생각해 보면 이 외진 고을로 유배된 것도 처지에 만족할 줄 모르고 함부로 움직였기 때문 아닌가. 그는 경거망동했던 자신을 반성하고 진중하게 살아가기로 다짐했다.

대나무 집 竹棚記

갑오년(1594년) 여름, 나는 달촌(達村)에서 예전에 살던 화오촌(花塢村)의 집으로 이사했다. 집이 좁고 낮아 드나들 때마다 머리를 부딪혔다. 이때는 날씨가 무더워 마치 뜨거운 화로에 들어간 것 같았다. 게다가 모기와 파리가 달라붙으니 괴로워 견딜 수가 없었다. 이웃에 사는 이우열(李友說)과 더위를 피할 방법을 찾다가 마침내 월송정 숲속에 죽붕(竹棚)을 만들었다. 기둥이 모두 넷인데 셋은 소나무에 걸치고 하나는 나무를 따로 세웠다. 가로목도 넷이고 그 위에는 대나무를 깔아 수십 명이 앉을 수 있었다. 사방에는 모두 대나무로 난간을 엮어서 떨어지지 않도록 했다. 왼쪽에 긴 다리를 만들어 나무로 지탱하고 잔디를 깔아 오르내리기 편하게 했다.

죽붕이 완성되자 이웃 노인들과 보리술을 마시며 축하했다. 그때부터 매일 이곳에서 먹고 마시고 지내며 누워 잤다. 항상 솔바람 소리가 서늘하여 시원한 기운이 뼈까지 스며들었다. 더위가 힘을 잃어 감히 기승을 부리지 못하고, 모기와 파리가 멀리 가서 감히 다가오지 못했다. 마치 바람을 타고 멀리 날아가는 것 같은 생각이 들었다. 나는 몹시 통쾌하고 즐거웠다.

저 악양루(岳陽樓)와 황학루(黃鶴樓)는 크다면 크고 제운루(齊雲樓)와 낙성루(落星樓)는 높다면 높다. 그렇지만 그 화려한 건물과 현란한 단청은 여러 장인의 재주를 모은 것으로 하루아침에 만든 것이 아니다. 어찌 사람의 힘을 들이지 않고 하루도 안 되어 완성한 내 죽붕과 같겠는가. 어찌 검소하고 소박하여 화려하게 치장하지 않아도 남달리 시원한 내 죽붕과 같겠는가. 입안으로 중얼중얼하다가 마침내 배를 내놓고 난간에 기대어 잠이 들었다. 홀연 푸른 옷을 입은 노인이 나타나 손 모아 절하고는 다가와 말했다.

"그대의 죽붕이 좋기는 하지만 그대의 안색이 쾌활하지 않은 듯하니 어째서인가. 아마도 진흙탕에 떨어진 사람의 입장에서는 땅에서 한 자 남짓만 올라와도 통쾌할 것이다. 땅에서 한 자 남짓 올라온 사람의 입장에서는 그대의 죽붕이 더욱 통쾌할 것이다. 그렇지만 하늘에 있는 사람의 입장에서는 그대의 죽붕이나 땅에서 한 자 남짓 올라온 곳이나 진흙탕과 차이가 없다. 그대는 이 죽붕이 통쾌한 줄만 알고, 하늘에 있는 사람이 보기에는 진흙탕과 같다는 것을 모르는구나. 이는 작은 것에 얽매여 큰 것을 못 보기 때문이다. 나는 그대가 속세를 벗어나기 어렵다는 것을 알겠으니 슬픈 일이다.

그대의 가슴속에는 하늘도 있고 땅도 있고 빈 공간도 있다. 누각을 높이 올릴 수도 있고 창문을 활짝 열 수도 있다. 통쾌하기로 말하자면 온 세상을 눈에 담을 수 있고, 높기로 말하자면 하늘에 있는 사람과 마주 보고 인사할 수도 있다. 이것은 마음속으로 계획을 세우지 않아도 되고 장인이 재주를 부릴 필요도 없이 잠깐 사이에 만들 수 있으니, 올라가 바라보는 즐거움이 이 죽붕에 비할 바 아니다. 소박하고 시원하기는 말할 것도 없고, 세상의 득실과 영욕, 희로애락 또한 빈 공간 속에서 구름과 안개처럼 흩어져 사라질 것이다. 그대는 어찌 이렇게 하지 않고 한갓 이곳에서 즐거워하는가."

나는 그의 말을 기이하게 여겼으나 미처 대답하기도 전에 기지개를 켜고 일어났다. 소나무 그늘은 서늘하고 인적이라고는 전혀 없는데 석양이 산에 내려 맑은 이슬이 옷을 적실 뿐이었다. 나는 일어나 탄식했다.

"월송정의 신령이 내게 가르침을 내린 것이리라."

마침내 기록하여 죽봉기로 삼는다.

해설

무더운 여름의 바닷가 고을, 이산해는 더위와 벌레를 견디지 못하고 솔숲에 오두막을 지었다. 소나무와 대나무를 얽어 만든 단출한 것이었지만 시원하기 그지없었다. 중국의 유명한 누각이 부럽지 않았다. 이산해는 이곳에서 낮잠을 자다가 꿈에 한 노인을 만난다. 노인은 말한다. 그대를 속세에서 벗어나게 해 주는 것은 오직 그대의 마음뿐이다. 죽봉 따위는 필요 없다. 자유로운 마음으로 속세의 얽매임을 벗어나라.

꿈속에 등장하는 신선은 소동파의 「적벽부」 이래 널리 쓰인 문학적 장치이다. 작자와 신선이 주고받는 대화는 작자의 내면에서 나오는 목소리이다. 정철의 「관동별곡」에도 같은 내용이 있다.

성내지 않는 사람

安堂長傳

황보리(黃保里)에 성은 안(安), 자는 선원(善元), 이름은 원길(元吉)인 사람이 살고 있다. 향교(鄕校)의 유생 명단에 이름이 들어 있고, 같은 지위에 있는 사람들보다 나이가 많아서 고을 사람들이 당장(堂長)이라고 부른다. 감정을 드러내지 않고 모난 곳이 없어, 고을 사람들을 대할 적에 늙은이나 어린이나 높은 이나 낮은 이나 차별 없이 똑같이 대우하고, 남들이 모욕하면 더욱 공손하게 굴었다. 고을 젊은이들은 그를 만날 때마다 꾸짖고 욕하며 주먹질하고 발길질했지만 그의 입에서 나쁜 말이 나오지 않았으니 천성이 그러한 것이다.

집에는 처자와 홀로된 어머니가 있고, 심부름하는 사람은 여종 하나뿐인데 그나마 이가 다 빠졌다. 논과 밭이 있지만 모두 합쳐 십여 이랑을 넘지 않았다. 제힘으로 농사지어 먹고살 뿐 다른 재산은 없었다. 늘 농사철이 돌아와 처자가 맨발로 앞서가면 농기구를 들고 따라가서 해지기 전에는 돌아오지 않았다. 시를 좋아했지만 이웃 사람들은 그가 시 읊조리는 소리를 들은 적 없었다. 하루는 계조암(繼祖菴)에 들어 산에 꽃과 달빛이 가득하자 괴로이 시를 지었는데,

꽃은 산 앞에서 웃지만 소리는 들리지 않고 　　　　　花笑山前聲未聽

라고 하니, 들은 사람들이 배꼽 빠지도록 웃었다. 또 술을 좋아했지만 늘 마시지는 못했다. 취할 때마다 술기운을 이기지 못했으나 남에게 피해를 주지는 않았다.

고을 풍속이 싸움을 좋아하여 온 동네의 안씨 사람들이 거만한 서얼이 씨를 혼내 주는데, 그 혼자만 참여하지 않았다. 고을에서 모두 겁쟁이라고 비웃었다. 나중에 이 씨가 매를 맞고 죽게 되자 안씨들은 연루될까 두려워 마치 자기가 아픈 것처럼 끊임없이 안부를 물었다. 그의 장모가 탄식했다.

"걱정 없는 사람은 우리 사위뿐이로구나. 이만하면 내 딸이 의지하여 살기 충분하다."

그는 병풍 하나를 가지고 있었는데, 이것을 선물로 들고 원님을 뵈러 갔다. 원님이 앞에 앉히고 술을 대접하며 물었다.

"이 종이 끝에 '안원길에게 준다.'라고 적혀 있는데, 자네의 자(字)가 아닌가?"

옆에 장씨 성을 가진 좌수가 있다가 눈을 부라리며 꾸짖었다.

"너도 자가 있느냐? 이름도 창피한데 네가 무슨 자를 쓴단 말이냐?"

아전들은 모두 곁눈질하며 몰래 비웃었다. 그가 물러나 말했다.

"누군가가 장 씨보다 심한 말을 한들 내가 감히 화를 내겠는가. 누군가가 내 얼굴에 침을 뱉더라도 말리면 그만이요, 내 귀에 오줌을 누더라도 씻으면 그만, 볼기와 성기를 드러내더라도 똑바로 보면 그만이다."

또 말했다.

"내가 세상에 태어난 지 반백 년이 되었는데, 빛나는 영화를 누리지는 못했지만 횡액을 당하지도 않았으니 다행이다. 전쟁이 일어난 뒤로 우리 고을에서 집집마다 장정을 징발했다. 힘 있는 자는 관청에서 일하고 젊은이는 변방을 지키러 갔는데, 떠나서 돌아오지 않은 자가 한둘이 아니다. 그런데 나만은 어리석다는 이유로 끼워 주지 않아 여기에서 미음을 먹고 여기에서 죽을 먹으며 지금까지 편안히 살고 있다. 다른 사람들의 비웃음과 모욕 따위야 개의할 것이 있겠는가."

나는 평해에서 살 적에 우연히 그와 이웃이 되었다. 그의 외모와 행동거지를 보니 어리석고 어눌하여 감히 말을 꺼내지 못할 정도였다. 그러나 속을 들여다보면 겉으로 드러나는 것처럼 심하지는 않았다. 게다가 다투거나 성내는 마음이 없으니, 힘들여 노력한 결과 마치 무언가 터득한 사람처럼 편안하고 태연해진 것이 아니겠는가.

아, 그는 보신의 방도를 터득한 사람이며, 남과 다투지 않는 사람이다. 옛날 마원(馬援)이나 누사덕(婁師德) 같은 사람들도 필시 양보할 것이며 자손들의 모범이 될 것이다. 화를 참지 못하는 세상 사람들은 한 마디 말, 한 가지 일 때문에 마을에서 싸우다가, 관가에 알려져 옥사를 초래하고 형벌을 받는 처지에 놓이더라도 후회하지 않는다. 그 우열을 비교하면 어떠한가. 나는 그래서 그가 겉으로나 속으로나 모두 평범한 사람의 수준을 벗어났다는 것을 알겠다. 자신을 위한 그의 주도면밀한 계책은 스스로를 아끼는 시골 사람이라도 따라잡을 수 없을 것이다.

그의 집은 시내 북쪽의 짧은 산기슭 위에 있는데, 썩은 나무로 지탱했으며 주위를 둘러싼 담이나 울타리도 없다. 비가 오면 패랭이를 쓰고 날이 맑으면 칠포립(漆布笠)을 썼다. 누런 뽕잎 색깔 옷을 입고 오석(烏石) 갓끈을 드리웠다. 수척하고 키가 크며 시커멓고 얼굴에 희미한 점이 있다. 한두 가닥 누런 수염이 있다. 그가 사는 곳에는 일 년 내내 찾아오는 사람이 없고, 남을 찾아가지도 않는다. 나는 그의 행적이 사라질까 염려하여 마침내 전을 짓는다.

해설

평해 황보리의 늙은 선비 안원길의 전기다. 향교 유생의 명단에 이름이 있고 나이가 많았으므로 향교 유생의 우두머리를 뜻하는 '당장'으로 불렸다. 그렇지만 실상은 제 손으로 밭 갈아 먹고사는 농사꾼이었다. 한시를 즐겨 지었지만 힘들여 지었다는 작품도 사람들의 비웃음을 받았을 뿐이다. 그는 바보처럼 무던한 사람이었다. 온갖 수모를 당해도 욕할 줄 모르고, 어떠한 일이 있어도 다투거나 성내지 않았다.

이산해는 어리숙한 그의 모습에서 보통 사람이 미칠 수 없는 점을 발견한다. 안원길은 바보가 아니었다. 그는 자기 마음을 다스릴 줄 알았다. 남들의 모욕과 비웃음을 개의치 않았기에 전란의 시기에도 무사히 살아남을 수 있었다. 이산해는 그에게서 최고의 보신책을 배웠다. 남들이 알아주지 못하는 장점을 찾고 이를 인멸되지 않도록 글로 남기는 것이 바로 전(傳)이다.

최
립

崔
岦

1539~1612년

본관은 통천(通川), 자는 입지(立之), 호는 간이(簡易)·동고(東皐)이다. 개성 출신이며 서자로, 1555년(명종 10년) 생원 진사시에 합격하고 1561년 문과에 장원 급제 했다. 그러나 미천한 출신 탓에 장연, 옹진, 재령, 성천, 진주, 장단 등지의 수령직을 전전했다. 후에 문장을 인정받아 외교 문서 작성을 전담하고 세 차례 사행에 참여했다. 말년에는 평양에 은거하다가 한강 하류 압도(鴨島) 선영 아래 머물다 그곳에서 죽었다.

윤근수와 함께 명대 고문사파 문학의 수용에 앞장서 조선 문단에 혁신을 일으켰다. 그의 문장은 차천로(車天輅)의 시, 한호(韓濩)의 글씨와 함께 송도 삼절(松都三絶)로 일컬어졌다. 선조조 팔문장의 한 사람이기도 하다. 문집 『간이집(簡易集)』이 전하며 이 밖의 저작으로 『한사열전초(漢史列傳抄)』, 『주역본의구결부설(周易本義口訣附說)』을 남겼다.

그림으로 노니는 산수

山水屛序

나는 산수를 좋아한다. 만약 내가 거문고로 연주하는 산수의 소리를 듣는다면 거문고를 좋아하겠는가? 그렇다. 그렇다면 아까는 산수를 좋아했다가 지금은 거문고를 좋아하는 것인가? 산수가 거문고 속에 있으므로 나는 거문고를 듣고 좋아하는 것이니, 따지고 보면 내가 산수를 좋아하기 때문이다.

나는 산수를 사랑한다. 만약 내가 산수를 묘사한 그림을 본다면 그림을 사랑하겠는가? 그렇다. 그렇다면 아까는 산수를 사랑했다가 지금은 그림을 사랑하는 것인가? 산수가 그림 속에 있으므로 나는 그림을 보고 사랑하는 것이니, 따지고 보면 내가 산수를 사랑하기 때문이다.

옛날에 백아(伯牙)는 거문고로 산수의 소리를 연주하고 종자기(鍾子期)는 그 소리를 들었는데, 지금까지도 끊임없이 이야기한다. 백아와 종자기가 어떤 사람이었는지는 모르겠지만, 산수를 묘사한 그림을 그리는 사람이 있으니 바로 이흥효(李興孝)이다.

이흥효는 나라에서 손꼽히는 화공(畵工)이었다. 판서 이 공(李公, 이항복)이 그가 살아 있을 때 그림을 그리게 하고 소장했는데, 그가 세상을 떠나자 장정하여 병풍으로 만들고 한가할 때 감상했다. 여기에서 공이 중요시한 것이 그 사람의 신분이 아니었다는 것을 알 수 있고, 이흥효가 인정을 받은 것도 드문 일이라 하겠다.

병풍에 빈 곳이 있어 내게 글을 쓰라고 하기에 그림을 살펴보니, 봉우리는 험준하고 골짜기는 깊으며, 나무는 늙고 바위는 푸르며, 폭포는 웅장하고 시내는 세차게 흘렀다. 안개와 비, 눈과 달은 계절에 따라 변하고, 구름다리와 난간은 높다랗고, 그 사이로 노새를 타고 오가는 사람이 보이며, 그 뒤로 술병을 들고 따라가는 사람이 있다. 어떤 이는 배에 기대어 피리를 불고, 어떤 이는 개울에서 발을 씻는다. 이 그림을 보면 마음이 편안해져 저도 모르게 내가 그림 속에서 아무렇게나 두건을 쓰고 소매를 늘어뜨리고 있는 듯한 생각이 드니, 공이 이 그림을 사랑한 이유를 알 수 있다. 산수를 진심으로 깊이 사랑했으므로, 아양곡(峨洋曲)을 좋아했던 사람과 비교하면 의지한 것은 달라도 뜻은 같았다.

아, 예(羿)와 방몽(逄蒙)은 천하에서 가장 활을 잘 쏘는 사람이다. 그런데 직접 활을 만들지 않고 공수(工倕)가 만든 활을 사용했으니, 공수가 활을 잘 만들었기 때문이다. 왕량(王良)과 조보(造父)는 천하에서 가장 수레를 잘 모는 사람이다. 그런데 자기가 수레를 만들지 않고 혜중(奚仲)이 만든 수레를 사용했으니, 혜중이 수레를 잘 만들었기 때문이다.

지금 공은 이조 판서로 대학사를 겸임했으니, 사람을 저울질하는 역할을 하면서 문장가의 으뜸을 차지하고 있다. 산수를 사랑하고 그림을 고른 마음을 넓힌다면 그 성대한 업적은 내가 헤아릴 수 없을 정도일 것이다. 또 내가 듣기로 공자는 "어진 이는 산을 좋아하고 지혜로운 이는 물을 좋아한다."라고 하였는데, 한 씨(韓氏)가 이 말을 인용하여 "어질게 지내고 지혜롭게 꾀하라."라고 하였다. 나는 참람한 줄도 잊고 공을 위해 다시 이렇게 말씀드리니, 단지 지금 세상에 공의 도가 널리 시행되는 것을 경축하는 마음에서이다. 마침내 이 글을 써서 돌려 드린다.

해설

이항복(李恒福, 1556~1618년)이 화공 이흥효(李興孝, 1537~1593년)를 시켜 그린 산수화 병풍에 대한 기록이다. 이흥효는 명종 임금의 초상화를 그린 실력 있는 화가였다. 그의 작품은 지금도 전하고 있다. 이 글은 이흥효가 세상을 떠나고 이항복이 이조 판서로 대제학을 겸하던 1595년 경에 지은 것으로 보인다.

거문고와 그림을 좋아하는 이유는 그 속에 담긴 산수의 흥취를 좋아하기 때문이다. 거문고와 그림으로 산수의 흥취를 전달하는 것은 뛰어난 예인(藝人)만이 가능하다. 아울러 뛰어난 감식안을 지닌 자만이 예인이 전달하고자 하는 뜻을 포착할 수 있다. 옛날 백아와 종자기가 그러하였으며, 지금은 이항복과 이흥효가 그러하다. 이항복은 이조 판서 겸 대제학으로 사람의 재능을 저울질하여 관직에 임명하는 사람이다. 이흥효의 미천한 신분을 꺼리지 않고 그의 그림을 소중히 여긴 것처럼, 공정한 전형으로 큰 업적을 이루기를 기원하는 내용이다.

이 글은 최립의 대표작으로 후세 기림을 받았다. 최립을 우리나라 문장 삼대가로 높이 평가한 안석경(安錫儆)은 이 글의 작법을 자세히 분석한 기록을 남겼다. 이에 비해 김창흡(金昌翕)은 이 글을 읽고 "예와 방몽 이하의 내용은 화사첨족(畵蛇添足)"이라고 비판했다.

성숙을 바라는 이에게

書金秀才靜厚
願學錄後序

아는 것이 적은 사람이 많은 사람에게 물어보고, 속이 텅 빈 사람이 꽉 찬 사람에게 물어보는 이유는 도움을 구하기 위해서이다. 지금 그대는 갈수록 아는 것이 늘어나고 나는 갈수록 줄어들며, 그대는 갈수록 속이 차고 나는 갈수록 비어 간다. 그런데 내게 무슨 도움받을 것이 있다고 자주 와서 물어보는가?

혹시 미성숙하고 성숙한 차이가 있다고 여겨서인가? 나는 남보다 재주가 뛰어나서 성숙한 사람이 아니다. 단지 나이를 많이 먹어 성숙해진 것뿐이다. 성숙하면 반드시 쇠퇴가 따르는 법이니, 나는 지금 쇠퇴를 슬퍼하는 중이다. 그렇지만 실제로 나는 아직 완전히 성숙하지 않아 생소한 점이 있다. 일흔이 되기 전까지는 모두 진보하는 시기이니, 나는 이것으로 위안을 삼는다.

그대는 재주가 남보다 못하지 않지만 미성숙하다. 비유하자면 색칠을 하기 전에 흰 칠을 하고, 단맛이 모든 맛의 바탕이 되는 것과 같다. 앞으로 무엇이든 할 수 있으니, 미성숙하다는 것은 걱정할 점이 아니라 기뻐할 점이다. 나는 이것으로 위안을 삼는 한편, 그대가 끝없이 기뻐하리라는 것을 충분히 알겠다.

하지만 그대에게는 두 가지 걱정이 있다. 하나는 쉽게 성숙하려는 것이고, 다른 하나는 끝내 성숙하지 못하는 것이다. 쉽게 성숙하려는 자는 높은 곳으로 가려 하지 않고 낮은 곳을 향하며, 굳이 먼 곳을 향하지 않고 가까운 곳으로 가기를 기약한다. 이렇게 해서 작은 성취를 이룬다 한들 볼만한 점이 있겠는가. 끝내 성숙하지 못하는 자는 넓게 공부하느라 끊을 줄 모르며, 하나만 깊이 파느라 나올 줄 모르니, 어려서부터 공부해도 백발이 되도록 어지러워 남들과 다를 것이 없다. 그 문제점을 말하자면 넓게 공부하는 것이 문제가 아니라 끊을 줄 모르는 것이 문제이고, 하나만 깊이 파는 것이 문제가 아니라 나올 줄 모르는 것이 문제이다. 이 점 또한 살피지 않으면 안 된다.

지금 그대가 내게 건네준 『원학록(願學錄)』을 보니, 쉽게 성숙하려는 자와는 수준이 다르고, 끝내 성숙하지 못하는 자와 비교해도 차이가 크다. 내게 물어서 얻을 것이 뭐가 있겠는가. 돌아가서 책에서 찾아보면 스승이 많이 있을 것이다.

해설

김정후(金靜厚, 1576~1640년)의 『원학록』을 읽고 소감을 쓴 글이다. 김정후는 본관이 예안(禮安), 자가 사외(士畏), 호가 파옥진인(破屋陳人)으로 개성 출신이다. 우계 성혼의 문인으로 1605년 문과에 급제하여 보령 현감, 예안 현감, 옹진 군수 등을 역임했다. 그러나 강직한 성격으로 권세가와 번번이 마찰을 빚었고, 이로 인해 결국 벼슬을 그만두었다. 그는 동리산인(東籬散人)으로 자호하며 다시는 세상에 나가지 않겠다는 뜻을 분명히 보였다.

이 글은 김정후가 과거에 급제하기 전 최립을 만났을 때 받은 것으로 보인다. 최립은 김정후와 마찬가지로 개성 사람이었다. 개성 사람은 조선 시대에 상당한 차별을 받았는데, 김정후의 벼슬길이 순탄치 않았던 것도 이와 관련 있어 보인다. 김정후가 최고의 문장가였던 최립에게 인정받은 사실은 당대 문인들의 기록에서 확인할 수 있다. 최립은 김정후의 문장을 두고 "경지를 헤아릴 수 없다.(地步不可量.)"라고 극찬했다.

최립은 전도유망한 후배에게 두 가지를 주의하라고 당부한다. 첫째는 쉽게 성숙하려는 것이고, 둘째는 끝내 성숙하지 못하는 것이다. 쉽게 성숙하려는 욕심을 버리고 크고 원대한 목표를 세워야 하며, 넓고 깊이 공부하되 적절한 선에서 매듭지을 줄 알아야 성숙할 수 있다. 이 두 가지만 주의한다면 자기는 더 이상 가르칠 것이 없다고 하였다.

김정후는 청음(淸陰) 김상헌(金尙憲)을 비롯한 명사들과도 교분이 있었다. 김상헌의 후손 김원행(金元行)이 그의 문집 『파옥유고(破屋遺稿)』를 읽고 지은 시가 있으나 문집은 전하지 않는다.

한배에 탄 적

送林佐郎
舟師統制使從事官序

오기(吳起)는 "한배에 탄 사람도 모두 적이 될 수 있다."라고 하였으니, 오늘날 수군(水軍)의 대장이 경계로 삼을 만하겠는가? 그렇지는 않지만, 또한 사실에 가깝다.

오기는 위(魏)나라 무후(武侯)에게 "군주가 덕을 잃으면 사람들이 따르지 않을 것이니, 한배에 탄 사람도 모두 적이나 마찬가지입니다. 하물며 그 밖의 사람은 어떻겠습니까."라고 말한 것뿐이다. 지금의 수군은 천명, 만 명을 뽑아 싣고 바다를 항해하기도 하고 정박하기도 하면서, 헤아릴 수 없는 바다 위에서 강한 적을 맞닥뜨려야 하니, 죽을 곳에 두는 것보다 심하다고 하겠다. 설령 도망갈 생각이 있더라도 방법이 없다. 그러니 수군을 맡은 자는 다독거려야 할 뿐, 어찌 적이라고 여길 수 있겠는가. 나는 그러므로 '그렇지 않다'고 말한 것이다.

그러나 사람 수가 배와 맞지 않고, 배의 성능이 사람과 맞지 않는데 군비를 전용하여 자기를 살찌우고 아랫사람을 굶주리게 한다면, 사람들은 적을 만났을 때 반드시 죽을 것이라 생각하고, 싸워야 살 수 있다고 생각하지 않을 것이다. 비록 적에게 투항할 겨를이 없더라도 그들은 차라리 대장과 함께 죽어 버렸으면 할 것이니, 그렇다면 적이라고 해도 될 것이다. 더구나 땅 위의 장정을 바다에 몰아넣은 판국에 적과 잘 싸우려

해도 할 수 없다. 배 안의 장정을 구속하여 곤욕을 치르게 하였으니, 적을 잘 습격하려 해도 할 수 없다. 이와 같다면 단지 적에게 도움을 줄 뿐이다. 나는 그러므로 '사실에 가깝다'고 말한 것이다.

지금 내 말을 이해하고 주의한다면 필시 이 방법을 바꾸어 반드시 적을 막고 근심을 없앨 수 있을 것이다. 그렇다면 큰 파도를 넘나드는 것이 걱정이지 어찌 같은 배에 적이 있겠는가. 조정에서 통제사 이 공을 새로 수군 대장으로 임명했는데, 여기저기에서 모두 남쪽 변방 걱정을 덜어 줄 것이라고 한다. 내 친구 원외(員外) 임엽(林㒤)은 뛰어난 재주를 인정받아 먼저 종사관으로 충원되었다. 곧 떠날 것이라고 하기에 이 글을 써 주니, 가져가서 대장에게 바치기 바란다.(이 공의 이름은 경준(慶濬)이다.)

해설

전국 시대 위나라 무후가 배를 타고 강을 따라 내려오면서 주위의 경치를 둘러보고 말했다.

"아름답구나. 험준한 산하야말로 우리 위나라의 보물이다."

그러자 장군 오기가 말했다.

"나라를 지키는 것은 군주의 덕에 달린 것이지 험준한 산하에 달린 것이 아닙니다. 만약 임금께서 덕을 닦지 않으신다면 한배에 탄 사람이 모두 적국 사람이나 다름없을 것입니다."

『사기』「오기열전(吳起列傳)」에 나오는 이야기이다.

1601년, 임엽은 통제사 이경의 종사관으로 부임하게 되었다. 통제사는 수군을 통솔하는 장수이며, 종사관은 그를 보좌하는 자리이다. 최립은 임업에게 오기의 말을 들려주며 이렇게 말한다. 한배를 타는 부하 장병들을 적으로 여겨서는 안 된다. 그들을 학대하면 오기의 말처럼 한배에 탄 사람이 모두 적이나 같을 것이다. 수군은 그렇지 않아도 고되기로 유명하니, 부하에게 덕을 베풀어 신망을 얻어야 적을 막는 임무를 제대로 수행할 수 있다는 조언이다.

고산의 아홉 구비 　　　高山九曲潭記

나는 율곡 공과 약관 시절의 벗이다. 공은 세상의 큰 선비가 되어 조정의 높은 자리에 등용되었으나 불행히 재주를 다 펴지 못하고 세상을 떠난 지 지금 이십오 년이다. 반면 나는 쓸모없는 사람으로 늙어서도 죽지 않고 있는데, 마침 평양에서 공의 아들 경림(景臨)을 만났다. 지난 일을 돌아보니 이야기는 끝이 없고 눈물이 계속 흘렀다. 경림은 내게 공이 예전에 살던 해주(海州) 고산구곡담(高山九曲潭)의 기문을 부탁했다. 나는 공이 그곳에 터를 잡았을 때 이웃 고을의 수령을 맡아 자주 그곳을 다녀왔다. 그래서 이른바 구곡담이라는 곳이 항상 꿈에 나타났다. 여기에 경림이 열거한 순서에 따라 다시 서술한다.

제일 곡은 관암(冠巖)이다. 성을 나와 골짜기로 사십오 리 떨어진 곳에 있는데, 바다와 이십 리 거리이다. 산꼭대기에 관처럼 생긴 바위가 우뚝 서 있으므로 이렇게 이름 붙인 것이다. 아마도 관은 예(禮)의 시작이라는 뜻에서 취했을 것이다. 여기에서부터 구불구불한 산세가 개울과 함께 이어지다가 뚝 끊긴 곳 아래에 맑은 못이 있다. 은자가 살기에 충분한 곳이니, 산촌의 집 몇 채가 비로소 나타난다.

제이 곡은 화암(花巖)이다. 관암에서 오 리쯤 떨어져 있다. 바위틈마다 진달래 같은 꽃이 무더기로 피어 있으므로 이렇게 이름 붙인 것이다. 후면에는 십여 가구 되는 산촌이 있다.

제삼 곡은 취병(翠屏)이다. 화암에서 삼사 리쯤 떨어져 있다. 바위가 갈수록 기이해지며 병풍처럼 푸르게 둘러싸고 있으므로 이렇게 이름 붙인 것이다. 취병 앞에 작은 들판이 있어 골짜기에 사는 사람들이 농사를 짓는다. 들판 한가운데에 일산(日傘) 모양의 반송(盤松)이 있는데 그 아래에는 수백 명이 앉을 수 있다. 취병 북쪽에 선비 안 씨가 살고 있다.

제사 곡은 송애(松崖)이다. 취병에서 삼사 리쯤 떨어져 있다. 천 길이나 되는 석벽이 있고 그 위에 솔숲이 햇빛을 가리고 있으므로 이렇게 이름 지은 것이다. 못 가운데에 배 모양으로 반쯤 드러난 바위가 있는데, 선암(船巖)이라고 한다. 여덟 명이 위에 앉을 수 있다. 선비 박 씨가 건너편에 살고 있는데, 공을 따라 골짜기에 들어온 사람이다.

제오 곡은 은병(隱屏)이다. 송애에서 이삼 리쯤 떨어져 있다. 높고 둥근 바위 봉우리가 유난히 아름답다. 못 주위의 바닥은 모두 섬돌 같은 바위로 물을 담고 있다. 병풍이라는 뜻이 석벽에 비해 숨겨져 있는 데다 또 제 몸에서 가까운 것에서 형상을 취한다 하였으니 이로써 물러나 쉬겠다는 뜻을 담았다. 공은 처음 석담에 집을 지어 대충 쉴 곳으로 삼았는데, 따르며 배우는 사람이 늘어나자 함께 의논하여 살 곳을 마련했다. 규모를 더욱 키워 선현을 존숭하고 후학에게 혜택 주는 일 어느 하나도 소홀히 하지 않았다. 그리하여 은병 정사(隱屏精舍)가 생겼고, 정사의 부속 건물도 차례로 완성했다. 각기 짧은 기문을 지어야겠지만 잠시 만난 터라 겨를이 없다.

조계(釣溪)라는 곳은 은병에서 삼사 리 떨어져 있다. 침계(枕溪)의 바위에 낚시터로 삼을 곳이 원래 많아 이렇게 이름 지은 것으로, 제육 곡에 해당한다. 풍암(楓巖)이라는 곳은 조계에서 이삼 리쯤 떨어져 있다. 바위가 모두 단풍나무로 덮여 서리가 내린 뒤에는 노을처럼 빛나서 이렇게 이름 지은 것으로, 제칠 곡에 해당한다. 아래에 몇 가구가 사는 마을이 있는데, 뽕나무와 사립문이 보여 은연중 한 폭의 그림 같다. 금탄(琴灘)이라는 곳은 시원한 여울 소리가 거문고 소리를 떠올리게 하여 이렇게 이름 지은 것으로, 제팔 곡에 해당한다. 문산(文山)이라는 곳은 옛 이름을 따른 것뿐이다. 이것이 제구 곡으로 끝이다.

공이 살아서는 이 땅을 신령하게 만들었으니, 도가 이곳에 있지 않았겠는가. 공이 죽어서는 하늘이 함께 사라지지 않게 했으니, 도가 이곳에 있지 않겠는가. 그리고 구는 용(龍)의 덕을 나타내는 수이다. 나는 젊어서부터 공을 알고 지냈는데, 공의 아명 현룡(見龍)이 구이(九二)에 조응한다. 그리고 작은 산의 옛 이름도 우연히 도에 부합한다. 이런데도 조물주가 그 사이에 개입한 적이 없다고 한다면 믿지 못하겠다.

주자가 살았던 민중(閩中)의 무이산(武夷山)에는 구곡의 골짜기가 있었고, 공이 살았던 해주의 고산에는 구곡의 바위가 있다. 서로 만 리 떨어진 동쪽과 남쪽에 우리 도의 한 줄기 맥이 관통하여 그런 것이 아니겠는가. 임진년(1592년) 전란이 일어난 뒤 공의 집안은 실로 참혹한 화를 입었고, 이곳의 산수도 화를 면하지 못했다. 이것은 나라의 운수에 관계된 일이니 어찌하겠는가.

나는 공을 잘 알고 있으니, 소문만 듣고서 감동했던 옛날 사람과는 다르다. 그렇지만 죽은 사람이 다시 살아나 구곡의 맑은 물가에서 함께 술 마시고 시를 읊을 수는 없다. 그렇지만 함께 공부했던 문자로 공을 위해 이 글을 지었으니, 구곡의 옛터에서 공의 영혼을 불러올 수 있을 것이다. 그렇지만 먼 곳에 있기에 이 글을 경림에게 주어 현판에 걸어 두게 할 수 없다. 서글프구나.

해설

이이가 은거한 해주 고산구곡에 대한 기록이다. 구곡의 시초는 주희의 무이구곡(武夷九曲)이다. 주희는 복건성 무이산에 무이 정사(武夷精舍)를 짓고 은거했다. 인근의 승경 아홉 곳을 골라 구곡이라 이름하고 「무이도가(武夷櫂歌)」를 비롯한 많은 시를 남겼다. 무이구곡이 널리 알려지면서 조선 문인들도 이를 본떠 자기가 사는 곳 일대를 구곡이라 칭했다. 이황의 도산구곡(陶山九曲)과 이이의 고산구곡은 조선 시대 구곡의 전범이 되었다.

이이는 1578년(선조 11년) 43세 되던 해 해주 석담에 은병 정사(隱屏精舍)를 짓고 인근의 승경 아홉 곳을 구곡으로 지정했다. 이곳을 읊은 시조 「고산구곡가」 10수가 유명하다. 최립은 이이가 세상을 떠난 뒤, 그의 맏아들 이경림의 부탁을 받고 이 글을 지었다. 고산구곡은 기호 학파에 의해 구곡 경영의 전범으로 자리 잡아 송시열의 화양구곡, 권상하의 황강구곡으로 이어졌다.

유성룡

柳成龍

1542~1607년

본관은 풍산(豊山), 자는 이현(而見), 호는 서애(西厓)이다. 경북 의성 출신으로 이황의 문인이다. 1564년(명종 19년) 생원시와 진사시에 합격하고 1566년 문과에 급제했다. 승문원 정자, 예문관 검열 등 요직을 거쳐 1569년 서장관으로 중국에 다녀왔다. 이후 승진을 거듭하여 대제학을 역임하고 좌의정에 올랐다. 종계변무의 공로로 풍원 부원군(豊原府院君)에 봉해졌다. 임진 왜란이 일어나자 도체찰사로 군무를 총괄하고 영의정을 지냈다. 1598년 명나라 정응태(丁應泰)가 조선이 일본과 함께 명나라를 침략하려 한다고 무고하자 진주사에 임명되었는데, 서둘러 출발하지 않았다는 이유로 파직되어 하회(河回)로 돌아가 더 이상 관직에 나가지 않고 은거했다. 시호는 문충(文忠)이다. 문집 『서애집(西厓集)』과 임진왜란의 전말을 기록한 『징비록(懲毖錄)』이 전한다.

옥처럼 깨끗하고
못처럼 맑게

玉淵書堂記

나는 원지 정사(遠志精舍)를 지었으나 아쉽게도 마을이 가까워서 은거하기에는 미흡했다. 그리하여 북쪽 못 건너 벼랑 동쪽에서 다른 곳을 찾았다. 앞에는 호수가 보이며 뒤로는 높은 언덕을 등지고, 오른쪽에는 붉은 절벽이 솟고 왼쪽은 백사장에 둘러싸였다. 남쪽을 바라보면 봉우리들이 그림처럼 들쭉날쭉 펼쳐져 있다. 안개 덮인 숲 사이로 어부의 집 몇 채가 보인다.

화산(花山)이 북쪽에서 남쪽으로 뻗어 강 너머에 마주 보이고, 동쪽 봉우리에서 달이 뜰 때마다 그림자를 거꾸로 드리우는데 반쯤은 호수에 잠겨 있다. 잔잔한 물결도 일지 않는 가운데 금빛과 옥빛이 넘실거려 구경할 만하다. 인가와 그다지 멀지 않지만 앞에 깊은 못이 있으니, 이곳에 오려는 사람은 배를 타지 않으면 올 수 없다. 배를 북쪽 기슭에 대면 나그네가 백사장으로 와서 앉는다. 그러나 불러도 대답하지 않으면 한참 뒤에 떠난다. 이 또한 세상을 피해 조용히 사는 데 도움이 된다.

그제야 나는 마음속으로 좋아하여 작은 집을 지어 조용히 살면서 여생을 보낼 곳으로 삼고자 하였다. 하지만 집이 가난하여 방법이 없었다. 그런데 탄홍(誕弘)이라는 승려가 나서서 이 일을 하겠다고 하기에 곡식과 옷감을 대 주었다. 병자년(1576)부터 십 년이 지나 병술년(1586)에야 대충 완성되어 살 수 있게 되었다.

마루의 규모는 두 칸이며 감록당(瞰綠堂)이라고 하였다. 왕희지(王羲之)의 "푸른 하늘 끝을 우러러보고, 푸른 물결 구석을 굽어본다(仰眺碧天際, 俯瞰綠水隈)"라는 시에서 뽑은 말이다. 감록당 동쪽에는 편히 지낼 수 있는 방 두 칸을 짓고 세심재(洗心齋)라고 하였다. 『주역』 「계사전(繫辭傳)」에서 뽑은 말이다. 행여 이곳에서 지내다 보면 만에 하나 그렇게 될 것이라고 기대한다. 또 북쪽에 세 칸의 방이 있어 집을 지키는 승려가 사는데, 불교의 말을 따와 완적재(玩寂齋)라고 하였다. 동쪽에 방 두 칸을 지어 찾아오는 벗의 숙소로 삼으니, 이름은 원락재(遠樂齋)이다. "멀리서 벗이 찾아오면 즐겁지 않은가."라는 말에서 뽑은 것이다. 원락재 서쪽으로 가면 작은 방 두 칸이 세심재와 나란히 있는데, 이름은 애오재(愛吾齋)이다. 도연명의 "나는 나의 집을 사랑한다(吾亦愛吾廬)"라는 말에서 뽑아 왔다. 이 모든 것을 합하여 옥연 서당(玉淵書堂)이라는 편액을 달았다. 강물이 여기에 오면 고여서 깊은 못을 이루는데, 그 모습이 옥처럼 맑고 깨끗하므로 이렇게 이름 지었다. 사람들이 그 뜻을 본받는다면 옥처럼 깨끗해지고 못처럼 맑아질 것이니, 이는 모두 군자가 귀하게 여기는 도(道)이다.

내가 옛사람이 한 말을 보니 "인생은 마음대로 사는 것이 중요하니 부귀가 무슨 소용이랴."라고 하였다. 나는 비루하고 졸렬하여 평소 세상에 나가기를 바라지 않았다. 비유하자면 사슴의 본성이 산과 들판에 알맞고 저잣거리에 사는 것은 맞지 않는 것과 같다.

그러다가 중년에 함부로 벼슬길에 나가 명예와 이익을 다투며 이십여 년 동안 골몰했다. 발을 들고 손을 움직일 때마다 부딪혀 놀랐다. 그때는 몹시 근심스럽고 무료하면 무성한 풀숲에 사는 즐거움을 서글피 생각했다. 지금 다행히 성은을 입어 벼슬을 그만두고 남쪽으로 돌아왔다. 벼슬의 영광은 귀를 스치는 새소리와 같으니, 언덕 하나, 골짜기 하나가 몹시 즐겁다.

이때 내 집이 마침 완성되었기에 앞으로 두문불출하며 깊이 숨어 지내고자 한다. 방 안에서 이리저리 왔다 갔다 하고, 산과 계곡 사이를 방랑할 것이다. 책이 있으니 공부하는 즐거움을 누리기에 충분하고, 거친 밥이 있으니 좋은 음식을 잊기에 충분하다. 좋은 날 아름다운 경치 속에 친한 친구들이 우연히 모이면 함께 개울 끝까지 걸어가고 바위에 앉아 푸른 하늘을 우러러보며 노래 부르고 물고기, 새와 함께 놀면 저절로 즐거워 근심을 잊을 수 있을 것이다. 아, 이 또한 내 마음대로 사는 인생이니, 달리 무엇을 바라겠는가. 이 말을 굳게 지키지 못할까 두려워 벽에 써서 경계로 삼는다.

병술년(1586년, 선조 19년) 유월, 주인 서애거사(西厓居士)가 쓰다.

해설

1586년 고향 안동으로 내려간 유성룡은 새로운 집터를 찾아 헤맸다. 이미 10년 전 고향 하회마을 북쪽에 다섯 칸짜리 원지 정사를 지었지만 마을과 너무 가까워 마음에 들지 않았다. 유성룡은 그곳에서 더 북쪽으로 떨어진 곳에 새로 집터를 잡았다. 호수와 산으로 둘러싸여 조용한 곳이었다. 탄홍이라는 승려에게 비용을 대주고 그곳에 집을 짓게 했다.

푸른 호수가 내려다보이는 마루는 감록당이라 이름 짓고, 동쪽 방은 마음을 깨끗이 씻는다는 뜻에서 세심재라 이름 지었다. 집을 지키는 승려가 지내는 북쪽 방은 불교의 용어를 빌려 완적재라 했으며, 손님을 위한 방은 『논어』의 뜻을 취해 원락재라 이름했다. 또 다른 방에는 이 집을 사랑한다는 뜻에서 애오재라고 이름을 붙였다. 이 모두를 합하여 옥연 서당이라 하였다. 옥처럼 맑은 못이 있는 집이라는 뜻이다.

20여 년간의 벼슬살이에 지친 유성룡은 이곳을 떠나지 않겠다고 다짐했다. 그러나 세상일은 그의 뜻대로 되지 않았다. 유성룡은 2년 남짓 이곳에서 지내다가 조정으로 돌아갔다. 그리고 곧이어 임진왜란이 일어났다. 그는 전란이 끝나서야 다시 돌아올 수 있었다. 지금은 하회 마을 건너편에 옥연 정사라는 이름으로 이 집이 남아 있어 그의 호젓한 마음을 느낄 수 있다.

죽어도 죽지 않는 사람

圃隱集跋

무너지려는 큰 집을 나무 하나로 지탱하고, 쏟아지는 바닷물을 갈대 하나로 막는 것은 불가능하다. 하지만 그런 줄 알면서도 하는 이유는 본분이 정해져 있기 때문이다. 옛사람이 말하기를 "천지가 낳은 사람은 저마다 부족한 이치가 없는데, 천하의 군신과 부자를 생각하면 본분을 다하지 않는 경우가 많다."라고 하였다.

이른바 본분이라는 것은 무엇인가? 하늘이 만물에게 명령하고 만물이 법칙으로 삼는 것이다. 그렇다면 나무가 큰 집을 지탱하는 것도 본분이고, 갈대가 바닷물을 막는 것도 본분이다. 신하가 군주에게 충성하고 아들이 어버이에게 효도하며 정성을 다하고 절개를 지키다가 죽음에 이르는 것 또한 본분이다. 학문이란 이를 배우는 것뿐이요, 지혜란 이를 아는 것뿐이며, 실천이란 이를 하는 것뿐이다. 이를 다하는 자는 성인이고 힘쓰는 자가 현인이다. 이렇게 하면서 살고 이렇게 하다가 죽으며, 득실과 화복은 만나는 대로 따라야 내 마음이 편안하다. 불행한 시대에 태어났다거나 형세상 하기가 어렵다는 점을 군자는 문제 삼지 않는다.

포은(圃隱) 정 선생(정몽주)이 의리의 학문으로 선비들의 앞에 서자 당시 사람들이 모두 우러러보았다. 지금 그분이 남긴 말씀은 찾을 길 없으나 그분이 이룩한 큰 성취를 보면, 역시 타고난 본분을 다하려 했을 뿐 그 밖의 것은 바라지 않았다. 그러지 않았다면 어떻게 밝게 보고 굳게 지키며 용감하게 결단하고 과감하게 행동했겠는가.

아, 선생은 집에서는 효자였고 조정에서는 충신이었다. 고려의 운수가 다하는 때가 되자 천명은 떠나고 민심은 이반했다. 성인(태조 이성계)이 나타나자 만백성이 우러러보았으니, 당시 지혜롭고 능력 있는 선비는 너도나도 바람 같은 기세를 타고서 성인의 후광에 의지하여 작은 공이나마 세우고자 했다. 누가 왕씨의 사직을 염두에 두려 했겠는가. 그런데 선생만은 풍파가 몰아치는 가운데 홀로 우뚝이 서서 나라가 위태롭던 날 굳게 절개를 지켰다. 의리가 낯빛에 드러났으며 나라가 어렵다고 마음을 바꾸지 않았다. 힘닿는 대로 다하다가 이루지 못하자 몸을 바치고도 원망하거나 후회하지 않았으니, 이른바 불가능한 줄 알면서도 하는 사람이 아니겠는가.

그러나 선생이 한 번 죽음으로써 하늘이 내린 본성이 제자리를 찾고 사람의 표준이 세워졌으며 백성의 인륜과 사물의 법도가 무너지지 않았다. 이는 원래 마음으로 편안히 여기고 본분으로 정해진 것이었으니, 선생이 무엇을 슬퍼했겠는가.

어떤 이는 선생이 난세를 살면서 일찌감치 물러나지 못했다고 의심한다. 그러나 맹자는 "사직을 안정시키려는 선비는 사직이 안정되는 것을 기뻐한다."라고 하였으니 선생이 여기에 해당한다. 이와 같았기 때문에 일반적인 진퇴와 출처에 연연하지 않고, 혼란한 세상에 목숨을 바치고 운명에 따라 힘을 다했다. 나라가 있을 때는 함께 살고, 나라가 망하자 함께 죽었으니, 그 충성이 훌륭하다. 앞으로는 고려 오백 년의 무거운 강상(綱常)을 짊어지고, 뒤로는 조선의 억만년 절의의 가르침을 열었으니, 선생의 공이 크다.

선생은 고려 말에 재상이 되어 나라를 다스리는 사업을 다 펼치지 못했다. 그러나 큰 줄기는 모두 대략 실천했다. 아, "명재상과 열사(烈士)가 합하여 한 사람이 된 경우는 삼천 년 만에 보았다."라는 말은 왕염오(王炎午)가 문천상(文天祥)을 칭찬한 말이다. 선생을 이렇게 말하더라도 부끄러울 것이 없다.

선생이 돌아가신 뒤 그 도는 더욱 세상에 드러났으니, 백성에게 혜택을 베풀고 새로운 교화에 도움이 된 것이 한두 가지가 아니다. 태종 대왕은 선생에게 관직과 시호를 내리고, 세종은 충신 편에 넣도록 명했으며, 중종은 또 서울과 지방의 문묘(文廟)에 제향하도록 명했다. 그 뒤 선생이 살던 곳에 서원을 세우고 사액(賜額)했는데, 예로부터 군주가 지난 왕조를 위해 죽음으로 절개를 지킨 신하를 기록으로 남기고 표창한 일을 우리나라 여러 임금처럼 부지런히 한 경우는 없었으니, 모두 성대한 덕으로 한 일이다. 그리고 선생이 남긴 풍도와 절개가 사람들의 마음을 감동시켜 세월이 흐를수록 잊히지 않는다는 사실을 알 수 있다.

만력 갑신년(1584년) 가을, 주상 전하께서 교서관에 선생의 문집을 간행하라고 명하셨다. 먼저 내게 틀린 것을 교정하고 그 뒤에 발문을 쓰라 이르셨다. 나는 명을 받고 두려워하며 삼가 여러 판본을 가져다 자세히 살펴보았다. 옛 판본에는 원래 시문 삼백세 편이 있었는데 선생의 아들 정종성(鄭宗誠)이 편찬한 것이다. 근래 개성에서 간행된 판본에는 「이공봉(李供奉)의 시에 차운하다」 두 수, 「경상도 안렴사로 가는 송 정랑을 전송하며」 한 수가 추가로 실려 있다. 예전에 교서관에서 간행한 판본에는 또 「김해산성의 기문」과 「김득배 제문」, 「원나라 사신을 맞이하지 말라고 청하는 상소」가 실려 있다.

지금 내가 또 「이태상(李太常)의 시에 차운하여 이둔촌(李遁村), 이집(李

集))의 아들 이지직(李之直)의 과거 급제를 축하하다」 절구 세 수와 「원주 목사 하윤원(河允源)의 시권에서 운을 나누어 시를 짓다」 한 수, 「원등 국사(圓燈國師) 어록의 발문」 한 편을 찾았다. 둔촌에게 보낸 네 편의 편지는 빠진 부분이 있어 온전하지 않으나, 이 역시 선생에게서 나온 것이 틀림없다. 그러므로 함께 뽑았으니, 모두 시가 삼백여덟 편, 찬(讚)·명(銘)·문(文)·사(辭)가 열세 편이다.

예전 교서관 판본은 오언시와 칠언시를 나누어 편집했지만, 정종성이 "먼저 지었는지 나중에 지었는지에 따라 차례를 정했으니 후세 사람이 갑자기 원본을 고쳐서는 안 된다."라고 하였으므로, 지금 모두 옛 판본을 기준으로 삼되 시문이 뒤섞여 혼란하니 화상찬(畵像讚) 이하 여덟 편을 잡저(雜著)로 삼아 구별했다. 새로 찾았으나 세 종의 판본에 실리지 않은 것은 따로 습유(拾遺)로 만들어 뒤에 붙였다. 세 종의 판본에는 목록이 없어 편서의 체재를 잃었으므로 지금 목록을 만들어 첫머리에 두었다.

예전 교서관 판본에는 부록 한 권이 있었으나 잡다하므로 지금 전기(傳記)와 행장(行狀) 및 여러 사람이 선생에게 보낸 시와 후세 사람이 지은 제문을 각기 종류별로 엮었다. 그 밖에 기록이 중복되고 그다지 의미가 없거나 전해 들은 이야기로 진위를 판단하기 어려운 것도 삭제했다. 마침내 선생의 평생과 큰 뜻이 비로소 조금 명백해져 볼만해졌다.

아, 세상 사람들은 선생을 우리나라 성리학의 시조라고 한다. 그런데 남은 글이 흩어져 옳고 그름을 분간할 수 없으니, 후학이 개탄하고 사림이 부끄러워할 일이 아니겠는가. 전하의 이번 조처는 참으로 옛 선비를 존숭하고 절의를 장려하며 민심을 격려하려는 아름다운 뜻에서 나온 것이다. 다만 나는 견문이 좁아 성상의 뜻을 만에 하나도 받들 수 없다.

그러나 『시경』에 이르기를 "높은 산을 우러러보고 큰 길로 간다"라고 하였고, 또 "백성은 인륜을 타고나 훌륭한 덕을 좋아하네"라고 하였다. 백성도 똑같이 이러한 마음을 가지고 일어날 것이니, 어찌 옛날과 지금의 차이가 있겠는가. 이 문집이 전해지면 장차 충성과 효도가 우리나라에 왕성하게 일어나 각자 하늘이 부여한 본분을 다할 것이니, 국가에 끝없는 복이 될 것이 분명하다. 나는 어리석고 형편없다는 점을 생각하지 않고 기쁘게 말한다.

해설

정몽주의 문집 『포은집』은 1439년(세종 21년) 정몽주의 아들 정종성이 처음 간행하고, 1533년 현손 정세신(鄭世臣)이 황해도 신계현에서 다시 간행했다. 앞에서 '옛 판본(舊本)'이라고 한 것은 이 둘 가운데 하나로 보인다. 구본에 수록된 시문은 총 303편으로, 그리 많은 양은 아니었다. 이후 1575년 개성에서 한 차례, 교서관에서 한 차례 간행되었다. '개성에서 간행한 판본(開城本)'과 '교서관에서 간행한 판본(館本)'이 이것이다. 개성본에는 구본에 없던 시 3수가 추가되었으며, 관본은 편차를 새롭게 하고 부록을 덧붙였다.

1585년(선조 17년), 선조는 송나라 충신 문천상의 『정충록(精忠錄)』을 읽고, 이를 계기로 교서관에 『포은집』을 다시 간행하라고 명했다. 문천상은 송나라가 망한 뒤에도 원(元)나라에 절개를 굽히지 않고 순절한 인물이다. 마지막까지 고려를 섬긴 정몽주의 생애가 그와 비견될 만하다고 여겼던 것이다. 유성룡은 정몽주의 시 5수와 편지 4편을 새로 찾아 덧붙이고, 구본의 편차를 참조하여 체재를 바꾸었다. 유성룡이 편집한 『포은집』은 교서관에서 간행할 예정이었지만 무슨 이유에서인지 경북 영천(永川)의 임고 서원(臨皐書院)으로 옮겨져 간행되었다.

이처럼 『포은집』은 조선 개국 이후 약 150년 동안 다섯 차례나 간행되었다. 『포은집』의 재간행은 이후로도 계속되어 1910년까지 14차례나 간행되었다. 평균 37년에 한 번꼴이니, 한 세대에 한 차례씩 간행된 셈이다. 조선의 역대 국왕들과 사림 계층이 그의 문집을 지속적으로 간행한 이유는 나라를 위해 목숨을 바친 충신이자 조선 성리학의 시조라는 정몽주의 위상을 이용하여 체제 유지와 이념 강화라는 목적을 달성하기 위해서였다.

먼 훗날을 위한 공부 　寄諸兒

십 년 동안 너희들은 공부를 하지 못하고 우환을 겪느라 분주하여 이미 오랜 시간을 한가로이 보냈다. 이 또한 하늘의 뜻이니 어찌하겠느냐. 너희 아비도 너희처럼 젊은 시절에 과거 공부를 전혀 하지 못하고 허송세월했다. 그러다가 경신년(1560년)에 『맹자』 한 질을 가지고 관악산에 올라가 몇 달 동안 스무 번을 읽은 결과 처음부터 끝까지 겨우 암송하게 되었다. 산에서 내려와 서울로 들어갈 때, 말 위에서 다른 일은 생각나지 않고 「양 혜왕」 편에서 「진심」 편까지 모두 기억할 수 있었다. 비록 깊은 뜻은 알지 못했지만 종종 마음이 맞는 곳이 있었다.

이듬해 고향에 와 있으면서 『춘추』를 삼십여 번 읽었는데, 이때부터 글 짓는 방법을 대충 터득하여 요행히 과거에 급제했다. 그렇지만 그때 조금 더 시간을 들여 공부하여 사서(四書) 전부를 백여 번 읽지 못한 것이 지금까지도 한스럽다. 만약 그렇게 했다면 필시 오늘날처럼 녹록한 수준의 성취에 그치지 않았을 것이다. 너희들에게 매번 사서를 읽지 않으면 안 된다고 말하는 이유가 바로 이것이다.

요즘 서울 젊은이들은 마치 시장에서 물건 파는 사람과 같아서, 당장의 성과만 바라고 빨리 이룰 수 있는 방법만 찾는다. 성현의 책은 묶어서 다락에 던져 놓고 날마다 눈에 쏙 들어오는 글만 찾아 훔치고 엮어서 시험관의 눈에 들고자 하는데, 이렇게 해서 과거에 급제한 사람도 많다. 그러나 이것은 교묘하게 벼슬아치의 눈에 드는 방법이니, 너희처럼 둔하고 어리석어 명예를 다투지 못하는 사람은 쉽게 따라 할 수 없다. 모모(嫫母)가 서시(西施)를 따라 하다가 웃음거리가 되었다지만 저들은 서시가 아니고 너희는 모모가 아니다. 그런데 무엇 때문에 치욕스럽게 이런 짓을 하겠느냐. 대저 학문을 성취하고 못 하고는 내게 달린 일이고, 과거에 급제하고 못 하고는 운명에 달린 것이다. 그저 내가 할 수 있는 일을 다 하고 운명에 맡길 뿐이다.

『통감(通鑑)』은 역사가의 나침반이다. 어찌 읽지 않을 수 있겠느냐. 그 또한 잘못 생각한 것은 아니다. 다만 너희들은 이미 나이가 많고 할 일이 많다. 사서와 같은 경전도 아직 너희들 것이 되지 않았으니, 이대로 다시 몇 년이 지나면 아무것도 얻지 못하고 방 안에서 슬퍼하고 탄식하는 사람이 되고 말 것이다. 어찌 걱정스러운 일이 아니겠느냐. 그리고 경서는 문장이 어렵고 의미가 심오하니 반드시 전념해야 터득할 수 있다. 역사책은 경서에 비할 바가 아니므로 경서를 읽는 여가에 번갈아 훑어보아도 통달할 수 있다. 이렇게 한다면 일거양득이니 유념하거라.

해설

유여(柳袽), 유단(柳褍), 유진(柳袗) 삼 형제에게 보낸 편지로, 유성룡이 예순이 넘었을 무렵 젊은 시절의 공부를 되새기며 지었다.

19세 되던 1560년 10월 유성룡은 관악산의 한 사찰에 들어가 『맹자』를 읽었다. 사찰은 공부하러 온 선비들로 북적거렸다. 유성룡은 아이종

하나를 데리고 버려진 암자로 거처를 옮겨 조용히 책을 계속 읽었다. 이렇게 집중한 덕분인지 겨우 스무 번 읽었는데도 내용을 완전히 암송했다. 이듬해 고향 안동으로 돌아가 『춘추』를 서른 번 읽고 글 짓는 방법을 깨우쳐 몇 년 뒤 과거에 급제했다. 그 뒤로는 벼슬살이에 바빠 책을 손에서 놓고 말았다. 유성룡은 아쉬웠다. 그때 진득하게 사서를 백 번쯤 읽었더라면 지금의 나는 전혀 다른 사람이 되어 있을 텐데.

아들들이 자신의 과오를 반복하지 않기를 바라며 유성룡은 이 편지를 썼다. 과거 급제를 노리는 선비들은 경전을 읽지 않는다. 속성(速成)을 바라며 글짓기에만 힘쓰고 진짜 공부는 팽개친다. 하지만 인생은 길다. 공부는 먼 미래를 위해서 하는 것이다. 역사책도 좋지만 경전이 더 중요하다고 당부했다.

조 헌
趙憲

1544~1592년

본관은 배천(白川), 자는 여식(汝式), 호는 중봉(重峯)이다. 1567년 문과에 급제하여 지방의 훈도, 교수를 지냈다. 1574년 질정관으로 명나라에 다녀와 8조목의 상소를 올려 개혁을 주장했다. 이후 호조 좌랑, 예조 좌랑, 사헌부 감찰, 통진 현감을 역임했다. 1589년 정여립을 비판하는 만언소(萬言疏)를 올려 유배되고, 유배에서 풀려난 뒤로는 일본 사신을 참수하라는 상소를 올렸다. 임진왜란이 일어나자 의병을 일으켜 청주(淸州)에서 승리를 거두었으나 금산(錦山)에서 700명의 의병과 함께 순절했다. 시호는 문열(文烈)이다.

문집『중봉집(重峯集)』이 전한다. 이 밖에 명나라에 다녀와 올린 상소를 수록한『동환봉사(東還封事)』, 임진왜란을 전후하여 지은 각종 상소 및 행적을 정리한『항의신편(抗義新編)』등이 간행되었다.

혼자서 싸운다　　　　清州破賊後狀啓別紙

신이 삼가 듣기로 천하의 형세는 합하면 강하고 나누면 약합니다. 그러므로 용병을 잘하는 자는 작은 적을 보면 군사를 나누어 공격하고, 큰 적을 만나면 협공하여 이깁니다. 이것은 필연적인 이치입니다.

　전라 의병장 고경명은 이광(李洸)이 머뭇거리며 신하 노릇 하지 않는 모습에 몹시 분개하여 격문(檄文)을 돌려 그 죄를 따지고, 모병하면서 관군을 많이 모았습니다. 이를 불만으로 여긴 이광은 고경명이 금산의 왜적을 공격할 때 군사를 보태 싸움을 도우려 하지 않았습니다. 방어사 곽영(郭嶸)은 고경명이 이틀 동안 힘껏 싸우는 모습을 지켜보기만 하고 자기 군사를 보내 구해 주지 않아 고경명이 도움을 받지 못해 죽게 만들었습니다. 고경명과 신은 함께 형강(荊江, 금강)을 건너 이 왜적을 토벌하기로 다짐했습니다. 그런데 군사를 맡은 관원이 고경명을 죽인 것이나 다름없으니, 신은 삼가 통탄스럽게 여깁니다.

　신은 7월 29일 낮에 형강을 건너다가 고경명의 말이 떠올라 시를 지어 조문했습니다.

동토에 맹수 같은 백만 군사 있는데　　　　東土狔㹰百萬師
어찌하여 위난을 해결할 방법 없는가　　　　如何無術濟艱危

242

형강에서 다짐한 사람은 어디로 갔나	荊江有約人何去
노 저어 가을바람 맞으며 홀로 건넌다	擊楫秋風獨渡時

　신은 나라에 군율이 있으니 이광과 곽영의 죄는 모두 참수에 해당한다고 생각합니다. 신은 충청 순찰사 및 방어사 모두와 평소 교분이 있습니다. 그러므로 청주(淸州)의 적을 공격하던 날 편지를 보내 다짐을 받은 적이 한두 번이 아닙니다. 처음에는 이옥(李沃)이 오지 않는다는 것을 알고 몹시 화를 냈습니다. 그의 막하에 있는 비장(裨將)이 여러 가지로 회유하는 말을 했는데, 심지어 의병장이 순찰사와 방어사를 지휘한다고까지 하였습니다. 진격할 때 누차 사람을 시켜 재촉했으나 이옥의 비장은 바라보기만 하고 나아가지 않았습니다. 신이 북을 울려 진격하며 군사들을 독촉하지 않았다면 고경명처럼 죽는 결과를 면하지 못했을 것입니다.

　신은 충청도 장수와 병사의 교만하고 나태한 버릇을 익히 보았습니다. 이를 내버려 두고 꾸짖지 않는다면 십 년 동안 군사를 모으더라도 결코 나라를 회복할 리가 없습니다. 성상께서 만약 전라도와 충청도를 지켜 나라의 창고로 삼고자 하신다면, 신에게 독전 어사(督戰御史)의 이름을 빌려주시어 나태한 방어사의 비장 한 사람을 참수하고, 또 순찰사를 시켜 온 도에 있는 군사들의 힘을 합쳐 날뛰는 왜적의 기세를 꺾도록 하소서. 그렇게 하여 시일을 끌다가 전략이 누설되지 않도록 하신다면 신은 전장에서 힘을 다하겠습니다. 신은 지극히 두려운 마음을 견디지 못하겠나이다.

해설

1592년 8월 1일 조헌은 왜군이 점령하고 있던 청주성을 탈환했다. 관군이 패주한 가운데 오합지졸인 의병을 거느리고 1만 명이 넘는 왜군과 대결하여 거둔 승리였다. 조헌은 의주로 파천한 선조 임금에게 이 상소를 올려 승리를 보고했다.

조헌은 승리를 거두기는 했으나 비협조적인 관군의 태도에 몹시 분노했다. 고경명이 금산 전투에서 패배한 것도 관군이 돕지 않고 관망한 탓이라고 하였다. 조헌은 시 한 수를 지어 고경명을 애도했다. 과거 진시황(秦始皇)을 암살하려 했던 자객 형가(荊軻)는 그를 돕기로 약속한 사람이 끝내 나타나지 않아 암살에 실패했다. 고경명 역시 전라 순찰사 이광과 방어사 곽영이 돕지 않았기 때문에 패배한 것이다. 조헌은 충청 순찰사 윤선각(尹先覺)과 방어사 이옥(李沃)의 비협조적인 태도 때문에 자기도 죽을 고비를 넘겼다며 그들의 죄를 낱낱이 고발했다. 그러나 이 상소는 윤선각의 방해로 끝내 선조에게 닿지 못했다.

조헌은 청주성 전투에서 승리한 뒤 금산에 주둔한 왜군을 공격하기로 했다. 조헌은 고작 700명의 의병을 거느리고 1만 명이 넘는 왜군과 싸우다 전사했다. 함께 싸우기로 약속한 관군은 끝까지 오지 않았다. 전부 그가 염려한 대로였다. 임진왜란 초기의 실상을 잘 보여 주는 글이다.

임제 林悌

林悌

1549~1587년

본관은 나주(羅州), 자는 자순(子順), 호는 백호(白湖)이다. 1577년 문과에 급제하여 흥양 현감, 평안 도사, 예조 정랑 등을 역임했다. 백광훈, 이달, 양사언(楊士彦), 차천로 등 유명한 시인들과 시를 주고받으며 명성을 떨쳤고, 예교에 얽매이지 않는 자유분방한 삶으로 수많은 일화를 남겼다.

문집 『임백호집(林白湖集)』이 전한다. 인간의 마음을 의인화한 「수성지(愁城誌)」, 국가의 흥망성쇠를 비유한 꽃의 왕국 이야기 「화사(花史)」, 세조의 찬탈을 비난한 「원생몽유록(元生夢遊錄)」 등 한문 소설의 저자로도 알려져 있다.

꿈에서 만난 사육신　元生夢遊錄

세상에 원자허(元子虛)라는 사람이 있었으니 강개한 선비였다. 기개가 높아 세상과 맞지 않았고, 자주 과거에 낙방하여 가난을 견디기 어려웠다. 아침이면 나가서 농사짓고 저녁이면 돌아와 옛사람의 책을 읽었다. 한번은 역사책을 읽다가 역대의 나라들이 망하고 운수가 바뀌는 대목에 이르자 책을 덮고 눈물을 흘렸다. 마치 자기가 그 시대에 살면서 그 나라가 망해 가는 모습을 보면서도 붙들 힘이 없는 사람 같았다.

가을날 저녁, 달빛에 비추어 책을 읽다가 밤이 깊어지자 피곤해져 책상에 기대어 잠이 들었다. 홀연 몸이 가벼워지며 높이 떠오르는 것이 마치 신선이 된 듯했다. 어느 강변에 멈추었는데 큰 강이 구불구불 흐르고 산들이 어지러이 솟았다. 때는 한밤중으로 문득 눈을 들어 바라보니 마치 오랜 세월 쌓인 불편한 마음이 드는 것 같았다. 그리하여 길게 휘파람을 불고 낭랑히 절구 한 수를 읊었다.

한 서린 강물은 흐르지 못하고
갈대꽃과 단풍잎만 싸늘하게 흔들린다
분명 장사(長沙)의 언덕인 줄 알겠으나
달 밝은데 영혼은 어디에 있는가

배회하며 둘러보는 사이 갑자기 멀리서 다가오는 발자국 소리가 들렸다. 잠시 후 깊은 갈대숲에서 문득 잘생긴 한 남자가 나왔다. 복건을 쓰고 야인의 옷을 입었으며 풍채가 맑고 미목이 수려하여 의젓한 백이와 숙제의 풍모가 있었다. 그가 앞으로 와서 읍하고 말했다.

"자허는 어찌 이리 늦었습니까? 우리 왕께서 부르십니다."

자허는 그가 산수의 정령인가 의심했다. 그러나 용모가 빼어나고 행동이 단아하여 자기도 모르게 기이하다고 생각했다. 그리하여 어깨를 나란히 하고 백여 걸음을 가니 정자가 강가에 우뚝 서 있었다. 그 위에는 한 사람이 난간에 기대어 앉아 있는데, 의관이 왕과 한결같았다. 또 곁에서 모시고 있는 다섯 사람은 모두 세상의 호걸로 위풍당당하고 의기양양했다. 가슴속에는 말고삐를 붙잡고 바다에 빠져 죽겠다는 의리를 품었고, 배 속에는 하늘의 해 같은 임금을 떠받치려는 뜻이 있었다. 참으로 이른바 어린 임금을 맡기고 나라를 대신 다스릴 만한 인물이었다.

그들은 자허가 오는 것을 보고 모두 나와서 맞이했다. 자허는 다섯 사람과 인사를 나누지 않고 왕 앞으로 나아갔다가, 뒤로 물러나 서서 자리가 정해지기를 기다려 말석에 꿇어앉았다. 자허의 윗자리에는 복건 쓴 자가 앉고, 그 위에 다섯 사람이 차례로 앉았다. 자허는 무슨 일인지 알 수 없어 몹시 불안했다. 왕이 말했다.

"일찍 명성을 듣고 깊이 사모했습니다. 좋은 밤에 만나게 되었으니 이상하게 여기지 마십시오."

자허가 자리에서 물러나 사례했다. 자리가 정해지자 서로 고금의 흥망을 논하는데 이야기가 끊임없이 이어졌다. 복건을 쓴 사람이 탄식하며 말했다.

"요(堯), 순(舜), 우(禹), 탕(湯) 이래로 간사하게 선위(禪位)하는 자에게 핑계가 생기고 신하로서 임금을 공격하는 자에게 명분이 생겼습니다. 천 년 동안 계속되었으나 끝내 막지 못했으니, 네 분 임금이 시작한 것입니다."

말이 끝나기도 전에 왕이 정색하며 말했다.

"아, 그게 무슨 말인가. 네 분 임금과 같은 성인이 네 분 임금의 시대를 만났다면 괜찮지만, 네 분 임금과 같은 성인도 아니고 네 분 임금의 시대도 아니라면 안 된다. 네 분 임금에게 무슨 죄가 있겠는가. 핑계 대고 명분 삼는 자들이 잘못이다."

복건을 쓴 자가 손을 모으고 머리를 조아리며 사죄했다.

"마음이 불편하여 말이 지나친 줄도 몰랐습니다."

왕이 말했다.

"그만두어라. 좋은 손님이 자리에 있으니 다른 일을 한가로이 논할 것 없다. 달이 밝고 바람이 맑으니 이처럼 좋은 밤을 어찌하겠는가."

그러고는 비단 도포를 벗어 주어 강가 마을에서 술을 사 오게 했다. 술이 몇 순배 돌자 왕이 술잔을 들고 목이 멘 채 여섯 사람을 돌아보며 말했다.

"경들은 각자의 뜻을 말하여 원통함을 털어놓는 것이 어떻소?"

여섯 사람이 말했다.

"왕께서 노래를 지으시면 신들이 화답하겠습니다."

왕이 서글피 옷깃을 바로잡고는 원통함을 이기지 못하고 노래했다.

강물은 오열하며 끝없이 흐르고

내 한도 끝이 없어 강물과 같다

살아서는 임금 노릇 하더니

죽어서는 외로운 혼이 되었노라
왕망(王莽)은 가짜 임금이요
의제(義帝)는 겉으로만 높았네
고국의 신하와 백성은
모두 다른 나라 사람 되었는데
예닐곱 신하와 함께 있으니
혼이 의지할 곳 있다
오늘 저녁은 어떤 날인가
함께 강가 누각에 오른 날
물결과 달빛이
내 마음 서글프게 하네
슬픈 노래 한 곡조 부르니
천지는 유유하도다

　　노래가 끝나자 다섯 사람이 각기 절구 한 수씩을 읊었다. 첫 번째 자리에 앉은 사람이 읊었다.

어린 임금 맡길 재주 없어 몹시 한스럽고
나라가 바뀌니 신하는 치욕에 몸을 버렸네
지금 돌아보면 천지에 부끄러우니
그때 일찍 도모하지 못함이 후회스럽다

　　두 번째 자리에 앉은 사람이 읊었다.

선왕께 융숭한 은혜를 입었으니

위급할 때 이 한 몸 아끼겠는가

가련하다, 일은 끝났지만 이름은 남아

아비도 아들도 의리를 택해 살신성인했네

세 번째 자리에 앉은 사람이 읊었다.

굳은 절개를 어찌 벼슬로 더럽히랴

여전히 고사리 캐려는 마음 품었네

남은 몸 한 번 죽는 것이야 말할 필요 있으랴

그때 침현(郴縣)에 있던 의제를 통곡하네

네 번째 자리에 앉은 사람이 읊었다.

미천한 신에게 원래 큰 담력 있으니

차마 살기 위해 멸망을 두고 볼 수 있으랴

죽기 전 시 한 수로 착한 말 하였으니

두 마음 품은 사람 부끄럽게 하리라

다섯 번째 자리에 앉은 사람이 읊었다.

슬프다, 당시 뜻이 어떠하였나

죽으면 그만이니 죽은 뒤 명예를 따지랴

천추에 가장 씻기 어려운 수치는

집현전에서 공신 교서를 지은 것이다

복건을 쓴 사람이 머리를 긁적이고 갓끈을 씻더니 길게 읊었다.

눈 들어 산하를 보니 옛날과 다른데
신정(新亭)에서 다 함께 초수(楚囚)처럼 슬퍼하네
흥망에 놀란 마음 간장도 찢어지고
충신과 간신에 분개하여 눈물이 절로 흐르네
율리(栗里)의 맑은 바람 맞으며 원량(元亮)은 늙고
수양산 차가운 달빛 아래 백이는 굶주렸네
한 편의 역사책 후세에 전할 만하니
먼 훗날 선악의 스승이 되리라

읊기를 마치고 자허에게 부탁했다. 자허는 원래 강개한 사람이었다. 눈
물을 닦고는 슬피 읊었다.

지난 일을 누구에게 물을까
황량한 산에 무덤 하나뿐인걸
정위(精衛)는 한이 깊어 죽었고
두견은 넋이 끊겨 시름 하는데
언제쯤 고국으로 돌아갈까
오늘 강가 누각에서 노닐며
몹시 슬픈 노래 몇 곡 마치노라니
희미한 달빛이 갈대꽃 비추는 가을

읊기를 마치자 자리에 있는 사람이 모두 서글퍼 눈물을 흘렸다. 잠시 후 곰 같고 범 같은 장사가 뛰어들어 왔다. 키가 보통 사람보다 크고 용맹이 남달랐다. 얼굴은 대추처럼 붉고 눈은 샛별처럼 밝았다. 문산(文山)처럼 의리 있고 중자(仲子)처럼 청렴하며 위풍당당하여 공경하는 마음을 일으켰다. 왕 앞으로 가서 인사를 드리더니 다섯 사람을 돌아보며 말했다.

"아, 썩은 선비와는 큰일을 이룰 수 없다."

그러고는 칼을 뽑고 일어나 춤을 추었다. 슬프고 강개한 노래를 부르는데 큰 종소리 같았다. 그가 노래했다.

쓸쓸한 바람, 낙엽 지고 물결 차다
칼 한 번 쓰다듬고 길게 휘파람 부니 기울어 가는 별
살아서 충절을 지키고 죽어서는 의로운 혼 되었으니
가슴속 무엇과 비슷한가, 강가의 둥근 달이지
아, 처음 계획부터 잘못되었지, 썩은 선비를 누가 탓하랴

노래를 마치기도 전에 달이 어두워지고 구름이 자욱해지더니 비가 내리고 바람이 불었다. 우렛소리가 한번 울리더니 모두 순식간에 사라졌다. 자허도 놀라 일어나니 한바탕 꿈이었다.

자허의 벗 해월거사(海月居士)가 듣고 통탄하며 말했다.

"대저 예로부터 임금이 어둡고 신하가 어리석어 나라가 망하는 경우가 많았다. 그런데 지금 그 임금을 보니 필시 현명한 임금이었을 것이다. 그 여섯 사람도 모두 충성스럽고 의로운 신하이다. 이와 같은 신하들이 이와 같은 임금을 보좌했는데 이렇게 참혹한 일이 있을 수 있는가. 아,

형세가 그렇게 만든 것이다. 그렇다면 시대와 세상의 탓으로 돌릴 수밖에 없으며, 하늘의 탓으로 돌릴 수밖에 없다. 하늘의 탓으로 돌린다면, 선한 이에게 복을 주고 악한 이에게 화를 내리는 것이 하늘의 도 아닌가. 하늘의 탓으로 돌릴 수 없다면 캄캄하고 아득하니 이 이치는 자세히 알기 어렵다. 천지는 유유한데 그저 뜻있는 선비의 감회를 더할 뿐이다."

해설

글 속의 주인공 원생은 가상의 인물이라는 설도 있으나 생육신의 한 사람인 원호(元昊, 1397~1463년)로 보는 견해가 유력하다. 그의 자가 자허(子虛)이다.

강개하고 불우한 선비 원생은 한 미남자의 안내를 받아 정체를 알 수 없는 임금과 다섯 신하를 만난다. 미남자는 생육신의 한 사람인 남효온이라는 추정이 일반적이다. 임금은 단종, 다섯 신하는 박팽년(朴彭年), 성삼문(成三問), 하위지(河緯地), 이개(李塏), 유성원(柳誠源)이 된다. 그리고 마지막으로 등장한 장사는 유응부(兪應孚)이다. 유응부는 다섯 사람의 모의가 실패로 끝나자 "썩은 선비들과는 일을 함께 할 수 없다."라고 꾸짖은 인물이다. 이 글에 등장하는 임금과 여섯 신하가 단종과 사육신의 화신이라는 점에는 의심의 여지가 없다. 이들은 원생에게 원한을 토로한 뒤 사라진다. 원생의 이야기를 전해 들은 해월거사는 천도(天道)에 의문을 제기한다. 현명한 임금과 절의를 지킨 신하들이 참혹한 죽임을 당한 이유가 하늘의 뜻이라면, 하늘의 뜻은 도대체 무엇인가. 해월거사의 문제 제기는 당연한 이치가 전도된 현실에 대한 비판으로 해석할 수 있다.

김덕겸

金德謙

1552~1633년

본관은 상주(尙州), 자는 경익(景益), 호는 청륙(靑陸)이다. 1579년 생원시와 진사시에 모두 합격하고 1583년 문과에 급제했다. 금성 현령, 형조 좌랑, 북청 판관, 충청 도사 등을 역임했다. 아우 김덕함(金德諴)이 인목 대비 폐위에 반대하다가 유배되자 남양에 은거하였다. 인조반정 이후 형조 참의에 올랐다. 문집 『청륙집(靑陸集)』이 전한다.

열 명의 손님   聽籟十客軒序

손님을 좋아하는 사람은 사람만 고르고 사물은 고르지 않는다. 이는 진짜로 손님을 좋아하는 사람이 아니다. 청뢰헌(聽籟軒) 주인은 세상과 맞지 않아 서울에 살기가 싫었다. 그리하여 당성부(唐城府, 남양) 서쪽에 터를 잡아 집 한 채를 짓고 주위에 온갖 꽃을 심었다. 각기 고른 이유가 있는데, 소나무와 대나무는 바르고, 매화와 국화는 향기가 나기 때문이다. 연꽃은 깨끗함을 벗 삼고자 해서이고, 단풍은 그 빛깔을 사랑하기 때문이다. 화왕(花王)이라 일컬어지는 것은 모란(牧丹)이고 계절의 변화를 아는 것은 사계화(四季花)이다. 오동나무는 좋은 재목인데 푸른 것이 가장 좋고, 이름난 꽃 해당화는 많은 시인들이 읊었다. 이 모든 것을 합하여 십객(十客)이라 하고, 복숭아나무와 자두나무 따위는 모두 쫓아냈다. 그가 말했다.

"내가 굳이 이 꽃들을 손님으로 고른 이유는 세상에 손님이 없어서가 아니다. 나는 외진 곳에 살고 성품 역시 게으르다. 외진 곳에 살면 사람들이 싫어하고, 성품이 게으르면 친구가 멀리한다. 싫어하지도 않고 멀리하지도 않고 나와 어울리는 것은 이 손님들뿐이다. 내가 고른 것은 이 때문이다. 섬돌 주위에 형형색색으로 무성하게 피어 비를 맞기도 하고 서리와 눈을 이겨 내기도 하니, 사시사철 마주하고 있어도 지루하지 않다. 바닷가에 해가 떠올라 녹음이 너울거리고, 석양이 집을 비추면 온갖 그림자가 기우는데, 아침저녁으로 함께 지내도 그 모습이 싫지 않다.

정원을 돌보는 노인이 떠나고 시냇가에 사는 친구는 오지 않아 뜰이 적적하여 사방에 인적이라고는 없을 때 내 곁에 있는 것은 이 손님들뿐이다. 앞 시내에서 낚시를 마치고 저물녘에 홀로 돌아오면 마치 기다린 것처럼 바라보고, 가까이 다가가면 기쁜 듯이 낯빛을 바꾸는 것은 이 손님들이다. 열 개는 꽉 채운 수이니, 이것도 많다. 술이 생기면 그 앞에서 따르고, 달을 보면 그 사이에 앉는다. 몇 이랑밖에 되지 않는 황량한 정원을 낙원이라 하고, 뜰에 가득한 이끼가 잔치 자리인 듯 속된 생각이 사라지고 나와 세상을 잊게 만드는 것은 모두 손님들의 공로이다.

또 생각나는 점이 있다. 검을 좋아하는 손님이 나를 찾아온다면 필시 썩은 선비라 여겨 떠날 테고, 술을 좋아하는 손님이 나를 찾아온다면 필시 가난한 집이라 여겨 떠날 것이다. 시를 좋아하는 손님을 초대하고 싶지만 나는 시 짓기를 게을리하고, 협객을 초대하고 싶지만 나는 권력이 없다. 세상의 변화에도 시종일관 십객처럼 변하지 않을 사람이 누가 있겠는가.

신릉군(信陵君)의 손님이 바란 것은 먹을 것이었는데, 은혜를 갚은 사람은 보지 못했다. 적공(翟公)의 손님이 쫓아다닌 것은 이익이었는데, 도리어 참새 잡는 그물을 치게 만들었다. 이렇게 보면 나의 열 손님이 삼천 명의 식객보다 나으니, 적공의 손님은 말할 것도 없다.

피고 지는 것은 사물이 피할 수 없지만 나는 이 때문에 손님에게 태도를 바꾸지 않는다. 출세하고 곤궁한 것은 사람이 피할 수 없지만 손님은 이 때문에 내게 태도를 바꾸지 않는다. 주인이 손님을 저버리지 않고, 손님이 주인을 저버리지 않는 것은 이 때문이다. 십객헌이여, 십객헌

이여, 이곳에서 내 여생을 마치도록 지낼 만하구나."

손님들이 모두 말했다.

"참으로 주인의 말씀대로입니다. 기록하여 서문으로 삼으시지요."

해설

곽열(郭說, 1548~1630년)의 『서포집(西浦集)』에 「성생의 십객헌 서문 뒤에 쓰다(題成生十客軒序後)」라는 글이 실려 있다. 이 글에 "내 친구 김경익이 서문을 지었다."라고 하였다. 경익은 이 글의 저자 김덕겸의 자이니, 십객헌의 주인은 성생이라는 인물임이 분명하다. 조익(趙翼)의 『포저집(浦渚集)』에 실려 있는 「십객헌기(十客軒記)」에서도 이 집의 주인을 '수재(秀才) 성생(成生)'이라고 하였다. 성생은 호가 청뢰라는 것 외에 알려진 사실이 없다.

십객은 소나무, 대나무, 매화, 국화, 연꽃, 단풍, 모란, 사계화, 오동나무, 해당화이다. 십객헌 주인이 사람을 손님으로 삼지 않고 꽃을 손님으로 삼은 이유는 그들이 변하지 않기 때문이다. 사람은 변한다. 신릉군은 무려 3000명이나 되는 식객을 거느렸지만 은혜를 갚은 사람은 하나도 없었다. 적공이 권력을 잡았을 때는 집에 손님이 몰려들어 문전성시를 이루었지만, 권력을 잃자 참새 잡는 그물을 칠 정도로 문 앞이 한산했다. 꽃은 주인이 출세해도 곤궁해도 변함없이 그 자리를 지키고 있다. 계절 따라 피고 지는 것이야 당연하니 어쩔 수 없다. 성생은 열 손님과 함께 여생을 보내겠다고 다짐했다.

김덕겸

오억령

吳億齡

1552~1618년

본관은 동복(同福), 자는 대년(大年), 호는 만취(晚翠)이다. 1582년 문과에 급제하여 사가독서 했다. 이조 정랑 등을 역임하고 1591년 질정관으로 명나라에 다녀왔다. 임진왜란이 일어나자 명나라와의 교섭을 담당하였다. 이후 이조 참판, 황해도 관찰사, 형조 판서, 개성 유수를 역임했다. 1615년(광해군 7년) 인목 대비 폐위에 반대하여 탄핵을 받고 고향으로 돌아가 세상을 떠났다. 시호는 문숙(文肅)이다.

시로 높은 평가를 받았고, 관각 문인으로서 각종 표전(表箋), 교서(敎書) 등의 제작을 담당했다. 문집『만취집(晚翠集)』이 전한다.

옥은 다듬어야 보배가 된다

贈端姪勸學說

형산(荊山)의 옥은 아름다운 옥이다. 그러나 가공하지 않으면 아름다워지지 않으니, 한갓 돌멩이일 뿐이다. 당계(棠谿)의 검은 날카로운 검이다. 그러나 담금질하지 않으면 날카로워지지 않으니, 한갓 무딘 칼일 뿐이다. 물건은 원래 그런 법이고, 사람도 그러하다. 비록 남다른 자질과 세상에 드문 재주가 있어도 배우지 않으면 한갓 용렬하고 어리석은 사람일 뿐이다.

단(端)은 남다른 자질과 세상에 드문 재주를 지녔다. 그의 얼굴을 보면 옥으로 만든 산이 사람을 비추는 것 같고, 그의 말을 들으면 폭포가 하늘에서 떨어지는 것 같다. 그의 행동거지는 난새가 맴돌고 봉황이 날아오르는 것 같고, 그의 뜻은 산처럼 높고 물처럼 깊다. 이와 같은데 학문으로 꾸미고 문장을 입힌다면 형산의 옥도 아름답다 하기에 부족하고, 당계의 검도 날카롭다 하기에 부족할 것이다.

단은 예닐곱 살도 되기 전에 우뚝이 두각을 드러내어 사람들이 오씨 집안에 훌륭한 아들이 있다고 하였다. 이렇게 된 지 몇 해가 지났는데도 형산의 옥처럼 따뜻한 광채를 빛내는 모습도 보이지 않았고, 당계의 검처럼 서릿발 같은 칼날을 드러내는 모습도 없었다. 그러자 사람들은 단이 돌멩이나 무딘 칼에 불과한 사람이 아닌지 의심하기 시작했다. 이는 다름이 아니라 배우지 않았기 때문이다. 그렇다면 옥 같은 용모와 폭포 같은 언변, 난새와 봉황 같은 행동거지, 산보다 높고 물보다 깊은 뜻은 여기에서 그칠 것인가. 나는 그렇지 않으리라는 것을 안다. 어째서 그러할까.

하루는 단이 개탄하며 벌떡 일어나 아버지에게 두 번 절하고 앞으로 다가가 말했다.

"제 나이 벌써 열 살이 넘었어요. 그런데 학문이 남에게 미치지 못하여 집안 어른께 근심을 끼칠까 몹시 두렵습니다. 앞으로는 저를 깨우치고 가르치며 회초리를 치든지 꾸짖든지 날마다 일과를 정해 놓고 공부시켜서 기어이 성취하게 해 주세요. 이렇게 한다면 낳아 주신 어버이에게 누를 끼치지 않을 것이에요."

아, 발을 높이 들지 않으면 진흙탕을 넘을 수 없고, 날개를 빨리 움직이지 않으면 하늘을 날 수 없다. 지금이야말로 발을 높이 들고 날개를 빨리 움직일 큰 기회가 아니겠는가. 그러므로 나는 그가 돌멩이나 무딘 칼이 되지 않으리라는 것을 안다. 비록 그러하나 옛사람은 "말하기는 어렵지 않으나 실천하기가 어렵다."라고 하였다. 단아, 단아, 너는 지난날 네 아버지에게 드린 말씀을 잊지 말고, 오늘 네 큰아버지가 너에게 타이르는 말을 소홀히 여기지 마라. 그렇다면 좋은 값을 쳐주기를 기다리는 진귀한 보배와 하늘의 별을 찌르는 검의 기운이 우리 집안에서 생기는 모습을 보게 되리라.

해설

조카 오단(吳端, 1592~1640년)에게 준 글이다. 오단의 아버지 오백령(吳百齡, 1560~1633년)과 큰아버지 오억령은 문장과 덕행으로 명성을 떨쳤으며, 오단의 형 오준(吳竣), 종형 오익(吳翊), 오정(吳靖), 오전(吳竱)은 모두 문과에 급제하여 한창 촉망받는 젊은 관원이었다. 오단은 가문의 명성을 계승해야 한다는 부담을 느꼈던지, 열 살이 넘자 공부에 전념하기로 마음먹고 아버지에게 결심을 밝혔다.

형산은 좋은 옥이 나는 곳이고 당계는 좋은 쇠가 나는 곳이다. 그러나 옥은 다듬지 않으면 보배가 될 수 없고, 쇠는 담금질하지 않으면 명검이 될 수 없다. 오억령은 좋은 자질을 타고난 사람도 단련하는 공부가 없으면 인물이 될 수 없다고 조카에게 일렀다.

오단은 집안 어른들의 기대를 저버리지 않았다. 그는 1618년 생원시와 진사시에 합격하고 1624년 문과에 급제하여 관찰사를 역임했다.

한백겸

韓百謙

1552~1615년

본관은 청주(淸州), 자는 명길(鳴吉), 호는 구암(久菴)이다. 1579년(선조 12년) 생원시에 합격하고 참봉 등을 지냈다. 1589년 기축옥사가 일어났을 때 정여립의 시신을 수습했다는 이유로 유배되었다. 임진왜란이 일어나자 사면을 받고, 변방 백성의 반란을 진압한 공으로 관직에 등용되었다. 안악 현감, 영월 군수 등을 거쳐 호조 참의를 역임했다. 문집『구암유고(久菴遺稿)』와『동국지리지(東國地理誌)』등의 저술이 전한다.

나무를 접붙이며 接木說

우리 집 뜰에 복숭아나무가 있는데, 꽃이 아름답지 않고 열매가 맛이 없으며 옹이 박힌 줄기에 가지만 많아 볼만한 구석이 없었다. 지난봄 이웃에 사는 박 씨의 손을 빌려 붉은 복숭아나무 가지를 접붙였다. 꽃이 아름답고 열매가 크기 때문이었다. 한창 자라는 나무를 베어 작은 가지 하나를 접붙일 적에는 몹시 어울리지 않아 보였다. 그렇지만 밤낮으로 자라고 비와 이슬이 적셔 주자 싹이 트고 가지가 돋아 얼마 되지 않아 울창하게 그늘을 이루었다. 올봄에 와서는 꽃과 잎이 무성하여 붉고 푸른 비단이 찬란하게 빛나는 것 같으니 참으로 기이한 구경거리였다.

아, 한 그루 복숭아나무조차 땅을 바꾸어 심지도 않고, 다른 품종의 뿌리로 바꾸어 심지도 않았으며, 단지 한 줄기의 다른 나무를 접붙였을 뿐인데 가지가 자라고 꽃이 피어 모습이 갑자기 바뀌었다. 보는 사람이 눈을 비비게 만들고 찾아오는 사람이 많아 길이 날 정도였다. 접붙이는 재주를 부리는 자는 아마도 조화의 묘리를 알 것이다. 참으로 기이하도다.

나는 여기에서 느낀 점이 있다. 변화하여 새로워지는 효과는 비단 풀과 나무에서만 나타나는 것이 아니다. 나 자신을 보더라도 어찌 이와 멀다고 하겠는가. 나쁜 생각이 떠오르면 과감히 제거하는 것은 오래된 가지를 베어 내는 것과 같고, 선한 단서가 싹트면 이어 나가는 것은 새로운 가지를 접붙이는 것과 같다. 함양(涵養)은 뿌리를 북돋는 것과 같고, 궁리(窮理)와 격물(格物)은 가지를 자라게 하는 것과 같으니, 시골 사람이 성인으로 변하는 것도 어찌 이와 다르겠는가.

『주역』에는 "땅에서 나무가 자라는 것이 승괘(升卦)이니, 군자가 이를 보고서 순리에 따라 작은 것을 쌓아 크게 만든다." 하였다. 이를 보고 어찌 스스로 힘쓰지 않겠는가. 그리고 또 느낀 점이 있다. 지금 와서 지난 봄을 돌아보면 겨우 추위와 더위가 한 번 바뀌었을 뿐이다. 그런데 접붙인 작은 가지는 이미 둥지의 무게를 견딜 만큼 튼튼해지고, 꽃이 피었을 뿐만 아니라 곧 열매를 먹게 되었다. 만약 내가 앞으로 몇 년 더 산다면 그 혜택을 얼마나 많이 보겠는가. 어떤 사람은 자기가 늙었다고 과장하며 사지를 게을리하고 아무 데도 마음을 쓰지 않는다. 그 사람이 이 복숭아나무를 본다면 기운을 내고 벌떡 일어날 것이다. 이 몇 가지는 모두 주인을 깨우치는 점이므로 글로 적어 기억해 둔다.

해설

『주역』 승괘(升卦)는 나무를 상징하는 손괘(巽卦, ☴)와 땅을 상징하는 곤괘(坤卦, ☷)를 합친 것이다. 나무가 땅을 뚫고 올라와 자라는 것처럼, 덕을 쌓아 높은 경지에 이르는 군자를 비유한다.

볼품없는 복숭아나무 한 그루에 작은 가지 하나를 접붙이자 몰라보게 달라졌다. 꽃과 잎이 무성해져 구경하는 사람이 줄을 이었다. 1년도 안 되어 일어난 변화이다. 나무의 변화는 곧 사람의 변화 가능성에 포개진다. 오래된 가지를 베어 내듯 나쁜 생각을 제거하고, 새로운 가지를 접붙이듯 선한 본성을 배양하면 사람도 달라질 수 있다. 늙었다는 이유로 변화를 위한 노력을 포기한 이들을 깨우친다.

오랫동안 머물 집 　　勿移村久菴記

한양의 진산(鎭山) 삼각산 줄기 하나가 북쪽으로 뻗어 큰 길을 넘어 서쪽으로 간다. 들쭉날쭉 끊어질 듯 이어지다가 강을 만나 멈추면 언덕을 이루어 골짜기를 둘러싸는데, 이곳에 마을이 있다.

한강이 동남쪽에서 흘러와 용산을 지나 희우정(喜雨亭) 아래에 오면 넘쳐서 두 줄기로 나뉜다. 크고 질펀한 형세로 서쪽 언덕을 돌아 북쪽으로 흘러 곧장 바다로 나간다. 한 줄기는 동쪽으로 꺾이고 서쪽으로 돌아 구불구불 마을 입구를 둘러싸고 흐른다. 십여 리를 가서 행주산성 아래에 오면 다시 큰 강과 합류한다. 두 강 사이에 섬이 있는데 벼와 기장이 무성하다. 마을에 사는 백성이 항상 물을 건너 오가며 농사를 짓는다. 이곳을 수이촌(水伊村)이라고 한다. 여름에서 가을로 넘어갈 무렵이면 장마로 물이 불어 두 강이 합쳐져 바다를 이루는데, 물빛이 하늘까지 이어진다. 마을 이름이 수이촌인 것은 이 때문인 듯하다.

나는 무신년(1608년) 여름 모친상을 당했다. 아우 유천자(柳川子; 한준겸(韓浚謙))의 작은 별장이 수이촌 북쪽으로 몇 리 떨어진 곳에 있었는데 그곳에 궤연(几筵)을 모시고 살았다. 그곳에는 몇 이랑 밭이 있었으니, 바로 이 마을 북쪽 산기슭 아래였다. 이곳을 내게 떼어 주기에 초가 몇 칸을 지어 시묘살이 하는 집으로 삼았다.

상을 마친 뒤 조정으로 나가려 하였으나 병이 들어 아침부터 밤까지 업무를 감당하기 어려웠고, 물러나 산으로 돌아가자니 늙어서 고향을 잊을 수 없었기에 선택의 기로에서 방황하다가 머리만 세었다. 이곳은 그래도 돌아가신 어버이를 그리워하던 곳이기에 임시로 지내면서 한 해를 보내려고 생각했다. 그래서 시묘살이 하던 집으로 가서 또 초가집 한 채를 지어 병든 사람이 편히 지낼 곳으로 삼았다. 겨우 비바람이나 가리고 몸을 넣을 정도에 불과했다.

처음에는 밤이면 찬 서리가 내리고 벌레가 집으로 들어왔기에 오직 제 몸을 보존하기에 급급하여 좋은 경치를 찾을 겨를이 없었다. 그러다가 자리를 잡게 되어 이곳에 앉고 이곳에 눕고 이곳에서 수영하니, 나의 그윽한 흥취를 돕는 산수가 한두 가지가 아니다. 앞으로 강 너머에는 청계산(靑溪山)[광주], 관악산(冠嶽山)[과천], 금주산(衿州山)[금천], 소래산(蘇萊山)[안산]이 봉우리를 맞대며 주위를 둘러싸고, 봉황이 춤추고 용이 나는 것처럼 너도나도 창가를 향하고 있다. 왼쪽으로는 삼각산이 천 길 높이로 솟아 우뚝이 범할 수 없는 기상이 있고, 오른쪽으로는 멀리 아득한 곳에 포구와 봉우리가 바라보여 모든 것을 포용하는 도량이 있다. 잠깐 눈을 돌리는 사이에 기상이 어찌 그리도 달라지는 것인가.

문을 나서면 바로 앞에 마주 보이는 것은 선유봉(仙遊峯)이다. 한 조각 외로운 산이 강가에 오르락내리락하며 마치 여러 마리의 용이 구슬을 다투는 듯하다. 돌아보면 먼저 눈에 들어오는 것이 소요정(逍遙亭)이다. 높은 두 개의 기둥이 강 가운데 마주 서 있으니, 흡사 신선 세계의 문이 열린 것 같다. 높은 돛대를 단 배가 바람 따라 오가며 점점이 출몰하는 모습은 들판 너머 큰 강에서 항상 보이는 모습이 아니겠는가. 늙은 소가 송아지를 데리고 삼삼오오 무리 지어 물 마시거나 누워 있는 모습은 문밖의 들판에서 항상 소를 치는 모습 아니겠는가. 아침 안개와 저녁노을, 가을 달과 봄꽃이 세월 따라 교대하며 변하는 모습이 무궁한데, 모두 눈에 담아 두어 우리 집을 위해 쓸 수 있다.

오직 뒤쪽만은 보이는 것이 없으니, 높은 벼랑과 끊어진 산줄기가 병풍을 펼친 것만 같다. 북풍이 사납게 불어도 뒤에서 햇볕이 비치니 그래도 따뜻하다. 옛 선비가 음양의 체사용삼(體四用三)을 논하면서 "천지의 동쪽, 서쪽, 남쪽은 볼 수 있지만 북쪽은 볼 수 없다."라고 하였으니, 이 땅이야말로 참으로 천지자연의 형세를 얻은 곳이다. 한양과의 거리가 그리 멀지 않아 대궐의 종소리가 바람 타고 때때로 귀에 들린다. 조정 관원이 물러난다면 이곳보다 편한 곳이 없을 텐데 백 년 동안 주인 없이 버려져 있었으니, 아마도 귀신이 숨겨 두었다가 나를 기다린 것이리라.

생각해 보니 사람에게 편안한 집은 멀리 있는 것이 아니라 가까이 있다. 평생을 돌아보면 이렇게 잔뜩 헛걸음했으니 가소롭다. 그리하여 수이촌(水伊村)을 물이촌(勿移村)으로 바꾸었으니, 우리말로 음이 같기 때문이다. 집은 구암(久菴)이라고 하였으니 옛 이름에 새로운 뜻을 담은 것이다. 죽을 때까지 즐겁게 살며 이사하지 않고 오래도록 머물 곳은 이곳이 아니겠는가.

아, 선비가 하는 일을 바꾸고 백성이 집을 옮기는 것은 모두 혈기왕성하여 다른 것을 바라기 때문이다. 지금 나는 죽을 때가 다 되어 만사가 글렀다. 앉으면 서는 것도 잊고 누우면 일어나는 것도 잊으니, 하는 일을 바꾸어 무엇 하겠으며 집을 옮겨 어디로 가겠는가. 이사하지 않으면 오래 지낼 수 있고, 오래 지내면 편안해지고, 편안하면 즐거워지고, 즐거우면 그만두려 해도 그만둘 수 없으니, 이사하고 싶어도 할 수 없을 것이다. 나는 이제 근심에서 벗어난 줄 알겠다. 마침내 기록하여 내 뜻을 보인다.

해설

정경세(鄭經世)가 지은 묘갈명에 따르면, 한백겸은 59세 되던 1610년 모친상을 마친 뒤 "나는 평소 병이 많아 벼슬을 좋아하지 않았고, 지금은 늙은 데다 어버이도 안 계시니 내가 좋아하는 바를 따르며 여생을 보내겠다."라고 선언했다. 아우 한준겸이 형의 뜻을 알고 한양 서쪽 수이촌이라는 마을에 있는 땅을 떼어 주었다. 지금의 수색인데 조선 후기에는 수생리라 불렀다. 무나미라 불렀을 것이니 물이촌과 뜻이 연결되어 있다.

이곳의 경치가 마음에 들었던 한백겸은 마을 이름을 물이촌으로 바꾸었다. 수이촌은 우리말로 물이촌이라 불렀을 것이기에 한자를 바꾸고 또 그 거처의 이름을 오래 머무는 집 구암(久庵)이라 하였다. 한백겸은 이듬해 파주 목사에 임명되자 잠시 부임하다가 얼마 안 가 물이촌으로 돌아왔고 결국 이곳에서 여생을 마쳤다.

高尚顏

고상안

1553~1623년

본관은 개성(開城), 자는 사물(思勿), 호는 태촌(泰村)이다. 1576년(선조 9년)에 문과에 급제하여 성환 찰방, 함창 현감을 지냈다. 함창 현감 시절 사재를 털어 보를 쌓아 저수지를 만든 사업으로 백성이 큰 혜택을 입었다. 임진왜란이 일어나자 의병 대장으로 활약했다. 이후 삼가 현감, 지례 군수, 함양 군수, 풍기 군수 등을 역임하고 관직에서 물러나 상주에 은거했다. 문집『태촌집(泰村集)』, 야담집『효빈잡기(效嚬雜記)』가 전한다.

농사짓는 백성을 위해　農家月令序

농사라는 것은 백성이 하늘로 여기는 근본이며, 모든 정사의 강령이다. 그러므로 사람은 농사가 아니면 먹고 입을 수 없고, 먹고 입을 수 없으면 살 수가 없다. 그렇다면 사람이 몸에 옷을 두르고 배에 곡식을 넣어 추위에 떨거나 굶주리지 않는 것은 모두 농사의 힘이다. 더구나 맹자는 "일정한 재산이 있어야 일정한 마음이 있다."라고 하였고, 관자는 "의식이 풍족해야 예절을 안다."라고 하였으니, 이를 단서로 백성을 몰아서 선(善)으로 가게 할 수 있다. 농사와 백성의 관계가 이와 같다. 옛날에 농서(農書)가 있어 자세하지 않은 것은 아니었지만, 난리가 난 뒤로 거의 다 흩어지고 없어져 볼 수가 없으니 한탄을 견딜 수 있겠는가.

　다만 생각해 보면 오곡은 밭 갈고 씨 뿌릴 때가 다르고, 건조한 곳이 알맞은 것도 있고 습한 곳이 알맞은 것도 있다. 한 번이라도 때를 놓치면 좋은 농부라도 손을 쓸 수 없고, 알맞은 곳을 잃으면 좋은 벼라도 자라지 못하여 농사를 망친다. 더구나 우리나라는 산이 많고 들판이 적으며 땅은 모두 척박하다. 만약 밭에 거름을 주지 않으면 수확을 거둘 수 없으니, 농사짓기에 어려운 점이 한두 가지가 아니다. 부득이 농사를 배운다면 노련한 농부를 스승 삼아야 하지만, 한 사람의 마음은 온갖 번뇌에 시달리는 법이니 여러 초(楚)나라 사람이 떠드는 것보다 심하다. 농사에 마음을 두고 항상 눈여겨보는 사람이 몇이나 되겠는가. 반드시 책에 기록하여 좌우에 걸어 두어야 잊어버리는 일을 면할 수 있다. 속담에 이른바 "총명이 둔필(鈍筆)만 못하다."라는 말이 이것이다.

이 점을 문제로 여긴 나는 여러 해 관직에서 물러나 있으면서 농사를 소홀히 할 수 없다는 사실을 차츰 알게 되었다. 은거하는 여가에 손수 농가에서 달마다 할 일을 적었다. 열두 달에 이십사절기를 보충하여 농가에서 달마다 절기마다 할 일의 때를 놓치지 않게 하였다. 오곡을 파종하고, 건조한 곳과 습한 곳을 알맞게 고르며, 거름 주는 방법과 나무 심는 방법, 밭 가는 기구와 양잠하는 요령까지 아래와 같이 자세하다. 또 언문으로 번역하여 어리석은 남녀도 쉽게 알 수 있게 하였다. 농정(農政)에 종사하는 자가 말이 가볍다고 버리지 않고 일일이 힘써 거행한다면, 흉년을 만나더라도 굶주림을 면할 수 있을 것이니, 백성이 일정한 마음을 지니고 예절을 아는 데 일조할 것이다.

만력 기미년(1619년) 가을, 태촌노부(泰村老夫)가 쓰다.

해설

『농가월령』은 1619년 고상안이 편찬한 농서이다. 당시 그의 나이 67세였다. 그는 40년간의 관직 생활 대부분을 지방관으로 보냈기에 농사에 대한 관심이 각별했다. 농가에서 한 해 동안 해야 할 일을 월별로 정리한 이 책은 분량이 열한 장에 불과하지만, 그간 조선 후기의 농법으로 알려진 이앙법, 한전법 등이 이미 17세기부터 영남 지방에서 시행되고 있었다는 사실을 알려 준다. 또한 『농가월령』은 『농사직설(農事直說)』에

수록된 조선 전기 농법이 조선 후기로 가면서 어떻게 변화하였는지 파악할 수 있는 문헌이다. 언문으로 번역했다는 이 글의 기록 때문에 그간 고상안은 가사 「농가월령가(農家月令歌)」의 저자로 알려졌다. 그러나 「농가월령가」의 저자는 정약용의 아들 정학유(丁學游)라는 사실이 새로이 밝혀졌다.

이호민

李好閔

1553~1634년

본관은 연안(延安), 자는 효언(孝彦), 호는 오봉(五峯)이다. 1584년 문과에 급제하여 사가독서를 하고 홍문관 수찬, 이조 좌랑 등 요직을 역임했다. 임진왜란이 일어나자 선조를 따라 의주로 가서 외교 문서 작성을 담당했다. 1599년 사은사(謝恩使)로 명나라에 다녀왔다. 대제학을 역임하고 임진왜란 때 호종(扈從)한 공로로 공신이 되어 연릉 부원군(延陵府院君)에 봉해졌다. 1608년 선조가 승하하자 다시 고부사(告訃使)로 명나라에 다녀왔다. 1612년 김직재(金直哉)의 옥사에 연루되어 관직에서 물러났다.

시문에 모두 뛰어나 누차 응제(應製)에서 수석을 차지하고, 명나라 사신의 접대를 담당했다. 칠언 율시「용만행, 삼도의 군사가 한성으로 진공한다는 소식을 듣고(龍灣行在聞下三道兵進攻漢城)」가 특히 높은 평가를 받았다. 문집『오봉집(五峯集)』이 전하며 시호는 문희(文僖)이다.

한가로움에 대하여 　　　　　　閑閑亭記

내 친구 박익경(朴益卿) 군의 옛집은 우리 집 서쪽 이웃 모악산(母嶽山, 무악산) 아래에 있다. 단풍과 절벽, 숲과 못이 있는 호젓한 곳이다. 충청도 시안군(始安郡, 괴산)은 박 군의 처가 고향인데, 전란이 일어난 뒤 박 군은 시안군으로 이사했다. 시안군 역시 산수의 고장이다. 박 군은 그곳에 가서 아름다운 곳을 골라 정자를 짓고 못을 팠다. 꽃과 대나무를 심고 그 정자를 애한정(愛閑亭)이라 이름 지었다. 이곳에서 거문고 타고 이곳에서 바둑 두고 이곳에서 술 마시고 이곳에서 낚시했다. 하루는 박 군이 우리 집에 찾아와 자랑했다.

"자네는 한가하지도 않으니 어떻게 남의 한가로움을 알겠는가. 자기가 한가하지 않으면서 남의 한가로움을 기록할 수 있겠는가?"

나는 부끄러워 웃으며 말했다.

"자네는 정자를 애한정이라 이름 지었는데, 이것은 한가로움을 외물(外物)로 삼아 좋아하는 것이네. 좋아하는 것이야 좋지만 내가 스스로 한가하게 지내는 진짜 한가로움만 하겠는가. 한가로움이라는 것은 마음 쓰는 데가 없어, 마치 일이 있는 것 같지만 일이 없다는 말이네. 내가 정말로 한가하면, 나는 내가 한가한 줄도 모르지만 남들은 한가한 나를 보고서 좋아하지. 그대의 정자 이름은 남을 위해 붙인 것이라고 할 수는 있겠지만 자기를 위한 것은 아니야.

만약 한한정(閑閑亭)이라고 이름 짓는다면 뒤의 한(閑)은 마음이 한가하다는 말이 되고, 앞의 한은 한가하게 여긴다는 말이 되네. 한가로운 마음으로 한가하게 지내는 것이야말로 진짜 한가로움이야. 진짜 한가하다면 깊은 대궐이나 시끄러운 골목에 살더라도 마음이 한가하니, 굳이 시원한 곳이나 산수 좋은 곳을 찾아 한가하게 지낼 필요가 있겠는가. 그대는 한가로움을 좋아할 줄은 알지만 자기가 한가로운 줄은 모르니, 나더러 남의 한가로움을 모른다고 하는 것도 당연해. 비록 그렇지만 나는 그대의 말을 듣고서 한가로이 지낼 만한 곳에서 한가로이 지내야 한다는 것을 알았어. 그대도 내 말을 듣고서 한가로움이라는 것은 내게 달린 것이니 좋아할 필요가 없다는 것을 알았을 것이네. 서로 깨달은 것이 있으니 훌륭하지 않은가.”

그리하여 한한정으로 이름을 고치고 김주우(金柱宇)에게 편액을 써 주게 하였다. 그리고 박 군이 명명한 팔경(八景)을 시로 읊어 산수의 승경을 기록한다.

해설

충북 괴산에 있는 박지겸(朴知謙, 1549~1623년)의 정자 한한정의 기문이다. 박지겸은 『동몽선습(童蒙先習)』의 저자 박세무(朴世茂)의 손자이며 저명한 유학자 잠야(潛冶) 박지계(朴知誡)의 아우이다. 그는 원래 서울 무악산 아래 살았으나 처가가 있는 괴산으로 이사하여 이 집을 지었다. 정호(鄭澔)의 「애한정 시와 기문의 서첩 뒤에 쓰다(題愛閑亭詩記帖後)」에 따르면 박지겸이 이 집을 지은 것은 1614년의 일이다.

한한정의 원래 이름은 애한정(愛閑亭)이었다. '한가로움을 사랑하는 정자'라는 뜻이다. 그러나 이호민은 한한정으로 이름을 바꾸었다. 한가로움을 사랑한다고 하면 한가로움은 객체(客體)가 된다. 그러나 산수 좋은 곳에서 아무 일 없이 사는 것이 한가로움이 아니다. 진정한 한가로움은 내 마음의 한가로움이다. 마음의 한가로움을 추구한다면 어디에서든 한가하게 살 수 있다. 이것이 마음의 한가로움을 한가로움으로 여기는 '한한(閑閑)'이다.

박지겸은 이호민과 이정귀, 권득기(權得己)에게 기문을 받고, 한한정 인근의 여덟 가지 아름다운 경관을 팔경으로 삼아 여러 문인에게 시를 받았다. 한한정 팔경은 송악산의 안개(松嶽晴嵐), 연못의 달밤(荷塘夜月), 외딴 마을의 저녁연기(孤村暮烟), 푸른 절벽의 낙조(蒼壁落照), 자갈길의 나그네(石磴行人), 포구의 상선(江浦商舶), 사찰을 찾는 승려(佛寺尋僧), 괴탄의 낚시(槐灘釣魚)이다. 한한정은 얼마 못 가 퇴락했으나 1674년 박지겸의 손자 박정준(朴廷俊)이 다시 짓고 송시열에게 기문을 받았다. 그 뒤에도 누차 중수를 거쳐 현재까지 남아 있다.

장현광

張顯光

1554~1637년

본관은 인동(仁同), 자는 덕회(德晦), 호는 여헌(旅軒)이다. 8세에 부친을 잃고 경학에 전념하여 누차 천거를 받았으나 조정에 나아가지 않았다. 1595년 보은현감으로 부임했다가 얼마 못 가 고향으로 돌아갔다. 1602년 왕명으로 『주역』 교정에 참여하고, 이후 누차 관직에 임명되었지만 좀처럼 나아가지 않았으며 잠시 부임하고는 곧 돌아갔다. 정묘호란이 일어나자 영남 호소사(號召使)가 되어 의병을 모집했다. 전쟁이 끝나고 대사헌, 우참찬에 임명되었으나 끝내 올라가지 않았다. 병자호란이 일어나 인조가 항복하자 입암촌(立巖村)에 은둔하다가 그대로 세상을 떠났다.

영남 출신으로 정구(鄭逑), 유성룡과 교유가 있어 퇴계 학파로 분류되지만, 퇴계 학설에 치우치지 않는 독특한 학설을 개진했다. 저서로 『역학도설(易學圖說)』, 『성리설(性理說)』, 『피란록(避亂錄)』 등 성리서와 문집 『여헌집(旅軒集)』이 있다. 시호는 문강(文康)이다.

우리는 모두 늙는다　　　老人事業

천지 만물은 처음에 모두 무(無)에서 나온다. 그러다가 유(有)가 되어야 비로소 천지 만물이 되는 것이다. 그러나 무라는 것은 형체가 없고 유라는 것은 형체가 있다. 무극(無極)과 태극(太極)의 이치로 말하자면 천지 만물의 형체가 있든지 없든지 구애받지 않고 항상 존재하여 끝이 없다. 그리하여 천지 만물로 하여금 무에서 유가 되게 하고 유에서 무가 되게 하니, 무와 유 역시 끝이 없다. 그렇다면 무극과 태극의 이치는 천지 만물을 무에서 유가 되게 하고 유에서 무가 되게 하여 무와 유가 끝이 없으니, 이것이 이른바 이(理)와 기(氣)가 합하여 도(道)가 된다는 것이 아니겠는가.

　도에서 하는 일이 나온다. 일단 유가 되면 천지는 천지의 할 일을 다 하고 만물 역시 각기 만물의 할 일을 다 한다. 유의 도가 극에 달하면 반드시 점차 쇠락하여 결국에는 모두 무로 돌아가니, 이것이 자연스러운 이치와 형세이다. 천지 만물은 의도적으로 생겨나는 것도 아니고 의도적으로 없어지는 것도 아니다. 이치에 따라 생겨나고 이치에 따라 없어지는 것이다. 처음에는 생겨나지 않으려 해도 생겨나지 않을 수가 없으며, 끝내는 없어지지 않으려 해도 없어지지 않을 수 없다.

　다만 얻은 이(理)와 기(氣)가 크고 작고 두껍고 얇은 차이가 있고, 하는 일도 크고 작고 가볍고 무거운 차이가 있다. 그러므로 유가 되는 것은 귀하고 천한 차이가 있고, 무로 돌아가는 것은 느리고 빠른 차이가 있다. 그렇지만 무에서 유가 되고 유에서 무가 되는 것은 크고 작고 귀하고 천하고를 막론하고 모두 같다.

무에서 유가 생길 적에는 반드시 점진적이고, 유에서 무로 돌아갈 적에도 반드시 점진적이다. 무에서 유가 생기는 것은 기(氣)가 모이기 때문이고, 유에서 무로 돌아가는 것은 기가 흩어지기 때문이다. 그러므로 기가 모일 적에는 처음에는 허하다가 점차 실해지며, 처음에는 부드럽다가 점점 단단해지며, 약하다가 강해지며 작았다가 커진다. 기가 흩어질 적에는 실한 것이 쇠퇴하여 사그라들고, 단단한 것이 쇠퇴하여 무너지며, 강한 것이 쇠퇴하여 부서지며 가득 찬 것이 쇠퇴하여 부족해지고 큰 것이 쇠퇴하여 줄어든다. 기가 모일 적에는 날마다 불어나 완성되니, 이것은 무에서 유가 생기는 것이다. 그러다가 기가 흩어지면 날마다 줄어들어 사라지니, 이것이 유에서 무로 돌아가는 것이다.

우리 사람은 천지 사이에 태어나 만물 속에 살고 있으니, 역시 하나의 이치에 따라 생겨나고 없어지는 존재이다. 처음에 어리고 중간에 장성하는 것은 무에서 유가 생기는 것이다. 장성함이 극에 달하여 점차 노쇠해지는 것은 유에서 무로 돌아가는 것이다. 그렇다면 사람이 노쇠하는 것도 이치이다.

사람은 혈기가 있는 동물이다. 그 모습의 성쇠는 모두 혈기의 성쇠에 달려 있다. 그러므로 혈기가 왕성할 때는 안으로 육부(六腑)가 가득 차고 오장(五臟)이 튼튼하며, 겉으로 힘줄과 뼈가 견고하고 사지가 건장하며 피부가 매끄럽고 혈맥이 윤택하다. 이 때문에 호흡이 자연스럽고 맥박이 순탄하며 혼백이 안정되고 정신이 맑으며 성정이 온화하고 생각이 집중되며, 귀와 눈이 밝고 말이 명쾌하며 발걸음이 빠르고 행동이 절도에 맞는다. 이와 같으니 크고 작은 일에 힘을 기울이면 뜻대로 되지 않는 경우가 없는 것도 당연하다.

그러다가 혈기가 쇠퇴하면 검은 것이 희어지고 긴 것이 짧아지고 무성한 것이 성글어지니, 이것은 모발의 변화이다. 살이 빠지고 피부에 주름이 생겨 얼어 터진 배처럼 쭈글쭈글해지고 때가 낀 것처럼 검어지며 뼈가 튀어나오고 몸이 구부러지니, 이것은 외모의 변화이다.

입술, 혀, 어금니, 앞니, 목구멍의 다섯 군데에서 소리가 나야 비로소 음운이 만들어지고 언어가 나온다. 그러다가 어금니와 앞니가 빠지면 다섯 군데 중에 두 군데를 잃고 입술, 혀, 목구멍 세 군데로 소리를 내는데, 이 또한 모두 가늘고 느려 민첩하지 못하여 언어가 나오지 않으니, 이것은 목소리의 변화이다.

마치 어두운 안개 속에 앉아 있는 것처럼 상대의 얼굴도 알아보지 못하고, 마치 담장을 사이에 둔 것처럼 앞에서 하는 말도 듣지 못하니, 이것은 귀와 눈의 변화이다. 섬돌을 오르내리면 숨이 가빠지고, 손님을 맞이하여 절하다가 넘어지니, 이것은 기력의 변화이다. 예전에 들은 것을 기억하지 못하고 새로 터득하기를 기대할 수 없으며, 친구의 이름도 모두 잊어버리고 늘상 외우던 글도 모르니, 이것은 정신과 혼백의 변화이다.

아무리 많은 사람이라도 대적하겠다는 용기와, 장애물을 만나도 무뎌지지 않는 재주로 우리 도를 짊어지고 세상을 다스리며 우주를 담당하고 천지를 장악하겠다는 마음을 더 이상 떨치지 못하니, 이것은 의지와 역량의 변화이다. 사람이 이 지경에 이르면 무엇을 해야겠는가.

정신은 미묘한 의리를 연구하기 부족하고, 생각은 오묘한 변화를 다하기 부족하며, 역량은 원대한 사업을 이루기 부족하고, 눈과 귀는 소리와

장현광

색깔을 살피기 부족하며, 언어는 생각과 감정을 펴기 부족하니, 이러한 때에 어찌 다시 사람의 일을 할 수 있겠는가.

그러나 도를 실천하는 것은 몸이 늙으면 쇠퇴하지만 도를 보존하는 것은 마음이 늙어도 버릴 수 없다. 쇠퇴한 것은 다시 흥성할 수 없지만, 버릴 수 없는 것은 그대로이다. 그저 방 안에 조용히 앉아 일체의 업무와 계획을 중지하고 출입과 왕래를 끊으며 사람을 적게 만나야 한다. 억지로 생각하려 하지 말고, 억지로 보고 들으려 하지 말고, 억지로 말하려 하지 말고, 억지로 움직이려 하지 말아야 한다. 때맞추어 앉고 누우며 음식을 절제해야 한다. 그만두어서는 안 되는 것은 예전에 읽던 책을 다시 생각하여 의리를 음미하고, 성정을 편안히 하여 심기를 보양하는 것이다.

이렇게 오래 한다면 어지러운 혼백이 다시 돌아오는 듯하고 흩어진 정신이 다시 찾아오는 듯할 것이다. 잊어버린 것도 어쩌면 기억할 수 있고, 이해하지 못하던 것도 어쩌면 깨달을 수 있다. 이렇게 미루어 나가 쌓이면 천지의 조화와 함께 흘러갈 것이니, 이른바 "도는 천지의 무형 밖으로 통하고 생각은 풍운의 변화하는 모습 속으로 들어간다."라는 경지를 체험할 수 있을 것이다. 그리고 무극과 태극의 묘리를 더욱 잘 이해할 수 있을 것이다. 이렇게 여생을 보낸다면 좋지 않겠는가.

이렇게 말하자면, 사람이 처음 태어나는 것은 무에서 유가 생기는 것이고, 태어나서 자라고 자라서 장성하는 것은 유가 극에 달하는 것이다. 사람의 크고 작은 할 일은 모두 이때에 한다. 장성함이 극에 달하면 쇠퇴하고, 쇠퇴하여 늙으면 유에서 무로 돌아가는데, 아직 완전히 무로 돌아간 것은 아니다. 기운이 다하면 죽으니, 이것은 완전히 무로 돌아가는 것이다. 아직 완전히 무로 돌아가기 전에는 앞서 말한 것처럼 잘 기르고 편안히 쉬는 것이 노인의 할 일이 아니겠는가. 이것이 억지로 일삼지 않는 일이요, 억지로 벌이지 않는 사업이다. 나는 지금 목숨이 다하여 무로 돌아갈 처지에 놓여 있다. 장성함이 극에 달했을 때도 옛사람이 이룩한 것과 같은 사람의 원대한 사업을 이루지 못했다. 지금은 노쇠함이 극에 달했는데 노인의 할 일을 다 할 수 있을까. 우선 이 뜻을 서술하여 훗날의 증거로 삼는다.

해설

만물은 무에서 나와 다시 무로 돌아간다. 사람도 예외가 아니다. 사람은 죽는다. 늙는다는 것은 무로 돌아가는 과정이다. 죽음을 피할 수 없는 것처럼 늙음도 피할 수 없다. 늙음은 자연의 이치이다.

젊을 때는 혈기가 왕성하여 무엇이든 할 수 있지만 늙으면 몸과 마음이 모두 쇠퇴하여 그럴 수 없다. 따라서 늙으면 몸과 마음의 변화에 맞추어 생활을 바꾸어야 한다. 다만 예전에 읽던 책을 다시 읽어 그 뜻을 음미하고, 마음을 편안히 하여 심신을 안정시키는 것은 그만둘 수 없다. 이렇게 살다가 자연스럽게 무로 돌아가는 것이라고 장현광은 논했다.

지금 사람들은 100세 시대라고 하면서 자기가 늙는다는 사실을 인정하려 하지 않는다. 마흔만 넘어도 늙은이 소리를 듣던 옛날과 달라진 것은 분명하다. 그렇지만 늙는다는 사실에는 변함이 없다. 늙음을 자연의 이치로 여기고 순응해야 한다는 이 글은 늙음을 거부하는 오늘날 새로운 화두를 던져 준다.

하수일

河受一

1553~1612년

본관은 진주(晉州), 자는 태이(太易), 호는 송정(松亭)이다. 종숙부 각재(覺齋) 하항(河沆), 남명 조식에게 수학했다. 1589년 생원시에 합격하고 1591년 문과에 급제했다. 창락 찰방(昌樂察訪), 영산 현감(靈山縣監), 경상 도사(慶尙都事)를 거쳐 이조 좌랑을 역임했다.

문장을 자부하지 않았으나 이백, 두보, 한유, 유종원의 시문을 비평한 「이두한류시문평(李杜韓柳詩文評)」을 통해 조예가 깊었다는 사실을 알 수 있다. 평생의 저술을 스스로 정리하여 『송정세과(松亭歲課)』로 엮었고, 이것이 문집 『송정집(松亭集)』으로 간행되었다.

농사와 학문　　　　稼說贈鄭子循

그대는 농사를 아는가? 농사에는 세 가지 도가 있으니 때를 놓치지 않는 것, 꾸준히 하는 것, 부지런히 하는 것이다. 세 가지를 다 하는 자는 좋은 농부이고, 세 가지를 다 하지 못하는 자는 못난 농부이다.

때를 놓치지 않는다는 것은 무엇인가? 봄은 파종할 때이고 여름은 김맬 때이고 가을은 수확할 때이다. 봄에 파종하지 못하면 오곡이 자라지 않고, 여름에 김매지 않으면 모가 자라지 않는다. 모가 자라지 않으면 시들어 버리니, 수확을 할 수 있겠는가. 그렇다면 농사짓는 자가 때를 놓쳐서야 되겠는가?

군자가 학문을 하는 것도 그러하다. 배우는 때는 반드시 젊은 시절이어야 한다. 젊은 시절에 노력하지 않으면 늙어서 때를 놓친다. 마치 농사짓는 사람이 봄에 때를 놓치면 가을에 수확하지 못하는 것과 같다. 공자는 "후배가 두려우니, 뒤에 오는 사람이 지금만 못하다고 어찌 장담하겠는가?" 하였으니, 나이가 젊고 힘이 세기 때문이다. 나이가 젊으면 원대한 효과를 기대할 수 있고, 힘이 세면 깊이 있게 공부할 수 있다. 그렇다면 학문을 하는 사람이 때를 놓쳐서야 되겠는가? 농사와 학문은 때를 보아야 한다.

꾸준히 한다는 것은 무엇인가? 밭을 간 뒤에야 파종할 수 있고, 파종한 뒤에야 김맬 수 있고, 김맨 뒤에야 수확할 수 있다. 만약 오늘 파종하고 내일 김매기를 기대하고, 아침에 김매고 저녁에 수확을 바란다면 이는 싹을 빨리 자라게 하려고 잡아당긴 송나라 사람과 마찬가지로 어리석은 짓이다. 그렇다면 농사를 꾸준히 하지 않아서야 되겠는가?

군자가 학문을 하는 것도 그러하다. 학문을 꾸준히 하려면 반드시 순서대로 나아가야 한다. 만약 단계를 뛰어넘어 속성을 바란다면 도리어 도달하지 못하니, 마치 싹을 잡아당겨 자라기를 조장하는 것과 같다. 공자는 "서른에 홀로 서고, 마흔에 미혹되지 않고, 일흔이 되어서야 마음대로 행동해도 법도를 넘지 않았다." 하였다. 그렇다면 학문을 하는 사람이 꾸준히 하지 않아서야 되겠는가. 농사와 학문은 꾸준함을 보아야 한다.

부지런히 한다는 것은 무엇인가? 부지런하다는 것은 게으르지 않다는 말이다. 농사짓는 사람이 게으르지 않으면 파종하여 수확을 얻고, 학문하는 사람이 게으르지 않으면 시작과 끝을 이룬다. 이와 반대로 하면 농사짓는 사람도 학문하는 사람도 모두 성과를 잃는다. 그렇다면 세 가지는 하나라도 빠뜨릴 수 없지만, 부지런함이야말로 세 가지의 근본이다.

아, 농사는 미천한 사람이나 야인도 할 수 있지만 학문은 군자가 아니면 할 수 없다. 그 도가 농사보다 심오하지 않겠는가? 농사를 잘못하면 굶주리고 말 뿐이지만, 학문을 잘못하면 사람이 사람답지 못하게 된다. 사람이 사람답지 못하면 곡식이 있더라도 먹을 수 있겠는가.

지금 정자순(鄭子循) 군은 나이가 스물하나다. 정 군은 때를 놓치지 않았다. 어려서부터 학문을 그치지 않았으니 정 군은 부지런하기도 하다. 그러나 정 군은 항상 책을 읽으면서 급하게 효과를 보려고 한다. 그에게 없는 것은 꾸준함이 아니겠는가? 편안히 처하면 이용할 것이 많아지고, 이용할 것이 많아지면 어디에서나 이치를 깨달을 수 있다고 하였다. 그렇다면 정 군은 가지고 있는 것에 힘쓰고 없는 것을 더해야 한다. 나 또한 속성을 바라는 자이므로 정 군에게 충고하는 한편 나 스스로 경계한다.

해설

정자순은 정안성(鄭安性)으로, 저자의 종숙부 각재 하항(1538~1590년)의 제자이다. 저자는 하항의 문하에서 10년 동안 공부하던 그를 눈여겨보았다가 이 글을 지어 주었다.

농사와 학문은 세 가지 점이 같다. 때를 놓치지 말아야 한다는 점, 꾸준히 해야 한다는 점, 부지런히 해야 한다는 점이다. 정안성은 젊은 나이에 학문을 시작하여 부지런히 매진하고 있다. 그러나 급하게 효과를 보려고 하는 것이 문제이다. 『맹자』에 있는 '조장(助長)'이라는 말은 어리석은 송나라 사람이 모를 빨리 자라게 하려고 잡아 뽑은 고사에서 나왔다. 학문을 하여 빠른 효과를 보려는 것도 이와 다르지 않으니, 서두르지 말고 꾸준히 하라는 충고이다.

농사와 학문에서는 부지런한 것이 가장 중요하다고 했지만, 어쩌면 인생에서 가장 중요한 것은 서두르지 않는 것일지도 모른다. 속성을 바라던 마음이 수명을 재촉했는지 정안성은 그리 오래 살지 못했다. 저자의 문집에는 그를 애도하는 만시 또한 실려 있다.

이득윤

李得胤

1553~1630년

본관은 경주(慶州), 자는 극흠(克欽), 호는 서계(西溪)이다. 서기(徐起), 박지화(朴枝華)에게 수학하고 1588년 진사시에 합격했다. 희릉 참봉(禧陵參奉), 형조 좌랑에 임명되었으나 나아가지 않고, 교정청에서 『주역』을 교정했다. 1604년 의성 현령을 역임한 뒤 청주 옥화동(玉華洞)에 은거했다. 이후 괴산 군수를 역임했다.

음악에 조예가 깊어 역대 거문고 관련 기록을 수집한 『현금동문유기(玄琴東文類記)』를 편찬했다. 문집 『서계집(西溪集)』이 전한다.

사람을 살리는 것이 중요하다

醫局重設序

우리 고을에 의국(醫局)을 설립한 일은 목사 한백겸(韓伯謙)이 시작했다. 그 뜻을 가상히 여겨 그 일을 도운 사람은 목사 홍이상(洪履祥)이다. 두 분은 백성을 어린아이 돌보듯 하고 백성의 고통을 자신의 고통과 다름 없이 여겼다. 그러므로 임진왜란 이후 왜적의 칼날에서 살아남은 고을 백성이 또 질병에 걸려 일어나지 못하고, 전염병에 걸려 요절하여 장차 씨도 남지 않게 되자 안타깝게 여기고 이를 깊이 상심하여 의국을 설치 했다. 돌보아 주고 치료해 주어 신음하는 백성이 없어지고 온전히 살아 갈 수 있게 되었으니, 널리 베풀어 여러 사람을 구제한 어진 마음이 지 극하다고 하겠다. 이때부터 건강하게 사는 복을 누리며 사백네 가지 질 병이 없어졌는데, 이것을 무망(无妄)의 약으로 여겨 마치 독약처럼 쓸 수 없는 것이라고 보는 바람에 마침내 두 분이 백성을 사랑하여 살리고자 만든 곳이 끝내 허사가 되었다. 아, 이런 일이 있었도다.

고을의 선비 두세 사람이 이와 같은 사정을 듣고 아쉬워하며 목사 김 수현(金壽賢), 판서 이시발(李時發), 전임 참의 신용(申涌), 전임 군수 홍순 각(洪純慤)에게 상의했다.

"의국을 설치하지 않았다면 그만이거니와, 이미 설치하고서 도로 폐지 하였으니 어린아이 장난과 같다. 예전의 제도를 따라 그 아름다운 뜻을 이루는 것이 좋지 않겠는가?"

이에 모두 좋다고 하였다. 그리하여 고을 어른들과 의논하여 폐지된 제도를 시행하되 한결같이 전례에 따랐다. 각자 시작했으면 끝을 맺겠다는 마음을 가다듬으니, 지난날 두 분의 어진 마음이 이렇게 되자 유감이 없어졌다. 앞으로 실낱같은 목숨의 백성이 모두 장수하는 것은 여기에서 시작될 것이다. 우리 백성에게는 다행한 일이 아니겠는가.

어떤 이는 이렇게 말한다.

"어질고 아끼는 마음이 참으로 가상하지만 그들이 한 일은 의원에 가까우니 선비의 급선무는 아닌 듯하다."

아, 천지의 가장 큰 덕은 살리는 것이다. 어진 사람이 생명을 받고 태어났다면 누군들 뭇 생명을 살리려는 뜻을 품지 않겠는가. 그러므로 송나라 범문정공(范文正公, 범중엄)은 일찍이 좋은 의원이 되려는 소원을 품었고, 주단계(朱丹溪, 주진형(朱震亨)) 선생은 유림의 영수로 자신을 치료한 끝에 의술과 약재를 부지런히 익혀 수많은 사람의 생명을 살렸다. 옛 선비들은 잘못이라고 여긴 적이 없으니, 오늘날 본받아야 할 일이 아니겠는가. 우리 의국에 함께 있는 사람들은 서로 백성을 움직여 권해야 하지 않겠는가. 나 또한 의국의 한 사람이다. 의국을 다시 설립한 전말을 알았으므로 여러 사람의 부탁을 거절하지 못하여 마침내 서문을 짓는다.

해설

청주에 의국을 다시 설립한 경위를 서술한 글이다. 의국은 지방의 의료를 담당하는 기관으로, 그 설립과 운영은 본디 지방관의 책임이었다. 청주의 경우 1604년 목사로 부임한 한백겸이 처음 의국을 설치했고, 1607년 목사로 부임한 홍이상이 그 뒤를 이어 운영했다. 하지만 언제부터인가 흐지부지되고 말았다. 그러다가 인조 초년 목사로 부임한 김수현이 논의를 꺼내 다시 설치하게 된 것이다.

의술은 선비의 급선무가 아니라는 반론에 저자는 백성을 살리는 것이야말로 무엇보다 중요한 일이라고 주장한다. 사례로 거론한 송나라 재상 범중엄은 "좋은 재상이 되지 못할 바에는 좋은 의원이 되겠다."라 선언했고, 원나라 학자 주진형은 성리학자이면서 의학을 연구하여 『격치여론(格致餘論)』, 『단계심법(丹溪心法)』 등의 의서를 편찬했다. 이득윤이 글을 쓴 시기 조선은 양란을 거치면서 의료 수요가 폭증했는데, 그러한 실태가 잘 드러난다.

차천로

車天輅

1556~1615년

본관은 연안(延安), 자는 복원(復元), 호는 오산(五山)이다. 개성 출신으로 서경덕의 문인이다. 1577년 문과에 급제했는데 남의 답안을 대신 작성한 사실이 발각되어 유배되었다. 이때 선조가 관찰사에게 "훗날 크게 쓸 것이니 잘 돌보아 주어라."라고 당부한 일화가 있다. 이후 승문원에서 외교 문서를 담당하고, 통신사 황윤길(黃允吉), 김성일(金誠一)과 함께 일본에 갔다. 그는 즉석에서 수천 수의 시를 지어 일본인들을 놀라게 했다. 임진왜란이 일어나자 외교 문서를 짓는 한편, 명나라 제독 이여송(李如松)에게 시재(詩才)를 과시하여 칭찬을 받았다. 이후로도 명나라 사신을 접대하며 시를 짓는 임무를 맡았다.

차천로는 같은 개성 출신인 한호의 글씨, 최립의 문장과 함께 송도삼절로 일컬어졌다. 문집 『오산집(五山集)』, 시화 비평서 『오산설림(五山說林)』이 전한다.

시는 사람을 곤궁하게 만드는가

詩能窮人辯

옛날 구양영숙(歐陽永叔, 구양수)이 매성유(梅聖兪)의 시를 논하며 말했다.

"세상 사람들이 시인은 출세한 사람이 적고 곤궁한 사람이 많다고 하는데, 시가 사람을 곤궁하게 만드는 것이 아니라 곤궁한 사람이 시를 잘 짓기 때문일 것이다."

매성유는 시를 잘 짓기로 세상에 이름났으나 지위는 남보다 높지 않았다. 그러므로 구양영숙이 이렇게 해명한 것인데, 마음에 울컥하는 것이 있었기 때문이다.

시라는 것은 재주의 높고 낮음에 따라 성정(性情)에서 나오는 것이다. 지혜와 힘으로 구할 수 없고 억지로 힘써서 터득할 수도 없다. 곤궁하면서 시를 잘 짓는 경우도 있고, 출세하여 시를 잘 짓는 경우도 있다. 또 곤궁하든 출세하든 시를 잘 짓지 못하는 사람도 있다. 하늘에서 받는 것은 재주이고 사람이 노력하여 이루는 것은 학문이다. 학문은 억지로 힘쓸 수 있지만 재주는 구할 수 없다. 그러므로 옛사람은 활을 당기는 것으로 그 역량을 비유했다. 공자는 "활쏘기에서 과녁의 가죽을 뚫는 것은 중요하지 않다. 힘이 다르기 때문이다."라고 하였다. 과녁을 맞히는 것은 배워서 할 수 있지만 가죽을 뚫는 것은 억지로 할 수 없다는 말이다.

그러나 예로부터 시인들은 대부분 추위에 떨고 굶주렸으니, 이것이 '시가 사람을 곤궁하게 만든다'는 말이 나온 이유이다. 어떤 이는 알아 주는 군주가 없어 곤궁했고, 어떤 이는 밝은 군주에게 버림받아 곤궁했고, 진자앙(陳子昻)은 「감우시(感寓詩)」 때문에 곤궁했고, 왕발(王勃)은 「선니묘비(宣尼廟碑)」를 지어서 곤궁했고, 노동(盧仝)은 「월식시(月蝕詩)」 탓에 곤궁했다. 맹교(孟郊)는 그중에서도 더욱 곤궁한 사람이었다. 이백(李白)과 두보(杜甫) 같은 재능을 가진 사람도 세상 사람들에게 용납받지 못했으니, 시가 빌미가 되어서가 아니겠는가. 그러므로 후세에 시인을 애석하게 여기는 사람은 구양영숙의 한마디 말을 천고의 진리로 여긴다.

　문장이라는 것은 영원히 전할 만한 성대한 일이며 시는 그중의 하나이다. 성령(性靈)을 도야하고 사물을 묘사할 뿐만 아니라, 조화의 비밀을 드러내고 귀신의 솜씨를 빼앗으니 조물주가 몹시 시기한다. 그러므로 조물주는 반드시 그 사람의 몸을 곤궁하게 만들고 그 사람의 마음을 시름 겹게 하여 낭패를 당해 낮은 자리에 있게 만드니, 용렬한 사람과 비교할 수 없을 정도이다. 이것은 조물주가 시를 잘 짓는 사람에게 인색하여 그런 것인가, 아닌가?

　이렇게 따져 본 적이 있다. 시를 잘 짓고 못 짓고는 재주이고, 곤궁하고 출세하고는 운명이다. 재주는 내게 달려 있지만 시를 잘 짓는 재주를 주는 것은 하늘이다. 운명은 하늘에 달려 있으니, 곤궁하고 출세하는 운수를 사람의 힘으로 어찌하겠는가. 만약 그렇다면 시를 잘 짓는 사람은 원래 잘 짓고, 못 짓는 사람은 원래 못 짓고, 곤궁한 사람은 저절로 곤궁하고, 출세한 사람은 저절로 출세하는 것이다. 내가 시를 잘 지으면 하늘도 빼앗을 수 없으니 사람이 시를 못 짓게 만들겠는가. 내가 출세하면 하늘도 바꿀 수 없으니 사람이 곤궁하게 만들겠는가. 그러나 세상에 시

로 이름난 사람은 대부분 곤궁하여 당시에 큰일을 하지 못했다. 반면 속
좁고 잔재주나 부리는 자는 모두 의기양양했는데, 그 속을 살펴보면 텅
비었다. 어찌하여 하늘은 시 잘 짓는 사람을 곤궁하게 만들고 속 좁은
사람을 출세하게 만드는가. 구양영숙이 그렇게 말한 것도 당연하다.

그러나 후산(后山, 진사도(陳師道))은 말했다. "나는 시가 사람을 출세하
게 만드는 것은 보았어도, 시가 사람을 곤궁하게 만드는 것은 보지 못
했다." 구양영숙의 주장을 깨뜨리고자 이렇게 말한 것이다. 그러나 두 사
람의 말은 모두 마음속에 울컥한 것이 있어 나온 것이라 치우친 생각이
아니겠는가. 내 생각에 시를 잘 짓고 못 짓고는 각기 분수에 달려 있고,
운명이 곤궁하고 출세하고는 각기 운수에 맡겨야 한다. 이야말로 천명
(天命)을 알고 즐거워하여 어디를 가더라도 만족하는 사람이다. 그러지
못한다면 쓸데없는 이야기이다.

해설

당나라 사람 매성유는 뛰어난 시인이었지만 누차 과거에 낙방하고 곤궁
한 신세를 면치 못한 채 세상을 떠났다. 사람들은 시가 사람을 곤궁하게
만든 것이라며 안타까워했다. 그러나 구양수는 이렇게 말했다. "시가 사
람을 곤궁하게 만드는 것이 아니다. 곤궁해진 뒤에야 좋은 시를 지을 수
있기 때문이다." 곤궁에 시달린 사람의 경험과 감수성이 좋은 시를 만든
다는 말이다.

시가 사람을 곤궁하게 만드는가, 곤궁한 생활이 좋은 시를 만드는가.
역대 수많은 문인들이 이를 두고 갑론을박을 벌였다. 저자는 말한다. 시

를 잘 짓고 못 짓고는 재주에 달린 문제이고, 출세하고 곤궁하고는 운명에 달린 문제이다. 시가 사람을 곤궁하게 만드는 것도 아니고, 곤궁한 사람이 좋은 시를 짓는 것도 아니다. 두 가지는 별개의 문제이니, 모두 운명에 맡겨야 한다는 주장이다.

이항복

李恒福

1556~1618년

본관은 경주(慶州), 자는 자상(子常), 호는 백사(白沙)이다. 어린 시절의 벗 한음(漢陰) 이덕형과의 이야기로 널리 알려져 있다. 일찍 부모를 잃고 권율(權慄)의 사위가 되었다. 1580년 문과에 급제하여 예문관 검열 등 요직을 거치고 사가독서를 했다. 정여립의 옥사를 다스린 공으로 공신이 되었다. 임진왜란이 일어나자 다섯 차례에 걸쳐 병조 판서를 맡아 외교의 현장에서 활약하여 전란의 극복을 위해 노력했다. 이후 이조 판서, 대제학을 거쳐 우의정에 오르고 오성 부원군(鰲城府院君)에 봉해졌다. 전쟁이 끝나자 도원수 및 체찰사로 전국을 순시하며 전후 복구에 힘써 마침내 영의정에 올랐다. 광해군 즉위 후 북인 세력의 공격을 받아 관직에서 물러났다. 1617년 인목대비 폐위에 반대했다가 북청으로 유배되어 그곳에서 세상을 떠났다.

문집 『백사집(白沙集)』을 비롯하여 『춘추좌씨전』을 요약한 『노사영언(魯史零言)』, 자제들의 교육을 위해 편찬한 『사례훈몽(四禮訓蒙)』, 유연(柳淵)의 옥사를 기록한 『유연전(柳淵傳)』 등 많은 저술을 남겼다. 시호는 문충(文忠)이다.

시인과 광대와 풀벌레

惺所雜稿序

시란 무엇이 좋고 무엇이 귀하기에 세상 사람들이 그렇게 좋아하는 것인가? 글을 꾸미고 웅얼거려서 잠시 사람들의 입을 벌어지게 만드는 것뿐이다. 나는 예전에 시인과 광대는 풀벌레 같은 존재라고 여겼다. 시인은 생각을 소리로 내고 광대는 입으로 소리를 낸다. 풀벌레는 배로 소리를 내는 놈도 있고, 날개로 소리를 내는 놈도 있고, 다리로 소리를 내는 놈도 있고, 가슴으로 소리를 내는 놈도 있다. 소리 내는 방법은 다르지만 그 재주로 사람을 기쁘게 하기는 마찬가지다.

힘든가 편한가로 말하자면 벌레는 몹시 편하고 광대가 그다음이며 시인이 가장 힘들다. 벌레는 때가 되면 천기(天機)가 저절로 움직여 소리를 내니, 일부러 소리 내는 것이 아니다. 광대는 술잔을 들고 좌우에서 웃으며 하루 종일 복을 비니, 입술이 마르고 혀가 뻣뻣해져도 마음은 관여하지 않아 입은 힘들지만 마음은 편하다. 시인은 생각을 짜내어 입으로 말하고 손으로 쓰며 눈으로 보고 귀로 들어야 겨우 한 구를 완성한다. 오장육부를 힘들게 만들어 부지런히 짓는 것이 삼분의 이다. 그렇지만 세상 사람들이 이 세 가지의 순서를 매기면 시인은 마루에서 절하고 광대는 마당에 두며 벌레는 죽을 때까지 풀숲과 섬돌 사이를 벗어나지 못한다. 그렇다면 사람은 힘든 것을 귀하게 여기고 편한 것을 천하게 여기는 것인가?

옛사람이 말하기를 "귀한 사람은 남을 부리고 천한 사람은 남에게 부림을 받는다." 하였으니 사물은 어찌하여 똑같지 않은 것인가. 나는 늦게야 그러한 줄 깨닫고, 마침내 손가락을 깨물어 맹세하여 시에 대해 말하기를 기피했다. 그렇지만 좋은 시를 보면 문득 기뻐하였으니 마치 병이 나서 술을 절제하는 사람이 문득 술 생각이 나는 것 같았다.

지금 허 군(許君, 허균을 가리킴)은 유, 불, 도 삼교(三教)와 제자백가에 통달했는데, 불교의 말을 더욱 믿어 시를 지어 장식했다. 이것은 좋은 벼를 뽑아 버리고 잡초를 키우는 것과 같다. 힘들고 부지런한데도 도리어 광대나 벌레보다 못하게 될 것인데, 이 사실을 깨닫지 못하고 있다.

어떤 이는 말한다. "마음은 거북 등껍데기와 같아 속을 태우면 조짐이 바깥으로 나타나니, 이것은 마치 생각이 움직여 시를 읊는 것과 같다." 나는 이렇게 생각한다. 생각은 물과 같고 시는 얼음과 같다. 물이 얼면 얼음이 되고 얼음이 녹으면 도로 물이 된다. 이것은 마치 생각이 움직여 시를 짓고, 시를 읊으면 다시 생각하게 되는 것과 같다. 생각이 깊지 않으면 시가 좋지 않고, 마음이 맑지 않으면 생각이 깊어질 수 없다. 그러므로 깊은 생각에서 나온 시라야 사람을 감동시킬 수 있다.

나는 늙어서 시를 멀리하고 있다. 지금 마침 저녁에 집으로 돌아가다가 허 군을 만나자 나도 모르게 수레에서 내렸다. 누가 나를 이렇게 만들었는가. 시가 과연 좋고 귀한 것이기 때문인가?

이항복

해설

허균은 43세 되던 1611년 유배지 함열에서 그동안 지은 글을 『사부부부고(四部覆瓿藁)』라는 문집으로 엮었다. 문 400여 편, 시 1400여 편, 설 300여 칙으로 64권에 달하는 방대한 분량이었다. 같은 해 유배에서 풀려나 서울로 돌아온 허균은 이항복에게 이 글을 받았다. 이항복은 허균의 문집 중 시를 엮은 부분만 보고 이 글을 써 준 것으로 보인다.

허균의 시에 대한 이항복의 태도는 사뭇 비판적이다. 시인은 풀벌레나 광대보다 괴롭지만 높은 대우를 받는다. 그것은 시인의 바른 생각과 깨끗한 마음에서 나온 시가 사람들을 감동시킬 수 있기 때문이다. 그러나 허균의 시는 그렇지 않다. 허균은 유, 불, 도 삼교와 제자백가에 통달한 인재지만, 불교를 독실히 믿고 시 짓기에 몰두한다. 이것은 벼를 뽑고 잡초를 기르는 격이니, 허균의 시는 광대의 해학이나 풀벌레의 울음소리만도 못한 평가를 받을 것이라고 하였다.

그러나 이항복은 시를 짓지 않겠다고 맹세한 자신도 허균의 시를 보니 자기도 모르게 마음이 움직였다고 고백했다. 허균의 시를 혹평하면서도 한편으로는 시를 짓지 않을 수 없는 문인의 본능에 공감을 피력한 것이다.

윤광계

尹光啓

1559~1619년

본관은 해남(海南), 자는 경열(景說), 호는 귤옥(橘屋)
이다. 조헌의 문인으로 1585년 생원시에 합격하고
1589년 문과에 급제하여 주서, 설서, 예조 좌랑, 평안
도사를 역임했다. 명나라 사신 주지번(朱之蕃)을 접대
하고 공조 좌랑을 거쳐 관직에서 물러나 고향 해남에
은거했다.

문집『귤옥졸고(橘屋拙稿)』가 전한다. 김상헌과 절친하
여 그의 손자 김수항(金壽恒)이 문집에 서문을 썼는데,
시의 격조가 정련되고 맑다고 평가했다.

어디에서나 알맞게 宜齋記

나는 우리 집 이름을 오의재(五宜齋)라고 하였다. 소나무, 국화, 대나무, 매화는 눈, 서리, 바람, 달에 알맞고, 내 한 몸은 또 소나무, 국화, 대나무, 매화에 알맞기 때문이다. 그러나 나는 본디 일정한 거처가 없고, 소나무, 국화, 대나무, 매화 또한 하루아침에 심어서 자라는 것이 아니다. 그런데도 다섯 가지가 알맞다(五宜)고 하였으니 빈말일 따름이다.

생각해 보니 천지 사이에 존재하는 만물은 모두 알맞은 것이 있다. 어찌 다섯 가지에 그치겠는가. 비단 다섯 가지에 그치지 않을 뿐만 아니라 셀 수 없이 많을 것이다. 만물은 셀 수 없이 많은데 다섯 가지라고 명명했으니 너무 치우치고 적지 않겠는가. 그래서 의재(宜齋)로 이름을 고쳤다. 알맞다는 것은 무엇인가. 어디를 가더라도 알맞다는 말이다. 그렇다면 내가 사는 곳을 모두 알맞다고 하는 것은 괜찮지만 내 집 하나를 알맞다고 하는 것은 안 된다.

내 집에는 작은 누각 두 칸이 있으니 예전에 지은 것이다. 이곳에 온돌 한 칸을 만들었다. 땔나무 한 묶음을 태우면 밤새 따뜻하게 지낼 수 있으니 병든 사람에게 가장 알맞다. 창문이 사방으로 열려 맑은 바람이 저절로 들어오고 지세가 남쪽을 향해 따뜻하니, 이 집이 겨울과 여름에 알맞은 이유이다. 은행나무 한 그루가 있는데 무성하고 아름답다. 담 너머 이웃집에는 배꽃이 활짝 피어 달밤에 바라보면 마치 눈이 쌓인 것 같다. 이웃집 물건이지만 내 눈을 즐겁게 하니, 어찌 꼭 내가 가져야만 알맞겠는가. 도성이 가까우나 시끄러운 소리가 들리지 않으니, 책을 읽기에 알맞다. 손님이 많아 늦게 온 사람이 앉을 곳이 없으면 문을 열어 두 방을 연결하니, 손님을 접대하기에 알맞다. 손님 중에 시를 읊는 사람과 글을 논하는 사람과 술을 마시는 사람은 내게 가장 알맞은 손님이다. 또 쌍륙 놀이를 하여 마음을 즐겁게 하는 사람도 있고, 담소하여 귀를 즐겁게 하는 사람도 있으니, 이 또한 없어서는 안 되는 알맞은 사람이다. 이것이 사람들이 내 집을 가리켜 의재라고 하는 이유이며, 내가 의재라고 하는 이유도 여기에 있다.

이른바 알맞다는 것은 지나치지도 않고 못 미치지도 않는다는 말이다. 지나친데 알맞다고 하는 것도 안 되고, 못 미치는데 알맞다고 하는 것도 안 된다. 배고플 때는 밥 한 끼면 알맞으니, 이보다 지나치면 알맞지 않다. 추울 때는 옷 한 벌이면 알맞으니, 이보다 지나치면 알맞지 않다. 집 한 채가 있어 살기에 알맞고, 밭 한 이랑이 있어 농사짓기에 알맞고, 정원이 채소 심기에 알맞고, 샘물이 차 끓이기에 알맞고, 말이 걸음을 대신하기에 알맞고, 노비가 심부름을 대신 하기에 알맞다면, 어찌 꼭 화려한 옷과 귀한 음식, 좋은 밭 넓은 집, 수레 수십 대에 하인 수백 명을 데리고 마을을 가로질러 다녀야 알맞다고 하겠는가.

그러나 나는 이것이 싫어서 하지 않는 것이 아니다. 여기에도 알맞은 때가 있고 알맞지 않은 때가 있다. 알맞다는 것은 쓰기에 적절하다는 말이다. 적절하다는 것은 알맞다는 것이다. 내 재주가 쓰기에 알맞은데 쓰지 않는다면 알맞은 것이 아니다. 내 재주가 쓰기에 알맞지 않은데 쓰이기를 바라는 것 또한 알맞은 것이 아니다. 내 재주가 알맞은지 알맞지 않은지를 볼 따름이다. 이것이 내가 눕기에 알맞으면 눕고 자기에 알맞으면 자고 취하기에 알맞으면 취하고 깨기에 알맞으면 깨는 이유이다. 그렇다면 사람들이 나를 가리켜 의옹(宜翁)이라 해도 좋고, 내가 사는 곳을 가리켜 의재라고 해도 좋다. 만약 내 집 한 채를 가리켜 의재라고 한다면, 다른 사람들은 알맞다고 여기겠지만 나는 알맞다고 여기지 않는다. 이것이 어찌 내가 이 집을 의재라고 이름 지은 뜻이겠는가.

을미년(1595년) 일월에 쓰다.

해설

저자는 젊은 시절 자기 집에 오의재(五宜齋)라는 이름을 붙였다. 소나무, 국화, 대나무, 매화, 그리고 자기 자신까지 다섯이 서로 알맞다는 뜻이었다. 그렇지만 사는 집은 자주 바뀌고 꽃과 나무는 항상 있는 것이 아니니, 오의재라는 이름은 실상과 맞지 않다. 결국 저자는 오의재라는 이름을 버리고 의재(宜齋)라는 이름을 붙였다. 의재는 병든 몸으로 살기에 알맞고, 경치가 아름다워 알맞고, 독서하기 좋아 알맞고, 손님 접대하기 좋아 알맞았다. 그렇지만 저자가 의재라는 이름을 붙인 것은 이 때문이 아니었다.

맹자는 말했다. "공자는 벼슬할 만하면 벼슬하고, 그만둘 만하면 그만두고, 오래 있을 만하면 오래 있고, 빨리 떠날 만하면 빨리 떠났다." 처한 상황에 따라 알맞은 행동을 추구한 공자의 처신을 칭송한 말이다. 맹자는 공자를 '때에 맞게 처신한 성인(聖之時者)'이라고 하면서 자기도 공자의 처신을 배우고 싶다고 하였다. 저자의 뜻도 그렇다.

알맞다(宜)는 것은 고정된 개념이 아니다. 저자가 말하는 알맞음은 상황에 알맞은 '시의(時宜)'이다. 따라서 상황에 따른 처신이 알맞다면 어디에 살더라도 의재라는 이름을 붙일 수 있다고 하였다. 성인이라야 가능한 '시의'를 추구하겠다는 원대한 포부를 내비친 글이다.

아들을 잃은 벗에게　　逆旅說

여관을 본 적이 있는가? 아침저녁으로 오가는 사람들이 그 안에서 만난다. 어쩌다 손님이 왔는데 용모가 맑고 수려하여 아름답고 사랑스럽다. 그러면 여관 주인은 기뻐하고 좋아하여 아침저녁을 정성을 다해 지어서 내고, 술과 음료를 극진히 대접하며 그 사람을 하루라도 붙잡아 두지 못할까 두려워한다. 그러나 손님은 타향살이의 고생이 싫고 집에 돌아가 편안히 쉬고 싶은 마음에 주인을 돌아볼 겨를도 없이 서둘러 떠난다. 그러면 음식을 넉넉히 싸 주고 노자를 충분히 주어 교외까지 전송한다. 주인은 집에 돌아와 슬퍼하고 답답해하며 먹고 자는 것도 잊은 채 끊임없이 눈물을 흘린다.

　모르겠구나. 저 손님은 여관에서 부지런히 대접해 준 주인을 그리워할 것인가, 아니면 편안한 집에서 즐겁게 지낼 것인가. 나는 그가 즐겁게 지내지 못하고 주인을 그리워하리라는 것을 안다. 그렇다면 나는 평온하고 너그러운 마음으로 앞으로 올 사람을 기다려야 한다. 이미 떠난 사람은 붙잡을 수 없으니, 앞으로 올 사람이 지금보다 못하다고 어찌 장담하겠는가. 만약 "나는 많은 손님을 겪었는데, 이 손님에 비할 사람은 없었다." 라고 하면서 날마다 슬피 울며 지나친 감정인 줄도 모른다면 미혹된 것이다.

아, 천지는 여관이고 죽음과 삶은 오가는 것이다. 죽음과 삶이 오가며 끝없이 이어지니, 천지 사이에는 손님 아닌 것이 없다. 비록 그렇지만 사람은 천지 사이에 저절로 태어날 수 없고, 반드시 어딘가에 깃들어야 태어난다. 비유하자면 부모는 천지 사이의 큰 주인이다. 먹여 주고 재워 주어 보호하니, 주인의 공이 크다. 형체를 의지하니, 부모의 은혜가 크다. 지금 여관에 오는 사람 중에는 아침에 왔다가 저녁에 돌아가는 사람도 있고, 하루 이틀 묵고 떠나는 사람도 있다. 아, 하루 이틀 묵고 떠나는 사람도 내 마음을 얽매기에는 부족한데, 하물며 아침에 왔다가 저녁에 돌아가는 사람은 어떻겠는가.

선명(善鳴)에게는 견철(堅鐵)이라는 아들이 있었다. 견철은 한동안 선명의 손님으로 있다가 하루아침에 홀연 선명을 버리고 떠났다. 지나가는 나그네가 여관을 떠나는 것보다 더했다. 선명은 이 때문에 통곡하고 슬퍼했다. 장사 지내는 날에는 힘을 다해 준비하여 정성을 다했다. 그러나 시간이 지날수록 더욱 잊지 못했다. 나는 이렇게 타일렀다.

"살아서는 따뜻하고 배부르게 해 주는 은혜를 다했고, 죽어서는 장사 치르며 정성을 다했으니, 선명은 견철에게 유감이 없다고 하겠다. 견철은 아무것도 모른 채 아득히 참된 근원으로 돌아갔다. 비록 선명이 슬퍼하더라도 그는 선명이 슬퍼하는지 모를 것이다. 그런데도 선명은 여전히 슬피 우느라 모습이 날로 초췌해지고 목숨이 날로 깎이는 줄도 모르고 있다. 위로는 어머니에게 심려를 끼치고 아래로는 처자에게 걱정을 끼치니, 지나친 일이 아니겠는가.

지금 그대는 아직 나이가 젊다. 견철의 뒤에 태어날 자식이 도리어 견철보다 나을 줄 어찌 알겠는가. 그대는 필시 이렇게 말할 것이다. '나는 아이를 많이 보았는데 견철처럼 사랑스러운 아이는 보지 못했다.' 그러나 이 또한 지나친 말이다.

아, 남을 책망하는 데는 밝다고 하였는데, 내가 바로 그렇다. 견철은 선명에게 있어 하루 이틀 묵고 떠난 자와 같고, 견견(堅堅)은 나에게 있어 아침에 왔다가 저녁에 간 자와 같다. 견견은 신묘년(1591년, 선조 24년)에 죽었고, 견철은 올해 죽었으니 멀고 가까운 차이가 또 있다. 그러나 나는 슬퍼하며 잊지 못하고 있으니, 어느 겨를에 선명의 슬픔을 달래 주겠는가."

동문오(東門吳)는 자식을 잃고 슬퍼하지 않았으나 이것이야말로 큰 슬픔이다. 장자는 아내를 잃고 동이를 두드리며 노래했으니 이것이야말로 지극한 슬픔이다. 그렇다면 사람이 죽음과 삶에 대해 감정을 잊기는 어려운 일이다. 그러므로 여관 이야기를 지어 선명을 달래고 또 스스로를 달랜다.

해설

당나라 시인 이백의 「춘야연도리원서(春夜宴桃李園序)」에 "천지는 만물의 여관이요, 세월은 영원한 나그네(天地者萬物之逆旅, 光陰者百代之過客)"라고 하였다. 인간을 포함한 모든 존재는 천지라는 여관에 잠시 묵고 떠나는 나그네라는 말이다. 나그네는 때가 되면 떠나야 한다. 그것이 나그네의 운명이다. 만약 여관 주인이 떠난 나그네를 잊지 못하고 그리워한다면 그것은 운명을 거스르는 것이다. 주인은 떠나는 나그네를 덤덤히 전송하고 또 찾아올 나그네를 기다려야 한다.

이 글은 저자가 벗 백진남(白振南, 1564~1618년)에게 준 것이다. 백진

남은 앞에서 보았듯 삼당시인의 한 사람으로 유명한 백광훈의 아들이다. 아들을 잃고 슬퍼하는 백진남에게 저자는 이렇게 말한다. 부모는 여관 주인이고 자식은 나그네이다. 한번 떠난 나그네는 두 번 다시 돌아오지 않는다. 이미 떠난 나그네에 연연하지 말고 새로운 나그네가 오기를 기다려야 한다. 저자 역시 아들을 잃은 경험이 있기에 그의 위로가 설득력 있게 느껴진다.

許楚姫

허초희

1563~1589년

본관은 양천(陽川), 자는 경번(景樊), 호는 난설헌(蘭雪軒)이다. 부친 허엽(許曄), 오빠 허성(許筬), 허봉(許篈), 남동생 허균(許筠) 모두 고관을 역임한 뛰어난 문인이다. 오빠와 남동생 틈에서 글을 배워 어려서부터 두각을 나타냈다. 15세에 김성립(金誠立)과 혼인했으나 어린 아들딸을 모두 잃고 친정의 정치적 입지가 약화되는 상황에서 병으로 세상을 떠났다.

시 200여 수를 남겼는데, 신선 세계를 묘사한 유선시(遊仙詩)가 특히 많다. 허균을 통해 중국에까지 널리 알려졌다. 문집 『난설헌시집(蘭雪軒詩集)』이 전한다.

하늘나라에 지은 집　　廣寒殿白玉樓
##　　　　　　　　　　　　　上樑文

　　보배로 장식한 일산이 하늘을 덮고 구름 수레는 형상의 세계를 벗어났
으며, 은으로 지은 누각은 햇빛에 반짝이고 노을 기둥은 먼지로 덮인 속
세 위로 솟았다. 신선의 소라가 움직여 유리 기와로 덮인 전각을 짓고,
푸른 이무기가 안개를 뱉어 옥수(玉樹)의 궁전을 이루었다. 청성(靑城)의
신선은 요술을 부려 옥으로 장식한 천막을 펼치고, 벽해(碧海)의 왕자는
재주를 다해 금으로 장식한 궤짝을 만들었다. 하늘이 만든 것이지 사람
의 힘으로 만든 것이 아니다.

　　주인은 신선의 명부에 이름이 올라 있고, 하늘의 조정에서 관직을 맡
고 있다. 태청궁(太淸宮)에서 용을 타고 아침에 봉래산(蓬萊山)을 떠나 저
녁에 방장산(方丈山)에 묵고, 삼신산(三神山)에서 학을 타고 왼쪽으로 부
구(浮丘)와 인사 나누고 오른쪽으로 홍애(洪厓)의 어깨를 쳤다. 천 년 동
안 현포(玄圃)에 살다가 하루아침에 인간 세상으로 내려왔다.『황정경(黃
庭經)』을 잘못 읽어 미앙궁(未央宮)으로 유배되고, 붉은 실로 인연을 맺으
니 후회하며 유궁씨(有窮氏)의 방으로 들어왔다.

　　호리병 속에 신령한 약이 있어 현사(玄砂)에 손을 대자 발아래의 은두
꺼비가 되어 갑자기 월궁(月宮)으로 달아났다. 웃으며 홍진 세상을 벗어
나 다시 선계의 옷을 걸쳤다. 신선은 생황과 피리를 불며 옛 모임이 다시

이어짐을 기뻐하고, 혼자 된 여인은 은으로 만든 장막 속 병풍 안에 들어 오늘 밤이 지나가는 것을 아쉬워한다.

어쩌다가 태양 궁전에서 윤음(綸音)을 짓고 달 궁전에서 상주를 담당하게 되었을까. 중요한 관직을 맡아 신선들의 관청에 드나들고, 높은 지위로 오색구름의 누각에서 이름을 떨쳤다. 옥 장식 도끼에 한기가 드니 계수나무 아래의 오질(吳質)은 잠 못 이루고, 「예상우의곡(霓裳羽衣曲)」을 연주하니, 난간 옆의 선녀가 춤을 춘다. 영롱한 하패(霞佩)를 차고서 신선의 노을빛 비단 옷을 펄럭이고, 찬란한 성관(星冠)을 쓰고서 인승(人勝)에 별을 그려 넣는다.

그러다가 신선들이 와서 모일 것을 생각하니, 여전히 하늘의 누각이 부족했다. 푸른 난새가 선녀를 태운 수레를 끌고 오니 깃털 장식이 앞길을 인도하고, 상제에게 조회하는 사신이 흰 범을 타고 가니 금빛 장식이 뒤를 따른다. 유안(劉安)은 경전을 읽으며 책상에서 쌍룡검을 뽑고, 희만(姬滿)은 태양을 쫓다가 산골짜기에서 팔풍(八風)을 멈추었다.

밤에 맞이하는 상원부인(上元夫人)은 검은 머리를 높이 틀었으며, 낮에 만나는 제녀(帝女)는 금북으로 짠 아홉 가지 무늬의 비단옷을 입었다. 요지(瑤池)의 신선들이 남봉(南峯)에 모이고, 옥경(玉京)의 제왕들은 북두에 모였다. 당 현종(唐玄宗)은 나공원의 지팡이를 밟고 신선의 옷을 얻었으며, 수제(水帝)는 화선(火仙)과 온 세상을 걸고 한 판 바둑을 둔다. 붉은 누각을 높이 짓지 않는다면 조회하러 온 신선이 어디에 머물겠는가.

그리하여 십주(十洲)에 글을 보내고 구해(九海)에 격문을 날렸다. 지붕 아래 장인 노릇 하는 별을 가두니 나무를 맡은 별이 재목을 고르고, 기둥 사이에 쇠로 만든 산을 놓으니 금빛이 반짝인다. 땅의 신령이 도끼를 휘두르며 교묘한 생각을 다하고, 훌륭한 장인이 화로를 달구어 기묘한 지혜를 부린다. 푸른 노을이 꼬리를 내리니 은하수에서 쌍무지개가 물을 마시는 것 같고, 붉은 노을이 고개를 드니 여섯 마리 자라가 봉래섬을 이고 있는 것 같다. 빛나는 태양을 돌리자 안개 속에서 붉은 누각이 솟아나고, 유성을 이어 붙이니 구름 끝에 푸른 행랑이 가로질렀다. 유리 기와는 물고기 비늘처럼 겹치고, 옥 섬돌은 기러기 행렬처럼 나란하다. 미련(微連)이 깃발을 들자 짙은 안개 속에서 달이 내려오고, 부백(鳧伯)이 대장기를 세우니 하늘에 장막이 펼쳐진다. 황금 실로 아름다운 문의 휘장을 엮고, 구슬 그물로 누각의 난간을 덮었다. 신선이 용마루에 있으니 봉황이 새겨진 향로에서 향기가 피어오르고, 선녀가 창가에 있으니 두 마리 난새 새긴 거울에 물이 넘실거린다. 비취 주렴, 운모 병풍, 푸른 옥 책상에는 밤이면 상서로운 기운이 엉겨 있고, 연꽃 휘장, 공작새 깃털 부채, 백은 침상에는 낮이면 상서로운 무지개가 서려 있다.

그리하여 성대한 잔치를 열어 낙성식을 축하했다. 온갖 신령을 부르고 성인을 모두 초대했다. 북해에서 서왕모(西王母)를 부르니 기린이 꽃을 밟고, 서쪽 관문에서 노자를 만나니 푸른 소가 풀밭에 누워 있다. 화려한 마루에 비단 천막을 펼치고, 아름다운 처마에 노을빛 휘장을 드리웠다. 벌의 왕은 꿀을 바치느라 밥 짓는 주방을 어지러이 날고, 기러기 임금은 과일을 물고서 음식 올리는 부엌을 드나든다. 한 쌍의 가느다란 피리와 은빛 아쟁은 균천광악(鈞天廣樂)을 합주하고, 고운 노래와 교묘한 춤은 허공을 놀라게 하는 신령한 소리에 섞인다. 용의 머리에서는 봉황의 골수로 빚은 술이 쏟아지고, 학의 등에는 기린의 육포로 만든 안주가 올려진다. 화려한 잔치 자리에 구지(九枝)의 등불 광채가 흔들리고 푸른 연뿌리와 얼음 복숭아 등 쟁반에 산해진미가 담겨 있다.

다만 한스러운 것은 문미(門楣)에 글이 없는 것이니, 신선의 탄식을 불러일으킨다. 「청평조(淸平調)」를 지어 올린 이태백(李太白)은 고래 등에서 술에 취한 지 오래이고, 백옥루(白玉樓)의 기문을 지은 이장길(李長吉)은 사신(蛇神)을 지나치게 비웃었다. 새 궁전에 새긴 명(銘)은 산현경(山玄卿)이 지은 것이고, 천계의 벽에 글씨를 새긴 채소하(蔡少霞)는 적막하다. 삼생(三生)의 속세에 떨어져 부끄러워하다가 잘못하여 구황(九皇)의 세계에 올랐다. 강엄(江淹)은 재주가 다하자 꿈에서 오색필(五色筆)을 빼앗기고, 양(梁)나라 손님에게 시를 재촉하니 시간을 알리는 징 소리가 울린다.

천천히 붉은붓을 들고 웃으며 붉은 종이를 펼친다. 글이 폭포처럼 쏟아지고 샘처럼 솟으니 자안(子安)처럼 이불을 덮을 필요가 없고, 아름다운 구절과 군센 문장을 얻으려 적선(謫仙)처럼 얼굴에 물을 뿌리지 않아도 된다. 즉시 비단 주머니에 신령한 말을 담아다 바치니, 대궐에서 대단한 구경거리로 삼았다. 한 쌍의 대들보 사이에 놓고 여섯 방위의 노래로 삼는다.

들보 동쪽에 떡을 던지네
새벽에 봉황 타고 신선 궁궐 들어가네
새벽에 부상(扶桑) 아래에서 해가 뜨니
만 갈래 노을이 바다를 붉게 비추네

들보 남쪽에 떡을 던지네
옥룡은 한가로이 연못 물을 마시네
은빛 침상에서 일어나니 꽃그늘 진 낮인데
웃으며 선녀를 불러 푸른 적삼 벗기게 하네

들보 서쪽에 떡을 던지네
푸른 꽃은 지고 난새는 우네
비단에 글씨 써서 서왕모를 초대하고
학을 타고 돌아오니 날은 이미 저물었네

들보 북쪽에 떡을 던지네
아득한 바다에 북두성 잠겼네
붕새가 하늘로 오르니 바람은 거세고
하늘에 온통 먹구름 드리워 컴컴하네

들보 위쪽에 떡을 던지네
새벽빛 희미한 비단 구름 휘장
백옥 침상에서 신선의 꿈을 깨니
누워 북두성 자루 돌아가는 소리 듣네

들보 아래에 떡을 던지네
사방이 캄캄하니 어두운 밤인 줄 알겠네
시녀가 수정궁이 춥다고 말하니
새벽 서리가 원앙 기와에 맺혔네

　삼가 바라건대 상량한 뒤에는 아름다운 꽃이 시들지 않고 고운 풀은 항상 봄철과 같았으면 한다. 해와 달이 빛을 잃어도 난새 수레 타고 놀며 육지와 바다가 모습이 바뀌어도 바람 수레 몰며 살고 싶다. 노을 위의 은빛 창문에서 구만리 희미한 세상을 내려다보고, 바닷가 문에서 삼천 년 상전벽해(桑田碧海)를 웃으며 보고 싶다. 손으로 하늘의 해와 별을 돌리고 몸소 구천의 바람과 이슬 속을 노닐고 싶다.

해설

당나라 시인 이하(李賀)가 27세의 젊은 나이로 세상을 떠나자, 사람들은 상제(上帝)가 천상 세계에 지은 백옥루의 기문을 짓기 위해 그를 불러 간 것이라 하였다. 이후 백옥루는 문인의 죽음을 비유하게 되었다.

이 글은 허초희의 유일한 산문이다. 공교롭게도 허초희 역시 27세에 세상을 떠났다. 청나라 전겸익(錢謙益)의 『열조시집(列朝詩集)』 등에서 여덟 살에 지은 작품이라 하여 중국까지 널리 알려졌지만 이 나이에 지을 수 있는 글은 절대 아니다. 이 글에 등장하는 수많은 전고는 상당한 학습을 요구한다. 하늘의 신선이 잠시 인간 세상에 내려왔다가 다시 하늘로 올라가 백옥루 상량문을 지었다는 내용은 특별할 것이 없으나, 신선과 관련된 온갖 전고를 동원하여 화려하게 표현했다.

실은 허초희의 작인지 의심스럽다. 이수광(李睟光)은 『지봉유설(芝峰類說)』에서 이 글은 허균과 이재영(李再榮)이 함께 지은 위작이라고 하였다. 그러나 1605년 허초희의 아우 허균이 석봉 한호에게 친필로 이 글을 써 달라고 부탁하여 이듬해 목판본으로 간행했으므로, 당시 사람들은 난설헌의 작으로 믿었던 것으로 보인다. 비록 그러하지만 청나라 우동(尤侗)의 『서당잡조(西堂雜俎)』에도 이 글을 전재할 정도로 널리 알려졌기에 조선의 문운(文運)을 과시하기에는 부족함이 없기에 여기에서 보인다.

주
註

이황

군주의 마음공부 22쪽

- 앞에는 의(疑)를 두고 뒤에는 승(丞)을 두었으며, 왼쪽에는 보(輔) 오른쪽에는 필(弼)을 두었습니다. 모두 간언하는 관직이다. 『상서대전(尙書大傳)』에 따르면 "옛날 천자는 반드시 네 사람을 곁에 두었으니, 앞에는 의(疑), 뒤에는 승(丞), 왼쪽에는 보(輔), 오른쪽은 필(弼)을 두었다. 천자의 질문에 대답하지 못하면 의에게 책임을 묻고, 기록해야 하는데 하지 않으면 승에게 책임을 묻고, 바로잡아야 하는데 그러지 않으면 보에게 책임을 묻고, 칭찬해야 하는데 하지 않으면 필에게 책임을 묻는다."

- 수레를 타면 여분(旅賁)이 경계하고, 조정에 서면 관사(官師)의 법이 있었으며, 책상에 기대면 훈송(訓誦)의 간언이, 침소에 들면 설어(暬御)의 경계가 있었습니다. 업무를 볼 때는 고사(瞽史)가 인도하고, 편히 쉴 때는 공사(工師)가 일러 주었습니다. 『국어(國語)』 「초어(楚語)」에 따르면 위 무공(衛武公)은 항상 신하들이 자신을 경계하도록 했다. 여분은 임금이 탄 수레의 호위 무사이며, 관사는 관원의 우두머리이다. 훈송은 노래하는 악공, 설어는 임금을 가까이 모시는 신하, 고사와 사공은 사관(史官)과 악사(樂師)이다.

- 장구령(張九齡)은 『금감록(金鑑錄)』을 올리고, 송경(宋璟)은 「무일도(無逸圖)」를 바쳤으며, 이덕유(李德裕)는 「단의육잠(丹扆六箴)」을, 진덕수(眞德秀)는 「빈풍 칠월도(豳風七月圖)」를 올렸습니다. 장구령은 당 현종(唐玄宗) 때 사람으로, 거울삼을 열 가지 일을 적은 「천추금감록(千秋金鑑錄)」을 지어 바쳤다. 송경 역시 당 현종 때 사람으로, 『서경』 「무일(無逸)」의 내용을 그림으로 그려 올렸다. 이덕유는 사냥에 빠진 당 경종(唐敬宗)을 깨우치기 위해 병풍에 여섯 가지 경계를 적은 「단의육잠(丹扆六箴)」을 바쳤다. 진덕수는 송나라 사람으로 농사짓는 백성의 고충을 노래한 『시경』 「빈풍 칠월」의 내용

을 그림으로 그려 바쳤다.

- "마음의 기능은 생각하는 것이니, 생각하면 터득하고 생각하지 않으면 터득하지 못한다." 『맹자』 「고자 상(告子上)」에 보인다.

- "생각하면 지혜롭고, 지혜로우면 성인이 된다." 『서경』 「홍범」의 말이다.

- "공부만 하고 생각하지 않으면 얻는 것이 없고, 생각하기만 하고 공부하지 않으면 위태롭다." 『논어』 「위정(爲政)」에 보인다.

- "순(舜)은 어떠한 사람이고 나는 어떠한 사람인가. 노력하면 이렇게 되는 것이다." 『맹자』 「등문공 상(滕文公上)」에 보인다. "안연이 말했다. '순은 어떤 사람이며 나는 어떤 사람인가. 노력하면 순임금처럼 되는 것이다.'"

- 맹자가 말한 "깊이 나아가 스스로 터득한 경지"이며, "이러한 마음이 생겨나면 어찌 그만둘 수 있겠는가."라는 말의 증험입니다. 『맹자』 「이루 하(離婁下)」에 "군자가 도로써 깊이 나아가는 것은 스스로 터득하고자 해서이다."라고 했다. 또 「이루 상」에 "인의를 즐거워하는 마음이 생기면 인의를 실천하는 일을 어찌 그만둘 수 있겠는가." 했다.

- 안연(顔淵)처럼 마음이 인(仁)을 떠나지 않고 나라 다스리는 방법도 그 안에 있을 것이며 공자가 안연을 두고 마음이 석 달 동안 인(仁)을 떠나지 않는다고 한 이야기는 『논어』 「옹야(雍也)」에, 안연이 공자에게 나라 다스리는 방법을 물은 이야기는 『논어』 「위령공(衛靈公)」에 있다.

- 증자(曾子, 증삼(曾參))처럼 충(忠)과 서(恕)가 하나로 관통하여 도를 전하는 책임을 스스로 맡게 될 것입니다. 공자가 증자에게 "내 도는 하나로 관통되어 있다."라고 하자 증자가 알았다고 대답했다. 제자들이 그 뜻을 물으니 증자는 "선생님의 도는 충과 서뿐이다."라고 했다.(『논어』, 「이인(里仁)」) 충은 자신을 다하는 것이고, 서는 자신을 미루어 남을 헤아리는 것이다.

부부의 불화는 누구의 책임인가 29쪽

• 질운(郅惲)은 "아비도 아들에게 이래라저래라 할 수 없다."라고 했는데 후한(後漢) 사람 질운은 광무제(光武帝)가 곽황후(郭皇后)를 폐위했을 때 "부부 관계는 아비도 아들에게 이래라저래라 할 수 없는 것인데 하물며 신하가 임금에게 이래라저래라 할 수 있겠습니까."라고 했다.

학문의 맛을 깨닫는 법 35쪽

• 왕 씨(王氏) 두 사람과 여 씨(余氏)는 선생이 평소 지은 시문을 전부 모아 하나의 책으로 만들고 『주자대전(朱子大全)』이라 이름했으니, 모두 상당한 분량이다. 주희의 문집은 1239년 왕야(王埜)에 의해 100권으로 간행되었다. 1245년 왕수(王遂)가 누락된 시문을 모아 속집을 펴내고, 1265년 여사로(余師魯)가 별집을 냈다.

• 노재(魯齋) 왕백(王伯) 선생이 자기가 뽑은 주자의 편지를 북산(北山) 하기(何基) 선생에게 보내 교정을 청했다고 했다. 송렴의 『문헌집(文憲集)』 권12에 실려 있는 「북산 선생의 편지 뒤에 쓰다(題北山先生尺牘後)」에 따르면 왕백이 주희의 편지를 선발하고 하기에게 교정을 받았다는 내용이 있다.

도산에 사는 이유 43쪽

• "즐기며 완상하니, 여기에서 평생 지내도 싫지 않겠다." 하나로 관통한 천하의 이치를 즐기며 여생을 보내겠다는 뜻이다.

• "오랫동안 자신을 갖지 못했으니 산속에 살며 작은 효험 바라노라" 주희의 「운곡이십육영」 제14수에 나오는 구절이다.

• 안연은 누추한 골목에 살았고 원헌(原憲)은 깨진 옹기로 창문을 만든 집에

살았지. 공자는 안연이 한 그릇 밥을 먹고 한 표주박의 물을 마시며 누추한 골목에 살면서도 즐거워한다며 칭찬했다. 『논어』「옹야」에 보인다. 원헌은 춘추 시대 송나라 사람이다. 몹시 가난해 오두막집에 살았는데, 깨진 독에 구멍을 내서 창문으로 삼았다는 이야기가 『장자』「양왕(讓王)」에 있다.

- '나는 증점(曾點)과 함께하겠다.'라는 감탄을 왜 하필 기수(沂水) 가에서 했겠으며 『논어』「선진(先進)」에 다음과 같은 이야기가 실려 있다. 공자가 제자들에게 하고자 하는 바를 물으니, 증점이 "늦봄에 봄옷을 입고 어른 대여섯, 아이 예닐곱과 함께 기수에서 세수하고 무우(舞雩)에서 바람 쐰 뒤 노래하며 돌아오겠습니다."라 했다. 공자는 이에 "나는 증점과 함께하겠다."라고 했다.
- '평생을 보내겠다.'라는 소원을 유독 노봉(蘆峰) 꼭대기에서 읊조린 까닭이 무엇이겠는가. 「운곡이십육영」의 제15수 '초려(草廬)'의 구절을 인용한 것이다. "청산은 초가를 둘러싸고, 흰 구름은 외딴집을 뒤덮었네. 평생을 보내며 스스로 즐기리니, 속세 사람들아 머뭇거리지 말지어다.(青山遶蓬廬, 白雲障幽戶, 卒歲聊自娛, 時人莫留顧.)"

조식

위험한 백성 51쪽

- 염여퇴(灩澦堆) 중국 장강(長江) 구당협(瞿塘峽)에 있는 여울. 거센 물결로 유명하다.

퇴계에게 60쪽

• 서각(犀角) 물소의 뿔인데, 불을 붙이면 환하게 밝아진다. 진(晉)나라 온교 (溫嶠)가 물가에서 음악 소리를 듣고는 서각을 태워 물속을 비추어 보았 다는 이야기가 있다.

이정

턱이라는 이름의 집 82쪽

• 증남풍(曾南豐, 증공(曾鞏))의 학사(學舍)와 소강절(邵康節, 소옹(邵雍))의 안락와(安 樂窩) 그리고 주문공(朱文公, 주희)의 회암(晦庵) 증남풍은 북송(北宋)의 문장 가 증공이다. 그는 독서할 초가에 학사라는 이름을 붙이고 「학사기(學舍 記)」라는 글을 지었다. 소강절은 북송의 도학자 소옹(邵雍)이다. 안락와는 소옹이 소문산(蘇門山)에 은거할 때 살던 집 이름인데, 낙양(洛陽)으로 이 주한 뒤에도 그 이름을 계속 사용했다. 주문공은 남송의 도학자 주희로, 회암은 그가 건양(建陽) 노봉산(蘆峰山)에 지은 집의 이름이다.

• 호산(壺山) 송명중(宋明仲) 송인이다. 중종의 셋째 딸 정순 옹주와 혼인하여 여성위가 되었다.

• "산에 사는 늙은이가 쓸모없다 말하지 마라. 자기 한 몸은 편하게 지낼 수 있네" 소옹의 「임하오음(林下五吟)」 5수 중 제2수에 나오는 구절이다.

박전

제 팔을 부러뜨린 사람 87쪽

- 손가락 하나가 남들과 다르면 아프거나 방해가 되는 것도 아니지만 사람들은 싫어하여, 손가락을 펴 주는 사람이 있으면 진(秦)나라와 초(楚)나라라도 멀다 않고 달려가는 법이다. 『맹자』「고자 상」의 말을 인용한 것이다. "약손가락이 굽혀져서 펴지지 않더라도 아프거나 방해가 되지 않지만, 만약 이 것을 펴 주는 사람이 있으면 진나라와 초나라도 멀다 않고 찾아가니, 손가락이 남과 같지 않기 때문이다."

정탁

이순신을 위하여 92쪽

- 팔의(八議) 형벌을 감면해 주는 여덟 가지 조건이다. 임금의 친척(議親), 친구(議故), 어진 자(議賢), 능력 있는 자(議能), 공을 세운 자(議功), 신분이 귀한 자(議貴), 노고가 있는 자(議勤), 빈객(議賓)이다.
- 십악대죄(十惡大罪) 『대명률』에서 규정한 열 가지 큰 죄이다. 모반죄(謀反罪), 모대역죄(謀大逆罪), 모반죄(謀叛罪), 악역죄(惡逆罪), 부도죄(不道罪), 대불경죄(大不敬罪), 불효죄(不孝罪), 불목죄(不睦罪), 불의죄(不義罪), 내란죄(內亂罪)이다.

기대승

언제나 봄 103쪽

- 팔절(八節) 입춘, 입하, 입추, 입동, 춘분, 하지, 추분, 동지를 말한다.
- 조경순(刁景純) 조경순은 송나라 사람 조약(刁約)이다. 구양수(歐陽脩), 사마광(司馬光), 소식 등과 함께 관직 생활을 하다가 그만두고 고향으로 돌아가 장춘오를 짓고 살았다. 당시 수많은 문인들이 시를 지어 기념했다.

고경명

조선의 출사표 108쪽

- 역적 완안량(完顔亮)을 본받아 맹약을 어기더니 완안량은 금(金)나라 황제로, 조약을 어기고 송나라를 침략했다가 패배하고 신하에게 살해당했다.
- 구오(勾吳)처럼 침략을 자행했다. 구오는 춘추 시대 오(吳)나라를 말한다. 『춘추좌씨전』 정공(定公) 4년에 "오나라는 멧돼지와 뱀 같은 존재로 상국을 침범했다." 하였다.
- 외로운 군사가 깊이 들어갔으나 여진(女眞)은 본디 병법을 모르고 송나라가 금나라의 침입을 받자 종사도(種師道)가 싸우기를 요청하며 "여진(금나라)은 본디 병법을 모르니, 어찌 외로운 군사가 남의 나라에 깊이 들어왔다가 무사히 돌아가는 일이 있겠습니까?" 하였다.
- 중항열(中行說)에게 채찍질을 하지 못했으니 한(漢)나라의 원래 계책이 없다 중항열은 한나라 문제(文帝) 때의 환관이다. 흉노에게 투항하여 한나라의 실정을 알려 나라의 원수가 되었는데, 가의(賈誼)가 문제에게 글을 올려

"신의 계책을 따른다면 중항열을 항복시켜 그의 등에 채찍질을 할 수 있습니다." 하였다.

- 남조(南朝)에 사람이 없다는 비난이 참으로 통탄스럽고 금나라가 송나라를 침략하기 위해 황하를 건너며 "남조(송나라)에는 사람이 없다. 일이천 명으로 황하를 지켰다면 우리가 어찌 건널 수 있겠는가?" 하였다.

- 북군(北軍)이 날아서 강을 건넜다는 말이 불행히도 지금 상황과 비슷하다. 수(隋)나라가 양자강을 건너 남조의 진(陳)나라로 쳐들어오자 공범(孔範)이 말했다. "장강은 하늘이 만든 험지로 예로부터 남북을 가르는 경계였습니다. 오늘날 수나라 군사가 어찌 날아서 건널 수 있겠습니까?"

- 태왕(太王)이 빈(邠) 땅을 떠나던 마음으로 태왕은 주(周)나라 문왕(文王)의 조부 고공단보(古公亶父)이다. 빈 땅에 살고 있었는데 훈육(薰育)이 쳐들어오자 기산(岐山)으로 도읍을 옮겼다.

- 명황(明皇)이 촉(蜀) 땅으로 행차한 것처럼 파천하셨다. 명황은 당(唐)나라 현종(玄宗)이다. 안녹산(安祿山)의 난이 일어나자 장안을 버리고 촉 땅으로 파천했다.

- 방악(方岳)의 수고를 꺼리지 않으심이다. 방악은 한 지방의 통치를 담당하는 관찰사를 말한다. 당시 조선은 중국의 제후국으로 조선 국왕은 방악에 해당한다.

- 공락(鞏洛) 당나라 안녹산의 난 때 관군이 패배한 곳이다.

- 하늘이 이성(李晟)을 낸 것처럼 원로에게 의지하여 세상이 맑아지고 이성은 당나라 덕종(德宗) 때의 장수로 주자국(朱泚國)의 반란을 진압하고 장안을 수복했다. 덕종은 "하늘이 이성을 낸 것은 사직을 위해서이지 나를 위해서가 아니다." 하였다.

- 육지(陸贄)가 조서(詔書)를 지었듯 조정에서 애통해하는 윤음을 내렸다. 육지는 당나라 덕종 때의 재상으로, 번진의 난이 일어났을 때 각종 조서를 기초했다.

- 봉천(奉天) 당나라 덕종이 번진의 난을 피하여 파천한 곳이다.
- 상주(相州) 당나라 숙종 때 안경서(安慶緒)의 난을 정벌하다가 관군 60만 명이 궤멸한 곳이다.
- 한밤중에 닭 울음소리를 들으니 진(晉)나라 조적(祖逖)이 친구 유곤(劉琨)과 자다가 한밤중에 닭 울음소리를 듣고는 유곤을 깨우며, "이것은 나쁜 소리가 아니다." 하고 춤을 추었다. 선비가 때를 만나 기개를 떨친다는 뜻이다.(『진서(晉書)』, 「조적열전(祖逖列傳)」)
- 중류에서 노를 두드리며 홀로 충성을 다하기로 맹세했다. 조적이 북벌을 위해 양자강을 건널 때 노를 두드리며 "중원을 수복하지 못하면 이 강에 빠져 죽겠다." 하였다.
- 신정(新亭)에서처럼 마주 보며 눈물 흘리지 말라. 진(晉)나라가 중원을 잃고 강남으로 밀려나자, 관원들이 신정에 모여 술을 마시다가 통곡을 하며 눈물을 흘렸다. 이때 승상 왕도(王導)가 "중원을 회복할 생각은 하지 않고 어찌하여 마주 보며 눈물만 흘리는가."라고 꾸짖었다.(『세설신어(世說新語)』, 「언어(言語)」)

성혼

격언을 써 주지 못하는 까닭 118쪽

- 평생 동안 실천할 만한 한마디 말을 듣고자 한 사람도 있고 『논어』 「위령공」에, 자공(子貢)이 공자에게 "평생 동안 실천할 만한 한마디 말이 있습니까?"라고 묻자, 공자는 "서(恕)이다. 자기가 원하지 않는 일을 남에게 시키지 않는 것이다."라고 하였다.
- 이미 들은 이야기를 제대로 실천하지 못했으면 새로운 이야기 듣기를 두려

위한 사람도 있다. 『논어』「공야장(公冶長)」에 "자로는 들은 이야기를 실천하지 못하면 다른 이야기를 들을까 걱정했다." 하였다.

정인홍

윤감의 때늦은 공부 123쪽

- '노년의 공부는 촛불을 켜는 것과 같다.' 『설원(說苑)』에 "어려서 공부하는 것은 해가 처음 떠오르는 것과 같고, 젊어서 공부하는 것은 해가 중천에 떠 있는 것과 같으며, 늙어서 공부하는 것은 밤에 촛불을 켜는 것과 같다."라고 하였다.

이이

김시습의 일생 135쪽

- 증자가 깔개를 바꾸고서 죽고 자로가 갓끈을 묶고 죽었다는 이야기 증자와 자로는 모두 공자의 제자이다. 증자는 임종을 앞두고 자리에 있던 깔개가 대부(大夫)의 것으로 지나치게 화려하다며 바꾸라고 하고 죽었다. 자로는 싸움터에 뛰어들어 치명상을 입었는데, 갓끈이 풀어지자 "군자는 죽을 때도 갓끈을 풀지 않는다."라며 다시 매고 죽었다.
- 한 무제(漢武帝)는 일흔 살이 되어서야 비로소 전 승상(田丞相)의 말을 듣고 깨달았고, 원덕공(元德公)은 백 살이 되어서야 비로소 허노재(許魯齋)의 풍도에 감화되었습니다. 전 승상은 한 무제 때 사람 전천추(田千秋)이다. 무제

와 위 태자(衛太子)의 사이가 멀어지자 글을 올려 태자의 원통함을 말했다. 무제는 뒤늦게 태자에게 죄가 없다는 사실을 깨달았다. 원덕공은 미상이다.

- 중유(仲由)의 따뜻한 도포를 짓고, 온 산에 눈이 쌓이면 왕공(王恭)의 학창의(鶴氅衣)를 가다듬을 것입니다. 중유는 공자의 제자 자로이다. 공자가 그를 두고 "해진 솜옷을 입고서 여우나 담비 가죽옷을 입은 사람과 함께 서 있어도 부끄러워하지 않을 사람이다."라고 칭찬했다. 왕공은 진 무제(晉武帝)의 처남이다. 그가 학창의를 입고 눈 속을 거닐자 사람들이 신선과 같다고 하였다.

학문의 수준 149쪽

- 광자(狂者) 뜻만 크고 실천이 따르지 못하는 자를 말한다.
- 이통기국(理通氣局) 이(理)는 만물에 두루 통하지만 기(氣)는 개체에 국한된다는 말이다.
- 계선성성(繼善成性) 음양의 작용이 계속되는 것이 곧 선(善)이고 이것이 결국 본성을 이룬다는 뜻이다.

정철

나는 술을 끊겠다 169쪽

- 사냥을 좋아하는 마음이 어떻게 정명도(程明道)에게 왔기에 십 년 뒤에 싹터 움직였을까. 정명도는 남송의 학자 정호(程顥)이다. 그는 젊은 시절 사냥을 좋아했는데, 그만둔 뒤로는 사냥을 좋아하는 마음이 사라졌다고 여겼다.

그러나 십여 년 뒤 남이 사냥하는 광경을 보고서 마음이 동하여 사냥을 좋아하는 마음이 완전히 사라지지 않았다는 사실을 깨닫고 반성했다.

- 여색을 좋아하는 마음이 어떻게 담암(澹菴, 호전(胡銓))에게 왔기에 참은 뒤에도 연연했을까. 담암은 남송의 학자 호전(胡銓)이다. 화친을 주장하는 진회(秦檜)를 탄핵했다가 유배되었는데, 돌아오는 길에 남편이 있는 기생과 사통했다가 모욕을 받은 일이 있다.

- 주인옹이여, 항상 깨어 있는가. 주인옹은 몸의 주인인 마음을 가리킨다. 송나라 때 서암(瑞巖)이라는 승려가 매일 자신에게 "주인옹이여, 깨어 있는가?"라고 물으며 수양했다.

싸우는 형제에게 172쪽

- 옛날 보명(普明) 형제가 밭을 다투었는데 태수 소경(蘇瓊)이 거듭 타이르자 보명 형제가 감동하고 깨달아 머리를 조아리고 물러났으니 북위(北魏)의 소경이 남청하 태수(南淸河太守)로 재직할 때, 을보명 형제가 토지 소유권을 두고 송사를 벌였는데, 서로 내세운 증인이 백 명이나 되었다. 소경이 "얻기 어려운 것은 형제이고 얻기 쉬운 것은 토지이다."라고 타이르자, 형제가 송사를 그만두었다.

이산해

성내지 않는 사람 209쪽

- 마원(馬援)이나 누사덕(婁師德) 마원은 후한(後漢) 사람으로, 남의 잘잘못과 정치의 옳고 그름을 말하지 않았다. 누사덕은 당(唐)나라 사람으로, 누군

가가 침을 얼굴에 침을 뱉어도 닦지 말라고 아우에게 타일렀다.

최립

그림으로 노니는 산수 214쪽

• 한 씨(韓氏)가 이 말을 인용하여 "어질게 지내고 지혜롭게 꾀하라."라고 하였다. 한유(韓愈)는 연주(連州)로 좌천된 왕중서(王仲舒)를 위해 「연희정기(燕喜亭記)」를 지어 주었는데, 이 글에 "어질게 지내고 지혜롭게 꾀하라."라는 충고가 보인다.

고산의 아홉 구비 223쪽

• 관은 예(禮)의 시작이라는 뜻 『예기(禮記)』 「관의(冠義)」의 "관은 예의 시작이다.(冠者, 禮之始.)"라는 말을 인용한 것이다.
• 공의 아명 현룡(見龍)이 구이(九二)에 조응한다. 이이의 아명은 현룡(見龍)이다. 『주역』 건괘(乾卦) 구이(九二)에, "나타난 용이 밭에 있으니 대인을 만나는 것이 이롭다.(見龍在田 利見大人.)"라는 말에서 따온 것이다.

유성룡

먼 훗날을 위한 공부 238쪽

• 모모(嫫母)가 서시(西施)를 따라 하다가 웃음거리가 되었다지만 모모는 황제

(黃帝)의 비(妃)로 모습이 몹시 추했다고 하고, 서시는 전국 시대 월(越)나라 미녀이다. 모모가 서시를 따라 했다는 말은 효빈(效顰)의 고사를 인용한 것으로 보인다.

임제

꿈에서 만난 사육신 246쪽

- 분명 장사(長沙)의 언덕인 줄 알겠으나 장사는 항우에 의해 허수아비 황제 노릇을 하던 의제(義帝)가 죽은 곳이다.
- 말고삐를 붙잡고 바다에 빠져 죽겠다는 의리를 품었고 은(殷)나라의 백이와 숙제는 주왕(紂王)을 정벌하러 가는 주(周)나라 무왕(武王)의 말고삐를 붙잡고 만류하였으며, 전국 시대 제(齊)나라의 노중련(魯仲連)은 "진나라를 황제로 섬기느니 바다에 빠져 죽겠다."라고 하였다. 모두 군주에게 충성하는 의리를 지킨다는 뜻이다.
- 어린 임금을 맡기고 나라를 대신 다스릴 만한 인물 증자는 "어린 임금을 맡길 만하고 나라를 대신 다스릴 만하며, 큰일을 당해서도 절개를 빼앗을 수 없다면 군자다운 사람이 아니겠는가."라고 하였다.
- 왕망(王莽)은 가짜 임금이요/ 의제(義帝)는 겉으로만 높았네 왕망은 한(漢)나라를 찬탈하고 스스로 제위에 오른 사람이고, 의제는 항우(項羽)에게 옹립되어 허수아비 임금 노릇을 한 사람이다.
- 침현(郴縣) 의제가 죽은 곳이다.
- 신정(新亭)에서 다 함께 초수(楚囚)처럼 슬퍼하네 신정은 중원을 잃은 진(晉)나라 사람들이 슬퍼하던 곳이고, 초수는 외국의 감옥에 갇혀서도 초나라를 잊지 않은 죄수이다.

- 율리(栗里)의 맑은 바람 맞으며 원량(元亮)은 늙고 율리는 진나라 도연명이 은거한 곳이다. 원량은 도연명의 자다. 도연명의 은거는 진나라에 대한 절의를 지키기 위한 것이었다.
- 문산(文山)처럼 의리 있고 중자(仲子)처럼 청렴하며 문산은 송(宋)나라에 대한 절개를 지켜 순절한 문천상(文天祥)의 호이고, 중자는 청렴하기로 유명한 전국 시대 제(齊)나라 사람 진중자(陳仲子)이다.

김덕겸

열 명의 손님 255쪽

- 신릉군(信陵君) 전국 시대 위(魏)나라의 공자(公子)로 선비를 좋아하여 문하에 수천 명의 식객이 있었다.

한백겸

오랫동안 머물 집 266쪽

- 옛 선비가 음양의 체사용삼(體四用三)을 논하면서 "천지의 동쪽, 서쪽, 남쪽은 볼 수 있지만 북쪽은 볼 수 없다."라고 하였으니 체사용삼은 송(宋)나라 철학자 소옹의 『황극경세서(皇極經世書)』에 나오는 개념으로, 천지의 본체는 4의 배수이며 작용은 3의 배수라는 학설이다. 이에 따라 천지에는 동서남북 4면이 존재하지만 볼 수 있는 것은 동서남 3면뿐이다. 마치 사람이 앞과 좌우는 볼 수 있지만 등 뒤는 볼 수 없는 것과 같다고 하였다.

고상안

농사짓는 백성을 위해 271쪽

- 여러 초(楚)나라 사람이 떠드는 것보다 심하다. 맹자가 말하기를 "제나라 사람이 초나라 사람에게 제나라 말을 가르치는데, 여러 초나라 사람이 떠든다면 날마다 종아리를 치면서 제나라 말을 하라고 해도 할 수 없을 것이다." 하였다. 방해되는 것이 많다는 뜻이다.

이득윤

사람을 살리는 것이 가장 중요하다 289쪽

- 무망(无妄)의 약 『주역』 무망괘(无妄卦)의 상전(象傳)에 "무망의 약은 쓸 수 없다.(无妄之藥, 不可試也.)"라고 하였다. 무망의 약은 병이 없는데 약을 쓰는 것을 말한다.

윤광계

아들을 잃은 벗에게 306쪽

- 동문오(東門吳)는 자식을 잃고 슬퍼하지 않았으나 이것이야말로 큰 슬픔이다. 동문오는 전국 시대 양(梁)나라 사람이다. 자식이 죽었는데도 슬퍼하지 않아 사람들이 이유를 물으니, "내가 예전에 자식이 없을 때는 자식이

없다고 슬퍼하지 않았다. 이제 자식이 죽었으니 옛날과 같아진 것이다. 내가 무엇 때문에 슬퍼하겠는가."라고 하였다.

- 장자는 아내를 잃고 동이를 두드리며 노래했으니 이것이야말로 지극한 슬픔이다. 장자의 아내가 죽어 혜자(惠子)가 문상하러 갔더니 장자가 동이를 두드리며 노래하고 있었다. 혜자가 이유를 물으니, "존재하지 않는 상태에서 태어났다가 다시 존재하지 않는 상태로 돌아갔으니 슬퍼할 것 없다." 하였다.

허초희

하늘나라에 지은 집 311쪽

- 옥수(玉樹) 신선 세계에 있다고 하는 나무이다.
- 청성(靑城) 신선이 산다는 청성산을 말한다.
- 벽해(碧海) 신선이 산다는 전설의 바다이다.
- 태청궁(太淸宮) 신선의 거처로 하늘을 뜻한다.
- 왼쪽으로 부구(浮丘)와 인사 나누고 오른쪽으로 홍애(洪崖)의 어깨를 쳤다. 부구와 홍애는 모두 신선의 이름이다.
- 현포(玄圃) 곤륜산 꼭대기에 있다는 신선의 거처이다.
- 『황정경(黃庭經)』을 잘못 읽어 미앙궁(未央宮)으로 유배되고 『황정경』은 도교의 경전이다. 옛날 신선이 이 책을 잘못 읽었다가 인간 세상에 유배되어 내려왔다는 이야기가 있다. 미앙궁은 한(漢)나라의 궁전 이름이다.
- 붉은 실로 인연을 맺으니 후회하며 유궁씨(有窮氏)의 방으로 들어왔다. 부부의 인연을 맺어 주는 신선이 붉은 실로 남녀를 묶는다는 이야기가 있다. 유궁씨는 전설의 씨족으로, 그 우두머리 예(羿)의 부인이 항아(姮娥)이다.

- 호리병 속에 신령한 약이 있어 현사(玄砂)에 손을 대자 발아래의 은두꺼비가 되어 갑자기 월궁(月宮)으로 달아났다. 예(羿)가 서왕모(西王母)에게서 죽지 않는 약을 얻어 오자 예의 아내 항아가 훔쳐 먹고 두꺼비가 되어 달로 달아났다.
- 옥 장식 도끼에 한기가 드니 계수나무 아래의 오질(吳質)은 잠 못 이루고 오질은 한(漢)나라 사람으로, 신선술을 잘못 배우는 바람에 달에 가서 계수나무를 베는 벌을 받았다.
- 「예상우의곡(霓裳羽衣曲)」을 연주하니, 난간 옆의 선녀가 춤을 춘다. 당(唐)나라 도사(道士) 나공원(羅公遠)이 도술을 부려 지팡이를 무지개다리로 바꾸어 현종(玄宗)과 함께 달에 올라가 선녀들의 춤을 구경하고 「예상우의곡」을 듣고 돌아왔다.
- 하패(霞佩) 신선의 장식품이다.
- 성관(星冠) 도사의 모자이다.
- 인승(人勝) 정월 인일(人日)에 만드는 인형 모양의 머리 장식이다.
- 유안(劉安)은 경전을 읽으며 책상에서 쌍룡검을 뽑고 유안은 한(漢)나라 사람으로 단약(丹藥)을 먹고 온가족과 함께 신선이 되어 하늘로 올라갔다.
- 희만(姬滿)은 태양을 쫓다가 산골짜기에서 팔풍(八風)을 멈추었다. 희만은 신선 주목왕(周穆王)이다. 팔풍은 팔방에서 부는 바람이다.
- 상원부인(上元夫人) 선녀의 이름이다. 머리에 삼각으로 상투를 만들고, 나머지 머리는 허리까지 늘어뜨렸다고 한다.
- 제녀(帝女) 전설에 등장하는 옛 황제의 딸 요희(瑤姬)를 말한다.
- 수제(水帝)는 화선(火仙)과 온 세상을 걸고 한 판 바둑을 둔다. 수제는 북방의 신 수덕진군(水德眞君)이고 화선은 남방의 신 벽력화선(霹靂火仙)이다.
- 십주(十洲)에 글을 보내고 구해(九海)에 격문을 날렸다. 십주는 바다에 있다고 하는 신선이 사는 땅 열 곳이며, 구해는 세상의 모든 바다를 말한다.
- 미련(微連)이 깃발을 들자 짙은 안개 속에서 달이 내려오고, 부백(凫伯)이 대

장기를 세우니 하늘에 장막이 펼쳐진다. 미련과 부백은 모두 신선의 이름
이다.

- 서왕모(西王母) 중국 신화에 등장하는 여성 신선이다.

- 서쪽 관문에서 노자를 만나니 푸른 소가 풀밭에 누워 있다. 노자가 소를
  타고 서쪽의 함곡관(函谷關)을 나갔다는 고사를 인용한 것이다.

- 균천광악(鈞天廣樂) 상제(上帝)의 음악이다.

- 구지(九枝)의 등불 한 줄기에 아홉 개의 가지가 달린 등불이다.

- 「청평조(清平調)」를 지어 올린 이태백(李太白) 이태백은 당나라 시인 이백이
  다. 현종이 침향정(沈香亭)에서 양귀비와 함께 있을 때 이백을 불러 시를
  짓게 하자 이백이 「청평조사(清平調詞)」를 지어 올렸다.

- 백옥루(白玉樓)의 기문을 지은 이장길(李長吉) 이장길은 당나라 시인 이하(李
  賀)이다. 그가 젊은 나이에 요절하자 상제가 백옥루의 기문을 짓기 위해
  데려갔다는 전설이 전한다.

- 새 궁전에 새긴 명(銘)은 산현경(山玄卿)이 지은 것이고, 천계의 벽에 글씨를
  새긴 채소하(蔡少霞)는 적막하다. 산현경과 채소하는 모두 당나라의 신선이
  다. 산현경이 「창룡계신궁명(蒼龍溪新宮銘)」을 짓자 채소하가 글씨를 썼다.

- 삼생(三生) 전생, 현생, 내생을 말한다.

- 구황(九皇) 상고 시대 아홉 명의 제왕이다.

- 강엄(江淹)은 재주가 다하자 꿈에서 오색필(五色筆)을 빼앗기고 강엄이 신선
  에게 오색 붓을 받는 꿈을 꾸고 글재주가 좋아졌는데, 어느 날 신선이 도
  로 가져간 꿈을 꾼 뒤로 글재주가 이전만 못해졌다.

- 양(梁)나라 손님에게 시를 재촉하니 시간을 알리는 징 소리가 울린다. 남북
  조 시대 제(齊)나라 왕자 소자량(蕭子良)이 문인들을 모아 촛불에 금을 그
  어 놓고 시를 짓게 하였는데, 소문염(蕭文琰), 구령해(丘令楷), 강공(江珙) 등
  이 더 빨리 지을 수 있다며 징을 치게 하고, 그 메아리가 끝나기 전에 시
  를 지었다. 양나라라고 한 것은 제나라 다음에 양나라가 들어섰기 때문으

로 보인다.

- 자안(子安)처럼 이불을 덮을 필요가 없고 자안은 당나라 시인 왕발(王勃)이다. 왕발은 글을 짓기 전에 이불로 얼굴을 덮고 잠시 누워 생각을 정리한 뒤 일어나 썼다.
- 적선(謫仙)처럼 얼굴에 물을 뿌리지 않아도 된다. 적선은 이백이다. 현종이 이백을 불러 시를 짓게 하였는데, 이백이 술에 취해 정신을 차리지 못하자 신하들이 얼굴에 물을 뿌려 깨웠다.
- 부상(扶桑) 동쪽의 해가 뜨는 곳에 있는 나무이다.

李滉

進聖學十圖箚 ^{22쪽}

判中樞府事臣李滉謹再拜上言, 臣竊伏以道無形象, 天無言語, 自河洛圖書之
出, 聖人因作卦爻, 而道始見於天下矣. 然而道之浩浩, 何處下手? 古訓千萬,
何所從入? 聖學有大端, 心法有至要, 揭之以爲圖, 指之以爲說, 以示人入道之
門, 積德之基, 斯亦後賢之所不得已而作也. 而況人主一心, 萬幾所由, 百責所
萃. 衆欲互攻, 群邪迭鑽, 一有怠忽, 而放縱繼之, 則如山之崩, 如海之蕩, 誰得
而禦之?

古之聖帝明王, 有憂於此, 是以兢兢業業, 小心畏愼, 日復一日, 猶以爲未也.
立師傅之官, 列諫諍之職, 前有疑後有丞, 左有輔右有弼, 在輿有旅賁之規, 位
宁有官師之典, 倚几有訓誦之諫, 居寢有瞽御之箴, 臨事有瞽史之導, 宴居有工
師之誦, 以至盤盂几杖刀劍戶牖, 凡目之所寓, 身之所處, 無不有銘有戒, 其所
以維持此心, 防範此身者, 若是其至矣. 故德日新而業日廣, 無纖過而有鴻號矣.

後世人主, 受天命而履天位, 其責任之至重至大爲如何? 而所以自治之具,
一無如此之嚴也, 則其憪然自聖, 傲然自肆於王公之上, 億兆之戴, 終歸於壞亂
殄滅, 亦何足怪哉? 故于斯之時, 爲人臣而欲引君當道者, 固無所不用其心焉.
若張九齡之進金鑑錄, 宋璟之陳無逸圖, 李德裕之獻丹扆六箴, 眞德秀之上豳
風七月圖之類, 其愛君憂國拳拳之深衷, 陳善納誨懇懇之至意, 人君可不深念
而敬服也哉?

臣以至愚極陋, 辜恩累朝, 病廢田里, 期與草木同腐. 不意虛名誤達, 召置講
筵之重, 震越惶恐, 辭避無路, 旣不免爲此叨冒, 則是勸導聖學, 輔養宸德, 以
期致於堯舜之隆, 雖欲辭之以不敢, 何可得也? 顧臣學術荒疎, 辭辯拙訥, 加

以賤疾連仍, 入侍稀罕, 冬寒以來, 乃至全廢, 臣罪當萬死, 憂慄罔措.

臣竊伏惟念當初上章論學之言, 既不足以感發天意, 及後登對屢進之說, 又不能以沃贊睿猷, 微臣悃愊, 不知所出. 惟有昔之賢人君子, 明聖學而得心法, 有圖有說, 以示人入道之門, 積德之基者, 見行於世, 昭如日星. 玆敢欲乞以是進陳於左右, 以代古昔帝王工誦器銘之遺意, 庶幾借重於既往, 而有益於將來. 於是謹就其中揀取其尤著者得七焉, 其心統性情, 則因程圖, 而附以臣作二小圖, 其三者, 圖雖臣作, 而其文其旨, 條目規畫, 一述於前賢, 而非臣創造, 合之爲聖學十圖, 每圖下, 輒亦僭附謬說, 謹以繕寫投進焉.

第緣臣恓寒纏疾之中, 自力爲此, 眼昏手顫, 書未端楷, 排行均字, 竝無准式. 如蒙勿卻, 乞以此本, 下諸經筵官, 詳加訂論, 改補差舛, 更令善寫者精寫正本, 付之該司, 作爲御屏一坐, 展之淸燕之所, 或別作小樣一件粧貼爲帖, 常置几案上, 冀得於俯仰顧眄之頃, 皆有所觀省警戒焉, 則區區願忠之志, 幸莫大焉, 而其義意有所未盡者, 臣請得而申言之.

竊嘗聞之, 孟子之言曰: "心之官則思, 思則得之, 不思則不得也." 箕子之爲武王陳洪範也, 又曰: "思曰睿, 睿作聖." 夫心具於方寸, 而至虛至靈, 理著於圖書, 而至顯至實, 以至虛至靈之心, 求至顯至實之理, 宜無有不得者, 則思而得之, 睿而作聖, 豈不足以有徵於今日乎? 然而心之虛靈, 若無以主宰, 則事當前而不思, 理之顯實, 若無以照管, 則日常接而不見, 此又因圖致思之不可忽焉者然也.

抑又聞之, 孔子曰: "學而不思則罔, 思而不學則殆." 學也者, 習其事而眞踐履之謂也. 蓋聖門之學, 不求諸心, 則昏而無得, 故必思以通其微. 不習其事, 則危而不安, 故必學以踐其實. 思與學, 交相發而互相益也. 伏願聖明深燭此理, 先須立志, 以爲舜何人也, 予何人也, 有爲者亦若是, 奮然用力於二者之功. 而持敬者, 又所以兼思學, 貫動靜, 合內外, 一顯微之道也. 其爲之之法, 必也存此心於齋莊靜一之中, 窮此理於學問思辨之際, 不睹不聞之前, 所以戒懼者愈嚴愈敬, 隱微幽獨之處, 所以省察者愈精愈密.

就一圖而思, 則當專一於此圖, 而如不知有他圖, 就一事而習, 則當專一於此事, 而如不知有他事, 朝焉夕焉而有常, 今日明日而相續, 或紬繹玩味於夜氣淸明之時, 或體驗栽培於日用酬酢之際, 其初猶未免或有掣肘矛盾之患, 亦時有極辛苦不快活之病, 此乃古人所謂將大進之幾, 亦爲好消息之端. 切毋因此而自沮, 尤當自信而益勵, 至於積眞之多, 用力之久, 自然心與理相涵, 而不覺其融會貫通, 習與事相熟, 而漸見其坦泰安履, 始者各專其一, 今乃克協于一, 此實孟子所論深造自得之境. 生則烏可已之驗, 又從而俛焉孶孶, 旣竭吾才, 則顔子之心不違仁, 而爲邦之業在其中, 曾子之忠恕一貫, 而傳道之責在其身, 畏敬不離乎日用, 而中和位育之功可致, 德行不外乎彝倫, 而天人合一之妙斯得矣.

是其爲圖爲說, 僅取敍陳於十幅紙上, 思之習之, 只做工程於平日燕處, 而凝道作聖之要, 端本出治之源, 悉具於是. 惟在天鑑留神加意, 反復終始, 勿以輕微而忽之, 厭煩而置之, 則宗社幸甚, 臣民幸甚. 臣不勝野人芹暴之誠, 冒瀆宸嚴, 輒以爲獻, 惶懼屏息, 取進止.(『退溪集』卷7)

與李平叔 29쪽

孔子曰: "有天地然後有萬物, 有萬物然後有夫婦, 有夫婦然後有父子, 有父子然後有君臣, 有君臣然後禮義有所錯." 子思曰: "君子之道, 造端乎夫婦, 及其至也, 察乎天地." 又曰: "詩云妻子好合, 如鼓瑟琴云云." 子曰: "父母其順矣乎." 夫婦之倫, 其重如此, 其可以情好之未愜, 疎而薄之乎? 大學曰: "其本亂而末治者否矣. 其所厚者薄, 而其所薄者厚, 未之有也." 孟子申其說, 亦曰: "於所厚者薄, 無所不薄也." 噫, 爲人旣薄, 何以事父母? 何以處兄弟宗族州里? 何以爲事君使衆之本乎?

似聞公有琴瑟不調之歎, 不知因何而有此不幸. 竊觀世上, 有此患者不少, 有其婦性惡難化者, 有嫫醜不慧者, 有其夫狂縱無行者, 有好惡乖常者, 其變多端, 不可勝擧. 然以大義言之, 其中除性惡難化者, 實自取見疎之罪外, 其餘皆在夫. 反躬自厚, 黽勉善處, 以不失夫婦之道, 則大倫不至於斁毀, 而身不陷於無所不薄之地. 其所謂性惡難化者, 若非大段悖逆, 得罪名敎者, 亦當隨宜處之, 不使遽至於離絶可也.

蓋古之去婦, 猶有他適之路, 故七去可以易處. 今之婦人, 率皆從一而終, 何可以情義不適之故, 而或待若路人, 或視如讎仇, 牉體歸於反目, 衽席隔於千里, 使家道無造端之處, 萬福絶毓慶之原乎? 大學傳曰: "無諸己而后, 非諸人." 此事請以滉所嘗經者告之. 滉曾再娶, 而一値不幸之甚, 然而於此處, 心不敢自薄, 黽勉善處者殆數十年. 其間極有心煩慮亂, 不堪撓憫者, 然豈可循情而慢大倫, 以貽偏親之憂乎? 邪慲所謂父不能得之於子者, 眞是亂道邪諂之言, 不可諉此而不忠告於公. 公宜反覆深思, 而有所懲改焉. 於此終無改圖, 何以爲學問, 何可爲踐履耶?(『退溪集』卷37)

答安道孫 ^{33쪽}

今聞乳婢棄三四朔兒, 當上京云, 此無異於殺之也. 近思錄論此事云, 殺人子以活己子, 甚不可, 今此事正類此, 奈何奈何? 京家必有乳婢矣, 五六朔間, 兼飼相濟, 以待八九月間上送, 則此兒亦似可以粥物活命. 如此則可以兩活, 無乃大可乎! 若不能然, 必欲送, 則寧使絜其兒而上去, 兼飼兩兒, 猶可也. 直令棄去, 仁人所不忍, 至爲未安. 故先告之, 更思之.(『退溪集』續集 卷7)

朱子書節要序 _{35쪽}

晦菴朱夫子, 挺亞聖之資, 承河洛之統, 道巍而德尊, 業廣而功崇. 其發揮經傳之旨, 以幸敎天下後世者, 旣皆質諸鬼神而無疑, 百世以俟聖人而不惑矣. 夫子旣沒, 二王氏及余氏, 裒粹夫子平日所著詩文之類, 爲一書, 名之曰朱子大全, 總若干卷, 而其中所與公卿大夫門人知舊往還書札, 多至四十有八卷. 然此書之行於東方, 絶無而僅有, 故士之得見者蓋寡.

嘉靖癸卯中, 我中宗大王, 命書館印出頒行. 臣滉於是, 始知有是書而求得之, 猶未知其爲何等書也. 因病罷官, 載歸溪上, 得日閉門靜居而讀之. 自是漸覺其言之有味, 其義之無窮, 而於書札也, 尤有所感焉. 蓋就其全書而論之, 如地負海涵, 雖無所不有, 而求之難得其要. 至於書札, 則各隨其人材稟之高下, 學問之淺深, 審證而用藥石, 應物而施爐錘. 或抑或揚, 或導或救, 或激而進之, 或斥而警之, 心術隱微之間, 無所容其纖惡, 義理窮索之際, 獨先照於毫差. 規模廣大, 心法嚴密, 戰兢臨履, 無時或息, 懲窒遷改, 如恐不及, 剛健篤實輝光, 日新其德, 其所以勉勉循循而不已者, 無間於人與己. 故其告人也, 能使人感發而興起焉, 不獨於當時及門之士爲然. 雖百世之遠, 苟得聞敎者, 無異於提耳而面命也, 嗚呼至矣.

顧其篇帙浩穰, 未易究觀, 兼所載弟子之問, 或不免有得有失. 滉之愚竊不自揆, 就求其尤關於學問而切於受用者, 表而出之, 不拘篇章, 惟務得要. 乃屬諸友之善書者及子姪輩, 分卷寫訖, 凡得十四卷爲七冊, 蓋視其本書, 所減者殆三之二, 僭妄之罪, 無所逃焉. 雖然, 嘗見宋學士集, 有記魯齋王先生以其所選朱子書, 求訂於北山何先生云, 則古人曾已作此事矣. 其選其訂, 宜精密而可傳. 然當時宋公, 猶嘆其不得見, 況今生於海東數百載之後, 又安可蘄見於彼, 而不爲之稍加損約, 以爲用工之地也哉?

或曰: "聖經賢傳, 誰非實學, 又今集註諸說, 家傳而人誦者, 皆至教也. 子獨拳拳於夫子之書札, 抑何所尙之偏而不弘耶?"曰: "子之言似矣而猶未也. 夫人之爲學, 必有所發端興起之處, 乃可因是而進也. 且天下之英才, 不爲不多, 讀聖賢之書, 誦夫子之說, 不爲不勤, 而卒無有用力於此學者無他, 未有以發其端而作其心也."今夫書札之言, 其一時師友之間, 講明旨訣, 責勉工程, 非同於泛論如彼, 何莫非發人意而作人心也? 昔聖人之敎, 詩書禮樂皆在, 而程朱稱述, 乃以論語爲最切於學問者, 其意亦猶是也.

嗚呼, 論語一書, 旣足以入道矣. 今人之於此, 亦但務誦說, 而不以求道爲心者, 爲利所誘奪也. 此書有論語之旨, 而無誘奪之害, 然則將使學者, 感發興起, 而從事於眞知實踐者, 舍是書何以哉? 夫子之言曰: "學者之不進, 由無入處而不知其味之可嗜, 其無入處, 由不肯虛心遜志, 耐煩理會."使今之讀是書者, 苟能虛心遜志, 耐煩理會, 如夫子之訓, 則自然知其入處, 得其入處, 然後知其味之可嗜, 不啻如芻豢之悅口, 而所謂大規模嚴心法者, 庶可以用力矣. 由是而旁通直上, 則泝伊洛而達洙泗, 無往而不可, 向之所云聖經賢傳, 果皆爲吾之學矣, 豈偏尙此一書云乎哉?

滉年薄桑楡, 抱病窮山, 悼前時之失學, 慨餘韻之難理, 然而區區發端, 實有賴於此書, 故不敢以人之指目而自隱, 樂以告同志, 且以俟後來於無窮云. 嘉靖戊午夏四月日, 後學眞城李滉謹序.(『退溪集』卷42)

陶山十二曲跋 40쪽

右陶山十二曲者, 陶山老人之所作也. 老人之作此, 何爲也哉? 吾東方歌曲, 大抵多淫哇不足言, 如翰林別曲之類, 出於文人之口, 而矜豪放蕩, 兼以褻慢戲狎, 尤非君子所宜尙. 惟近世有李鼈六歌者, 世所盛傳, 猶爲彼善於此, 亦惜乎其有玩世不恭之意, 而少溫柔敦厚之實也.

老人素不解音律, 而猶知厭聞世俗之樂, 閒居養疾之餘, 凡有感於情性者, 每發於詩. 然今之詩異於古之詩, 可詠而不可歌也. 如欲歌之, 必綴以俚俗之語, 蓋國俗音節, 所不得不然也. 故嘗略倣李歌, 而作爲陶山六曲者二焉. 其一言志, 其二言學, 欲使兒輩朝夕習而歌之, 憑几而聽之, 亦令兒輩自歌而自舞蹈之, 庶幾可以蕩滌鄙吝, 感發融通, 而歌者與聽者, 不能無交有益焉.

顧自以蹤跡頗乖, 若此等閒事, 或因以惹起鬧端, 未可知也, 又未信其可以入腔調諧音節與未也. 姑寫一件, 藏之篋笥, 時取玩以自省, 又以待他日覽者之去取云爾. 嘉靖四十四年歲乙丑暮春既望, 山老書.(『退溪集』卷43)

陶山雜詠幷記 ^{43쪽}

靈芝之一支東出, 而爲陶山. 或曰:"以其山之再成, 而命之曰陶山也." 或云:"山中舊有陶竈, 故名之以其實也." 爲山不甚高大, 宅曠而勢絶, 占方位不偏, 故其旁之峯巒溪壑, 皆若拱揖環抱於此山然也. 山之在左曰東翠屏, 在右曰西翠屏. 東屏來自淸凉, 至山之東, 而列岫縹緲. 西屏來自靈芝, 至山之西, 而聳峯巍峨. 兩屏相望, 南行逶邐, 盤旋八九里許, 則東者西, 西者東, 而合勢於南野莽蒼之外. 水在山後曰退溪, 在山南曰洛川. 溪循山北, 而入洛川於山之東, 川自東屏而西趨, 至山之趾, 則演漾泓渟, 沿洄數里間, 深可行舟, 金沙玉礫, 淸瑩紺寒, 卽所謂濯纓潭也. 西觸于西屏之崖, 遂竝其下, 南過大野, 而入于芙蓉峯下, 峯卽西者東而合勢之處也.

始余卜居溪上, 臨溪縛屋數間, 以爲藏書養拙之所, 蓋已三遷其地, 而輒爲風雨所壞. 且以溪上偏於闃寂, 而不稱於曠懷, 乃更謀遷, 而得地於山之南也. 爰有小洞, 前俯江郊, 幽敻遼廓, 巖麓悄蒨, 石井甘冽, 允宜肥遯之所, 野人田其中以資易之, 有浮屠法蓮者幹其事, 俄而蓮死, 淨一者繼之, 自丁巳至于辛酉, 五年而堂舍兩屋粗成, 可棲息也.

堂凡三間, 中一間曰玩樂齋, 取朱先生名堂室記樂而玩之, 足以終吾身而不厭之語也. 東一間曰巖栖軒, 取雲谷詩自信久未能, 巖栖冀微效之語也, 又合而扁之曰陶山書堂. 舍凡八間, 齋曰時習, 寮曰止宿, 軒曰觀瀾, 合而扁之曰隴雲精舍. 堂之東偏, 鑿小方塘, 種蓮其中, 曰淨友塘. 又其東爲蒙泉, 泉上山脚, 鑿令與軒對平, 築之爲壇, 而植其上梅竹松菊, 曰節友社. 堂前出入處, 掩以柴扉, 曰幽貞門. 門外小徑緣澗而下, 至于洞口, 兩麓相對, 其東麓之脅, 開巖築址, 可作小亭, 而力不及, 只存其處. 有似山門者, 曰谷口巖. 自此東轉數步, 山麓斗斷, 正控濯纓, 潭上巨石削立, 層累可十餘丈, 築其上爲臺, 松棚翳日, 上天下水, 羽鱗飛躍, 左右翠屏, 動影涵碧, 江山之勝, 一覽盡得, 曰天淵臺. 西麓亦擬築臺, 而名之曰天光雲影, 其勝槩當不減於天淵也. 盤陀石在濯纓潭中, 其狀盤陀, 可以繫舟傳觴, 每遇潦漲, 則與齊俱入, 至水落波淸, 然後始呈露也.

余恆苦積病纏繞, 雖山居, 不能極意讀書, 幽憂調息之餘, 有時身體輕安, 心神灑醒, 俛仰宇宙, 感慨係之, 則撥書攜筇而出, 臨軒玩塘, 陟壇尋社, 巡圃蒔藥, 搜林擷芳. 或坐石弄泉, 登臺望雲, 或磯上觀魚, 舟中狎鷗, 隨意所適, 逍遙徜徉, 觸目發興, 遇景成趣, 至興極而返, 則一室岑寂, 圖書滿壁, 對案默坐, 兢存硏索, 往往有會于心, 輒復欣然忘食. 其有不合者, 資於麗澤, 又不得則發於憤悱, 猶不敢强而通之. 且置一邊, 時復拈出, 虛心思繹, 以俟其自解. 今日如是, 明日又如是. 若夫山鳥嚶鳴, 時物暢茂, 風霜刻厲, 雪月凝輝, 四時之景不同, 而趣亦無窮, 自非大寒大暑大風大雨, 無時無日而不出, 出如是, 返亦如是, 是則閒居養疾, 無用之功業, 雖不能窺古人之門庭, 而其所以自娛悅於中者不淺, 雖欲無言而不可得也.

於是, 逐處各以七言一首紀其事, 凡得十八絶, 又有蒙泉, 冽井, 庭草, 澗柳,菜圃, 花砌, 西麓, 南沜, 翠微, 寥朗, 釣磯, 月艇, 鶴汀, 鷗渚, 魚梁, 漁村, 烟林, 雪徑, 櫟遷, 漆園, 江寺, 官亭, 長郊, 遠岫, 土城, 校洞等五言雜詠二十六絶, 所以道前詩不盡之餘意也.

嗚呼, 余之不幸晚生遐裔, 樸陋無聞, 而顧於山林之間, 夙知有可樂也. 中年, 妄出世路, 風埃顚倒, 逆旅推遷, 幾不及自返而死也. 其後年益老, 病益深, 行益躓, 則世不我棄, 而我不得不棄於世. 乃始脫身樊籠, 投分農畝, 而向之所謂山林之樂者, 不期而當我之前矣. 然則余乃今所以消積病, 豁幽憂, 而晏然於窮老之域者, 舍是將何求矣?

雖然, 觀古之有樂於山林者, 亦有二焉. 有慕玄虛, 事高尙而樂者, 有悅道義, 頤心性而樂者. 由前之說, 則恐或流於潔身亂倫, 而其甚則與鳥獸同群, 不以爲非矣. 由後之說, 則所嗜者糟粕耳, 至其不可傳之妙, 則愈求而愈不得, 於樂何有? 雖然, 寧爲此而自勉, 不爲彼而自誣矣, 又何暇知有所謂世俗之營營者, 而入我之靈臺乎?

或曰:"古之愛山者, 必得名山以自託. 子之不居淸涼, 而居此何也?" 曰:"淸涼壁立萬仞, 而危臨絶壑, 老病者所不能安. 且樂山樂水, 缺一不可, 今洛川雖過淸涼, 而山中不知有水焉. 余固有淸涼之願矣, 然而後彼而先此者, 凡以兼山水, 而逸老病也." 曰:"古人之樂, 得之心而不假於外物. 夫顔淵之陋巷, 原憲之甕牖, 何有於山水? 故凡有待於外物者, 皆非眞樂也." 曰:"不然, 彼顔原之所處者, 特其適然而能安之爲貴爾. 使斯人而遇斯境, 則其爲樂豈不有深於吾徒者乎? 故孔孟之於山水, 未嘗不亟稱而深喩之. 若信如吾子之言, 則與點之歎, 何以特發於沂水之上, 卒歲之願, 何以獨詠於蘆峯之巓乎? 是必有其故矣." 或人唯而退. 嘉靖辛酉日南至, 山主老病畸人記.(『退溪集』卷3)

曹植

民巖賦 ^{51쪽}

六月之交, 瀦漶如馬. 不可上也, 不可下也. 吁嘻哉, 險莫過焉, 舟以是行, 亦以
是覆. 民猶水也, 古有說也. 民則戴君, 民則覆國. 吾固知可見者水也, 險在外
者難狎, 所不可見者心也. 險在內者易褻, 履莫夷於平地. 跌不視而傷足, 處莫
安於袵席, 尖不畏而觸目. 禍實由於所忽, 巖不作於谿谷. 怨毒在中, 一念甚銳.
匹婦呼天, 一人甚細. 然昭格之無他, 天視聽之在此. 民所欲而必從, 寔父母之
於子. 始雖微於一念一婦, 終責報於皇皇上帝. 其誰敢敵我上帝? 實天險之難
濟. 亘萬古而設險, 幾帝王之泄泄. 桀紂非亡於湯武, 乃不得於丘民. 漢劉季爲
小民, 秦二世爲大君. 以匹夫而易萬乘, 是大權之何在? 只在乎吾民之手分, 不
可畏者甚可畏也.

　嘻噓哉, 蜀山之險, 安得以僭君覆國也哉? 究厥巖之所自, 亶不外乎一人. 由
一人之不良, 危於是而甲仍. 宮室廣大, 巖之興也. 女謁盛行, 巖之階也. 稅斂
無藝, 巖之積也. 奢侈無度, 巖之立也. 掊克在位, 巖之道也. 刑戮恣行, 巖之固
也. 縱厥巖之在民, 何莫由於君德? 水莫險於河海, 非大風則妥帖. 險莫危於民
心, 非暴君則同胞. 以同胞爲敵讎, 庸誰使而然乎? 南山節節, 唯石巖巖. 泰山
巖巖, 魯邦所詹. 其巖一也, 安危則異. 自我安之, 自我危爾. 莫曰民巖, 民不巖
矣.(『南冥集』卷1)

乙卯辭職疏 ^{54쪽}

宣務郎新授丹城縣監臣曹植, 誠惶誠恐, 頓首頓首, 上疏于主上殿下. 伏念先王

不知臣之無似, 始除爲參奉, 及殿下嗣服, 除爲主簿者再. 今者又除爲縣監, 慄慄危懼, 如負丘山, 猶不敢一就黃琼一尺良地, 以謝天日之恩者. 以爲人主之取人, 猶匠之取木, 深山大澤, 靡有遺材, 以成大廈之功, 大匠取之, 而木了自與焉. 殿下之取人者, 有土之責也, 臣不任爲慮, 用是不敢私其大恩. 而躝躝難進之意, 則終不敢不達於側席之下矣.

抑臣難進之意, 則有二焉. 今臣年近六十, 學術疏昧, 文末足以取丙科之列, 行不足以備洒掃之任. 求擧十餘年, 至於三黜而退, 初非不事科擧之人也. 就使人有不屑科目之爲者, 亦不過悾悾一段之凡民, 非大有爲之全才也. 況爲人之善惡, 決不在於求擧與不求擧也. 微臣盜名而謬執事, 執事聞名而誤殿下, 殿下果以臣爲如何人耶? 以爲有道乎? 以爲能文乎? 能文者未必有道, 有道者未必如臣, 非但殿下不知, 宰相亦不能知也, 不知其人而用之, 爲他日國家之耻, 則何但罪在於微臣乎? 與其納虛名而賣身, 孰若納實穀而買官乎? 臣寧負一身, 不忍負殿下, 此所以難進者一也.

抑殿下之國事已非, 邦本已亡, 天意已去, 人心已離. 比如大木, 百年蠧心, 膏液已枯, 茫然不知飄風暴雨何時而至者久矣. 在廷之人, 非無忠志之臣夙夜之士也, 已知其勢極而不可支, 四顧無下手之地. 小官嬉嬉於下, 姑酒色是樂, 大官泛泛於上, 唯貨賂是殖, 河魚腹痛, 莫肯尸之. 而且內臣樹援, 龍挐于淵, 外臣剝民, 狼恣于野, 亦不知皮盡而毛無所施也. 臣所以長想永息, 晝以仰觀天者數矣, 噓唏掩抑, 夜以仰看屋者久矣. 慈殿塞淵, 不過深宮之一寡婦, 殿下幼冲, 只是先王之一孤嗣. 天災之百千, 人心之億萬, 何以當之, 何以收之耶? 川渴雨粟, 其兆伊何? 音哀服素, 形象已著. 當此之時, 雖有才兼周召, 位居鈞軸, 亦末如之何矣. 況一微身材如草芥者乎? 上不能持危於萬一, 下不能庇民於絲毫, 爲殿下之臣, 不亦難乎? 若賣斗筲之名, 而賭殿下之爵, 食其食而不爲其事, 則亦非臣之所願也, 此所以難進者二也.

且臣近見邊鄙有事, 諸大夫旰食, 臣則不自爲駭者, 嘗以爲此事發在二十年之前, 而賴殿下神武, 於今始發, 非出於一夕之故也. 平日朝廷以貨用人, 聚財而散民, 畢竟將無其人, 而城無軍卒, 賊入無人之境, 豈是怪事耶? 此亦對馬倭奴陰結向導, 作爲萬古無窮之辱, 而王靈不振, 若崩厥角, 是何待舊臣之義, 或嚴於周典, 而寵仇賊之恩, 反如於亡宋耶? 視以世宗之南征, 成廟之北伐, 則孰如今日之事乎?

然若此者, 不過爲膚革之疾, 未足爲心腹之痛也. 心腹之痛, 痞結衝塞, 上下不通, 此乃卿大夫乾喉焦唇, 而車馳人走者也. 號召勤王, 整頓國事, 非在於區區之政刑, 唯在於殿下之一心, 汗馬於方寸之間, 而收功於萬牛之地, 其機在我而已, 獨不知殿下之所從事者何事耶? 好學問乎? 好聲色乎? 好弓馬乎? 好君子乎? 好小人乎? 所好在是, 而存亡繫焉. 苟能一日惕然警悟, 奮然致力於學問之上, 忽然有得於明新之內, 則明新之內, 萬善具在, 百化由出, 擧而措之, 國可使均也, 民可使和也, 危可使安也. 約而存之, 鑑無不空, 衡無不平, 思無邪焉. 佛氏所謂眞定者, 只在存此心而已. 其爲上達天理, 則儒釋一也. 但施之於人事者, 無脚踏地, 故吾家不學之矣. 殿下旣好佛矣, 若移之學問, 則此是吾家事也. 豈非弱喪而得其家, 得見父母親戚兄弟故舊者乎?

況爲政在人, 取人以身, 修身以道. 殿下若取人以身, 則帷幄之內, 無非社稷之衛也, 容何有如昧昧之微臣乎? 若取人以目, 則衽席之外, 盡是欺負之徒也, 亦何有如硜硜之小臣乎? 他日殿下致化於王道之域, 則臣當執鞭於廝臺之末, 竭其心膂, 以盡臣職, 寧無事君之日乎? 伏願殿下必以正心爲新民之主, 修身爲取人之本, 而建其有極, 極不極, 則國不國矣, 伏惟睿察. 臣植不勝隕越屛營之至, 昧死以聞.(『南冥集』卷2)

答退溪書 ^{60쪽}

平生景仰, 有同星斗于天, 曠世難逢, 長似卷中人. 忽蒙賜喩勤懇, 撥藥弘多, 曾是朝暮之遇也. 植之愚蒙, 寧有所斬耶? 只以構取虛名, 厚誣一世, 以誤聖明. 盜人之物, 猶謂之盜, 況盜天之物乎? 用是跼蹐無地, 日俟天誅, 天譴果至, 忽於去年冬, 腰脊刺痛, 月餘, 右脚輒蹇, 已不得齒行人列, 雖欲蹈履平地上, 寧可得耶? 於是人皆知吾之所短, 而僕亦不能藏吾之短於人矣, 堪可笑嘆. 第念公有燃犀之明, 而植有戴盆之嘆, 猶無路承教於懿文之地. 更有眸病, 眜不能視物者有年, 明公寧有撥雲散以開眼耶? 伏惟鑑察. 遙借紙面, 詎能稍展蕉葉乎? 謹拜.(『南冥集』卷2)

崔演

雁奴說 ^{63쪽}

雁之爲物, 隨陽南北, 無常棲, 十百爲群, 閑飛靜集. 宿沙渚間, 則令雁奴四圍而警捕, 大者居其中. 人若伺殆少近, 則奴輒告之亟, 群雁警起, 飛翔高擧, 罿罻不能施, 弋人無所慕, 奴之衛主, 功鮮有儷. 人有以火探捕者, 候陰暗密藏燭於瓦鑪中, 持棒者隨之, 潛行將及, 秉燭略擧, 奴卽驚叫, 大者亦寤, 便匿其火, 則須臾復定. 又如前擧燭, 奴又奔告, 如是者數四, 頻驚而無捕, 則大者反以奴爲不直爭啄, 人復擧燭, 則奴懼其啄不復驚, 人遂逼之, 一網打盡, 殆無遺類. 嗚呼, 奴之忠勤矣, 人之計狡矣, 雁之惑甚矣, 豈獨雁然? 人亦有焉. 偸安姑息, 不恤外侮, 受紿於奸狡, 反不信忠賢, 終必爲所中而莫之悟, 大則忘國, 小則敗家, 不亦惑乎? 哀哉, 且夫人之見其主阽危而不救者, 觀雁奴則庶可知愧. 此物雖小, 可以喩大, 吾於是乎作雁奴說.(『艮齋集』卷11)

猫捕鼠說 ^{65쪽}

余僑人家寓居, 家有鼠狃於永某氏. 常白日爲群, 睢盰縱恣, 或床上捋鬚, 或戶間出額. 穿墉穴楄, 室無全宇, 孔箱咋篋, 桁無完衣. 以至盪扉動牕, 掀盤舐缶, 食我麥苗, 齧我几案. 架楎牙簽, 啗損殆盡, 輕趫捷猾, 目不暇瞬, 汨汨上下, 瑣瑣出入, 達曙竟夕, 騺騺窣窣. 敲拍叱嚇, 略不畏忌. 暗投以杖, 毆而斁之, 則或暫踡伏, 須臾復作. 欲灌恐壞墻, 欲熏恐燒木, 投之忌其器, 掠之匿其穴. 呪無符却無刀, 吾恐不獨暴耗吾物, 亦咬齧我身矣. 吾頗患之, 倩隣家狸奴置突奧使捕之, 則見其鼠, 熟視之若無覩, 豈徒不捕? 又從而狎之, 群聚校穴, 橫恣益甚. 余乃嗟然歎曰:"此猫受人育怠其職, 何異法官不勤觸邪, 强吏不勤扞敵哉?"忼慨久之, 憮然有逝將去汝之歎.

居數日, 有人來言, 吾家有猫, 甚猛且武, 善捕鼠, 遂求而致之, 則豎瞳迸金, 文毛斑豹, 磨牙張瓜, 晝巡夜伺, 臨其穴軒兮引鼻, 得鼠氣則凝蹲不動, 拳腰弭耳. 俄見鬚搖其穴, 則動無不捷, 碎首屠腸, 抉目捎尾. 不浹辰, 鼠黨帖伏, 五技已窮, 兩門若灑, 穴封蟲絲. 向之礫礫者, 肅然蹤滅, 汁器服物, 一無損壞.

夫鼠本陰類, 常怯怕於人者, 向之暴耗, 豈有深謀遠識, 大膽壯力, 能凌侮於人哉? 特以人不知禦之之術, 故逞其狡縱, 至於如彼耳. 嗚呼, 人非不靈於鼠, 而不能制鼠, 猫非有靈於人, 而鼠畏其猫. 天之生物, 各有職守有如是夫. 今夫圓首方足, 盜名蠹義, 貪利害物, 甚於鼠者多矣. 有國家者, 盍思所以去之之道乎? 吾觀猫之捕鼠, 有似乎去邪, 而竊有感焉, 遂作說.(『艮齋集』卷11)

洪暹

漢陽宮闕圖記 69쪽

我殿下卽位之十有五年, 進修之學旣明, 爲治之本已立, 而四聰所及, 重瞳所寓, 猶不廢箴警之具. 秋八月丁卯, 出御景福宮之翠露亭, 引接宰執, 兼試儒臣, 特命判中樞府事臣鄭士龍曁臣暹, 就香案前, 賜以溫語曰: "予頃在乙卯, 令畫師模寫漢陽城郭宮闕之狀, 遂成屛風, 實諸大內, 暹可作記, 士龍作詩以進." 仍出其屛, 展于玉座之西. 臣暹聞命祗慄, 伏覩大略, 穿雲掃黛, 中屛而北者, 白岳山也. 當山之南, 殿閣崢嶸, 繚以高墉者, 景福宮也. 碧瓦丹栭, 雙峙而发業, 內爲論經聽政之便殿, 則思政其名也, 外爲臨朝接賓之正衙, 則勤政其號也. 半空朱樓, 龍礎高擎, 環以靈沼, 匝以琪樹者, 慶會樓之所以倣靈臺也. 春宮東闢, 密邇紫微, 講堂南敞, 問寢路近者, 資善堂之所以法周文也.

東而爲昌德, 卽古之所謂離宮, 猶西京之有建章也. 又東而爲昌慶, 卽先朝奉養慈后之所, 猶漢家之有長信也. 位置之盛, 視法宮略有裁損, 而小樓別殿, 設因崗巒, 登臨之勝殆過之, 無不適於淸燕之睿賞焉. 左祖右社, 前朝後市, 鍾鼓有樓. 當國之中, 築萬雉之金城, 闢三朝之廣路, 廓通八門, 輻輳八方. 至若慕華之迎帝詔, 濟川之習戰艦, 三山鎭北而秀拔, 一江繞南而蕩漾, 襟抱控扼, 護衛宸居, 豈非周禮所謂辨方正位, 體國經野, 周詩所謂相其陰陽, 爰居允荒者乎?

臣竊惟山水之有圖畫古也, 宮闕之有圖畫非古也, 而所以爲屛者何哉? 山川不改於萬古, 而宮闕隨人而興廢, 不改者, 於人無與, 而興廢者, 感人必深. 雖然, 目之所寓而思從之, 思之所起而憂喜從之, 世之人主, 見山河之險固, 宮室之壯麗, 其心以謂險固者何以能保界, 壯麗者何以能寧處? 如此者, 可謂知其可憂而致隆之本也. 山河之險, 彼孰侮之? 宮室之美, 彼孰移之? 如此者, 可謂惟知其可喜而取亡之道也.

今我殿下尋常展畵, 自警于聖念曰: "理亂無常, 成壞由人. 千門萬戶, 何以常有? 不敢忘聖祖櫛沐經理之苦, 聿來胥宇之勤." 睿鑑所照, 無非可憂之境. 興廢之感, 不輟宴安之警, 所以爲屛, 聖慮在此. 若是則丹靑初非玩物, 養聖眼, 所以養聖德也. 昔班孟堅賦兩京, 王延壽賦靈光, 皆極其宮室之瓌壯, 池臺之崇深, 而曾不知因鋪張而及箴警. 雖其文章, 汪然而肆, 斐然而文, 何嘗有補於時君之治道乎? 今我殿下於池臺殿閣眞形之呈露者, 反以爲不足觀, 而必欲移之於繪事, 斂之於一紙者, 蓋欲不出九重之內, 六寢之邃, 而流峙之遠, 締搆之廣, 瞭然於一指點之際, 可喜可憂, 無不因所矚而警于心, 警于心而推於政, 推於政而國勢益鞏. 臣有以知聖學之日高, 治本之日厚也, 而況據成而慮壞者, 有國之先務, 因事而獻規者, 愛君之常情, 此臣所以不復效孟堅延壽無益之辭, 而必惓惓於宋璟無逸之圖, 德裕丹扆之箴也. 嗚呼! 繼自今以往, 聖子神孫, 對越茲屛, 每以殿下今日之心爲心, 常知金甌之完缺, 實由警省之存否, 則所謂王者之里, 天府之國, 永爲文子文孫之有, 而茲屛之有關於興廢, 可不信矣乎? 臣於是乎颺言以爲記.(『忍齋集』卷4)

金麟厚

上李太守書 ^{75쪽}

月日, 化民孤哀子金麟厚, 誠惶誠恐, 稽顙再拜, 謹言于城主閤下. 竊嘗聞古之爲民上者, 不患己勢之不尊, 而患民之不親, 不患民心之不服, 而患己之不盡. 不以民性之流於惡爲可罪, 而恒致念於本源之未嘗不善, 以心感心, 而無不可感之理, 以人治人, 而無不可治之道. 令之使必可行, 禁之使必可止, 有以使民畏而愛之, 敬而信之. 日遷善遠罪而不自知, 以至於不令而行, 不禁而止. 苟或矜高以自尊, 逆詐以爲明, 則近者諂而欺, 遠者慢而疑. 諂而欺, 則易悅而不知其非, 慢而疑, 則易離而必至於逆, 下之獲罪者多, 上之取怨者深. 自以爲尊, 而勢日孤, 自以爲是, 而惡日積矣.

伏惟閤下, 淸平簡重, 勤儉質直, 不尙刑威, 專用文治. 察鄰邑之政, 無如閤下之用心者, 一則監司之過聽, 一則姦細之號訴, 近名之譏, 雖出於一時之戲劇, 而不能無纖芥之不快, 則於朋友, 亦不可爲深見信也. 其所以致此者, 何哉? 此正閤下動心忍性, 增益不能之時也.

夫子象易之蹇曰: "反身修德." 傳曰: "君子之遇艱阻, 必自省於身, 有失而致之乎, 有所未善則改之, 無歉於心則加勉, 乃自修其德也." 周公之告成王曰: "小人怨汝詈汝, 則皇自敬德, 厥愆曰朕之愆, 不啻不敢含怒." 康王之命君牙曰: "夏暑雨, 小民惟曰怨咨, 冬祁寒, 小民亦惟曰怨咨, 厥惟艱哉. 思其艱, 以圖其易, 民乃寧." 惟閤下留意焉.

商之餘民, 染紂舊惡, 豈爲無可惡者? 而康叔之封於衛, 武王必戒之以如保赤子. 戰國之時, 人欲橫流, 不復知有仁義, 不可爲善俗, 而孟子答魏侯之問, 必以施仁政省刑罰爲先. 哀公以年饑用不足爲憂, 有若對之以盍徹, 又疑其不知而妄對, 則乃曰: "百姓足, 君孰與不足? 百姓不足, 君孰與足?" 此數說者, 以常情觀之, 其不以爲迂遠而闊於事情者鮮矣. 然上焉而非假借姑息之君, 下焉而非曲學阿世之儒, 則其必以是爲言者, 豈無謂與?

大學引康誥之言而釋之曰: "心誠求之, 雖不中, 不遠矣." 程子曰: "赤子未能自言其意, 而爲之母者, 慈愛之心, 出於至誠, 則凡所以求其意者, 雖或不中, 而不至於大相遠矣, 豈待學而能哉? 若民則非如赤子之不能自言, 而使之者反不能無失於其心, 則以本無慈愛之心, 而於此有不察爾." 至哉言乎! 又有推其說者曰: "事君如事親, 事官長如事兄, 與同僚如家人, 待群吏如奴僕, 愛百姓如妻子, 處官事如家事, 然後能盡吾之誠, 如有毫末不至, 皆吾心有所未盡也." 吾心之不盡, 則物我相形, 彼此隔絶, 如手足痿痹, 氣不相貫, 痒疴疾痛, 皆不切己, 其何以酬萬變而一衆心哉?

雖然, 其所以爲是病者, 不過曰偏與私而已. 蓋私則必偏, 偏則必私, 私則不公, 偏則不正, 一念之微, 間不容髮, 而害事害政之端, 實由於此. 何者? 心之應事, 有一毫之私係, 則不得其本然之正, 而不能爲一身之主, 身之接物, 有一毫之偏重, 則必失其當然之則, 而甚至爲天下之僇. 好惡之極定於內, 而存亡之幾決於外, 可不愼哉? 果能常存此心, 必使之如鑑之空, 如衡之平, 不容其有一毫之偏私, 則群邪無以乘其隙而中其機, 事得其宜, 而民協于中矣.

閣下試於淸閒靜一之中, 平心易氣, 取聖賢言語, 集考註釋, 沈潛反覆, 求其所以用心者, 保何爲而如子, 罰何爲而當省, 饑何爲而當徹, 以至視何爲而如傷, 使何爲而如祭, 知而必至於好之, 好而必至於樂之, 無味於諂言, 無怒於慢民, 徐思而審處之, 不爲不可行之令, 不可止之禁, 必以聖賢之所以用心者爲心, 則日用之間, 自無別種道理, 而應接之際, 從容閒暇, 必極其當然之則. 省身而德以修, 責己而怨自釋, 慢者敬, 疑者信, 離者合, 逆者順, 感應之妙, 將無遠之不通, 其於爲政乎何有? 麟厚身不行道, 家失其政, 父母僮使, 不能保存, 一朝散盡, 罪罰殘生, 憂疚增深, 始念民心向背, 小大無間, 傷虎知眞, 益覺非虛, 輒敢冒進其說如此. 伏惟閣下, 矜憐而恕其罪焉.(『河西全集』卷11)

李楨

頤庵記 ^{82쪽}

古之君子, 必有所處之室, 而其爲室也, 容膝是求, 而未嘗敢爲高明之制. 故或謂之舍, 或謂之窩, 或謂之庵, 而亦不可無所識之名. 故或以吾之所事, 或以吾之所存, 或以吾之所勉而名之. 非徒名之而已, 蓋爲踐其實爾. 其於曾南豊之學舍, 邵康節之安樂窩, 朱文公之晦庵, 可知也已. 壺山宋明仲, 年未弱冠, 選入儀賓, 其爵可謂高矣, 其祿可謂厚矣. 爲之高堂廣廈, 聳甍棟於雲霄之表, 以侈其觀, 以娛其意, 似無不可也. 而只築小室於東園, 以爲燕息之所, 材非孔良, 制亦不美. 夏居而迫乎暑, 客至而嫌於隘, 而明仲則安焉, 名曰頤庵, 徵文於余.

竊觀頤之大象, 山下有雷頤, 君子以, 愼言語, 節飮食. 夫上止下動, 頤頷之象也, 外實中虛, 頤口之象也. 言語由是而出, 飮食因斯而入. 故聖人於此, 敎之以愼且節焉, 其意豈不深矣乎? 蓋人之心, 非言語則無以宣於外, 言語之於人, 可謂大矣. 然不愼之, 則躁妄狂誕, 甚非養德之道, 此非可愼者乎? 人之身, 非飮食, 則無以資其氣, 飮食之於人, 可謂重矣. 然不節之, 則侈淫縱肆, 亦非養體之術, 此非可節者乎? 此聖人之所以敎人, 而明仲之所以取而爲名者歟! 然而聖人垂世之訓, 敎人之方, 不一而足, 而明仲必取此而爲名者, 何歟?

余嘗思之, 明仲之學, 可謂深矣, 明仲之才, 可謂敏矣. 以此而施之於世, 措之於事, 必有可觀者矣. 而國旣有制, 官非帶務矣, 學無所用, 才無所展, 則明仲之身所易行, 明仲之力所可勉者, 孰有過於飮食言語之間乎? 此明仲之所以取頤之義而名之以自勉也歟! 苟能愼言語, 無躁妄狂誕之病, 則心之靜可知矣. 苟能節飮食, 無侈淫縱肆之患, 則身之泰可知矣. 心旣靜矣, 身又泰焉, 則浩然之氣自生, 晬然之色亦見, 而君子學道之功成矣. 此非能踐其養德養體之實, 而不負

其名庵之義者乎? 明仲雖只取頤之義而爲名, 而其所成就者, 果止於言語之愼
飮食之節而已乎?

中庸曰: "誠者, 非自成己而已, 所以成物也." 然則所謂成己者不過如此, 而成
物之能否, 又不必論矣. 嗟乎, 夫人之情, 稍有所學, 則必欲行之於世, 少有其才,
則亦欲試之於事. 今也明仲有學有才矣, 而顧無是心, 而只欲勉之於養德養體
之道, 其過於人, 不亦遠乎? 嘗聞康節之詩曰: "莫道山翁拙於用, 也能康濟自家
身." 蓋康節之不肯仕於朝, 明仲之不能用於世, 所遇雖不同, 而其康濟此身則一
也. 康節之後, 吾於明仲見之矣. 然則斯庵也, 當與曾之舍, 邵之窩, 朱之庵, 騈
美於後世也無疑矣.(『龜巖集』續集 卷1)

朴全

折臂者說 87쪽

民之役, 惟兵最苦, 而國典有廢疾者免, 爲不能用兵也. 南州有一男子, 臨拔民
爲兵也, 乃自折其臂, 示不可用. 余悲之, 且問之曰: "受父母遺體, 不敢毁傷, 孝
之至也. 今汝要免兵籍, 自戕遺體, 無奈不孝於親而不近於人情者乎?"男子哽
咽, 久乃對曰: "人所不忍者, 莫甚於自戕其身者, 則其身有不暇顧矣. 不孝有大
於毁親之遺體者, 則遺體有不暇恤者, 此亦出於不幸者矣. 方今爲一方連帥之
職者, 率多貪戾鷙暴之人, 以愛養軍兵爲何事, 以善事權貴爲能. 於是徭役煩
興, 徵斂百端, 嚴刑酷罰, 狼恣豺暴. 兵不堪其苦, 遭杖斃者幾人, 致縊者幾人,
不然逃入山林, 托名空門者, 又不知其幾人也, 則捕亡星發, 徵闕火急, 徵其父
母, 徵其一族, 徵其隣里, 然父母也一族也隣里也, 豈有無身役者? 而苟有父母

有一子則有一子之徵, 有七子則有七子之徵, 一族有一一族則有一一族之徵, 有十一族則有十一族之徵, 鄰里有西家之徵, 有東家之徵. 於是父母妻子離散, 一族失其業, 隣里不相保, 十室而九空, 雞犬而不相寧焉者皆是也.

余家有一老母, 兄弟四人, 長兄爲兵第四年, 不堪其苦逃之. 次兄爲兵第三年, 不堪其苦自縊軍門死, 次兄爲兵第二年, 遭杖斃於家今已數日矣. 今余又爲兵, 則不知其爲長兄之逃乎? 爲次兄之死乎? 不死則徙, 固所不免, 顧有老母在, 有子四人不得其養焉, 則余所以不願爲忠而願爲孝者也. 余故能忍於暫而不能忍於久, 能不孝於小而不能不孝於大者, 良以此也. 且余爲兵則雖有此手, 能爲王祥之扣冰乎? 雖有此臂, 能爲子路之負米乎? 故余免死徙於彼, 而求孝於此, 一手幸完, 則猶可以擔荊薪捧甘旨, 以終母年, 豈若他人俱四體而不免死且徙於爲兵, 使父母妻子離散者哉? 嗚呼, 孰知爲兵之苦, 有甚於自戕其身體者哉?"

余曰: "噫, 一指之不若人, 非疾痛害事者, 人猶惡之, 苟能有伸之者, 不遠秦楚. 今使具體之身, 乃敢自傷折之, 使爲民者, 寧甘於自戕其體而不願爲兵, 則兵之苦可知也已. 及有緩急, 知有親上死長之心, 而如身之使臂, 臂之使指, 得乎? 余故述男子之言, 著爲兵之苦, 以爲爲政者覽焉."(『松坡逸稿』)

鄭琢

李舜臣獄事議 92쪽

琢議以爲李舜臣獄事, 體面極重, 固難輕議, 而處置一款, 亦甚關重. 當倭奴之再動入寇也, 不能及時遮截, 其間情勢, 容或有可論, 朝廷命令之及時傳通與否, 海上風勢之順逆, 皆不可知也. 其元情招辭, 自當一一見出, 至於心術隱微之間, 發於施爲之際, 固不無可疑之端, 與元均處置之事一也, 其他做錯之事, 恐亦非一二. 而自古將臣全德者蓋寡, 且古者當國家多事之時, 苟有一才, 則雖至於形餘黥卒, 屠狗賤士, 皆在收用之類, 縱有不逮之事, 曲護而安全之, 以盡其用, 其意有在.

今如舜臣者, 亦未易多得, 舜臣久將舟師, 備諳邊情, 嘗挫劇賊, 頗有威聲, 倭奴之最怕舟師者, 未必不在於此. 敵人之欲圖舜臣者, 固未嘗一日忘于心, 而不費數兩黃金, 而一朝坐見我國遽加顯戮, 恐爲敵人之幸也. 舜臣以罪已致王獄, 律名甚嚴, 若以此而終不得免死, 則敵人聞之, 必置酒相慶, 抑恐南邊許多將士, 亦皆解體, 此深可慮. 一舜臣之死, 固不足惜, 而其於國事, 不無大段機關. 臣謹按周官八議, 有議功議能之刑, 而大明律亦載此條, 人臣有犯十惡者, 或以此而宥之, 此古今之通義也. 舜臣旣以能辦大功, 朝廷至賜以統制使之號, 其功其能, 似或可議. 今舜臣繫獄, 旣示以律名之甚嚴, 復以其有功有能之議, 特命減死, 使之立功自效, 則朝家處置之道, 似不失宜. 臣有妄見, 敢此煩瀆, 惶恐不已, 伏惟上裁.(『藥圃集』卷3)

奇大升

退溪先生墓碣銘 ^{96쪽}

生而大癡, 壯而多疾. 中何嗜學, 晚何叨爵? 學求猶邈, 爵辭愈嬰. 進行之路, 退藏之貞. 深慙國恩, 亶畏聖言. 有山巍巍, 有水源源. 婆娑初服, 脫略衆訕. 我懷伊阻, 我佩誰玩? 我思古人, 實獲我心. 寧知來世, 不獲今兮? 憂中有樂, 樂中有憂. 乘化歸盡, 復何求兮?

隆慶四年春, 退溪先生年七十, 再上箋乞致仕, 不許. 秋又申乞致仕, 不許. 十二月辛丑, 先生卒, 訃聞, 上震悼, 命贈領議政, 葬用議政禮. 遠近聞之, 無不齎咨歎惜, 相與弔哭. 明年三月壬午, 葬家東簞芝山. 先生姓李氏, 諱字, 嘗卜居退溪, 因以自號, 後構書堂陶山, 又號陶叟. 其先眞寶縣人, 六世祖碩起縣吏, 中司馬試, 贈密直使. 有子曰子脩, 官至判典儀寺事, 討紅賊有功, 封松安君, 移居安東周村. 高祖諱云侯, 軍器寺副正, 贈司僕寺正, 妣淑人權氏. 曾祖諱禎, 善山都護府使, 贈戶曹參判, 妣貞夫人金氏. 祖諱繼陽, 成均晉士, 贈吏書判書, 移寅禮安, 居溫溪里, 妣貞夫人金氏. 考諱埴, 成均晉士, 累贈崇政大夫議政府左贊成, 妣義城金氏, 春川朴氏, 俱贈貞敬夫人.

先生生未晬而孤, 少受學于叔父松齋公. 旣長, 劬書厲志, 益自刻苦, 嘉靖戊子晉士, 甲午登第, 爲承文院副正字, 轉博士, 遷成均館典籍, 戶曹佐郎. 丁酉冬, 丁內艱, 服関, 拜弘文修撰, 歷司諫院正言, 司憲府持平, 刑曹正郎, 弘文館副校理兼世子侍講院文學, 議政府檢詳, 轉舍人, 司憲府掌令, 成均館司藝兼侍講院弼善, 司諫院司諫, 成均館司成, 乞假展墓. 明年甲辰春, 以弘文館校理召還, 除左弼善, 遷弘文館應敎, 典翰, 病免. 爲司饔院正, 復授典翰, 李芑啓請削官. 已而芑又請勿削, 授司僕寺正. 丙午春, 乞假葬外舅, 以病見遞. 丁未秋, 授應敎被召, 旣至病免. 戊申正月, 出守丹陽郡, 換豊基. 己酉冬, 病辭徑歸, 被劾奪二階. 壬子夏, 拜校理, 承召還朝, 除司憲府執義, 改副應敎, 陞秩成均館大司成, 病免. 復爲大司成, 爲刑曹參議, 爲兵曹參議, 俱以病免, 爲僉知中樞府事.

乙卯春, 在告解職, 雇舟東歸, 拜僉知中樞, 拜弘文館副提學, 連被召命, 皆辭以病. 戊午秋, 上疏乞免收召, 御批不許, 入都謝恩, 拜大司成. 俄拜工曹參判, 累辭不許. 明年春, 乞假歸鄉, 三上狀請免, 授同知中樞府事. 乙丑夏, 上狀陳懇, 解官以居. 冬, 下旨特召, 復授同知中樞. 丙寅正月, 力疾登道, 陳狀乞骸, 道拜工曹判書, 又兼大提學, 遂力辭新命, 還家竢罪, 遞授知中樞府事. 丁卯春, 以詔使將至有召命, 六月入都. 會明宗昇遐, 今上嗣服, 拜禮曹判書, 辭不許, 以病免, 卽東歸. 十月, 有召命, 授知中樞, 旋以敎書促行, 具疏力辭. 戊辰正月, 拜議政府右贊成, 又具疏極陳難受之義, 又敎書促行, 上狀懇辭, 遞爲判中樞府事. 七月, 詣闕謝辭, 上疏陳六條, 又獻聖學十圖, 拜大提學, 吏曹判書, 右贊成, 皆力辭不拜. 己巳三月, 上箚乞歸, 箚四上猶不已, 上知其不可留, 引見慰諭, 命馳驛護遣. 是月, 先生至家, 上狀謝恩, 仍乞致仕.

初先生寢疾, 戒子寯曰: "我死, 該曹必循例請用禮葬, 汝須稱遺令, 陳疏固辭. 且勿用碑石, 只以小石題其前曰, 退陶晩隱眞城李公之墓, 略敍世系行實于後, 如家禮所云可也." 又曰: "此事若託人爲之, 相知如奇高峯, 必張皇無實之事, 以取笑於世, 故常欲自述己志, 先製銘文, 而因循未畢, 藏在亂稿中, 搜得用之可也." 寯旣受戒, 再上疏辭禮葬, 不得命, 遂不敢更辭, 墓道之表, 用遺戒刻其銘.

嗚呼, 先生盛德大業, 卓冠吾東者, 當世之人, 亦旣知之矣. 後之學者, 觀於先生所論著, 將必有感發默契焉者, 而銘中所敍, 尤足以想見其微意也. 迂愚無狀, 蒙先生獎厲成就, 不啻如父母天地之恩, 而山頹樑壞, 無所依歸. 竊念遺戒之言, 雖不敢違, 而所以揭阡詔後者, 亦不可泯其迹, 敢記其大槪而爲之辭曰: 先生幼而端序, 長益涵揉, 中歲以後, 絶意外慕, 專精講究, 洞朗微妙, 充積發越, 人莫能測. 而方且謙虛卑遜, 若無所有, 蓋其日新上達, 有不能已者. 至於出處去就, 相時度義, 務求吾心之所安, 而終亦無所詘焉. 其所論著, 反覆紆餘, 光明俊偉, 粹然一出於正, 揆諸孔孟程朱之言, 其不合者寡矣, 亦可謂建諸天地而不悖, 質諸鬼神而無疑也, 嗚呼至哉.

先生再娶, 先娶某郡許氏, 晉士瓚之女, 産二男. 後娶安東權氏, 奉事磧之女, 俱贈貞敬夫人, 子寯, 奉化縣監, 寀, 早世. 孫男三人, 曰安道, 辛酉生員, 曰純道, 曰詠道. 女二人, 長適士人朴欄, 側室子一人曰寂.(『高峯集』卷3)

藏春亭記 **103쪽**

天地之化, 一息不留, 而來者無窮, 其磅礡萬物, 流行今古者, 必有所以然乎? 若
以一歲而言之, 則自春而夏, 夏而秋, 秋而冬, 冬而又春也, 氣序之流易, 而寒暑
之相推, 其生物之榮悴消息, 勢若有所迫, 而不能自已者, 亦必有所以然乎? 斯
理也, 君子玩之, 以盡其心, 小人昧之, 以役其生焉. 其有不安於昧之, 而蘄至
乎玩之, 不慷於役生, 而求聞乎盡心者, 亦足尙乎?

前訓鍊院僉正柳君仲翰, 起亭於竹浦之曲, 枕嶨而俯漵, 挹以危巖, 映以茂
林, 列植嘉卉其中, 揭其牓曰藏春. 而又拓亭之西隙, 構小堂, 扁以梅橘. 皆延以
欄檻, 賁以丹艧, 玲瓏宛轉, 窅窱蕭爽, 若異區焉. 乃刻諸名勝之什, 懸之楣間,
倂欲揭余文以張之.

余謂君曰: "一歲之春, 止放三月而已矣, 今曰藏春, 庸有說乎?" 君曰: "然, 四
時八節二十四氣七十二候, 周於一歲之中, 而朕於六合之外者, 人不得而測也.
第以耳目之所覩記, 則自東風解凍, 蟄蟲始振, 而小陽之氣畢達於地上, 以至於
桃始華, 倉庚鳴, 則絪縕奮盈, 百卉含葩, 粧林蓋地, 倚嬌吐秀. 山若縟而麗, 水
若澹而遠, 白日增輝, 而靑天彌廣, 此正一時之盛際, 古之人所以忘懷晤賞者,
良有以也.

然而蟪蛄一鳴, 而祝融御辰, 則向之所以春者, 轉而爲夏矣, 春固不得而藏
也. 獨吾亭爲不然, 聚奇花異木無慮數十種, 種各數十本, 盤根而接葉, 竝葉而
交柯, 催紅駐白, 韠縹酣黃, 雖時移節去, 而花事不衰, 亦有冬靑之樹, 排簷闠
碧, 傲雪胚英, 而往往點綴, 以孤芳冷萼, 媚日漏春, 由是入吾亭者, 常若有春意
存乎其間, 此所以名吾亭也. 昔刁景純作藏春塢, 東坡蘇子賦以實之曰: '年拋
造化陶甄外, 春在先生杖屨中.' 其言之無乃近於是者乎? 此吾所以徵諸古人也,
子以爲如何?"

余曰: "君之言, 可謂善哉, 抑猶未也. 大化推移, 有形者所不得遁, 春自建巳而後, 則固索然而盡矣, 何獨於君之亭而能藏之乎? 譬如人, 年齒既暮, 雖復顏韶髮鬒, 筋力無乏, 而其菁華久已遷矣. 乃欲强以爲留少年, 豈不謬哉? 莊生有言曰: '夫藏舟於壑, 藏山於澤, 謂之固. 然矣而夜半, 有力者負之而走, 昧者不知也.' 君之所謂藏者, 得無類於是乎?

夫春, 造化迹也. 造化無心, 付與萬物而不爲私焉, 然猶不可得而藏也. 況乎功名富貴之隆, 珠金穀帛之饒, 物之所易壞, 而人之所可爭者乎? 其焜燿堆積, 曾幾何日, 而化爲浮塵, 蕩爲泠風者, 乃悠焉忽焉, 不足以控且搏也. 向來所爲勞心苦骨, 急營而務攫者, 一朝而至於此, 不亦可悲也哉? 而又奚以藏爲?"

君曰: "然則奈何?" 余對曰: "聞之晦庵先生嘗論人性之四德, 而引天之四時以證之, 其說曰春則春之生也, 夏則春之長也, 秋則春之成也, 冬則春之藏也. 蓋天之性情, 雖有元亨利貞, 生長收藏之異名, 而春生之氣, 無所不通, 人之性情, 雖有仁義禮智, 惻隱羞惡辭讓是非之殊稱, 而惻隱之心, 無所不貫. 人苟能知天之所以與我者, 而反求之, 則春之不可藏者, 固未始不在於我矣. 於此玩之以盡其心焉, 則亦庶乎其可也否乎?" 君曰唯唯, 因次之爲藏春記.(『高峯集』卷2)

高敬命

檄諸道書 108쪽

萬曆二十年六月日, 全羅道義兵將折衝將軍行義興衛副護軍知製敎高敬命, 謹馳告于諸道守宰及士民軍人等. 頃緣國運中否, 島夷外猾, 始效逆亮之渝盟, 終逞勾吳之荐食. 乘我不戒, 擣虛長驅, 謂天可欺, 肆意直上. 秉將鉞者, 徘徊岐路, 纍郡印者, 投竄林幽. 以賊虜遺君親, 是可忍也? 使至尊憂社稷, 於汝安乎? 是何百年休養之生民, 曾無一介義氣之男子. 孤軍深入, 女眞本不知兵, 中行未咎, 大漢自是無策. 長江遽失其天塹, 虜騎已薄於神京. 南朝無人之譏, 誠可痛矣, 北軍飛渡之語, 不幸近之.

肆我聖上, 以大王去邪之心, 爲明皇幸蜀之擧. 蓋亦出於宗社之至計, 玆不憚於方岳之暫勞. 鞏洛驚塵, 玉色屢形於深軫, 峩岷危棧. 翠華遠涉於脩程. 天生李晟, 肅淸正賴於元老, 詔草陸贄. 哀痛又下於聖朝. 凡有血氣而含生, 孰不憤惋而欲死? 奈何人謀不善, 國步斯頻. 奉天之駕未回, 相州之師已潰. 蠢玆蜂蠆之醜, 尙稽鯨鯢之誅. 假息城闉, 回翔何異於幕燕, 竊據畿輔, 跳躑有同於檻猿. 雖天兵掃蕩之有期, 亦兇徒迸逸之難保.

敬命丹心晚節, 白首腐儒. 聞半夜之鷄, 未堪多難, 擊中流之楫, 自許孤忠. 徒懷犬馬戀主之誠, 不量蚊虻負山之力. 玆乃糾合義旅, 直指京都, 奮袂登壇, 灑泣誓衆. 批熊拉豹之士, 雷厲風飛, 超乘蹻關之徒, 雲合雨集. 蓋非迫而後應, 强之使趨. 惟臣子忠義之心, 同出至性, 在危急存亡之日, 敢愛微軀? 兵以義名, 初不繫於職守, 師以直壯, 非所論於脆堅. 大小不謀而同辭, 遠近聞風而齊奮.

咨我列郡守宰, 諸路士民, 忠豈忘君? 義當死國. 或藉以器仗, 或濟以糗糧. 或躍馬先驅於戎行, 或釋耒奮起於農畝. 量力可及, 唯義之歸. 有能捍王于艱, 竊願與子偕作. 緬惟行宮, 逖矣西土. 廟謨行且有定, 王業夫豈偏安? 善敗不亡, 福德方臨於吳分, 殷憂以啓, 謳吟益思於漢家. 豪俊匡時, 不作新亭之對泣, 父老徯后, 佇見舊京之回鑾. 想宜出氣力以先登, 是用敷心腹而忠告.(『霽峯集』遺集)

成渾

示子文濬及三孫兒 113쪽

余受生于天, 得氣虛弱, 一生羸病, 以死自分, 以此不能力學自立, 奉父母遺體, 而忝辱萬端. 今到垂死, 老邁無及, 思之至此, 痛不可堪, 玆書余懷以示若等. 文濬淳厚寡欲, 而又識義理, 氣質之美, 可謂難得. 然氣虛類我, 不能讀書刻苦以就其學. 最宜看醫書, 達養生之道, 完養心氣, 安其眠食, 至於老壽, 以副父母之心可也. 又未諳塵俗之事, 且乏警敏, 凡物情事勢, 奴僕制使, 治家幹蠱, 造次或不能曉事, 反不如俗間伶俐之人. 以此居貧深慮, 日困飢寒, 不得承家而俯育也. 今時大亂, 士族流離, 唯當撫奴僕以恩, 與之力穡, 以務本原之業. 此外敎子讀書, 孳孳日夜, 使吾先人傳家之學不墜于地, 文獻詩書不絶于後, 則余雖死, 可以瞑目於九原矣.

三孫長育, 可望成就, 爾輩千萬力學, 竭性命之精, 畢志於爲己務實, 操持玩索之功可也. 漢龍幼時童心, 頗蓄雜物, 家人輩戲之, 指爲多欲, 豈合以此目汝哉? 汝可旣長而觀此, 以爲深恥, 厲廉恥辨義利, 淸脩自立, 無忝爾所生可也. 乙未二月, 書于延安海曲角山民舍.(『牛溪集』卷6)

書示邊生 116쪽

古之所謂學者, 非但讀書之謂, 所謂師友者, 又非能換人之骨, 奪人之胎, 立地變化, 使之爲聖爲賢也. 蓋讀書之外, 自有喫緊工夫, 通貫動靜, 無一息之間斷焉. 師友是我異形之人, 他人食飽, 我能從而飽乎? 不過指引其路脈, 明證其所得而已. 今之爲士者, 不嗜讀書, 固已怠忽, 其嗜之者, 唯以奔趨欲速之心, 快意易讀而已, 學而時習之功無聞焉. 師友之間, 但欲其蒙恩受惠, 望德祈功而已, 自家用力, 則不肯下手焉. 是以美質英才間, 或有志於學者, 而始初浮慕, 亦無入處, 提空心而無實味, 忽然而棄之, 安有一人成就耶? 況今世師友寂寞, 倀倀無從, 爲士者閉門獨學可也, 窮經自得可也.

賢者遠來相訪, 令人深愧, 顧余老矣, 謬妄負罪, 屛伏悚息, 不敢與外人相對久矣. 近且得疾, 心腹之虞, 日臻危重, 非但舊聞忘失, 昏耗顚倒而已. 賢者留此垂橐爲誤, 而草屋焚毁, 無棲食之所一也, 朝夕菜鹽, 苦淡生疾二也, 山寺葺卓爲屋, 殘僧不能供飯三也. 大者旣失其益, 旅宿有此三難, 唯願賢者回轅亟歸, 棄學親庭, 毋令芳歲虛度時日.(『牛溪集』卷6)

書姜而進帖 118쪽

而進以紙請余書格言, 余不能書, 無以應之, 第有一說. 今人皆喜聞新語, 以舊聞爲陳言. 是以多銳意於聞所未聞, 此恐無益也. 新語入耳時, 便有新意, 過一宿則陳言也, 安得許多新語, 以副喜新之心哉? 古之人, 有問一言可以終身行之者, 又有所聞未之能行, 猶恐有聞者, 聖人許而進之, 百世仰而師之, 古人之善學也如此, 孔門之務實也如此. 而進近日所讀書千萬言, 儘有終身受用而不可盡者, 苟有志於學, 以此爲入處亦足矣, 安用求多爲哉? 余之不敢書古之格言, 誠以此也. 此意兼棄季珍尊兄, 未知以爲如何也.(『牛溪集』續集 卷6)

鄭仁弘

孚飲亭記 121쪽

取義經中一爻辭, 以爲一身自處之地, 蓋酒而非酒, 飲而非飲也. 無望於天, 無求於人, 營爲旣省, 心自閑安者, 飲之地也. 閑靜自牧, 不怨不知, 飯蔬飲水, 膏粱不願者, 飲之味也. 讀古人書, 識前言往行, 有朋友來, 相與爲麗澤者, 飲之資也. 至於靑天白日, 晝夜寒暑, 飲之時也. 山雲水月, 陰晴變態, 飲之肴羞也. 寒松孤竹, 飛鳶躍魚, 飲之隣也. 其爲飲也, 初非托麴糵逃昏冥之比云云.(『來庵集』卷12)

尹堪傳 123쪽

尹堪字守之, 世居湖南之南原府, 家勢僥侈, 僕從列屋, 成一大村. 養耽羅駒三四匹, 才爽鳩五六座, 衣必綺紈凌亂, 食必珍味方丈, 以府妓爲妾, 常在妓家, 僮僕供億絡繹. 邑人認爲豪客, 識者指爲浪子. 歲丁丑秋, 年垂四十; 余爲鳳城縣宰纔閱月, 南原邊上舍士貞, 於吾族也, 邀我於竹寺. 竹寺距尹家數里許, 邊與堪有舊, 與之偕. 府居士子金應慶鄭以吉等先在寺讀書, 余往與相聚, 把杯談笑, 一人中坐睁目而視, 默無一言, 問其姓名, 乃堪也.

留一日將散, 堪請邊公於洗心亭, 亭是堪族叔父舊別業也. 邊又邀我同賞, 遂與偕焉. 堪爲設一席飲, 極水陸味, 酒亦內法, 一醉乃別. 後數日, 堪爲來訪我, 同宿于茅齋, 問曰: "公少不學乎?" 曰: "少時父歿, 以華侈自養, 及其長大, 又不肯執冊於人, 以至於此. 將不免虛過一生, 悲歎無及矣." 余曰: "執冊請學, 固已晚矣. 頃見金鄭兩生, 皆解文義者, 若相從講問, 猶有所疑, 就正於有道, 如此久之, 心眼自能開明, 此古所謂秉燭者也." 堪忻然有志於學, 遂與金鄭兩人爲友, 動必相隨. 余又語之曰: "衣服飮食, 若要華盛, 此亦學者之病也." 堪惕然一尙儉約.

戊寅冬, 余自鳳城移授永陽, 己卯冬, 投紱而歸, 堪與金鄭兩人共來, 寓于僧舍, 往來問學, 刎劇嗜炙, 晝夜不少輟. 過三冬, 文理頓解, 知識大進, 非復昔日阿蒙. 講學經禮, 後嫁女一向循行, 無一事近俗, 聲色鞍馬鷹犬嗜好, 亦一切掃去, 只存一隻鷹, 令奴僕輩調養, 以爲老母養. 前時隣里人, 如或橫不從令者, 輒施笞鞭威制, 斷不復有此事. 閭里間雜客, 博奕飮酒常滿堂, 皆謝不相接. 其相識人, 或怪之或敬之, 雖蚩蚩氓隸, 皆稱換作別人, 一家僮僕, 皆喜其善變.

四十年强項筋骸, 宜若不勝, 拱手危坐, 晝夜不解. 方在僧舍, 余嘗往共數日夜, 擧古人所難處若干事件試問之, 少時思量, 以己見言, 皆不遠聿宜, 其氣稟近道如此. 其後疸病遽作, 遂至沈錮, 終不起, 甚可惜也. 古人謂朝聞道, 夕死可矣, 此可謂得正而斃, 顧何憾焉? 然騏驥就長道而遽斃, 鴻鵠翔天衢而遽隕, 人莫不歎惜. 況豪傑之士, 讒過半世, 晚始廻車, 方期以遠大, 天不假年, 奄至不幸, 不得爲善之福, 孰不爲之痛悼也? 其改絃而更張, 易轍而復路, 確然向學之誠, 擺脫俗習之勇, 自足爲窮鄕晚輩之師範, 豈不誠豪傑之士乎? 此不可使無傳焉.(『來庵集』卷12)

李濟臣

倭躑躅說 128쪽

家有躑躅, 自日本來者, 凡四株花. 人謂余曰: "物性離土, 寒暖氣異, 必趁初冬, 裹束以藁席, 至過明年寒食乃解." 余從其敎, 謹開闔之. 今年春, 余家有事, 乏於用席, 而早解其一焉. 莫春者, 三株爛熳, 竝時俱發, 而唯早解者, 以春晚有霜, 不能齊萼敷榮, 次第而開. 凡躑躅之盛者, 不越半月之玩, 而獨此自三月, 歷初閏兩四月, 以迄於端午, 何其久也? 嫩葉靑枝, 其華尤麗, 來賞者咸異之, 而不能無訝焉. 余曰: "解之早, 故霜掣之, 掣於霜也, 故開有序, 唯其序也, 故久矣. 解不以早, 則焉有其傷? 不有傷也, 焉得其久? 幸其着土有根, 眞性不損耳. 雖有淸霜冷吹, 未足爲深病, 而適爲持久之道, 進退倚伏, 未可知也. 君以爲何如?" 訝者怡然曰: "子又於是木, 觀一物也."(『淸江集』 卷2)

歸愚堂記 130쪽

余上舍時, 得破家於南坊會賢里, 始構小庵二間, 泛謂之書堂, 友人吉哉氏, 有抛梁之文以助擧. 今投簪印, 居息於此, 乃以歸愚名之. 客詰其義, 余曰: "此取古人詩語, 而在余則迹其實也." 客曰: "子之愚, 吾得之矣. 家無甁甀, 而弃三品之俸, 盤闕薑鹽, 而輟陸海之珍, 輕脫五馬幡蓋, 而東驢無借之者. 厭見壘石風煙, 而矮屋不勝於打頭, 人皆劫劫, 我獨夷猶, 人皆咄咄, 我獨邈如. 啼妻號子, 莫以嬰于心者, 玆非其實歟?" 余曰: "未也, 余生于今世四十有四年, 立乎本朝一十有六年, 齒髮已易, 愚性不變, 更歷許久, 愚氣未艾. 其在公也, 不惟險夷, 唯事之欲了, 頻爲邑官, 輒自劾而歸, 蓋雖自知其愚, 而人亦莫容其愚故也. 及其旣老, 其愚已熟, 如聖之集成, 無以復加也. 朝野云云, 咸怪其愚, 聖上獨以愚忠而恕之. 噫, 父母之愛劣子, 實矜悶而保其癡也. 夫職者, 任事之名, 官爲治任之所, 非聰明慧哲, 莫宜居之. 故主人名存仕版, 家食居多, 班登上士, 恒若白身, 亟黜於明時, 歸無所處, 蚌蜗有甲, 亦鷦之枝. 惟玆二間, 幸備俛仰之遣, 四圍圖書, 抽繹先古, 寄傲南曲, 寓興花竹, 日夕佳趣, 在彼南山, 則浪吟退之秋懷之作曰: '歸愚識夷塗, 汲古得修綆.' 此乃愚人之實迹也." 客曰: "有是哉, 其自道也, 余未及此." 遂爲記, 系之銘曰: "愚非堂無歸, 堂非愚誰宅. 堂之廣丈

372

一, 愚之放彌國. 以小畜大其道何? 壁四立書千軸." 萬曆七年九月日, 歸愚主人記.(『淸江集』卷2)

李珥

金時習傳 135쪽

金時習字悅卿, 江陵人, 新羅閼智王之裔, 有王子周元, 邑于江陵, 子孫仍籍焉. 厥後有淵有台鉉, 皆爲高麗侍中, 台鉉之後久住, 官止安州牧. 生謙侃, 終五衛部將. 謙侃生日省, 以蔭補忠順衛, 日省娶仙槎張氏, 於宣德十年, 生時習于漢師. 生稟異質, 離胞八月, 自能知書, 崔致雲見而奇之, 命名曰時習. 語遲而神警, 臨文口不能讀, 意則皆曉. 三歲能綴詩, 五歲通中庸大學, 人號神童. 名公許稠輩, 多就訪焉. 莊憲大王聞之, 召致承政院, 試以詩, 果捷而佳. 下敎曰: "予欲親見, 恐駭俗聽, 宜勸其家, 韜晦敎養, 待其學成, 將大用." 賜帛還家, 於是聲振一國, 稱曰五歲而不名. 時習旣蒙睿獎, 益懋遠業.

景泰年間, 英陵顯陵相繼而薨, 魯山以三年遜位. 於是時習年二十一, 方讀書于三角山中, 人有自京城來者, 時習卽閉戶不出者三日, 乃大哭, 盡焚其書, 發狂陷于溷廁而逃之. 託迹緇門, 僧名雪岑, 累變其號曰淸寒子; 曰東峯, 曰碧山淸隱, 曰贅世翁, 曰梅月堂. 爲人貌寢身短, 豪邁英發, 簡率無威儀, 勁直不容人過, 傷時憤俗, 氣鬱不平. 自度不能隨世低仰, 遂放形骸遊方之外, 域中山川, 足迹殆遍, 遇勝則棲焉. 登覽故都, 則必躑躅悲歌, 累日不已.

聰悟絶人, 其於四書六經, 則幼時受業于師, 若諸子百家, 則不俟傳授, 無不涉獵, 一記而終不忘, 故平日未嘗讀書, 亦不以書笈自隨, 而古今文籍, 通貫無漏, 人有擧問者, 應口說無疑, 磊塊忼慨之胸, 無以自宣. 凡世間風月雲雨, 山林泉石, 宮室衣食, 花果鳥獸, 人事之是非得失, 富貴貧賤, 死生疾病, 喜怒哀樂, 至於性命理氣, 陰陽幽顯, 有形無形可指而言者, 一寓於文章. 故其爲辭也, 水涌風發, 山藏海涵, 神唱鬼酬, 間見層出, 使人莫知端倪. 聲律格調, 不甚經意, 而其警者則思致高遠, 逈出常情, 非雕篆者所可跂望. 於道理雖少玩索存養之功, 以才智之卓, 有所領解, 橫談竪論, 多不失儒家宗旨. 至如禪道二家, 亦見大意, 深究病源, 而喜作禪語, 發闡玄微, 穎脫無滯礙, 雖老釋名髡, 深於其學者, 莫敢抗其鋒, 其天資拔萃, 以此可驗.

自以聲名早盛, 而一朝逃世, 心儒迹佛, 取怪於時, 乃故作狂易之態, 以掩其實. 士子有欲受學者, 則逆擊以木石, 或彎弓將射, 以試其誠. 故處門者旣罕, 且喜開山田, 雖綺紈家兒, 必役以耘穫甚苦, 終始傳業者尤鮮矣. 山行好白樹題詩, 諷詠良久, 輒哭而削之. 或題于紙, 亦不示人, 多投水火. 或刻木爲農夫耕耘之形, 列置案側, 熟視終日, 亦哭而焚之. 有時所種禾甚盛, 穎栗可玩, 乘醉揮鎌, 盡頃委地, 因放聲而哭, 行止叵測, 大被流俗所嗤點. 居山見客, 問都下消息, 聞人有肆罵者, 則必色喜, 若曰佯狂而有所蘊云, 則輒攢眉不怡. 見除目達官, 或非人望, 則必哭曰: "斯民何罪, 此人當此任耶?"

時名卿金守溫徐居正, 賞以國士, 居正方趨朝行辟人, 時習衣藍縷, 帶藁索, 戴蔽陽子〔賤夫所戴白竹笠稱蔽陽子也〕, 遇諸市, 犯前導, 仰首呼曰: "剛中〔居正字〕安穩?" 居正笑應之, 駐軒語, 一市皆駭目相視. 有朝士受侮者不能堪, 見居正以啓治其罪, 居正搖首曰: "止止, 狂子何足與較? 今罪此人, 百代之下, 必累公名." 金守溫知館事, 以孟子見梁惠王論, 試太學諸儒, 有上舍生見時習于三角山曰: "乖崖〔守溫別號〕好劇, 孟子見梁惠王, 豈合論題?" 時習笑曰: "非此老, 不出此題." 乃走筆成篇曰: "生員爲自製者, 試瞞此老." 上舍生如其言, 守溫讀未終, 遽問曰: "悅卿住京山何寺?" 上舍生不能隱, 其見知如此. 其論大略, 以爲梁惠僭王, 孟子不當見云, 今逸不收. 守溫旣卒, 人有言坐化者, 時習曰:"乖崖多慾, 寧有是? 就令有之, 坐化非禮, 吾但聞曾子易簀, 子路結纓而已, 不知其他."蓋守溫好佛故云.

成化十七年, 時習年四十七, 忽長髮爲文, 以祭祖若父. 其文略曰:"帝敷五敎, 有親居先. 罪列三千, 不孝爲大. 凡居覆載之內, 孰負養育之恩? 愚駭小子, 似續本支. 沈滯異端, 末路方悔. 乃考禮典, 搜聖經, 講定追遠之弘儀, 參酌淸貧之活計. 務簡而潔, 任腆以誠. 漢武帝七十年, 始悟田丞相之說, 元德公一百歲, 乃化許魯齋之風"云云. 遂娶安氏女爲妻, 人多勸之仕, 時習終不能屈志, 放曠如舊, 値月夜, 喜誦離騷經, 誦罷必哭, 或入訟庭, 持曲作直, 詭辯必勝, 案成, 大笑破棄之, 多與挑達市童傲遊, 醉倒街上. 一日見領議政鄭昌孫過市, 大呼曰:"彼漢宜休."昌孫若不聞者, 人以此危之, 相識者絶交, 惟宗室秀川副正貞恩南孝溫安應世洪裕孫輩數人, 終始不渝. 孝溫問時習曰:"我所見如何?"時習曰:"穴窓窺天〔言所見小也〕.""東峯所見如何?"曰:"廣庭仰天〔言見高而行未到也〕."未幾, 妻歿, 復還山, 作頭陀形〔僧家剪髮齊眉者, 謂之頭陀〕, 喜遊江陵襄陽之境, 多住雪嶽寒溪淸平等山. 柳自漢宰襄陽, 待以禮, 勸復家業, 行于世, 時習以書謝之, 有曰:"將製長鑱, 用斸苓朮, 庶欲萬樹凝霜, 修仲由之縕袍, 千山積雪, 整王恭之鶴氅. 與其落魄而居世, 孰若逍遙而送生? 冀千載之下, 知余之素志."

弘治六年, 臥病于鴻山無量寺終焉, 年五十九, 遺戒無燒葬, 權厝寺側, 後三年將葬, 啓其殯, 顔色如生, 緇徒驚嘆, 咸以爲佛, 竟依異敎茶毗〔僧家燒葬之名〕, 取其骨, 作浮圖〔小塔名〕. 生時, 手畫老少二象, 且自贊留于寺, 贊之亂曰:"爾形至眇, 爾言大侗. 宜爾置之, 溝壑之中."所著詩文散失, 十不能存一, 李耔朴祥尹春年先後裒集, 印行于世云.

臣謹按, 人體天地之塞, 以淸濁厚薄之不齊, 有生知學知之別, 此以義理言也.

若如時習者, 於文天得, 則文字亦有生知矣. 佯狂避世, 微意可尙, 而必抛棄名教, 蕩然自恣者, 何歟? 雖藏光匿影, 使後世不知有金時習, 抑何憫焉? 想見其人才溢器外, 不能自持, 無乃受氣豐於輕淸, 嗇於厚重者歟? 雖然, 標節義扶倫紀, 究其志, 可與日月爭光, 聞其風, 懦夫亦立, 則雖謂之百世之師, 亦近之矣. 惜乎以時習英銳之資, 礱磨以學問踐履之功, 則其所成就豈可量乎? 噫, 危言峻議, 犯忌觸諱, 訶公罵卿, 略無顧藉, 而當時不聞有擧其非者, 我先王之盛德, 碩輔之宏量, 其視季世使士言遜者, 得失何如耶? 嗚呼韙哉.(『栗谷全書』卷14)

上退溪先生 144쪽

謹伏問起居何如, 春寒尙嚴, 恐調攝失宜, 仰慮不已. 此中濫達, 至惶至悚, 曾蒙不揮之賜, 敢爾開喙. 聖主傾心, 士林顒望, 東山之起, 終不可免, 未審何以處此耶. 珥嘗妄揣閣下, 謙恭太甚, 自以爲學力未至, 未可辦事, 故深縮不出, 此正程子所謂量能度分, 安於不求知者也. 但士林之意, 非遽以經綸一國制禮作樂望之閣下也. 當今國事, 無一可恃, 以勢觀之, 似不可有爲. 而但主上盛年美質, 向學不倦, 若培養輔導, 克成允德, 則太平之基, 其不在此歟?

閣下於經濟之才, 雖自以爲不足, 若深玩聖賢之書, 章明其義, 句分其旨, 溫故知新, 則環顧四境, 恐無居閣下之右者矣. 一介不敢妄取, 一介不敢妄與, 不厭簞食, 不屑萬鍾, 則環顧四境, 恐無與閣下比肩者矣. 其知如此, 其行如此, 而謙謙自卑, 若空空之鄙夫, 此所以聖主傾心, 士林顒望者也. 百里奚爵祿不入於心, 故飯牛而牛肥, 使穆公忘其賤而與之政, 閣下之退縮愈深, 而世人之佇望愈甚, 其勢終不可止於此而已. 閣下若以經濟爲己所不能, 則何不只爲主上曉析經義, 發其旨趣, 益勉向學之功, 不負側席之誠乎? 國家之命脈, 其不在此歟?

百萬蒼生, 在漏船之上, 其命懸於一人, 而一人之成德, 必資於閣下之上來,惜乎機不可失也. 華佗醫緩, 醫之至善者也, 若必待此二人而可以療病, 則天下之人, 不死於病者幾希矣. 今閤下有疾, 將以求藥, 而世之醫者皆曰我非華佗醫緩, 而終不命藥, 則閤下之心, 以爲何如耶? 閤下之事, 何以異此? 日者, 疏中所道山禽異端等語, 出自何人之口耶? 言之者不必有情, 傳之者不必盡信, 而至陳於疏中, 無乃未安耶? 大凡學者, 雖未至於聖賢, 而進退出處, 當以聖賢爲師. 若曰我非聖賢, 不可效聖賢之所爲, 而可進不進, 可退不退, 則其可謂學聖賢者耶? 閤下雖自毀自詆, 終不可謂不學聖賢也. 今日之事, 揆之以道理, 質之以古昔, 權之以時勢, 參之以閤下之身, 則恐不可終退也. 既曰可進矣, 則儻來之物, 任其高下, 不可以此爲大嫌而不進也.

不寧惟是, 竊觀主上之意, 必欲召致, 不來則不止. 若創爲近古所無之禮, 加之於閤下之身, 期於必來, 則以謙恭之心, 尤不能堪, 大段狼狽, 必甚於今日矣. 伏望汲汲先此而乘溫暖上來, 以副聖主之誠, 以培國家之根, 以慰士林之望, 千萬幸甚. 珥輕浮駁雜之習, 仕而尤甚, 若此不已, 恐無以爲人, 中夜以思, 寒栗遍體. 儻得親近光儀, 鍼灸痼病, 庶幾有省, 而道路脩邈, 向風自警而已.(『栗谷全書』卷9)

答成浩原 149쪽

人之所見有三層, 有讀聖賢之書, 曉其名目者, 是一層也. 有既讀聖賢之書, 曉其名目, 而又能潛思精察, 豁然有悟其名目之理, 瞭然在心目之間, 知其聖賢之言, 果不我欺者, 是又一層也. 但此一層, 煞有層級, 有悟其一端者, 有悟其全體者, 全體之中, 其悟亦有淺深, 要非口讀目覽之比, 而心有所悟, 故俱歸一層也. 有既悟名目之理, 瞭然在心目之間, 而又能眞踐力行, 實其所知, 及其至也, 則親履其境, 身親其事, 不徒目見而已也. 如此然後, 方可謂之眞知也. 最下一層,聞人言而從之者也. 中一層, 望見者也. 上一層, 履其地而親見者也.

譬如有一高山於此, 山頂之景勝, 妙不可言. 一人則未嘗識其山之所在, 徒聞人言而信之. 故人言山頂有水, 則亦以爲有水, 人言山頂有石, 則亦以爲有石. 旣不能自見, 而惟人言是從, 則他人或以爲無水無石, 亦不能識其虛實也. 人言不一, 而我見無定, 則不可不擇其人而從其言也. 人若可信者, 則其言亦可信也. 聖賢之言, 必可信, 故依之而不違也. 但旣從其言, 而不能知其意之所在, 故有人或誤傳可信者之言, 亦不得不從也.

今之學者於道, 所見亦如此, 徒逐聖賢之言, 而不知其意. 故或有失其本旨者, 或有見其記錄之誤, 而猶牽合從之者. 旣不能自見, 則其勢不得不然也. 一人則因他人之指導, 識其山之所在, 擧頭望見, 則山上勝妙之景, 渙然滿眼. 旣自望見矣, 他人之誤傳者, 豈足以動之哉? 於是有樂其勝妙之景, 必欲親履其境而求上山頂者, 又有旣見其景, 自以爲樂, 俯視他人逐逐於言語, 不覺撫掌大笑, 以是爲足而不求上山者, 於望見之中, 亦有異焉. 有自東而見其東面者, 有自西而見其西面者, 有不拘於東西而見其全體者, 雖有偏全之異, 而皆是自見也. 彼不能自見而從人言者, 雖能說出全體, 非其自言也, 如鸚鵡之傳人言也, 則安足以折服望見一面者之心哉?

又有一人, 則旣望見勝妙之景, 樂之不已, 褰衣闊步, 勉勉上山, 而任重道遠, 力量有限, 鮮有窮其山頂者矣. 旣窮其山頂, 則勝妙之景, 皆爲我物, 又非望見之比矣. 然而到山頂之中, 亦有異焉. 有望見其東面而上于東面者, 亦有望其西面而上于西面者, 有望其全體而無所不到者. 上于一面者, 雖極其至, 而不得爲上山之極功也. 大槪有是三層, 而其中曲折, 不可枚數. 有先識其山之所在, 雖不能望見, 而上山不已, 一朝到于山頂, 則足目俱到, 便爲己物者(曾子之類), 又有不識其山之所在, 而偶行山路, 雖得上山, 而元不識山, 又不望見山頂, 故終不能到山頂者(司馬溫公之類), 如是之類, 何可悉擧乎? 以此取喩, 則今之學者,大概從人言者也. 縱能說出無病, 不過依樣摸畫耳, 依樣摸畫之中, 說出無病者, 亦不可多見, 尤可嘆也.

若孔門弟子及程朱門下之根機不全不深者, 皆望見一面者也. 曾點則望見全體而以是爲樂, 不求上山, 故終於狂者而已也. 曾點之學, 有以見夫人欲盡處, 天理流行, 隨處充滿, 無所欠缺, 其胸中之樂, 爲如何哉? 俯視諸子, 徒見一面, 規規於事爲之末, 豈不撫掌大笑乎? 雖然, 樂於此而已, 曾無俛首上山之功, 其檢束之行, 反不若諸子之謹飭矣, 所見之物, 安得爲己物乎? 若顏曾思孟周張程朱, 則不止於望見而親履其境者也.

朱子六十之年, 始曰: "吾今年方無疑." 此親見之者也. 孟子之所謂自得者, 亦指此境也. 就中顏子明道, 用功甚易, 譬如人之所處, 去山頂本不遠, 故擧目移足, 不勞而至也. 若聖人則本在山頂者也, 雖本在山頂, 而山頂無窮勝妙之景, 不可不待周覽, 故雖以孔子之生知安行, 若禮樂名物制器度數, 則必問於人而後知之也. 若伯夷柳下惠之徒, 則雖極其山頂, 而各處一面, 不能以全體爲己物者也. 若異端則所謂山頂者, 非此山也, 更有他山, 山頂有可驚可愕之物, 荊榛塞途, 而惑者乃從之, 不亦悲哉? 人之不能望見此山而徒信人言者, 若被人指異山爲此山, 而其人素所信重者, 則必將褰衣涉榛而從之矣, 豈不尤可悲哉? 若望見者, 則寧有此患哉? 但望見一面者, 所見不全, 故雖自不惑於異端, 而發言之或差者, 反誤他人, 未必不爲涉榛途者之助也. 此等處尤不可不明目張膽, 極言而明辨之.

近觀整菴退溪花潭三先生之說, 整菴最高, 退溪次之, 花潭又次之. 就中整菴花潭, 多自得之味, 退溪多依樣之味〔一從朱子之說〕, 整菴則望見全體, 而微有未盡瑩者. 且不能深信朱子, 的見其意, 而氣質英邁超卓, 故言或有過當者, 微涉於理氣一物之病, 而實非以理氣爲一物也. 所見未盡瑩, 故言或過差耳.

退溪則深信朱子, 深求其意, 而氣質精詳愼密, 用功亦深, 其於朱子之意, 不可謂不契, 其於全體, 不可謂無見, 而若豁然貫通處, 則猶有所未至, 故見有未瑩, 言或微差, 理氣互發, 理發氣隨之說, 反爲知見之累耳.

花潭則聰明過人, 而厚重不足, 其讀書窮理, 不拘文字, 而多用意思, 聰明過人, 故見之不難, 厚重不足, 故得少爲足, 其於理氣不相離之妙處, 瞭然目見, 非他人讀書依樣之比, 故便爲至樂, 以爲湛一淸虛之氣, 無物不在, 自以爲得千聖不盡傳之妙, 而殊不知向上更有理通氣局一節, 繼善成性之理, 則無物不在, 而湛一淸虛之氣, 則多有不在者也.

理無變而氣有變, 元氣生生不息, 往者過來者續, 而已往之氣, 已無所在, 而花潭則以爲一氣長存, 往者不過, 來者不續, 此花潭所以有認氣爲理之病也. 雖然, 偏全間, 花潭是自得之見也, 今之學者, 開口便說理無形而氣有形, 理氣決非一物, 此非自言也, 傳人之言也, 何足以敵花潭之口而服花潭之心哉? 惟退溪攻破之說, 深中其病, 可以救後學之誤見也. 蓋退溪多依樣之味, 故其言拘而謹, 花潭多自得之味, 故其言樂而放, 謹故少失, 放故多失. 寧爲退溪之依樣, 不必效花潭之自得也.

此等議論, 當待珥識見稍進, 熟於明理, 然後乃可作定論示學者也. 今因兄之相感發, 不敢少隱, 一口說破, 可謂發之太早矣. 覽後還送, 切仰切仰, 欲不掛他眼, 而後日更觀其得失耳.(『栗谷全書』卷10)

擊蒙要訣序 157쪽

人生斯世, 非學問, 無以爲人. 所謂學問者, 亦非異常別件物事也. 只是爲父當慈, 爲子當孝, 爲臣當忠, 爲夫婦當別, 爲兄弟當友, 爲少者當敬長, 爲朋友當有信. 皆於日用動靜之間, 隨事各得其當而已, 非馳心玄妙, 希覬奇效者也. 但不學之人, 心地茅塞, 識見茫昧, 故必須讀書窮理, 以明當行之路, 然後造詣得正, 而踐履得中矣. 今人不知學問在於日用, 而妄意高遠難行, 故推與別人, 自安暴棄, 豈不可哀也哉? 余定居海山之陽, 有一二學徒, 相從問學. 余慙無以爲師, 而且恐初學不知向方, 且無堅固之志, 而泛泛請益, 則彼此無補, 反貽人譏. 故略書一冊子, 粗敍立心飭躬奉親接物之方, 名曰擊蒙要訣. 欲使學徒觀此, 洗心立脚, 當日下功, 而余亦久患因循, 欲以自警省焉. 丁丑季冬, 德水李珥書.(『栗谷全書』卷27)

送趙汝式說 159쪽

趙汝式作通津, 求贈言, 余謂爲邑有二策, 興利除害, 足民設敎者, 其上也. 量蠲舊弊, 淸淨無爲者, 其次也. 由前之說者, 失於煩擾則民怨作, 由後之說者, 失於疏脫則吏情懈. 有爲而不煩, 無爲而不疏, 然後可以宰千室之邑矣. 汝式讀書窮理, 存心愛物, 今玆一邑, 不翅一命, 於人必有所濟, 臨民之要, 不過使輸其情, 御吏之法, 不過正己格物, 程子之言, 盡矣. 珥何更贅?

第有一事, 欲試而未能者, 今爲言之. 古之宰邑者, 賦於民爲俸, 俸有常制, 足食而分其餘, 以周親舊, 視俸多少, 以裁闊狹. 今也不然, 宰邑者無常俸, 邑中斗米以上, 皆爲國物, 雖伯夷爲宰, 不私用國物, 則無以糊口, 此國法之未備者也. 於是君子旣難於守法, 而貪夫踰越太甚, 國賦之外, 無名科斂, 使民不堪, 勢使然也. 惟幸邑有義倉, 春散冬斂, 恒剩十之一, 以備鼠耗, 耗穀乃爲邑宰之用, 已成通例. 愚意欲悉罷無名科斂, 而以一歲耗穀三分之, 一分以供衙屬, 一分以奉使客及應親舊之需, 恒留一分, 以爲贏餘, 未知此法可行乎? 汝式到縣, 試以此商度, 如不可行, 還以相議可也.(『栗谷全書』卷14)

贈崔立之序 162쪽

天地之間, 萬類之有聲者, 孰使之然乎? 草木之叢林也, 不動則其體無聲者也, 有風動之則有聲, 然則聲於草木者, 風也. 金石之堅頑也, 不擊則其體亦無聲者也, 有物擊之則有聲, 然則聲於金石者, 亦物也. 凡萬類之振振蠢蠢而有聲者, 亦必有使之然也. 人之生于世也, 五臟具乎內, 百骸形於外, 其本則豈有聲哉? 有氣積於內而發於外, 然後爲聲焉. 然則聲於人者, 氣也. 聲之出, 亦非一也. 有無用之聲, 有有用之聲, 噴嚏鼻唾之類, 人聲之無用者也. 呫嗻言笑之類, 人聲之有用者也. 有用之中, 亦有美聲惡聲, 人聞其聲而好之, 則爲美聲, 惡之則爲惡聲. 美聲之中, 亦有實聲虛聲, 出於口而不著於文, 則爲虛聲, 出於口而著於文, 則爲實聲. 實聲之中, 亦有正者邪者, 或似正而邪者, 或似邪而正者, 人之發其聲而好於人, 好於人而著於文, 著於文而合於正者, 謂之善鳴. 善鳴之功, 厥惟艱哉!

休壤崔立之, 幾於善鳴者也. 其文章雖不大成, 其志則期乎正者也. 業之而不怠, 則何有於正也? 吾聞萬類之有聲者, 其體大則其聲亦大, 其體小則其聲亦小, 立之之聲大矣, 其體之大可知. 人之體者, 心也. 立之之心, 可謂大矣. 吾又聞大觸之, 則聲之發也大, 小觸之, 則聲之發也小. 是故大風之動草木也, 如掀天地, 乃小風之來, 不過一搖而已. 金石之擊也, 亦如是焉. 人之於聲也, 氣之大則大者聲而發之, 氣之小則小其聲而發之. 立之之氣, 可謂大矣.

嗚呼, 草木之聲, 風使之也. 風之爲風, 孰使之耶? 金石之擊于物也, 其亦孰使之耶? 人之有聲, 氣使之也. 氣之爲氣, 孰使之耶? 氣之爲氣, 心使之也. 心之爲心, 孰使之耶? 心之爲心, 天地使之也. 天地之爲天地, 孰使之耶? 天地之爲天地, 無極太極使之也. 無極太極之爲無極太極, 孰使之耶? 立之知此, 則爲我辨之.(『栗谷全書』拾遺 卷3)

送尹子固朝天序 165쪽

士之所謂友者有三, 相歡于翰墨之場者, 是文友也. 相引于章綬之間者, 是宦友也. 相講于性理之學者, 是道友也. 友名雖一, 所以爲友者不同. 彼文友宦友者, 必連牀接被, 握手銜杯以爲親, 必匿瑕藏垢, 褒才彰能以爲德, 必修契結約, 指天畫地以爲信. 無是三者, 則有歉於心, 泛泛相遇, 終爲路人可已. 若道友則不然, 其親不在面目之接, 其德不在推譽之勤, 其信不在然諾之重. 以同志爲親, 以責善爲德, 以守道爲信. 志苟同則千載之人, 猶可尚友, 況生一時乎? 善苟責則聖賢之域, 可與同歸, 豈望他惠乎? 道苟守則濁世之波, 不能汨亂, 豈負厥初乎? 以此知源源之見, 未足爲親, 吃吃之譽, 未足爲德, 刎頸之誓, 未足爲信也.

吾與子固相識有年, 其所以爲友者, 三者之中, 必居一焉. 獨怪夫相見甚疏, 而見則肝膽相照, 相勉之辭, 非世俗之所道, 而旣見之後, 必充然若有所恃也, 其交之道, 或不在文與宦也. 今將以貳价赴上國, 求有所賣, 其敢無辭以贈. 吾聞燕趙古稱多感慨悲歌之士, 今則皇明肅淸, 肇作帝居, 禮樂之興, 風化之盛, 垂二百年, 必有以感慨悲歌之志, 善變而至道者矣. 子固之行, 將有所遇焉, 子固之明, 足以辨其學之偏正, 華士之賢者, 孰敢有夷視子固者哉? 如珥者, 學不進而志愈下, 恐無以不負子固之望焉. 尙冀子固觀周有得而歸, 使珥益獲畏友之益焉, 子固勉乎哉.(『栗谷全書』拾遺 卷3)

鄭澈

戒酒文 169쪽

某之嗜酒有四, 不平一也, 遇興二也, 待客三也, 難拒人勸四也. 不平則理遣可也, 遇興則嘯詠可也, 待客則誠信可也, 人勸雖苟, 吾志旣樹, 則不以人言撓奪可也. 然則捨四可, 而就一不可之中, 終始執迷, 以誤一生, 何也?

余休官退處, 五承恩旨, 到今年春, 迫不得已, 力疾趨召, 陳疏乞退, 志在丘壑, 則當杜門斂跡, 愼言與行可也. 而動靜無常, 言語失宜, 千邪萬妄, 皆從酒出. 方其醉時, 甘心行之, 及其醒也, 迷而不悟. 人或言之, 則初不信然, 旣得其實, 則羞愧欲死. 今日如是, 明日又如是, 尤悔山積, 補過無時, 親者哀之, 疏者唾之, 褻天命, 慢人紀, 見棄於名敎者不淺焉.

月之初吉, 辭家廟, 出國門, 臨江將濟, 送者滿舟. 回首洛中, 追思旣往, 則恰似穿窬之人, 抽身鋒鏑, 白日對人, 惶駭窘迫, 無地自容, 終日跋躓, 如負大罪. 及去而更來于江上也, 先忌適臨, 嗚咽吞聲, 哀慘之中, 善端萌露, 遂慨然自訟曰: "嗜獵何到於明道, 而萌動於十年之後, 好色何到於澹菴, 而繫戀於動忍之餘. 難操者心, 易失者志, 心兮志兮, 孰主張之? 主人翁兮, 常惺惺兮, 苟不如此言, 吾何以更見江水兮?" 萬曆五年丁丑四月七日, 書于西湖亭舍.(『松江集』卷2)

江原監司時議送題辭 172쪽

汝等爭競一口奴八斗田, 至於兄弟相訟, 改兄弟之美義, 稱原隻之惡名, 官司所臨, 衆人所視, 攘臂怒目, 若將仇擊. 噫, 聖明之世, 安得有此事? 汝等雖曰二人, 同出於一母, 比如一根而兩枝, 一身而四肢. 方其幼也, 汝等二人, 同飮母

乳, 同在母膝, 母以左手, 撫兄之頭, 母以右手, 撫弟之頭曰: "汝各成長, 能養孝我, 能養祭我, 毋違我志"云云. 而至于今日, 白首相訟, 有同仇敵, 若使汝母有知, 汝母之魂, 不勝飮泣吞聲, 或於天陰雨濕之夜, 啾啾唧唧, 無所依歸. 汝等雖祭而迎之, 爲掉頭遠去無涯之濱, 汝等其忍爲此耶?

兄年八十一, 弟年六十一, 假令弟勝其兄, 得其田得其奴, 而六十一年, 餘日無多, 能得幾時食之, 幾時使之乎? 況八十之兄, 因此傷心, 一朝長逝, 則汝雖不殺, 汝兄由汝而死, 是汝殺之也. 使汝兄含悲抱冤於九原之下, 而汝在人間, 獨食其田, 獨使其奴, 於汝心安乎? 以此爲安, 而終不知退, 則不有人誅, 必有天殃, 汝猶甘受天殃, 而尚與老兄爭訟乎?

昔者普明兄弟爭田, 太守蘇瓊反覆開喩, 普明兄弟, 感悟叩頭而退, 至今猶以爲善談. 普明者, 百姓也, 別無知識, 而因太守之言, 一朝感悟. 汝等雖無知識, 同是百姓, 亦有一端天理, 終不感悟監司太守至誠開諭之言乎? 司憲府奉承傳行移內, 兄弟毆辱爭訟者, 摘發罪治云云, 汝等若不能改過, 則首擧汝等, 懲一礪百, 不亦宜乎? 退在汝家, 中夜獨起, 深思母子兄弟之情, 原於天理, 自不容已, 而猶不能開悟萬一, 尚欲爲此敗常逆理之事, 則明朝更就訟庭, 勿復稱兄弟二字, 終始以原隻稱之乎? 余亦一切以王法從事, 少無容貸, 各其知悉."(平海李順弼等叩頭而退.)(『松江集』別集 卷1)

洪聖民

石戰說 176쪽

去年, 按嶺南, 巡到鷄林府. 在月正旬望, 夜有聲喧聒街巷, 若鬪若戰, 達曙猶不止. 問之人, 曰: 邑俗之有石戰, 古也. 此邑之人, 每於月元, 隊左右, 角彼此. 手以石, 石以戰, 衆石交投, 雨下霜集, 惟雌雄是決, 限月盡乃已. 捷則辦一年之吉, 否則凶. 其所以力于戰而不知止者, 一年之吉凶, 動其心也. 方其戰也, 塊其石而手之, 手其塊而石之, 出氣力, 賈勇銳, 喉喘顚汗, 橫奔直突, 有若狂者然. 投必人先, 戰恐人後, 子而石其父, 弟而石其兄, 戚屬而石其戚屬, 隣里而石其隣里. 物我相形, 仇敵已分, 必欲抗彼而我壯, 克彼而我乘. 乃敢血頭顱, 肉肌膚, 使之裹頭裂足, 喪氣褫魄, 顚縮於溝壑而不敢喘, 然後快於心, 揚揚然曰: "吾其勝矣, 彼其奔矣. 吾可以辦今年之吉, 而無憂患矣, 無疾病矣." 子而石之者曰: "非敢石吾父也, 石于戰也." 弟而石之者曰: "非敢石吾兄也, 石于戰也." 戚屬而石之者曰: "非敢石吾戚屬也, 石于戰也." 隣里而石之者曰: "非敢石吾隣里也, 石于戰也." 父兄亦曰: "彼非敢石我也, 戰也, 吾亦曾石吾父石吾兄矣." 戚隣亦曰: "彼非敢石我也, 戰也, 吾亦曾石吾戚石吾隣矣." 所以然者, 習熟慣而流傳久, 自以爲當然, 蔑倫理傷風敎而不知怪矣.

嗚呼, 一年之吉凶, 非緊也, 吉凶之說, 亦非固也. 利害一念, 萌于中, 習俗之誤, 痼其心. 石其父石其兄, 石其戚屬, 石其隣里, 而仇敵之, 不暇念其我是子弟也, 我是戚隣也, 及其元月, 畢戰事已, 向日之石之者, 爲父子爲兄弟, 爲戚屬爲隣里, 而倫理之融融然怡怡然, 不暇念其向日彼之石我也, 我之石彼也. 夫石戰之作, 有自來矣. 羅都近海, 島夷作梗, 隸戰于石, 以爲陰雨之備, 而流傳一誤, 吉凶之說作, 歷千百年, 至傷其倫理而不自知也. 利害之說, 一動其心, 而父子兄弟戚隣而仇敵焉, 利害之念, 一釋于中, 而向日之仇敵者, 父子兄弟戚隣之分自若焉. 甚矣, 利害之累此心也, 習俗之誤此人也. 噫, 微利害一念, 父子兄弟戚屬隣黨之理, 庶乎其不差矣. 此有可以警俗人而扶風化者, 故敢爲之說.(『拙翁集』卷6)

忘說 180쪽

昔年, 將之燕, 方有疾, 難其行, 憂于色, 有客過余曰:"君無憂焉, 吾將一語贈, 俾君行李得無恙. 間者, 鄭林塘如京師, 在衰病, 行路中規得不死方, 忽悟忘字, 如佛家之用力於無憂. 慮之來, 便忘之, 往返萬里, 無疾病, 君其法之." 余於是 如其言, 異國風霜, 將此字, 思慮之動, 容而消之, 排而置之, 使方寸無繫着處, 心平而病已, 萬里之行, 用是得全. 越二年, 又如京, 亦如之.

夫朝天, 榮也, 往返只數朔也, 尙或憂之. 今此北塞, 道里之遠, 甚於燕北, 風氣之惡, 百倍遼塞. 其行也艱, 其留也又艱, 其返也無期, 其死九而其生十, 憂 惱之萌, 人情所未免, 自非理遣順受, 着力於學問上者, 則幢幢一念, 自爾往來, 衰病餘生, 幾何不澌盡以死也. 艱苦之中, 猶惡其死, 又用林塘祕方, 榮枯焉忘 之, 死生焉忘之, 橫逆不敢較, 間關不自苦. 寸慮纏擾, 寬而恬之, 使不得芥匈 襟而損性靈, 朝而忘焉, 夕而忘焉, 夜而忘焉, 坐亦忘, 臥亦忘, 一步有一步上 工夫, 功積力久, 自歸坦蕩之地, 寒苦不能爲之病, 外邪不能爲之厄, 忘之用功, 省而忘之, 著效大矣.

文王之在姜里, 鼓瑟而歌, 程氏之在涪陵, 髭髮勝昔. 聖賢樂天知命, 何期於 忘? 理爲之主, 自不容於忘矣. 下聖賢一等, 則自不得不用力於忘, 故雖豪傑之 士, 其遭外患, 詩以排悶, 酒以忘憂, 以其所得者淺, 而未詣於樂以忘憂之域也. 唐老, 乃宋朝耿介玉立之君子, 而波濤夕陽, 沽酒聽漁歌, 則不能無憂, 而欲以 酒忘也. 是非榮辱, 都兩忘者, 乃詩人不平之意, 而亦以酒忘也. 忘却在長沙者, 不平之甚者, 而亦以酒忘也. 然則忘之一字, 所自來者遠矣, 非鄭老所自得而能 用力者也.

但不詩不酒, 而忘之於心, 非老於人世事, 而擺落庸瑣之豪偉者, 不能. 大抵 遭外患而力於忘, 使鬱者釋而褊者寬, 此近於頓悟之法, 學力之淺, 爲之病也.

儳於平日, 着工於學問, 融會於思辨, 素富貴, 行乎富貴, 素貧賤, 行乎貧賤, 無入而不自得, 則何必藉此一字, 而忘此憂乎? 第以橫逆之來, 曾是不測, 而吾之學力, 不可一日而能到, 則用此字, 豁其匈, 得其生, 庸何傷? 再燕京, 投北塞, 而吾之性命, 至今存焉, 客之說, 有益於吾身者大矣, 敢爲之說.(『拙翁集』卷6)

馬換牛說 184쪽

辛卯秋, 被恩譴而北. 無馬, 傾家儲, 市得六頭, 載骸骨馱衣食, 行赴關塞三千里之地, 富寧府也. 解裝, 囊無貯, 僮僕色愠之. 居者曰:"吾將告子以得食之道, 塞邑賤馬而貴牛, 以牛一頭, 貸人數朔, 則直可數斛粟. 君其以馬換牛, 庶可糊君口." 余應之曰:"不然, 代我步輸我裝, 蹂嶺海之險, 而使不顚仆於路側, 得延其喘息者, 玆馬也. 馬主於我, 而我今有不能, 一朝市諸人, 則是馬德於我, 而我孤於馬也. 馬雖微, 吾焉忍負爲?"

或者解之曰:"固矣, 夫子之爲信也. 天地之間, 物各有主, 或貿或遷, 其主不常. 夫馬, 人馬也, 而子市之, 馬, 子馬也, 而子市於人. 牛, 人牛也, 而人市於子; 馬歸於人, 牛歸於子; 歸彼則彼主也, 歸此則此主也. 以有貿無, 要濟其窘, 其主何常焉? 故古君子信於人, 不敢信於物, 與其信於物而餓死, 孰若換此物而生焉. 子之迂也, 奚其信?"

余於是乎飜然悟, 悄然嘆曰: 牛馬, 天地間公物也, 不必主於我, 不必主於人. 主彼則彼有也, 主我則我有也. 苟得其主, 彼此何擇焉? 非此馬, 無以換彼牛, 非此牛, 無以得此粟, 非此粟則死, 以此換彼, 須臾毋死者, 庸何傷? 或者之言, 信矣. 所嘆者, 吾少也, 業乎學, 惟讀書是事. 及其老, 得罪明時, 竄身不毛, 以家貲市馬, 以馬而換牛, 以牛而貸人, 貿遷若商賈者然. 甚矣, 口腹之累此身也. 馬主乎吾, 而吾不能有, 牛主乎吾, 而吾不能守, 使此物不得安其所. 甚矣, 吾身之誤此物也. 爲此口而累此身誤此物, 終未免瑣瑣屑屑之歸, 吾始也憋, 中焉釋, 終焉懨懨然, 咄咄出諸口而爲之說.(『拙翁集』卷6)

貿鹽販粟說 187쪽

謫寧城數月, 囊儲盡, 無以食. 謀諸居人, 居人有曰:"海濱貴穀而賤鹽, 胡地穀饒而鹽乏, 貿海鹽販胡粟, 則其直倍蓰於本穀, 庶可以糊君口, 君無患焉."余始聞其言, 以爲此商賈所爲, 吾不忍爲此事, 趑趄者久. 及其枯腸鳴而僮僕慍, 欲須臾毋死, 從其計而行之, 顏怩怩而心不寧矣. 於是, 使小僕握數斗粟, 走海濱九十里之地, 貿鹽來, 鹽可一斛. 馱鹽斛, 走北關一百二十里之外, 販粟來, 粟可兩斛, 往來貿販, 動經半月, 我馬瘏矣, 我僕痡矣, 而我腹則庶不枵矣.

方其乏食, 擧屋皆慍, 見若無人色然. 握粟以往也, 戒之曰:"食已盡, 爾其限兩日貿鹽來."載鹽以往也, 戒之曰:"飢已久, 爾其作急販粟來."旣往之後, 屈指計日, 以待其來. 逮其貿粟以來, 擧室之人, 環斛粟以視之曰:"得此粟, 吾其延朝夕命矣."火而炊之, 匙而口之, 則粒粒皆有味. 飢腸實而枯骨肉, 融融然欣欣然, 聚首相慶曰:"微此貿販, 吾將塡於溝壑中, 而自今以後, 庶不爲塞外之飢鬼矣."始以行商爲愧, 中焉以業商勞心, 終焉以得食爲幸, 以爲得之則生, 不得則死, 日夜望望然冀升米是獲, 唯恐商業之不長. 關此心者, 惟此事, 軀命所急, 喪盡羞恥本心, 而遷延成習, 終作別樣人. 時時發笑自點, 而笑之極, 又自憐且自惜也.

夫民於天地間者, 惟士農商賈四而已. 吾少也, 讀聖賢書, 惟道是謀, 非稽古, 不敢事, 是爲士焉. 老也, 崇此口腹, 惟食是謀, 非販賣, 無所事, 是爲商焉爲賈焉. 此身之所未嘗者, 惟農耳. 農者, 守田畝, 事鋤耰, 含哺鼓腹, 生生樂業之謂也. 白髮殘生, 得罪明時, 幽縶荒裔, 局形縮影, 寸步不得出, 雖欲爲農, 其可得乎?

昔之爲士也, 引經史, 談道理, 妄以身爲學聖人之徒, 將欲致斯君, 澤斯民, 庶幾駸駸然入於三代以上之天. 唾商賈, 睨農夫, 不敢置於齒牙間, 而視若天淵然. 今則爲商爲賈而甘心焉, 至於農則不敢望焉. 人生於世, 登靑天, 落溝瀆, 在轉頭之頃, 而身纏屈, 心亦屈也. 以此身業此商, 自慙也, 自笑也, 自憐也, 自惜也. 而私愚成慮, 有所希覬者, 聖量如天, 若容螻蟻, 許作田巷之一農夫, 則手耔耛, 事耕穫, 上之奉祭祀, 次之供租稅, 下之延軀命, 一物之微, 亦得其所, 庶可爲淸時頌德之人也. 嗚呼, 召公明農, 在於治世功成之後, 而鄙人在拘縶而生此計, 其亦蚩蚩之甚者也, 乃敢呫呫爲之說.(『拙翁集』卷6)

白光勳

寄亨南書 192쪽

別汝今幾日, 以汝之思我, 想我之苦, 汝母二月安過與否未知, 尤倍悶慮. 汝妻已能無事解産耶? 産後調護爲尤難, 一時不能弛于懷也. 觀今取第之人, 殊非泛泛優閑之人所可望, 汝等若不得無念於此, 只在下帷聚螢, 晝夜矻矻而已. 見千里殘奴瘦馬, 空來空去者, 初不若不識字之爲安也. 況主三年苦留, 竟至無一之成, 天亦不仁. 汝等其懲於此, 學業須在於早, 苟入蹉跎之境, 徒恨何益? 筆墨時無得, 如得之, 隨後可送, 不一.(『玉峯集』別集)

尹根壽

金吾契會序 195쪽

我東國六曹等諸衙門, 自前俱各有郎官契軸, 而堂上則不與. 今此題名, 不於契軸而用冊子, 堂上郎寮竝題於一冊者, 蓋出於亂後萃合堂寮一心之義, 而其爲他日分席後相思之面目者, 亦一契軸而已矣. 平時則須以生絹爲質, 繪畫於上面, 其下乃書名姓, 而職官具焉. 今旣蕩敗之餘, 猝難辦此, 若諉以難辦而莫爲之所, 則不幾於俟河之淸者乎? 此冊子之所由起, 而其情亦可悲矣. 今此兵禍始於壬辰, 首尾七年, 而賴天朝拯救, 甫定於上年之末. 吾輩同在一時, 目見止戈之日者, 其亦不幸中之一幸. 而當此九死之餘, 又俱在一衙門, 得以職事相聚者, 不亦尤幸者乎?

其職則兩漢之中尉執金吾, 唐宋之金吾將軍, 卽今皇朝之錦衣衛, 麗代之巡軍者是已. 皇朝之錦衣, 則係是武弁之職, 而我國則同知府事以上, 皆文官之宰臣兼之, 至於經歷都事, 則率多礪志博士業者, 去此而以科第發身, 上玉堂列靑瑣, 致身通顯者比比, 則不佞固已日望之郎寮諸君矣. 議讞之際, 不以鷹擊毛摯爲治, 而以洗冤求生爲心, 亦今日吾輩之所當勉者也. 諸君以不佞猥處前糠, 請以一言弁之首, 不佞固非嫺於辭者, 而敢有所云, 雖因辭不獲命, 而亦可謂汗顏也已. (『月汀集』卷5)

李山海

雲住寺記 199쪽

昔陶靖節作歸去來辭, 以雲爲無心, 余則以爲不然. 林無求於鳥, 而林密則鳥歸, 是林無心而鳥非無心也. 水無求於魚, 而水深則魚樂, 是水無心而魚非無心也. 山無求於雲, 而山高則雲住, 是山無心而雲非無心也. 夫雲者, 氣也. 自然而興, 自然而散. 非如魚鳥之避害就便, 而棲息之必於山, 升降之必於山, 出而復入, 去而復住者, 依依然若有顧戀之意, 此余見之所以異也.

噫, 物之無累者, 無過於雲, 而亦不能無心, 況吾人之有累者乎? 抑形者外而心者內也, 形雖有累, 而心可以無累, 心苟無累, 則湛無不照, 寂無不通. 灑落形氣之表, 牢籠宇宙之裏, 以至茫乎窅乎, 合乎自然, 與混沌爲隣, 與造物爲徒, 不但相忘於萬物, 而與天地相忘, 不但相忘於天地, 而我自忘我, 則雲有出入, 而此心無出入也, 雲有去住, 而此心無去住也, 何所顧而何所戀乎?

余寓雲住寺下, 見雲常住菴之東麓, 故感而有是說焉. 雖然, 此未可與俗人道也, 可與語此者誰? 菴之僧信默也. 月日, 柿村居士書.(『鵝溪遺稿』卷6)

正明村記 202쪽

正明村在越松亭北十五里, 無奇峯峻嶺之峙, 無平原大野之豁, 地勢下而隘, 土脈又嶢崅, 不宜禾麻菽粟麥, 吾老友黃君淸之居焉. 余問之曰: "子, 箕人也. 箕雖曰瘴鄕, 而郡之西, 多幽勝, 子所知也. 何不擇山明水麗, 地寬且沃而居之, 顧徘徊眷戀於是歟?" 曰: "吾性素迂僻, 佳山勝水, 人所共好, 而吾不知好, 高樓廣榭, 人所共樂, 而吾不知樂, 粱肉美饌, 衆嗜而吾不嗜, 錦衣狐裘, 衆欲而吾不欲,

392

豈吾之好樂嗜欲, 有異於人哉? 唯其所處所有而安吾心, 故吾不欲捨此而趨彼, 去舊而就新也. 況吾生於斯, 長於斯, 老於斯, 溪雖不淸, 而吾童子時所釣也, 山雖不奇, 而吾童子時所遊也. 屋雖陋而膝可容, 田雖薄而耕可食, 菜根蔬美之甘吾口, 弊衣短褐之便吾體, 無求於人而吾自足, 止此而終吾年, 可矣. 他又何適?"

余聞而嘆曰: "善哉言乎, 其知爲己之學者乎, 其能安分聽天者乎. 傳曰: '素富貴, 行乎富貴. 素貧賤, 行乎貧賤. 素夷狄, 行乎夷狄. 素患難, 行乎患難.' 此言素其位而行也. 然其必有涵養操守之力, 然後雖或處夷狄患難之中, 而隨遇而安, 無入而不自得也. 今子從事於斯, 必有平日用功而獨得於心者, 請子畢其說." 黃君曰: "惡, 吾無異於衆, 何隱乎哉? 吾非樂天而知命者, 亦非從事於爲己之學者也. 但吾粗知動靜之得失, 試以日用之間人所共知者言之. 今夫盛夏苦熱, 雖處蝸室, 而瞑目堅坐, 則身不汗. 折綿嚴寒, 雖處凍地, 而縮頸裹足, 則肌不裂. 如或不自耐忍, 狂奔妄走, 必求其風亭燠室而托焉, 則亭室未易得, 而吾身已病矣. 且譬如掃塵, 隨掃而塵益生, 不如不掃而塵自息. 譬如治井, 撓之則水益濁, 不如不撓而水自淸, 皆莫非靜之力有以制動也. 推而類之, 則天下之事, 不如此者鮮矣. 苟或不達此理, 而汲汲焉唯圖便利於己, 則吾心之嗜欲無窮, 而逐物妄動, 將無所不至, 其可乎哉? 此吾所以隨其見在而安吾心, 不欲妄動於無益之地者也."

余起而歛衽曰: "子之言, 誠可以警余者矣. 微子, 幾乎不自覺矣. 噫, 余知動而不知靜者也. 學未優而早仕, 動之妄也. 才不敏而謀國, 動之妄也. 言語空疏無力, 上不能啓沃聖聰, 下不能取信朝廷, 非動之妄乎? 辭氣輕率不密, 接人而圭角太露, 臨事而罅漏百出, 非動之妄乎? 自今惕然改圖, 收歛靜養, 庶不至於狂奔妄走, 倀倀索塗之歸, 則皆子之賜也." 余旣服其言, 恐或久而忘也, 錄其問答之說, 爲正明村記, 時自覽省云. 黃君名應淸, 壬子, 上舍, 以孝旌閭, 屢除官, 皆不赴.(『鵝溪遺稿』卷3)

竹棚記 206쪽

甲午夏, 余自達村, 移寓於花塢舊主人家. 家隘而低, 出入常打頂. 時當伏熱, 如在紅爐中, 蚊虻蠅蚋, 又從而撲嘬之, 殆不堪其苦. 與隣居李生友說, 謀所以逃暑, 遂結棚於越松之樹間. 柱凡四, 三架松, 一竪木, 橫又四, 而鋪其上以竹, 可坐數十人, 四旁皆縛竹爲欄, 備其危也. 作長橋於棚之左, 撑木而藉莎草, 便上下也. 棚成而與鄰叟酌麥酒相賀, 自是飮食起居, 坐臥寢睡, 無日不於是焉. 每松響泠然, 爽氣逼骨, 炎神弭節而不敢肆, 蚊蚋遠避而不敢近, 飄然有馭風逈擧之想. 余甚快而樂之, 以爲彼岳陽黃鶴, 壯則壯矣, 齊雲落星, 高則高矣, 然其棟宇之寵侈, 丹臒之眩耀, 集衆工之技, 而非經營於一夕者也. 豈若吾棚之不煩人力, 不日而成者乎? 豈若吾棚之儉素朴略, 不假華飾而瀟灑絶特者乎? 諄諄語口, 遂坦腹倚欄而睡.

忽有靑衣一老人拱揖而前曰: "子之棚, 雖曰樂矣, 而子之色, 若有未快活者, 何哉? 蓋自其墮泥塗而觀之, 則去地尺餘, 亦快矣, 自其去地尺餘而觀之, 則子之棚, 尤快矣. 如使在天上者視之, 則子之棚, 與去地尺餘, 皆無間於泥塗矣. 子徒知此棚之快, 而不知天上之人視之如泥塗, 良由局於小而昧其大, 吾知子之難乎超然於塵臼之外也, 悲夫. 抑子之胸中, 有天焉, 有地焉, 有太空焉, 樓閣可以高起, 戶牖可以敞開, 語其快則八荒可以藏眼, 語其高則天人可以相揖, 此則不費心匠之經營, 不待般倕之效技, 可建於一須臾之間, 而登臨之樂, 非此棚比也. 朴素淸絶, 固不足論, 而人事之得喪榮辱, 憂喜歡戚, 亦莫不雲消霧散於太空之中矣. 子何不此之圖, 而徒樂於是耶?" 余奇其說而未及應, 欠伸而覺, 松陰悄然, 了無人迹, 斜陽下山, 淸露滴衣而已. 起而嘆曰: "豈越松之神誨余者歟?" 遂錄以爲竹棚記.(『鵝溪遺稿』卷3)

安堂長傳 209쪽

黃保里, 有姓安而善元元吉字名者居之. 以其籍屬于校, 而齒優於同列, 故鄕人稱爲堂長. 爲人無喜怒圭角, 與鄕人處, 待其老幼高下, 一其禮, 無等別, 衆侮至, 逾益恭. 鄕少遇之, 輒罵且辱, 拳而蹴, 惡不出其口, 天性然也. 家有妻子女妻寡母, 使喚唯女奴一而無齒, 有水田土田, 並不出十餘畝, 只力以自給, 無他資活. 每農月, 妻兒先赤脚後, 持鉏鎌畬鎒以隨之, 不盡夕不歸. 性愛詩, 鄰比未嘗聞吟哦, 一日遊繼祖菴, 花月滿山, 苦吟得句曰: "花笑山前聲未聽, 烏啼林下淚生看." 聽者捧腹. 又嗜酒, 不常繼得, 醉輒爲所使, 亦不爲人病.

里俗喜鬪, 合一洞安姓, 以討擊李之慢者, 獨不與, 一里人皆笑怯. 後李厄于杖, 將不起, 安懼其坐, 候問不絕, 若怛之在已. 其妻老嘆曰: "無憂者郎乎, 吾女之仰望終身者, 若此足矣." 所蓄有屛書一本, 資以謁太守, 太守前而饋以酒, 問: "此紙尾贈安元吉云者, 非君表德歟?" 傍有座首姓張者, 張目呵曰: "汝亦有字乎? 名且辱, 汝呼奚字爲?" 吏皆側視竊笑, 顧無難其色, 退而語曰: "使人言醜, 有甚於張, 吾敢怒? 設令人唾吾面, 乾而已, 溺吾耳, 洗而已, 露其臀其腎, 吾直視而已." 且曰: "吾生世半百有餘, 雖無榮之可耀, 亦無患之橫于身, 幸也. 自兵興以來, 發吾里者, 家以爲算, 強者役于官, 壯者戍于邊, 其去而不返者相踵. 而獨吾以愚之故, 不齒人, 饘於是, 粥於是, 得至今而安吾生, 笑侮之自外來者, 奚足芥吾念乎?"

余嘗客于箕, 適與之鄰焉, 歡其外貌擧止, 癡惷拙訥, 言未敢出口, 而考其中, 則不至如外之甚. 抑其所以無爭辨忿怨之心者, 豈有着功定力之致, 而怡然泰然若有所得者然? 噫, 其得保身之道者乎, 其能與物無競者乎? 如古之馬伏波婁師德之徒, 亦必讓而爲子孫法矣. 世有不忍忿者, 或以一言一事, 鬪于閭, 聞于官, 以至速獄罹刑而不悔, 其視優劣, 何如也? 吾以是知其人之外之內, 皆若出尋常庸衆人之下, 而其自謀之審, 則雖鄕黨自好者, 果能及之否也. 家在溪之北短麓之上, 撑以朽木, 無垣籬可遮, 雨着蔽陽子; 晴戴漆布笠, 衣黃桑色, 垂烏石細纓, 瘦而長黑, 面微印點, 鬚有一莖二莖而黃. 所居終年無至者, 足亦不及人, 吾恐其泯, 遂爲傳.(『鵝溪遺稿』卷3)

崔岦

山水屛序 214쪽

吾樂山水也, 有聲山水于琴者, 而吾聽之, 則琴足樂乎? 曰: 然. 然則是向也樂山水, 而今也樂琴乎? 曰: 山水在此矣, 吾樂聽乎此, 乃所以樂山水也. 吾愛山水也, 有形山水于畫者, 而吾觀之, 則畫足愛乎? 曰: 然. 然則是向也愛山水, 而今也愛畫乎? 曰: 山水在此矣, 吾愛觀乎此, 乃所以愛山水也. 古之琴焉者伯牙, 而聽焉者鍾子期也. 世談之至于今不衰, 獨未知伯牙之與鍾子期爲何等人也. 今畫焉者, 乃李興孝其人.

興孝者國工也, 而向書李公及其生也, 使爲之而藏弄之, 旣其歿也, 而裝飾之以屛左右, 而閒居則觀焉, 有以見公所取者能初不以其人, 而興孝之受知, 亦可謂難矣. 屛有空焉, 以要鄙人敍述, 因得而觀之. 其峯巒之崝崒, 洞壑之窈窕, 樹老而石蒼, 瀑壯而溪駛, 寒暑煙雨雪月之所變, 虹橋飛檻之所凌, 往往有人跨驢馬往來, 隨以酒具, 或倚船而捻笛, 或臨流而濯足者矣. 對之怡然融神, 而悅然不自覺我身不與之岸巾垂袖於其間也, 又足以見公之愛是畫也. 自其山水之愛深且眞也, 而與夫樂峩洋之絃者, 殊託而一致耳矣.

噫, 羿逢蒙, 天下之善射者也. 不自爲弓, 而用倕之弓, 倕之爲弓善也. 王良造

父, 天下之善御者也. 不自爲車, 而用奚仲之車, 奚仲之爲車善也. 今公以天官
冢宰而帶大學士, 實人物之銓衡, 而文章之宗匠也. 將推夫愛山水取畫者之心
而爲之, 則其事業之盛, 鄙人不能量矣. 且聞之, 孔子曰: "仁者樂山, 智者樂水."
韓氏爲人引之而曰: "仁以居之, 智以謀之." 鄙人輒忘其僭, 爲公復效是說, 而特
爲當世慶公之道大行也, 遂書此而歸之.(『簡易集』卷3)

書金秀才靜厚願學錄後序 217쪽

以寡問於多, 以虛問於實, 蓋將以求益也. 今子曰多而余曰寡, 子曰實而余曰虛,
何所求益於余, 而來相問之殷耶? 豈或以生熟之有間耶? 余非才過人而熟也,
特以年故, 爲可以熟, 熟必衰繼之, 余方悲及於衰矣. 然余實未純於熟, 而猶有
生者存焉. 未及七十, 皆進之年也, 余用以自慰. 子非才不如人而生也, 譬之白初
受采, 而甘粗受和, 將無所不可入, 生非所患而所可喜也, 以余慰之, 且足知子
喜之無窮也. 抑生亦有二患焉, 曰可易熟也, 曰終不可熟也. 可易熟者, 趨卑而
不之高, 期近而不必遠, 由之小成, 何足觀乎? 終不可熟者, 汎濫而不知節, 崖
岸而不肯平, 童習白紛, 猶夫人也. 然論其病痛, 不在汎濫, 而在不知節, 不在崖
岸, 而在不肯平, 此又不可以不審者也. 今子示余以願學一編, 其去夫可易熟者,
則不啻百千等, 而視於終不可熟者, 亦已逕庭矣. 何問於余而爲得哉? 歸而求
之黃卷中, 當有餘師焉.(『簡易集』卷3)

送林佐郎舟師統制使從事官序 220쪽

吳起有言, 舟中人皆敵國也, 亦足戒夫今日尸舟師者乎? 曰: 不然也而近之也.
彼爲魏侯言, 君失德則人不附, 卽同舟皆敵, 以況其外云耳. 今之舟師, 調千萬人

而載之, 以浮以泊, 以當勍敵於不測之洋中, 殆所謂置之死地而又甚者也. 設有叛去之心, 末由矣. 尸此者撫之而已, 奚敵之能爲? 吾故不然. 惟夫不能使人之多寡與舟稱, 舟之利鈍與人謀, 而且頡頑軍費, 自肥而羸下, 使人人望敵知必死, 不知戰而生, 雖其身不暇附敵, 而其心寧及我皆亡, 則謂之敵亦可也. 況空地上之丁壯而敺之海, 敵雖善劫, 不能也. 束舟中之丁壯而受其敗, 敵雖善襲, 不能也. 如是又適足以爲大敵之資, 吾故近之. 今有能得吾說而存戒焉, 必有以易此道而爲必可以截敵毋慮乎. 其越鯨波而爲患, 復安有舟中敵哉? 朝廷新拜舟師統制使李公, 中外咸謂是必能寬南顧之憂, 而吾友林員外以材進士, 先己充從事官, 告以將行, 輒用此說爲贈, 庶其持獻于牙下云.〔李公名慶濬.〕(『簡易集』卷3)

高山九曲潭記 ^{223쪽}

余於栗谷公, 弱冠友也. 公旣爲世大儒, 尊用於朝, 不幸未究卒, 今二十五年矣. 顧余一無用物耳, 老而不死, 適與公子景臨生, 遇於西京. 俯仰世故, 談不足而涕有餘, 生乃請余記公故居海之高山九曲潭者. 余自公卜地之初, 佩銅隣縣, 還往實熟, 所謂九曲潭者, 未嘗不在夢想之中, 復据生揭列其次而述曰:

第一曲爲冠巖, 離州城而洞四十五里, 其距海門二十里. 山頭有立石若冠焉者而卓然故以名, 意亦取夫冠始之義乎. 自此而往, 山勢逶迤, 溪水竝之, 而其陡絶處, 下必澄潭, 足爲隱者之所盤旋, 蓋有山村數家始見焉. 第二曲爲花巖, 自冠巖五里許, 巖縫石鑄皆花, 如山榴者叢生故以名, 後面山村可十餘家. 第三曲爲翠屏, 自花巖三四里許, 巖逾多奇而翠圍如屏狀故名. 屏前小野, 洞中人農焉. 野中有盤松一蓋, 下可坐數百人, 屏北, 土人安氏家焉. 第四曲爲松崖, 自翠屏三四里許, 石壁千尺, 其上松林翳日故名. 潭心有石如半露船形者, 名曰船巖, 上可坐八人, 土人朴氏對而家焉, 蓋從公入洞也. 第五曲爲隱屏, 自松崖二三里許, 石峯高圓, 明麗特異, 潭邊底皆石若砌, 而貯之水者, 屛之義視前而隱. 又近取諸身, 以託退休之義乎. 公始卽石潭屋之, 略爲棲息之所, 而從學旣衆, 則相與謀爲可以容處, 規設益備, 則尊先惠後, 不可一少. 是有隱屛精舍, 而附麗精舍次第以成者, 如干具焉, 宜各爲小記, 而邂逅之頃, 有所不暇也. 若鈞溪者, 自隱屛三四里許, 枕溪之巖, 多是自在釣魚磯故名, 而曲之第六者也. 若楓巖者, 自鈞溪二三里許, 巖皆楓林被之, 霜後絢如霞蔚故名, 而曲之第七者也. 下有數家村, 桑柘柴荊, 隱然一畫圖中. 若琴灘者, 灘聲泠然, 象琴之響節故名, 而曲之第八者也. 若文山者, 因舊名而已, 爲第九曲終焉.

公存也, 人爲地之靈, 文不在玆乎? 公亡也, 天有不與之喪者, 文不在玆乎? 且九者, 龍德之數也. 余少也知公, 少字實應九二, 而小山舊名, 偶符斯文, 于是而不曰造物者未始不與於其間則未信也. 朱子居閩之武夷山, 則有九曲洞天, 公居海之高山, 則有九曲巖川, 豈東南萬里, 吾道一氣脈, 自相貫通而然歟? 若夫壬辰兵戈而來, 公家受禍實慘, 而山林水石, 且不免焉, 則關於國運爾, 奈何乎? 余之知公, 非故聞風而興者也. 然旣九原不可復作, 得同觴詠於九曲之淸流, 而獨有同學文字爲公發之, 可以招徠精爽於九曲之陳迹. 然且遠焉, 不能卷而畀之景臨生, 歸書于簷楣之間, 愴哉.(『簡易集』卷9)

柳成龍

玉淵書堂記 228쪽

余旣作遠志精舍, 猶恨其村墟近, 未愜幽期, 渡北潭, 於石崖東, 得異處焉. 前挹湖光, 後負高阜, 丹壁峙其右, 白沙縈其左. 南望則群峯錯立, 拱揖如畫, 漁村數點, 隱映烟樹間. 花山自北而南, 隔江相對, 每月出東峯, 寒影倒垂, 半浸湖水, 纖波不起, 金璧相涵, 殊可玩也. 地去人烟不甚遠, 而前阻深潭, 人欲至者, 非舟莫通. 舟艤北岸, 則客來坐沙中, 招呼無應者, 良久乃去, 亦遁世幽棲之一助也. 於是, 余心樂之, 欲作小宇, 爲靜居終老之所. 顧家貧無計, 有山僧誕弘者, 自薦幹其役, 資以粟帛, 自丙子始, 越十年丙戌粗成, 可棲息.

其制爲堂者二間, 名曰瞰綠, 取王羲之仰眺碧天際, 俯瞰綠水隈之語也. 堂之東, 爲燕居之室二間, 名曰洗心, 取易繫辭中語, 意或從事於斯, 以庶幾萬一爾. 又齋在北者三間, 以舍守僧, 取禪家說名曰玩寂. 東爲齋二間, 以待朋友之來訪者, 名遠樂, 取自遠樂乎之語. 由齋西出爲小軒二間, 與洗心齋相比, 名曰愛吾, 取淵明吾亦愛吾廬之語, 合而扁之曰玉淵書堂. 蓋江水至此, 匯爲深潭, 其色潔淨如玉故名. 人苟體其意, 則玉之潔淵之澄, 皆君子之所貴乎道者也.

余嘗觀古人之言曰: "人生貴適意, 富貴何爲?" 余以鄙拙, 素無行世之願, 譬如麋鹿之性, 山野其適, 非城市間物. 而中年妄出宦途, 汨沒聲利之場二十餘年矣. 擧足搖手, 動成駭觸, 當其時, 大悶無聊, 未嘗不悵然思茂林豐草之爲樂也. 今幸蒙恩, 解綬南歸, 軒冕之榮, 過耳鳥音, 而一丘一壑, 樂意方深. 是時而吾堂適成, 將杜門卻掃, 潛深伏奧, 俯仰乎一室之內, 放浪乎山谿之間, 圖書足以供玩索之樂, 疏糲足以忘芻豢之美. 佳辰美景, 情朋偶集, 則與之窮回溪坐巖石, 望靑天歌白雲, 蕩狎魚鳥, 皆足以自樂而忘憂. 嗚呼, 斯亦人生適意之大者, 外慕何爲? 懼斯言之不固, 聊書壁而自警. 丙戌季夏, 主人西厓居士記.(『西厓集』卷17)

圃隱集跋 ^{232쪽}

大廈將傾而一木扶之, 滄海橫流而一葦抗之, 知其不可, 而猶且爲之者, 分定故也. 古人云: "天地生人, 各無不足之理, 常思天下君臣父子, 有多少不盡分處." 所謂分者, 何也? 天之所以命物, 而物之所以爲則者也. 然則木之支廈分也, 葦之抗海分也, 臣子之忠孝於君親而竭誠盡節, 以至捐軀殞命者, 亦分也. 學者, 學此而已, 知者, 知此而已, 行者, 行此而已. 盡此者聖, 勉此者賢, 如此而生, 如此而死, 得喪禍福, 隨其所遇而吾心安焉. 若夫時之不幸, 勢之難爲, 則君子不以爲病焉.

圃隱鄭先生, 以義理之學, 爲諸儒倡, 當時翕然宗之. 今其微言緖論, 雖無所尋逐, 然卽其所就之大者而觀之, 則其亦求盡乎性分之內, 而不願乎其外者歟? 不然, 何其見之明而守之固, 決之勇而行之果歟? 嗚呼, 先生在家爲孝子, 立朝爲忠臣, 迨乎麗運告訖, 天命去矣, 民心離矣. 聖人作, 萬物覩, 一時智能之士, 爭欲乘風雲之勢, 依日月之光, 以求尺寸之功, 孰肯以王氏社稷爲念哉? 惟先生挺然獨立於風波蕩覆之際, 確然自守於邦國危疑之日, 義形于色, 不以夷險貳其心. 旣竭其力之所至, 不得則以身殉之, 無所怨悔, 豈所謂知其不可而猶且爲之者耶?

然先生一死, 而天衷以位, 人極以建, 民彝物則, 賴以不墜, 斯固心之所安而分之所定, 於先生何戚焉? 或有以先生周旋亂世, 不早潔身爲疑者. 孟子曰: "有安社稷臣者, 以安社稷爲悅." 先生有焉. 由其如是, 故不屑屑於進退出處之常, 以委身處命於昏亂之世, 盡瘁宣力, 國存與存, 國亡與亡, 其忠盛矣. 任高麗五百年綱常之重於前, 啓朝鮮億萬載節義之敎於後, 先生之功大矣. 先生爲相, 雖值衰季, 不能盡展經綸之業, 而宏綱大目, 皆已略擧. 噫, 名相烈士, 合爲一傳, 三千年一見者, 王炎午之所以稱文山也, 稱於先生, 亦可以無愧矣.

自先生旣沒, 其道益著顯于世, 所以流澤生民, 裨益新化者, 不一而足. 太宗大王命褒贈先生爵諡, 世宗命列于忠臣之編, 中宗又命從祀中外文廟. 其後又於先生所居, 建書院賜額, 自古人君, 於前代死節之臣, 存錄崇獎, 未有如我朝列聖之惓惓者, 蓋盛德事也. 而先生之遺風餘烈, 感於人心, 愈久不替者, 亦可見矣.

萬曆甲申秋, 主上殿下命芸閣印先生文集, 先命臣校正訛舛, 且跋其後. 臣承命祇恐, 謹取諸本, 反覆參訂, 舊本元有詩文三百三篇, 乃先生之子宗誠所編. 近歲開城本又添載用李供奉韻二首, 送宋正郞按廉慶尙道一首, 館本又有金海山城記, 祭金得培文, 請勿迎元使疏. 今臣又得次李太常韻, 賀李遁村子之直登第三絶, 原州牧使河允源詩卷分韻賦詩一篇, 題圓燈國師語錄跋一篇而與遁村四書, 雖斷爛不全, 亦審其出於先生無疑, 故並取之, 摠詩三百八篇讚銘文辭十三篇. 館本以五七言詩分類編集, 然宗誠旣云次其先後, 則後人不當遽改元本, 故今悉依舊本爲正, 只詩文錯出淆亂, 故以畫像讚以下八篇, 爲雜著而別之, 其所新得而不載於三本者, 別爲拾遺而附于後. 三本舊無目錄, 失編書體, 今爲目錄弁其首, 館本有附錄一卷, 而未免冗雜, 今以史傳行狀及諸賢寄贈後人敍述祭文, 各以其類編之. 其他紀載煩複, 無甚發明而得於傳聞, 難委虛實者, 間亦刪去. 於是先生始終大致, 始稍明白可觀矣.

嗚呼, 世稱先生爲東方理學之祖, 而遺文散亂, 亥豕莫辨, 豈不爲後學之所慨而斯文之羞歟? 今殿下是擧, 誠出於崇重先儒, 扶植節義, 激勵人心之美意也. 顧臣謏聞淺見, 不足以稱塞明旨於萬一. 然詩曰: "高山仰止, 景行行止." 又曰: "民之秉彝, 好是懿德." 彼同有是心而興起焉者, 又豈有古今之殊哉? 是集之行, 將見忠孝之道蔚興於東方, 各盡天賦之分, 以爲國家無疆之休也審矣. 臣不揆愚陋, 樂爲之言.(『西厓集』卷18)

寄諸兒 238쪽

汝等十年失學, 奔走憂患, 光陰已多閒過, 此亦天也, 奈何? 汝父少時, 全不習學業, 漫浪度日, 亦如汝輩. 歲庚申冬, 持孟子一帙, 往冠岳山, 數月讀至二十遍, 從頭至尾僅成誦. 下山入京時, 馬上不念他事, 自梁惠王至盡心, 皆入心記, 雖不能深知精義, 而往往有會心處. 其明年來在河上, 讀春秋三十餘遍, 自是暫解行文路脈, 僥倖得第, 至今每恨其時不得更加歲月之功, 遍讀四書百餘遍, 若是則所就必不至如今日之碌碌, 故每爲汝輩言四書之不可不讀者此也.

今世京洛間小兒, 如倚市販賣之人, 只取近功而求速化之術, 將聖賢書, 束諸高閣, 日尋伶俐悅人小文字, 偸竊點綴, 以中有司之目, 而得有所成者多矣. 然此則乃一種巧宦家法門, 非如汝輩性鈍愚而不善爭名者所易效. 嫫母效西施, 猶爲人所笑, 況彼未必西施, 而我不爲嫫母者, 亦何辱而爲此耶? 大抵學之成否在我, 得與不得, 有命存焉, 惟當盡己之所當爲者, 而付命於天而已. 通鑑亦史家之指南, 何可不讀? 此亦非失計, 但汝等年已向晚, 而事故多端, 如四書詩書, 皆未爲汝物, 更加數年, 則將不免兀然無得, 而爲悲歎窮廬之一夫, 豈不可悶乎? 且經書辭深而意味精奧, 必須專力而後可得, 史家之書, 非經書之比, 讀經書之暇, 輪廻涉獵, 亦可貫通. 若是則可以兩得, 念之念之.(『西厓集』卷12)

趙憲

淸州破賊後狀啓別紙 242쪽

臣伏聞天下之勢, 合則爲强, 分則爲弱. 故善用兵者, 見小賊則以偏師擊之, 見大敵則合攻而克之, 此必然之理也. 全羅義兵將高敬命, 深憤李洸逗遛不臣之狀, 檄書之中, 昭數厥罪, 募兵之際, 多聚官軍. 洸也以此嗛之, 其擊錦山之賊, 不肯添兵助戰. 防禦使郭嶸坐見敬命力戰二日, 不使其兵出救, 以致敬命無援而敗死. 敬命與臣有約, 同濟荊江, 期以共討此賊, 而典兵之官, 實殺敬命, 臣竊慟焉.

臣以七月二十九日, 午濟荊江, 追懷敬命之言, 有詩弔之曰: "東土貔貅百萬師, 如何無術濟艱危? 荊江有約人何去? 擊楫秋風獨渡時." 臣以爲國有軍律, 則洸嶸之罪, 皆可斬也. 臣於忠淸巡察防禦, 皆有素交, 故其擊淸賊之日, 簡書相戒, 不一而足. 先覺李沃不至深怒, 而其幕下裨將, 多發慫慂之言, 至謂義將節制巡察與防禦, 進兵之際, 屢使人促之, 而沃之裨將, 相望不進, 非臣鳴鼓進陣, 以促諸軍, 則幾不免爲敬命之死矣. 臣慣見湖西將驕卒惰之習, 置而不責, 則雖聚兵十歲, 決無恢復之理. 聖主如欲保全湖西南, 以爲王家府庫, 則臣請假臣以督戰之, 各斬一防禦使之裨將懈緩者, 又使巡察合一道之力, 以挫窮寇陸梁之勢, 不致留時引日, 以洩兵謀, 則臣請自力於行陣也, 臣不勝惶汗之至.(『重峯集』卷8)

林悌

元生夢遊錄 246쪽

世有元子虛者, 慷慨士也. 氣宇磊落, 不容於時. 屢抱羅隱之悲, 難堪原憲之貧. 朝出而耕, 暮歸讀古人書. 嘗閱史, 至歷代危亡運移勢去處, 則未嘗不掩卷流涕, 若身處其時, 汲汲焉如見其垂亡而力不能扶者也. 中秋之夕, 隨月披覽, 夜闌, 神疲倚榻而睡. 身忽輕擧, 縹緲悠揚, 飄然若羽化而仙也. 止一江岸, 則長流逶迤, 群山糾紛, 時夜將半. 忽然擧目, 如有千載不平之氣, 乃劃然長嘯, 浪吟一絶曰: "恨入長江咽不流, 荻花楓葉冷颼颼. 分明認是長沙岸, 月白英靈何處遊?"徘徊顧眄之際, 忽有跫音自遠而近.

有頃, 蘆花深處, 閃出一箇好男兒, 幅巾野服, 神淸眉麗, 凜凜乎有首陽之遺風, 來揖于前曰: "子虛來何遲? 吾王奉邀." 子虛疑其山精水怪, 然其形貌俊邁, 舉止閒雅, 不覺暗暗稱奇. 乃肩隨而行百餘步許, 有亭突兀臨江, 上有一人憑欄而坐, 衣冠一如王者. 又有五人侍側, 都是世間之豪俊, 相貌堂堂, 神采揚揚, 胸藏扣馬蹈海之義, 腹蘊擎天捧日之志, 眞所謂託六尺孤, 寄百里命者也. 見子虛至, 皆出迎. 子虛不與五人爲禮, 入謁王前, 反走而立, 以待坐定, 而跪於末席. 子虛之上, 則幅巾者也, 其上五人, 則相次而坐矣. 子虛莫能測, 甚不自安.

王曰: "夙聞蘭香, 深慕薄雲, 良宵邂逅, 無相訝也." 子虛乃避席而謝, 坐已定, 相與論古今興亡, 亹亹不厭. 幅巾者噓嚱而言曰: "堯舜禹湯之後, 狐媚取禪者藉焉, 以臣伐君者名焉, 千載滔滔, 卒莫之救, 咄咄四君, 永爲嚆矢." 言未既, 王乃正色曰: "惡, 是何言也? 有四君之聖, 而處四君之時則可, 無四君之聖, 而非四君之時則不可, 四君者豈有罪哉? 顧藉而名之者非也." 幅巾者拜手稽首謝曰: "中心不平, 不自知言之至於憤也." 王曰: "辭. 佳客在坐, 不須閒論他事, 月白風淸, 如此良夜何?" 乃解錦袍, 賒酒江村, 酒數行, 王乃持酒哽咽, 顧謂六人曰: "卿等盍各言志以敍幽冤乎?" 六人曰: "王庸作歌, 臣等賡載." 王乃愀然整襟, 冤不自勝, 乃歌曰: "江波咽咽兮流無窮, 我恨長長兮與之同. 生有千乘, 死作孤魂. 新是僞主, 帝乃陽尊. 故國臣民, 盡輸楚籍. 六七臣同, 魂庶有託. 今夕何夕, 共上江樓. 波光月色, 使我心愁. 悲歌一曲, 天地悠悠."

歌罷, 五人各詠一絶, 第一坐者吟曰: "深恨才非可託孤, 國移臣辱更捐軀. 如今俯仰慙天地, 悔不當年早自圖." 第二坐者吟曰: "受命先朝荷寵隆, 臨危肯惜殞微躬? 可憐事去名猶烈, 取義成仁父子同." 第三坐者吟曰: "壯節寧爲爵祿淫? 含章猶抱采薇心. 殘軀一死何能說? 痛哭當年帝在郴." 第四坐者吟曰: "微臣自有膽輪囷, 那忍偸生見喪淪? 將死一詩言也善, 可能慙愧二心人." 第五坐者吟曰: "哀哀當日志何如? 死已寧論死後譽? 最是千秋難洒恥, 集賢曾草賞功書." 幅巾者搔首灈纓長吟曰: "舉目山河異昔時, 新亭共作楚囚悲. 心驚興廢腸猶裂, 憤切忠邪涕自垂. 栗里淸風元亮老, 首陽寒月伯夷飢. 一編靑史堪傳後, 千載應爲善惡師." 吟歇, 屬子虛, 子虛元來慷慨者也, 乃抆淚悲吟曰: "往事憑誰問? 荒山土一丘. 恨深精衛死, 魂斷杜鵑愁. 故國何時返? 江樓此日遊. 悲深歌數闋, 殘月荻花秋." 吟斷, 滿坐皆悽然泣下.

無何, 突入一介熊虎士, 身長過人, 英勇絶倫, 面如重棗, 目若明星. 文山之義, 仲子之淸, 威容凜然, 令人起敬. 入謁王前, 顧謂五人曰: "噫, 腐儒不足與成大事也." 乃拔劍起舞, 悲歌慷慨, 聲如巨鍾. 其歌曰: "風蕭蕭兮, 木落波寒. 撫劍長嘯兮, 斗星闌干. 生全忠節, 死爲義魄. 襟懷何似? 一輪江月. 嗟不可兮慮始, 腐儒誰責?" 歌未闋, 月黑雲愁, 雨泣風噎, 疾雷一聲, 皆倏然而散, 子虛亦驚悟, 乃一夢也.

子虛之友海月居士聞而痛之曰: "大抵自古昔而來, 主暗臣昏, 皆至於顚覆者多矣. 今觀其主, 想必賢明之主也, 其六人者亦皆忠義之臣也. 有以如此等臣, 輔如此等主, 而若是其慘酷者乎? 嗚呼, 勢使然也. 然則不可不歸之於時與世, 而亦不可不歸之於天也. 歸之於天, 則福善禍淫, 非天道耶? 不可歸之於天, 則冥然漠然, 此理難詳, 宇宙悠悠, 徒增志士之懷也已."(『秋江集』卷8)

金德謙

聽籟十客軒序 255쪽

世之好客者, 但取於人而不取諸物, 此非眞能好客者也. 聽籟主人, 與世相違, 不樂於京, 乃於唐城府之西, 卜其居構一軒, 環植衆芳, 而各有所取. 松竹以貞, 梅菊以香, 芙蓉友其淨, 霜葉愛其光. 至如號稱花王者, 牧丹也, 性知節序者, 四季也, 梧桐奇材而碧者最貴, 海棠名花而騷人多詠, 合而稱之曰十客, 而桃李之屬皆逐焉. 其言曰: "吾之於客也, 必取此者, 非謂世無客也. 吾居旣僻, 而吾性亦懶. 居僻則人厭, 性懶則交疎, 不厭不疎, 與我相從者, 獨有此客, 吾以是取焉. 顧其夾階森羅, 形形色色, 或帶雨露, 或排霜雪, 四時相對, 其意無倦. 海日昇空, 綠陰婆娑, 晚照頹軒, 棠影橫斜, 朝夕與處, 其色不厭. 園翁告去, 谿友不來, 寂寂庭畔, 四無人聲, 而在我坐側者, 此客也. 罷釣前溪, 薄暮獨歸, 望之如待, 卽之如迎而動我喜色者, 此客也. 十爲盈數, 亦已多矣. 得酒則酌其前, 見月則坐其間, 數臥荒園, 指爲樂土, 一庭蒼苔, 視爲賓筵, 使俗慮得消, 身世兩忘者, 皆以客之功.

抑又思之, 使我有劍客, 則必以腐儒而辭我, 使我有酒客, 則必以貧居而謝我, 欲要詞客, 則我懶於吟詠, 欲要俠客, 則我短於權力, 其誰能一炎涼保終始, 如十客之不變者哉? 信陵之客, 所求者食, 而不見報恩之人, 翟門之客, 所逐者利, 而返致雀羅之張. 以此見之, 則吾之十客, 勝於三千, 而翟公之客, 不足論也. 夫盛衰榮落, 物所不免也, 我不以此而變於客, 窮達進退, 人所不免也, 客不以此而變於我, 此所以主人不負客, 客亦不負主人也. 軒兮軒兮, 可以終吾生而倘佯." 客皆應曰: "誠如主人之言, 請記而爲序."(『靑陸集』卷6)

吳億齡

贈端姪勸學說 259쪽

荊山之玉, 玉之美者也, 而不琢則不成其美, 碔砆而已矣. 棠谿之劍, 劍之利者也, 而不淬則不見其利, 鉛刀而已矣. 物誠有之, 人亦然矣. 雖有拔俗之質, 稀世之才, 不學則庸愚而已矣. 端之質, 拔俗也, 端之才, 稀世也, 目其貌則玉山照

人也, 耳其言則銀河落天也, 其學止則鸞翔鳳翥也, 其志趣則山高水深也. 如是
而文之以學業, 被之以詞華, 則荊山之玉, 不足言其美, 棠谿之劍, 不足言其利
矣. 端之年未六七, 頭角已嶄然, 人謂吳家有子. 如是者有年, 而亦未見其溫潤
照耀於金盤, 雪鍔橫磨於翠鵲, 於是乎人或疑其碔砆而已, 鉛刀而已, 無他, 不
學而已矣. 然則玉山之貌, 懸河之辨, 鸞鳳之姿, 山水之趣, 終於此而止乎? 吾
知其不然也. 何則?

　端一日慨然而嘆, 竦然而作, 再拜告其父獨立之前曰: "吾年已過十矣, 學不
逮人, 深恐貽憂於父兄. 自今以往, 宜有以警子者誨子, 或撻焉或譴焉, 日有程
課, 期於有成, 如是則或不忝於所生"云. 噫, 不鼓踊, 無以超泥塗, 不振迅, 無
以凌霄漢, 玆豈非鼓踊振迅之一大機會也? 故吾知其不爲碔砆鉛刀也已. 雖
然, 古人謂言之非難, 行之爲難, 端乎端乎, 汝毋忘前日之告於爾父者, 而毋忽
於今日汝伯之諭於爾端者也. 然則待價之珍, 消斗之氣, 吾將見其生於吾門也
哉.(『晩翠集』卷5)

韓百謙

接木說 263쪽

余家園中有桃樹, 其花無色, 其實無味, 腫柯叢枝, 無可觀者. 前春, 借隣居朴
姓人, 接紅桃枝, 以其花美而實碩也. 當其斬斫方長之樹, 附接一小枝也, 余見
之殊用齟齬, 旣而日夜之所生, 雨露之所養, 苗然其芽, 挺然其條, 曾未幾時,
蔚然成陰. 及乎今春, 花葉大暢, 紅羅綠綺, 燦爛交輝, 眞奇玩也. 噫, 一桃樹
也, 地不易土, 根不易種, 只接得一線之氣, 成幹成枝, 英華外發, 顔色頓變, 使

見者刮目, 過者成蹊, 爲此術者, 其知造化之妙乎, 奇乎奇乎.

余於是有所感焉, 變化移革之功, 不獨草木爲然, 反顧吾身, 亦豈遠哉? 決去惡念之生, 猶斬斫舊柯也, 繼續善端之萌, 亦猶附接新枝也. 涵養而培其根, 窮格而達其枝, 自鄉人以至於聖人, 亦何以異於此乎? 易曰: "地中生木, 升, 君子以, 順德, 積小以高大." 觀於此, 曷不自勖? 抑又感焉, 自今日回視前春, 纔一易寒暑耳. 其所手封寸枝, 已能勝巢, 旣見其花, 又將食其實, 如使前頭加我數年, 則其享用知幾何? 人有自誇其老, 怠其四體, 無所用其心者, 觀於此, 亦庶幾助發而勸起也. 凡此皆有警於主翁者, 故書而志之.(『久菴遺稿』卷上)

勿移村久菴記 266쪽

國都之鎭三角山迤北一支, 越大路而西, 蹲蹲延延, 若斷若續, 遇水而止, 結爲阜, 繞爲洞者, 村之居也. 漢水從東南來, 過龍山至喜雨亭下, 溢而爲沱, 分流二派, 其大勢浩浩淵淵, 循西岸而北, 直趨海門. 其一派東折西廻, 屈曲縈紆, 抱村之洞口而去, 可十餘里, 至幸州城下, 復與大江合, 兩江之間有島, 作叉禾黍稑稑, 村之居民, 常隔水往來而耕種焉, 名之曰水伊村. 每夏秋之交, 潦霖大漲, 兩江合而成海, 水色連天, 村之得名, 蓋以是歟.

余戊申夏, 丁外艱, 舍季柳川子小莊, 在直北數里許, 奉几筵居之, 亦有數畝田, 正在此村北麓下, 割而與我, 乃營草屋數架, 爲田廬焉. 旣服闋, 欲起而趨朝則病也, 難堪夙夜, 欲捲而歸山則老也, 未忘狐丘, 岐路徘徊, 頭髮空皓. 顧此一區, 猶有桑下之戀, 姑息偸安, 以爲卒歲之計焉, 則就田廬上, 又構一小草屋, 以便病人居處, 僅庇風雨, 容膝而止耳. 其始也, 嚴霜夜降, 蟄蟲尋穴, 唯以存身爲急, 固未暇有探奇選勝之意, 及旣定居, 坐於斯, 臥於斯, 游泳於斯, 則其山光水色助我幽趣者, 亦不一而足, 其前則江外諸山若靑溪〔廣州〕若冠嶽〔果川〕若衿州〔衿川〕若蘇萊〔安山〕, 連巒接岫, 一陣周遭, 鳳舞龍翔, 爭向窓櫺, 左之而截彼三峯, 壁立千仞, 有凜然不可犯之勢, 右之而遠浦遙岑, 極目微茫, 有包含荒穢之量, 何其俄頃顧眄之間, 氣像若是其不同耶?

其出門而正相對者曰仙遊峯, 一點孤山, 飛墮江干, 宛如群龍爭珠, 其廻望而先入眼者曰逍遙亭, 百尺雙柱, 對豎波心, 恰似仙府開門, 危檣片帆, 隨風往來, 點點出沒, 非野外大江所常縱目者乎? 老牛將犢, 六七爲群, 或飲或臥, 非門邊綠蕪所常自牧者乎? 朝煙暮霞, 秋月春花, 流光代謝, 變態無窮, 皆能收貯眼前, 以爲吾家計, 而惟後一面無所見, 懸崖斷麓, 勢同展屛, 朔風號饕, 曝背猶溫. 先儒有論陰陽體四用三之數曰, 天地東西南可見, 北不可見, 此地眞得天地自然之形勢乎! 去紫陌不盈一息, 長樂風鍾, 有時到耳, 朝紳之問舍求田, 宜無若此地之便, 而百年抛棄, 主管無人, 殆鬼祕神鏗以待我歟.

因而思之, 人之安宅, 不在遠而在邇, 回視平生, 許多枉步, 莫不如此, 可笑也已. 於是改水伊村曰勿移村, 以方言字音相同也, 扁其屋曰久菴, 因舊號而寓新意也. 將考槃終身, 久而不移者, 其不在於此耶? 噫, 士移其業, 民移其居, 皆由於血氣方盛, 有所外慕. 今吾頹齡如歸, 萬事蹣跚, 坐則忘立, 臥則忘起, 移業何求, 移居何往? 惟其不移, 所以能久, 久則安, 安則樂, 樂則欲罷而不能, 雖欲移之, 亦不可得也. 吾知免夫, 遂書以見意云.(『久菴遺稿』卷上)

高尚顏

農家月令序 271쪽

農者, 民天之本, 而八政之綱也. 是故人非農則無衣食, 無衣食則不生活, 然則人之絲身穀腹不至凍餒者, 秋毫皆農之力也. 而況亞聖有言曰: "有恒産者, 有恒心." 管子曰: "衣食足而知禮節", 則其緒餘又足以驅民而之善, 農之於民, 其關如此哉. 古有農書, 不爲不該, 而亂離之後, 散亡殆盡, 無從得見, 可勝歎哉? 第念五穀耕種異時, 燥濕異宜, 一失其時, 則雖良農, 無所措手, 一失其宜, 則雖嘉禾, 無以生成, 而農之道索矣. 矧玆我國多山少野, 土皆磽薄, 若不糞田, 乃罔有秋, 稼穡之艱, 亦多般矣. 不得已學稼當師老農, 而人之一心, 擾於煩惱者, 甚於衆楚之咻, 留心農事, 常目在之者, 能有幾人? 必待書之方冊, 揭之左右, 然後得免遺忘, 諺所謂聰明不如鈍筆者是也.

余嘗病是焉, 罷散多年, 稍知民事之不可緩, 菟裘暇日, 手著農家之月令, 以十二朔, 參二十四氣, 凡田家之當務, 逐月逐氣, 俾不失時, 五穀之播種, 或燥或濕, 使不失宜. 至於糞田之策, 種植之法, 治田之械, 養蠶之要, 昭在如左. 又飜以諺譯, 令愚夫愚婦, 亦得易知. 苟從事明農者, 不以言輕而棄之, 一一着力而行之, 則雖遇凶歲, 猶免飢寒, 而亦有恒心知禮節之一助云爾. 萬曆己未秋, 泰村老夫序.(『泰村集』卷3)

李好閔

閑閑亭記 275쪽

吾友朴君益卿, 舊居吾隣西母嶽之下, 有楓崖林塘之幽. 湖西之始安郡, 是君之妻鄉也. 兵火之後, 君移于始安, 則始安又山水之會也, 君就其會而又選其勝焉. 築亭開沼, 蒔花種竹, 名其亭曰愛閑, 琴於斯, 棋於斯, 觴於斯, 釣於斯. 一日, 君踵吾門而誇詡之曰: "子不自閑, 何能知人之閑耶? 旣不自閑, 可記人之閑耶?"吾始愧而哈曰:"君名亭愛閑, 是閑爲他物, 而君知愛之也. 愛固善矣, 豈如吾自閑之爲眞閑耶? 夫閑者, 無所用心, 若有事而無事之謂也. 吾苟閑也, 則吾不自知吾閑, 人見吾之閑而愛之也. 君之名亭, 爲人而起義則可, 苟自爲也則不. 若曰閑閑, 下一閑, 謂心閑也, 上一閑, 謂閑之也. 苟閑閑也, 此其眞閑也, 閑之旣眞, 則雖居金門之邃, 處術衖之擾, 心固自閑也, 何必就淸涼之境山水之間而爲頑閑也? 君知愛閑, 而不知自閑, 宜謂吾不知人之閑也. 雖然, 吾於君言, 知當閑其所閑者, 君亦於吾言, 知閑在我而不容愛焉, 則是互有所得也, 不其多乎哉?"遂改之曰閑閑, 使金生柱宇書其篇而歸之, 仍賦君所命八詠詩, 以志湖山之勝槩云.(『五峯集』卷8)

張顯光

老人事業 279쪽

蓋天地萬物, 其初皆從無中出來, 及其爲有, 然後乃天也地也萬物也. 然其所謂無者, 無其形也, 有者, 有其形也. 若理之爲無極太極也, 則不拘於天地萬物之形之有無, 而常存不窮, 乃使天地萬物, 無而有有而無於其中, 而其無其有, 亦爲之無窮者也. 然則無極太極之理, 有以使天地萬物無而有有而無, 其無其有之爲無窮者, 非卽所謂合理氣而爲道者乎? 道便是事業之攸出也, 夫旣爲有焉, 而天地盡天地之事業, 萬物亦各盡萬物之事業, 而爲有之道, 無所不至, 則於是必皆轉向衰薄, 畢竟都又歸於無中矣, 此則理勢之自然也. 不是天地萬物意於有而有, 意於無而無也. 其有也以理而有也, 其無也以理而無也, 其初雖欲不爲有, 而不得不有也, 其終雖欲不歸無, 而不得不無也.

惟其所得之理氣, 有巨細厚薄之異, 所做之事業, 有大小輕重之差. 故其爲有也, 或貴或賤, 其歸無也, 或久或速. 而其所以從無而有, 從有而無, 則無巨細貴賤皆同焉. 然其自無而爲有也, 必有漸, 自有而歸無也, 亦必有漸. 無之爲有者, 氣之聚也, 有之歸無者, 氣之散也. 故氣之聚者, 始虛而漸實, 始軟而漸堅, 始弱而漸强, 始微而漸盛, 始小而漸大. 氣之散者, 實衰而消, 堅衰而敗, 强衰而敝, 盛衰而乏, 大衰而縮. 凡其聚也, 日滋而就成焉, 此則從無而爲有者也. 及其散也, 日耗而向盡焉, 此則從有而歸無者也.

吾人也, 生於天地之間, 居於萬物之中, 其亦隨一理而有無者也. 始於幼稚, 中於壯成者, 乃其從無而爲有也. 極於壯成, 轉入衰老者, 乃其從有而歸無也. 然則人之衰老, 固其理也. 人惟動物, 亦血氣之類也, 其形質之盛衰, 皆係於血氣之盛衰. 故方其血氣之盛也, 內而六腑充完, 五臟貞固, 外而筋骨堅剛, 肢體健實, 腠理流通, 榮衛肥潤. 是以呼吸開利, 脈運平順, 魂魄凝定, 精神淸明, 性情中和, 思慮精專, 耳目聰明, 辭氣敏快, 步履捷疾, 動靜節適. 如此則其於大小事業用功用力, 無不如意也宜矣.

至於血氣旣衰, 則黑者白, 長者短, 密者疎, 毛髮之變也, 肌消而皮皺, 凍梨而浮垢, 骨節魁磊, 而軀體傴僂者, 形貌之變也. 脣舌牙齒喉五聲具, 然後音韻備而言語成矣, 及其牙脫齒落, 則五聲中二聲已失矣, 止用脣舌喉三聲, 亦皆微緩不敏, 則言語不成者, 聲音之變也. 如坐煙霧之暗, 莫察相對之顔面, 如負墻壁之隔, 莫聞辟咡之言語者, 耳目之變也. 喘促於堂階之陞降, 蹇躓於應接之拜揖者, 氣力之變也. 莫記舊聞, 無望新得, 都忘知舊之姓名, 昧失宿誦之文字者, 精神魂魄之變也. 雖千萬吾往之勇, 値盤錯不鈍之器, 負荷吾道, 經綸當世, 擔當宇宙, 把握天地之心膽, 不可得以奮振, 則志氣力量之變也. 人到此境, 當何爲哉?

精神不足以究義理之微, 思慮不足以盡變化之妙, 力量不足以致遠大之業,視聽不足以察聲色, 言語不足以宣情意, 則其能復有人事於此時哉? 然而行道者, 身老則衰矣, 而存道者, 心老亦不可離矣. 衰固不可以復盛, 而不可離者, 宜自若矣. 只合靜坐一室, 一切停事務止經營斷出入絶往來小應接, 不可强用思慮, 强用視聽, 强用言語, 强用動作, 坐臥以時, 飲食以節, 而所不可廢者, 尋繹舊所讀誦, 翫悅義理, 頤安性情, 有以補養心氣, 如是久久, 則所迷之魂魄, 有似復還, 所散之精神, 有似復來, 前所忘失者, 或有所記得, 所不能透解者, 或有所覺得, 推而極之, 引而遠之, 其積也有以與天地造化流通焉. 所謂道通天地無形外, 思入風雲變態中者, 此時此界, 亦可以驗得, 而無極太極之妙, 益可以認會矣. 此焉而送了餘齡, 不亦好哉?

以此言之, 人之初生, 自無爲有也. 生而長長而成者, 爲有之極也. 大小人事業, 其在此時矣. 盛極則衰, 衰而老者, 自有而歸無, 未及於全無也. 氣盡而死, 則是全無矣, 其在未及全無之前, 頤補休安, 如上所道者, 非老人之事業乎? 卽無事之事, 無業之業也, 我今方到垂盡歸無之域矣, 其在盛極之時, 不能做吾人遠大事業, 一如古人所建立者焉, 則今此衰極時節, 其或能盡老人之事業乎? 姑述此意, 以爲後驗之地焉.(『旅軒集』卷6)

河受一

稼說贈鄭子循 285쪽

子知夫稼乎? 稼之道有三, 曰時曰漸曰勤而已矣. 能盡三者, 則爲良農, 不能盡三者, 則是淺農夫也. 何謂時? 春者播之時, 夏者耘之時, 秋者穫之時也. 播失於春, 五穀不生, 耘失於夏, 苗而不秀, 苗而不秀則痒, 穫其可得乎? 然則稼之者可不及時乎? 夫君子之於學也亦然, 學之時必在少壯之年, 不於少壯而努力, 則老而失其時矣, 猶稼者之失於春而無其秋也. 孔子曰: "後生可畏, 安知來者之不如今也?" 蓋爲年富而力強也. 年富則期效遠, 力強則用功深矣. 然則學之者可不以時乎? 稼之與學, 視其時.

何謂漸? 旬然後播, 播然後耘, 耘然後獲. 若播今而求耘於明, 朝耘而暮求其獲, 則是其心急於助長, 與宋人一其愚矣. 然則稼之者可不以漸乎? 夫君子之於學也亦然, 學之漸, 必在循序而進. 若欲躐等而速成, 則反不達, 猶稼者之揠苗而助之者也. 夫子曰: "三十而立, 四十而不惑, 至於七十, 然後從欲而不踰矩." 然則學之者可不以漸乎? 稼之與學, 視其漸.

何謂勤? 勤者不怠之謂也. 稼者不怠, 則有種而有獲, 學者不怠, 則成始而成終, 反乎是則稼與學俱喪其功矣. 然則三者固不可一廢, 而勤者又三之本也. 嗚呼, 稼, 鄙夫野人之所能也, 學非君子不能, 其爲道而甚於稼乎? 稼之失, 止於餓而已, 學之失, 人不人矣, 人而不人, 則雖有粟, 吾得而食諸?

今鄭君子循年二十有一矣, 時, 鄭君之所有也, 自幼學之不已, 勤亦鄭君之所有也, 然鄭君常讀書, 求其功甚急, 責其效甚迫, 其所無者其漸乎? 夫居之安則資之深, 資之深則取之左右逢其原, 然則鄭君宜勉力乎其所有, 而加乎其所無者可也. 余亦欲速成者, 旣以勉鄭君, 因以自警焉.(『松亭集』卷3)

李得胤

醫局重設序 289쪽

吾州醫局之設, 自韓侯伯謙爲始, 而嘉尙其志, 贊成其事者, 洪牧伯履祥也. 二公之於民, 如保赤子, 痒痾疾痛, 眞切於吾身. 故憫見州民自壬辰後鋒鏑餘存者, 又爲疾病之所不起, 厲疫之所夭札, 將至於靡有孑遺. 是以痛深傷切, 設此一局, 吹之喣之, 針之石之, 庶無殿屎而全其生, 則其博施濟衆之仁, 可謂至矣盡矣. 自是享康寧之福, 無四百四之患, 則視此无妄之藥, 有若烏喙以爲不可試也. 遂使二侯, 愛欲生之所, 終歸於虛設, 吁, 有是哉.

州中二三士子, 聞其若是, 欿然於懷, 稟白于金侯壽賢及李判書時發‧前參議申涌‧前郡守洪純慤等, 相與議曰: "此局不設則已, 旣設還廢, 有若兒戲, 曷若仍舊貫以永終美意乎?" 咸曰: "諾." 於是謀及鄕黨父老, 修擧廢墜, 一遵前例, 各勵有始有卒之赤心, 前日二侯之有孚惠心者, 至此而無憾矣. 自今以往, 將使如線之民命, 咸歸於壽域者, 此爲之兆也. 吾州之民, 不其幸歟?

或曰: "仁愛之心, 誠可尙已, 其爲術也, 似近於局生, 恐非儒者之急務也." 噫, 天地之大德曰生, 仁人之受其生者, 孰不以活我群生, 爲之志乎? 是故宋之范文正公, 早有良醫之願, 下至朱丹溪先生, 以斯文之領袖, 自治之餘, 勤懇於醫藥, 以活千百之命, 則先儒未嘗以爲不可, 豈非今日之所當法乎? 凡我同局之人, 盍相與勞民勸相之哉? 余亦局中之一也, 知其重設之顚末, 故重違諸賢之囑, 遂爲之序.(『西溪集』卷3)

車天輅

詩能窮人辯 293쪽

昔歐陽永叔論梅聖兪之詩曰: "世謂詩少達而多窮, 蓋非詩能窮人, 殆窮者而後工也." 夫聖兪以能詩大鳴於世, 而位不先人, 故永叔以此爲之辭而解之, 是乃有激而云爾. 夫詩者, 隨其才之高下, 發於性情, 非可以智力求, 非可以勉强得.
或有阨窮而能之者, 或有顯達而能之者, 又有窮者達者而不能者. 蓋受之天者
才分, 成於人者學力, 學力或可强, 才分不可求. 是故古人有以挽弓, 譬其力量.
然自古詩人, 例多寒餓, 此所以有詩能窮人之說也. 或以無主知窮, 或以明主棄
窮, 或以感寓窮, 或以玄都窮, 或以月蝕窮, 孟郊之窮, 又其甚者也. 夫以李杜之
才, 不容於世, 豈非詩爲之祟也? 是以後之惜詩人者, 乃以永叔一言, 爲千古赤
幟. 蓋文章者, 不朽之盛事, 詩亦其一也. 不惟陶冶性靈, 模寫物象而已, 巧刮
造化, 妙斂鬼神, 則爲造物者深忌之. 故必窮餓其身, 思愁其心腸, 使之屈而在
下, 不得與闟茸者比, 此豈造物者嗇於能詩者而然也非耶?

　蓋嘗論之, 工拙才也, 窮達命也, 才者在我, 而工拙之分天也. 命者在天, 而窮
達之數, 夫豈人力也哉? 若然工者自工, 拙者自拙, 窮者自窮, 達者自達. 我之工
也, 天不能斂, 人能使之拙乎? 我之達也, 天不能易, 人能使之窮乎? 然世之以
詩名者, 率多窮困, 不得有爲於當時, 而斗筲雕蟲之人, 無不揚揚當路, 若扣其
中則空空如也. 豈天窮能詩者, 而達斗筲者也? 宜乎永叔之有是說也. 然后山
之說, 乃曰: "吾見詩之達人, 未見詩之能窮人也." 蓋破永叔之說而有此達論也,
然二說皆有所激而云爾, 夫豈無徑庭也哉? 吾意才之工拙, 各隨其分, 命之窮
達, 各任其數, 是乃樂天知命, 無入而不自得者, 不然, 其說贅矣.(『五山集』卷5)

李恒福

惺所雜稿序 298쪽

詩有何好, 亦何貴也? 而世者之不已, 何耶? 不過雕鏤唅哢, 解人一時頤耳. 余

嘗謂詩人與優人, 草虫類也. 詩以思鳴, 優以喙鳴. 虫之技, 有以脰鳴者, 以翼鳴者, 以股鳴者, 以胸鳴者, 鳴之雖異, 其伎倆悅人一也, 而言勞逸則虫甚逸, 優次之, 詩最勞. 虫之鳴, 時至而天機自動, 非有事乎鳴也. 優持酒左右, 咳而終日福祝, 脣焦舌強, 而心不與焉, 其喙雖勞, 其心逸. 詩搯擢胃腎, 口吐手寫, 目視耳聽, 而纔成一句, 五官六鑿, 勞而勤者, 居三分之二焉. 然世序此三者, 則揖詩於堂, 處優於庭, 虫之生, 終身不離莎砌之間, 若是則人情貴勞而賤逸耶? 古云, 貴者役人, 賤者役於人, 物何不齊耶? 余晚悟其然, 遂咋指諱言詩, 然而遇輒欣然, 猶病酒節飮者, 旋欲解酲耳.

今許君洞觀三敎, 以及百家, 尤信竺語, 緣餙以詩, 是將拔去嘉禾, 培植稂莠, 而其勞且勤, 反居優虫之下, 甚矣, 其難悟也. 或言心猶龜也, 中灼則兆於外, 猶思動而咏於詩, 余意思比則水也, 詩比則氷也. 水而凝者爲氷, 而氷釋還復爲水, 猶思動成詩, 詩咏而還感思也. 是知思不睿, 詩不好, 心不淸, 思無由睿, 故明睿所感, 能令人興焉. 余老而所甚絶者詩也, 今適暮歸, 遇許君之獵, 不覺下車, 孰使余而至斯, 詩果好而可貴耶?(『白沙集』卷2)

尹光啓

宜齋記 302쪽

余嘗名吾齋曰五宜, 蓋松菊竹梅, 宜於雪霜風月, 而吾一身, 又宜於松與菊與竹與梅者也. 然吾之居, 固無常處, 而松菊竹梅, 又非一日所能種而成, 則名之以五宜者, 亦空言而已. 因自念天地之間, 凡物莫不有宜, 豈但止於五而已哉? 不但不止於五而已, 將至於無窮而後已也. 以無窮之物而名之以五者, 不亦偏且小乎? 於是更名之曰宜齋. 宜者何? 無適而不宜也, 然則謂吾之居, 皆謂之宜可也, 指吾之一齋而謂之宜, 不可也.

余家有小樓二間, 蓋舊制也, 因而突之, 其突爲一間, 若燃一束薪, 則可以終夜煖也, 於病最宜焉. 窓牖四闢, 清風自來, 地勢面陽, 暄暖適人, 此室之所以宜於冬夏. 而有杏一株, 濃艷可愛, 墻外則又鄰家也. 每梨花盛開, 夜月照之, 望之如雪色. 然以隣家之物, 而可以悅吾之目, 則豈必有諸己而後爲宜哉? 城市雖近, 而囂譁不及, 則宜於讀書者也. 賓客多, 而後至者無所容, 則擧其牖以通其兩間, 此則宜於接客者也. 於客之中, 有吟詩者, 有論文者, 有飮酒者, 此客之最宜於吾者. 而又有某槩以娛心, 談笑以悅耳, 則是亦宜之無不可者也. 此人之所以指吾室曰宜齋, 而吾所謂宜之之宜, 不在此焉.

夫所謂宜者, 無過不及之謂也, 過而謂之宜, 不可也, 不及而謂之宜, 亦不可也. 飢宜一飯, 過此則非宜也, 寒宜一褐, 過此則非宜也. 以之有宅一區, 宜於居, 有田一頃, 宜於耕, 園宜於種蔬, 泉宜於煎茶, 馬宜於代步, 奴宜於使令, 則又何必華衣鮮食, 良田廣宅, 後車數十乘, 從者數百人, 橫行於州里而後, 始可謂之宜哉? 然吾非惡此而不爲, 是亦有宜不宜存焉. 夫宜者, 適於用之稱, 適者, 宜也. 吾才之宜於用, 而不爲之用者, 不宜也. 吾才之不宜於用, 而求爲之用者, 亦不宜也. 蓋亦視吾才之宜不宜而已矣. 此吾之所以宜臥而臥, 宜眠而眠, 宜醉而醉, 宜醒而醒, 將人之指吾而號之者曰宜翁, 可也. 指吾之居而摠稱之曰宜齋, 可也. 若乃指吾之一齋而名之曰宜, 則是衆人之所謂宜, 而非吾之所謂宜也. 豈吾所以名齋之意哉? 乙未正月日記.(『橘屋拙稿』卷下)

逆旅說 306쪽

蓋嘗觀於逆旅乎? 其朝暮往來者, 相接於其中, 而幸而有一人者, 清揚而秀美,婉乎其可愛. 於是爲主人者, 懽忻而慕悅之, 饗飧而竭其誠, 酒漿而盡其意, 恐恐然惟懼其人之不得一日留也. 而抑彼人者, 厭覊棲之苦, 樂歸休之逸, 卒卒然不暇顧主人而去. 於是乎優其餽臚, 贍其資裝, 相與送之乎郊關之外. 而及其歸也, 悲愁懊悒, 忘寢與食, 涕泣而不自已. 抑不知彼客者, 將煦煦然念其館遇之勤乎? 洩洩然樂其居室之安乎? 吾固知其有慕於彼而不及於此也. 然則吾寧平吾心, 寬吾志, 以待其來者, 而已往者不可追, 焉知來者之不如今也? 如曰吾閱客多矣, 未有如玆客之比者也. 日日嗚嗚然以悲, 而不自知其過於情, 則惑矣.

嗚呼, 天地逆旅也, 死生往來也, 死生往來, 相尋於無窮, 而天地之間, 無非客也. 雖然, 人不能自生於天地間, 而必有所寓而生焉. 譬則父母者, 天地間之一大主人也. 寢食有所庇, 而主人之功重矣. 形體有所托, 而父母之恩大矣. 今夫寄於逆旅者, 或有朝投而暮返者, 或有一宿再宿而過者. 噫, 於一再宿者, 不足以累吾之情, 而況朝投而暮返者乎?

善鳴有子曰堅鐵, 堅鐵之爲善鳴客, 幾時矣, 而一朝忽然棄善鳴而去, 不啻如過客之視逆旅, 而善鳴爲之慟哭悲傷, 以之送終之日, 無不極力經營, 以盡其情, 而以至於愈久而愈不能忘. 余喩之曰: "生而極其飽煖之恩, 死而備其窆送之誠, 善鳴之於堅鉄, 爲無憾矣. 彼將冥然返其眞, 漠然歸其本, 雖善鳴有悲, 而彼不知善鳴之悲也. 然而善鳴尙且悲哀涕泣, 不知形貌之日瘁, 性命之日瘏, 而上以貽慈母之慮, 下以遺妻子之憂, 則不亦過乎? 今子年猶少矣, 安知後於堅鐵者, 反加於堅鐵, 而子必曰吾見兒多矣, 未有如堅鉄之可愛, 則又過矣. 嗚呼, 責人則明, 於我則有之, 堅鉄之於善鳴, 一宿再宿而過者也. 堅堅之於吾, 則朝投而暮返者也. 堅堅終於辛卯, 而堅鐵逝於今歲, 則遠近又有間矣. 然而吾之哀猶不忘也, 奚暇救善鳴之哀耶?" 嘗論之, 東門吳之不憂, 憂之大者也, 莊子之鼓盆, 悲之極者也. 然則人能忘情於得喪之際, 蓋亦難矣. 故爲逆旅說, 旣解善鳴, 又因以自寬焉.(『橘屋拙稿』卷下)

許楚姬

廣寒殿白玉樓上樑文 311쪽

述夫寶蓋懸空, 雲軿超色相之界, 銀樓耀日, 霞棍出迷塵之壺. 雖復仙螺運機, 幻作璧瓦之殿, 翠蜃吹霧, 嘘成玉樹之宮. 青城丈人, 玉帳之術斯殫, 碧海王子, 金櫝之方畢施. 自天作之, 非人力也. 主人名編瑤籍, 職綴瓊班. 乘龍太淸, 朝發蓬萊暮宿方丈, 駕鶴三島, 左挹浮丘右拍洪厓. 千年玄圃之棲遲, 一夢人間之塵土. 黃庭誤讀, 謫下無央之宮, 赤繩結緣, 悔入有窮之室. 壺中靈藥, 纔下指於玄砂, 脚底銀蟾, 遽逃形於桂宇. 唉脫紅埃赤日, 重披紫府丹霞. 鸞笙鳳管之神遊, 喜續舊會, 錦幕銀屏之嬌宿, 悔過今宵.

　胡爲日宮之思綸, 俾掌月殿之賤奏. 官曹淸切, 足踐八霞之司, 地望崇高, 名壓五雲之閣. 寒生玉斧, 樹下之吳質無眠, 樂奏霓裳, 欄邊之素娥呈舞. 玲瓏霞佩, 振霞錦於仙衣, 熠耀星冠, 點星珠於人勝. 仍思列仙之來會, 尙乏上界之樓居. 靑鸞引玉妃之車, 羽葆前路, 白虎駕朝元之使, 金綬後塵. 劉安轉經, 拔雙龍於案上, 姬滿逐日, 駐八風於山阿. 宵迎上元, 綠髮散三角之髻, 晝接帝女, 金梭織九紋之綃. 瑤池衆眞會南峯, 玉京群帝集北斗. 唐宗躡公遠之杖, 得羽衣於三章, 水帝對火仙之碁, 賭寶宇於一局. 不有紅樓之高構, 何安絳節之來朝.

　於是移章十洲, 馳檄九海. 囚匠星於屋底, 木宿掄材, 壓鐵山於楹間, 金精動色. 坤靈揮鑿, 騁巧思於般倕, 大冶鎔鑪, 運奇智於錘範. 靑橤垂尾, 雙虹飮星宿之河, 赤霓昂頭, 六鼇戴蓬萊之島. 璇題爛日, 出彤閣於煙中, 綺綴流星, 架翠廊於雲表. 魚緝鱗於玉瓦, 雁列齒於瑤階. 微連捧旐, 下月節於重霧, 梟伯樹纛, 設蘭幄於三辰. 金繩結綺戶之流蘇, 珠網護雕欄之阿閣. 仙人在棟, 氣吹彩鳳之香臺, 玉女臨窓, 水溢雙鸞之鏡匣. 翡翠簾雲母屏靑玉案, 瑞靄宵凝, 芙蓉帳孔雀扇白銀床, 祥蜺畫鎖.

爰設鳳儀之宴, 俾展燕賀之誠. 旁招百靈. 廣延千聖. 邀王母於北海, 斑麟踏花, 接老子於西關, 靑牛臥草. 瑤軒張錦紋之幕, 寶簷低霞色之帷. 獻蜜蜂王, 紛飛炊玉之室, 含果雁帝, 出入薦瓊之廚. 雙成鈿管晏香銀箏, 合鈞天之雅曲, 婉華淸歌飛瓊巧舞, 雜駭空之靈音. 龍頭瀉鳳髓之醪, 鶴背捧麟脯之饌. 琳筵玉席, 光搖九枝之燈, 碧藕冰桃, 盤盛八海之影.

獨恨瓊楣之乏句, 緊致上仙之興嗟. 淸平進詞, 太白醉鯨背之已久, 玉臺擒(溙), 長吉呎蛇神之太多. 新宮勒銘, 山玄卿之雕琢, 上界鐫壁, 蔡眞人之寂寞. 自慙三生之墮塵, 誤登九皇之辟刻. 江郞才盡, 夢退五色之花, 梁客詩催, 鉢徹三聲之響. 徐援彤管, 呎展紅牋. 河懸泉湧, 不必覆子安之衾, 句麗文遒, 未應頹謫仙之面. 立進錦囊之神語, 留作瑤宮之盛觀. 置諸雙樑, 資於六偉.

抛樑東, 曉騎仙鳳入珠宮, 平明日出扶桑底, 萬縷丹霞射海紅. 抛樑南, 玉龍無事飮珠潭, 銀床睡起花陰午, 呎喚瑤姬脫碧衫. 抛樑西, 碧花零露彩鸞啼, 春羅玉字邀王母, 鶴馭催歸日已低. 抛樑北, 溟海茫洋浸斗極, 鵬翼擊天風力掀, 九霄雲垂雨氣黑. 抛樑上, 曙色微明雲錦帳, 仙夢初回白玉床, 臥聞北斗廻杓響. 抛樑下, 八垓雲黑知昏夜, 侍兒報道水晶寒, 曉霜已結鴛鴦瓦. 伏願上樑之後, 琪花不老, 瑤草長春. 曦舒凋光, 御鸞輿而猶戲, 陸海變色, 駕飆輪而尙存. 銀窓壓霞, 下視九萬里依微世界, 璧戶臨海, 呎看三千年淸淺桑田. 手回三霄日星, 身遊九天風露.(『蘭雪軒詩集』附錄)

한국 산문선 전체 목록

한국 산문선 3

위험한 백성

1판 1쇄 펴냄 2017년 11월 24일
1판 3쇄 펴냄 2020년 9월 14일

지은이   조식 외
옮긴이   이종묵, 장유승
발행인   박근섭, 박상준
펴낸곳   (주)민음사

출판등록 1966. 5. 19. (제16-490호)
주소   서울시 강남구 도산대로1길 62
          강남출판문화센터 5층 (06027)
대표전화 02-515-2000─팩시밀리 02-515-2007
홈페이지 www.minumsa.com

ⓒ 이종묵, 장유승, 2017. Printed in Seoul, Korea

ISBN 978-89-374-1569-2 (04810)
     978-89-374-1576-0 (세트)